JAMIE BRENNER

Das Erbe eines Sommers

GOLDMANN
Lesen erleben

Buch

Sommer in Sag Harbor, Long Island. Für Emma, die im American Hotel die Gäste empfängt, bedeutet das Hochsaison. Auch ihr guter Freund, der Maler Henry Wyatt, kam einst als Sommergast – und blieb. Als er unerwartet stirbt, vermacht er seine Villa mitsamt allen Kunstwerken Emmas Tochter Penny. Diese ist ebenso überrascht wie Henrys einstige Geliebte Bea. Was hat er sich bei diesem Testament nur gedacht? Bald stößt Bea auf eine Spur: Offenbar hat Henry an verschiedenen Orten in Sag Harbor Zeichnungen hinterlassen. Zeichnungen, die eine Botschaft enthalten und ihrer aller Leben für immer verändern werden …

Weitere Informationen zu Jamie Brenner
sowie zu lieferbaren Titeln der Autorin
finden Sie am Ende des Buches.

Jamie Brenner

Das Erbe eines Sommers

Roman

Aus dem Amerikanischen
von Sylvia Strasser

GOLDMANN

Die amerikanische Originalausgabe erschien 2019
unter dem Titel »Drawing Home«
bei Little, Brown and Company, Hachette Book Group, Inc., New York.

1. Auflage
Deutsche Erstveröffentlichung Mai 2020

Umschlaggestaltung: UNO Werbeagentur, München
Umschlagmotiv: Jakob Valling/getty images und FinePic®, München
Redaktion: Regina Carstensen
LS · Herstellung: ik
Satz: Buch-Werkstatt GmbH, Bad Aibling
Druck und Bindung: GGP Media GmbH, Pößneck
Printed in Germany
ISBN: 978-3-442-49014-1
www.goldmann-verlag.de

Für meine Georgia

»Es ist unmöglich,
eine perfekte Mutter zu sein,
aber es gibt eine Million Möglichkeiten,
eine gute Mutter zu sein.«

Jill Churchill, Schmutz und Sühne

»Mein liebes Mädchen, wann begreifst du,
dass es nicht unbedingt eine Tugend ist,
normal zu sein? Im Grunde handelt es sich nur
um einen Mangel an Mut.«

Tante Frances in Zauberhafte Schwestern (1998)

Kapitel eins

An den Sommerwochenenden hatte man das Gefühl, das American Hotel in Sag Harbor sei der Nabel der Welt. Die Einheimischen kamen, um sich einen Drink zu genehmigen, und die Touristen in der Hoffnung, eins der acht Zimmer zu ergattern.

Es war der Freitag vor dem Memorial Day, also noch nicht offiziell Sommer, aber doch beinahe. Die Busse der Hampton-Jitney-Linie hielten direkt vor dem Hotel und spuckten stündlich eine neue Ladung Besucher aus Manhattan aus.

Emma Mapson, die in Sag Harbor geboren war, beobachtete schon lange, wie der sommerliche Touristenstrom von Jahr zu Jahr anschwoll. Sie hatte gesehen, wie immer noch schickere Restaurants und an der Main Street immer noch mehr Luxusboutiquen eröffnet worden waren. Eines aber war über die Jahre gleich geblieben, und das war das American Hotel. Der Kolonialbau aus rotem Backstein mit den antiken Holzmöbeln, den Gemälden mit maritimen Motiven an den Wänden und den Tiffany-Leuchtern sah noch genauso aus und fühlte sich auch noch genauso an wie zu der Zeit, als Emma ein junges Mädchen gewesen war. Im Empfangsbereich standen dieselbe abgewetzte Couch und derselbe Backgammontisch, an dem sie von ihrem Vater Backgammon gelernt und sie selbst es ihrer eigenen Tochter beigebracht hatte. Alles schien sie aufzufordern: *Na los, genieß das Leben ein bisschen!* So hatte es sich jedenfalls bisher angefühlt.

Eine Frau näherte sich dem Empfang und sagte: »Es gibt da ein paar Dinge, die mich an meinem Zimmer stören.«

»Oh, das tut mir leid«, erwiderte Emma, warf einen Blick auf das von Hand ausgefüllte Reservierungsbuch und versuchte herauszufinden, mit welchem Gast sie es zu tun hatte. »Was genau stört Sie denn?«

»Einfach alles!«, antwortete die Frau. »Es gibt keine einzige Steckdose, damit ich mein Telefon aufladen kann, es gibt keinen Fernseher und keinen Wandschrank.«

Emma setzte routiniert eine neutrale Miene auf. Zu verständnisvoll, und es kam einem Eingeständnis gleich, dass tatsächlich einiges im Argen lag; zu verwirrt, und der Gast fühlte sich provoziert. Eine ausdruckslose Miene war das Unverfänglichste.

»Ihr Name, Ma'am?«, fragte Emma.

»Stoward.« Sie sagte es so langsam und deutlich, als hätte sie es mit jemandem zu tun, der gerade erst lesen und schreiben gelernt hatte.

Emma sah die Einträge im Reservierungsbuch durch. Die Frau war im Cooper-Zimmer untergebracht. Es stimmte schon, einen Fernseher gab es dort nicht, genauso wenig wie in allen anderen Zimmern. Und einen Wandschrank gab es auch nicht, aber dafür einen großen antiken Schrank. Steckdosen allerdings hatte es genug. Ihr war völlig schleierhaft, wieso die Frau keine finden konnte.

»Mrs Stoward, ich …« Emma schaute auf. Ihr Blick fiel auf einen vertrauten dunklen Lockenkopf auf der anderen Seite der Halle.

Nirgendwo in der Stadt konnte man die Leute besser beobachten als vom Empfang des American Hotel aus. Emma wusste nie, wer es sich als Nächstes auf dem Sofa bequem machen würde, von dem aus man sowohl einen Blick auf die Main Street als auch auf die immer volle Hotelbar hatte. Manchmal schaute sie auf und sah den Hafenmeister der Stadt dort sitzen, vielleicht auch einen Touristen aus dem Mittleren Westen, einen Promi-Koch oder Billy Joel, einen Einheimischen. Am glücklichsten aber war sie, wenn es sich bei der Person, die auf dem begehrten Platz saß, um ihre vierzehnjährige Tochter Penny handelte – so wie jetzt gerade.

Pennys schmale Gestalt war wie üblich über einen Zeichenblock gebeugt. Emma konnte ihr Gesicht nicht sehen, weil es von ihren Haaren verdeckt wurde. Oh, diese Haare! Als Penny noch ganz klein war, hatten die Leute auf der Straße sie immer auf die Lockenpracht ihrer Tochter angesprochen. Emma sah zu ihr hin, als könnte sie sie durch bloße Willenskraft dazu bewegen aufzuschauen. Ein Blick in Pennys Augen – große, dunkle Augen, ganz anders als ihre eigenen – genügte, und Emma wusste, wie ihre Tochter gelaunt war. Lag es an dem schwierigen Alter oder an Pennys Charakter? Die Geschwindigkeit, mit der ihre Launen wechselten, war jedenfalls nicht zu unterschätzen.

Emma wandte sich wieder dem Hotelgast zu. »Ich komme gleich zu Ihnen rauf und werde sehen, was ich tun kann. Nur einen kleinen Augenblick, ja?«, sagte sie lächelnd, um Zeit zu gewinnen. Sie musste wissen, weshalb Penny so früh aus der Schule zurück war. Als die Frau außer Sichtweite war, schlüpfte sie hinter dem Empfang hervor.

Penny, die in ihrer Schultasche kramte, schien ihre Mutter nicht zu bemerken.

»Hi, Schatz«, sagte Emma. »Wieso bist du nicht in der Schule?«

Penny hob ihren Kopf und schob sich ihre Locken aus dem Gesicht.

»Heute war doch nur vormittags Unterricht. Verlängertes Wochenende. Vergessen?«

Richtig! »Stimmt, das hab ich in der Tat.« Sie beugte sich hinunter und wollte ihre Tochter in die Arme nehmen, aber Penny entzog sich ihr. Emma richtete sich wieder auf und versuchte, nicht verletzt zu wirken. »Okay. Und, was hast du für Pläne?«

»Ich werde mich zu Mr Wyatt setzen. Aber erst muss ich noch ein Buch kaufen.« Sie sah ihre Mutter mit jenem treuherzigen Hundeblick an, der besagte: *Ich brauche Geld.*

Emma seufzte. »Kannst du es nicht in der Bücherei ausleihen?«

»Die haben es noch nicht, und ich will es Mr Wyatt unbedingt heute noch zeigen.«

Emma drehte sich um und sah zu der Ecke hinüber, wo der alte Mann, ein weltberühmter Künstler, mit dem sich Penny trotz des Altersunterschieds angefreundet hatte, spätnachmittags immer saß. »Na schön. Aber stör ihn jetzt nicht, er unterhält sich gerade.« Sie ging mit Penny zur Rezeption hinüber, wo sie ihr einen Zwanziger zusteckte. Ihre Tochter beugte sich vor und drückte ihr einen flüchtigen Kuss auf die Wange.

»Jetzt weiß ich wenigstens, was es kostet, in der Öffentlichkeit ein kleines Zeichen deiner Zuneigung zu bekommen«, bemerkte Emma trocken.

Penny verdrehte die Augen und eilte Richtung Ausgang.

Das Telefon läutete. Emma hob ab, nahm eine Zimmerreservierung entgegen und ging dann in den zweiten Stock hinauf, um zu sehen, was sie für ihren unzufriedenen Gast tun konnte.

»Na endlich«, empfing Mrs Stoward sie. Sie war nicht allein im Zimmer. Auf der Kante eines der beiden Messingbetten saß ein Mann – Mr Stoward vielleicht? – und tippte eifrig auf seinem Handy herum. Er blickte nicht einmal auf.

»Verstehen Sie jetzt, was ich meine?« Mrs Stoward machte eine weit ausholende Handbewegung, als wollte sie sagen: *Schauen Sie sich das mal an! Ist das nicht furchtbar?*

Emma ließ ihren Blick durch das Zimmer schweifen. Ein antiker Ganzkörperspiegel, eine Couch mit rot-golden gestreiftem Bezug, zwei Dominy-Stühle. Außerdem ein wunderschöner Schrank, groß genug für eine komplette Garderobe.

Es machte sie rasend, wenn Sommergäste den Charme des Hotels nicht zu schätzen wussten. Es war 1843 erbaut worden, aber die Leute erwarteten die Annehmlichkeiten eines modernen Four Seasons. Sag Harbor war eine geschichtsträchtige kleine Stadt, doch das interessierte die wenigsten. Wussten sie, dass von hier aus einst Walfänger mit ihren Booten in See gestochen waren? Es an diesem Ort eine Schriftstellerkolonie gab? Eine historische afroamerikanische Gemeinde, die Teil der Underground Railroad war, dem Netzwerk, das Sklaven zur Flucht verholfen hatte? Dass John Steinbeck hier gewohnt hatte? Nein, das Einzige, was die Touristen interessierte, waren Restaurantempfehlungen.

»Hier ist eine Steckdose, sehen Sie?« Emma bückte sich und zeigte auf eine, die vom Bein eines Holzschreibtischs verdeckt wurde.

»Schön, damit wäre *ein* Problem gelöst«, bemerkte Mrs Stoward, die Hände in die Hüften gestemmt.

Emma ging zum Schrank und öffnete ihn. »Ich kann Ihnen gern noch mehr Kleiderbügel bringen lassen. Sie werden sehen, hier geht eine Menge rein.«

Mrs Stoward musterte den Schrank misstrauisch. »Ist das Zedernholz?«

»Benutz den verdammten Schrank doch einfach, Susan«, murmelte der Mann.

»Und was ist mit dem Fernseher?«, wollte Mrs Stoward wissen.

Jetzt hob der Mann den Kopf und sah Emma gereizt an. »Ja, wir brauchen einen Fernseher hier drin. Um sieben wird ein Spiel übertragen.«

Emma wollte gerade zu der Erklärung ansetzen, dass es im Hotel keine Fernseher gab, als von unten ein gellender Schrei heraufdrang.

»Entschuldigen Sie mich bitte.« Emma eilte aus dem Zimmer und zur Treppe, wo ihr eine Servicekraft entgegengelaufen kam.

»In der Bar ist jemand umgekippt!«, keuchte sie.

Umgekippt? Es war noch früh am Nachmittag. Hatte trotzdem schon jemand zu tief ins Glas geschaut? War alles schon passiert.

»Habt ihr einen Krankenwagen gerufen?« Emma rannte die Treppe hinunter und stieß die Holztür zwischen Treppenhaus und Eingangshalle auf, obwohl sie wusste, dass nicht selten ein Teewagen oder ein Tisch dort stand und den Zugang verbarrikadierte. Aber die Verandatür zu benutzen und außen herum zum Vordereingang zu gehen würde zu viel Zeit kosten.

Zum Glück stand heute nichts im Weg. Emma eilte zur Rezeption, wo das schwarze Festnetztelefon stand, und wählte die 911.

»Hier ist Emma Mapson vom American Hotel. Schicken Sie bitte einen Krankenwagen, einer unserer Gäste ist ohnmächtig geworden.« Der Koordinator in der Notrufzentrale wollte Näheres wissen, aber von ihrem Platz aus konnte sie den am Boden Liegenden nicht sehen, und ihr Telefon war kein schnurloses. Manchmal stellten die altmodischen Eigenheiten des Hotels eine echte Herausforderung dar. Sie hätte ihr Handy benutzen sollen, aber auf das lückenhafte Mobilfunknetz in dieser Gegend war kein Verlass.

Kellner und Servicekräfte hatten sich um den Gast geschart. Chris, der Barkeeper, kniete am Boden und versuchte zu helfen. Er schien zu wissen, was er tat. Emma wäre nicht überrascht, wenn er auch Rettungssanitäter wäre. Fast alle, die in der Stadt arbeiteten, waren mehr oder weniger Allrounder, die verschiedene Jobs hatten. Der Typ, der am einen Abend eine Essensbestellung entgegennahm, steuerte am nächsten Tag vielleicht das Wassertaxi.

Emma ließ ihren Blick über die Gesichter schweifen, während sie rätselte, ob der Gast am Boden ein Einheimischer oder ein Tourist war. Einige Stammgäste kehrten sommers wie winters jeden Tag zur Happy Hour ein. Selbst wenn draußen ein Schneesturm tobte, konnte man sie hier antreffen. Sie waren der harte Kern, für den das American Hotel ein Club war.

Ihr fiel auf, dass ein Barhocker leer war, und zwar der an der Ecke zur Halle.

O nein! Eine böse Ahnung beschlich sie. Sie hoffte inständig, dass sie sich irrte.

***

Penny überquerte die Main Street und machte sich auf den Weg zur Buchhandlung. Ihrer Meinung nach hatte die Stadt zwei große Pluspunkte: die Buchhandlung und BuddhaBerry, die Joghurteisdiele. Wenn sie zwischen diesen beiden pendelte, würde sie das verlängerte Wochenende schon irgendwie rumkriegen.

Zu viel Freizeit bekam ihr nicht. Da fing sie an zu grübeln.

»Denk doch an etwas Schönes, etwas, für das du dankbar sein musst, und sei es nur eine Kleinigkeit, anstatt dir immerzu Sorgen zu machen«, hatte ihre Mom gesagt.

Etwas, für das sie wirklich dankbar war, war, dass sie die achte Klasse bald hinter sich hatte. Es war ein brutales Jahr gewesen. In Mathe wäre sie um ein Haar durchgerasselt. Robin, ihre beste Freundin, hatte kaum noch Zeit für sie, seit sie zu der angesagten Clique gehörte – den Mädchen mit den vom Glätteisen superglatten Haaren und den neuen iPhones und den trendigen Klamotten. Dann, im Dezember, war auch noch das einzige Kino der Stadt abgebrannt. Ein totaler Schock für alle. Ein historisches Gebäude, und der Brandgeruch hatte noch Wochen später über der Main Street gehangen. Die Lücke mit den Trümmern sah hässlich aus, das schon, aber Peggy staunte doch über das Ausmaß der allgemeinen Betroffenheit.

»Das ist symbolisch, weißt du«, sagte ihre Mutter. »Es ist der plötzliche Verlust. Zu vieles hier verändert sich, deshalb will man einfach an manchen Dingen festhalten.«

Ohne Kino gab es einen Zeitvertreib weniger, um die einsamen Wochenenden zu füllen. Und den nahen Sommer.

Aber wenigstens hatte sie noch die Buchhandlung, Harbor Books.

Im Laden roch es nach den Früchten und Gewürzen von der Dobrá Tea Bar im hinteren Teil des Raums. Alexis Pine, die Mittzwanzigerin, der der Laden gehörte, hatte Penny schon Monate vor der Eröffnung der Teebar von ihren Plänen erzählt. Tee – Oolong-Tee, Pu-Erh-Tee,

Grüntee – war Alexis' ganz große Leidenschaft. Sie hatte lange Haare, die einmal blond gewesen waren, jetzt aber jenen pinkfarbenen Rotstich hatten, der vom Färben mit Kool-Aid kam, und sie trug flippige, ausgefallene Sachen. So wie sie wollte Penny auch sein. Alexis hatte außerdem zwei Katzen in ihrem Laden und im hinteren Teil eine Sammlung alter Bücher in einer Glasvitrine, und sie wusste erstaunlich gut über Graphic Novels Bescheid.

Sie stand hinter der Ladentheke, als Penny eintrat. »Hey, Penny! Dein Buch ist da.«

Pennys Manga- und Superheldenphase schwächte sich ab. Stattdessen begann sie, sich für realistische Graphic Novels wie *Ein Sommer am See* von Jillian und Mariko Tamaki zu interessieren.

Penny schob die Zwanzigdollarnote, die sie von ihrer Mutter erhalten hatte, mit den Fingerspitzen über den Ladentisch, wobei sie versuchte, sie so wenig wie möglich zu berühren.

»Und, was hast du am Wochenende vor?«, fragte Alexis, als sie ihr das Wechselgeld herausgab.

Penny steckte es schnell ein, holte dann das verbotene Purell-Gel aus der Tasche und gab einen großen Klecks auf beide Hände. Das Desinfektionsmittel brannte auf ihrer vom vielen Waschen trockenen, rissigen Haut.

»Weiß noch nicht genau«, antwortete sie.

Es war ihr peinlich zuzugeben, dass sie keine Pläne fürs Wochenende hatte. Warum kam sie sich neuerdings wie eine totale Versagerin vor? Das Gefühl rührte nicht bloß daher, dass sie keinen Dad hatte – jedenfalls keinen, der da war – oder dass sie in einem Haus wohnte, das klein war und im falschen Teil der Stadt stand. Nein, ihr Anderssein fühlte sich von Woche zu Woche tiefer, unabänderlicher an.

Das war auch der Grund, warum sie sich in Gesellschaft älterer Menschen wohler fühlte. Ihnen schien nichts Ungewöhnliches an ihr aufzufallen. Die meisten waren einfach nur nett. Und so hatte sie es sich angewöhnt, praktisch jede freie Minute in dem Hotel zu verbringen, in dem ihre Mutter arbeitete.

Dorthin ging sie jetzt auch zurück, weil sie Mr Wyatt ihr neues Buch zeigen wollte.

Mr Wyatt hatte weißes Haar, trug immer ein Tweedjackett und benutzte einen Gehstock von Fabergé, der aus Nephrit, einem jadeähnlichen Schmuckstein, gefertigt war. Sein Stammplatz war an der Ecke der Bar, wo er mit dem Rücken zur Empfangshalle saß und mit niemandem redete, weil er die ganze Zeit damit beschäftigt war, etwas auf eine Serviette zu kritzeln. Sie hatte erst nach einiger Zeit bemerkt, dass einige dieser Zeichnungen gerahmt und im Speisesaal aufgehängt worden waren. An dem Abend, als ihr das aufgefallen war, hätte sie ihre Mutter gern gefragt, was es damit auf sich hatte, aber sie wusste, dass ihre Mom sie dann nach Hause geschickt hätte – sie hatte sie in der stets vollen Bar bisher nur nicht gesehen. Und so fragte sie den alten Mann: »Wie haben Sie es geschafft, dass die hier Ihre Zeichnungen aufgehängt haben?«

»Oh, eigentlich hatte ich gar nichts damit zu tun. Sie haben sie aus dem Müll gefischt oder aus einem Haufen zerknüllter Servietten herausgesucht.«

Es dauerte einen Augenblick, bis sie das verarbeitet

hatte. Dann sagte sie: »Ich zeichne auch.« Zeichnen war eines der wenigen Dinge, die ihr Freude machten.

»Erstaunlich, dass jemand aus deiner Generation das Telefon lange genug aus der Hand legt, um zu Papier und Bleistift zu greifen«, erwiderte er.

»Ich darf kein Smartphone haben«, sagte Penny. Sie litt an der Zwangserkrankung OCD sowie Angststörungen, und das Handyverbot war in puncto Freundschaften nicht gerade hilfreich.

»Du darfst kein Telefon haben, aber du darfst in Bars herumlungern?«, sagte er.

»Meine Mutter arbeitet hier.« Sie zeigte unauffällig mit dem Finger auf sie. »Deshalb komm ich her.«

Der alte Mann schaute zu ihrer Mutter hinüber, dann sah er wieder Penny an. Zum ersten Mal lächelte er. »Emmas Tochter. Die Ähnlichkeit ist unverkennbar.« Das war eine Lüge. Ihre Mutter war wunderschön und sie, na ja, sie nicht.

Nach diesem Abend bat Mr Wyatt sie, ihm ihre Bilder zu zeigen. Sie trafen sich in der Empfangshalle und setzten sich auf die Couch. Penny trank eine Limo, er bestellte sich Martinis und erklärte ihr, wie man Konturen zeichnete und Proportionen richtig erfasste. Etwa einen Monat später fiel ihr auf, dass Henrys Skizzen nicht nur im Hotel hingen: Sie waren überall in der Stadt anzutreffen. Henry war berühmt.

Sie trat aus der Buchhandlung auf die Straße hinaus, als ihr Telefon, ein beschissenes altes Klapptelefon, für das man sich schämen musste, ihr mit einem Klingelton den Eingang einer SMS meldete.

Sei nicht sauer. Klar kannst du zu der Party kommen. Ich schick dir die Adresse.

Penny ignorierte die Nachricht. Sie brauchte Robins Einladung nicht. Sie hatte etwas Besseres vor.

Sie ging zum Hotel zurück. Es dauerte einen Moment, bis sie die Streifenwagen bemerkte. Zwei standen in einem merkwürdigen Winkel direkt vor dem Gebäude. Der Verkehr wurde umgeleitet. Auf dem Bürgersteig hatte sich eine kleine Menschenmenge versammelt.

Penny zog den Kopf ein und versuchte, unauffällig die Veranda zu überqueren und zum Eingang zu gelangen.

Ein Officer hielt sie auf. »Da kannst du jetzt nicht rein, junge Dame!«

Er breitete die Arme aus und versperrte ihr den Weg. Penny überlegte, ob sie sich zur Rückseite des Hotels schleichen sollte. Doch dann …

»In der Bar ist ein älterer Mann tot zusammengebrochen«, sagte jemand. »Saß vor seinem Martini und fiel einfach tot um.«

»So möchte ich auch gehen«, sagte ein anderer.

Penny stand da wie versteinert. Ganz in der Nähe heulte die Sirene eines Krankenwagens. Sie presste sich beide Hände auf die Ohren. Jetzt hatte die Angst sie definitiv gepackt. Und mitten in dem ganzen Chaos rollte der Vier-Uhr-Bus heran. Als er am Straßenrand hielt, stiegen Dutzende Fahrgäste aus, mit Gepäck beladen, ihre Handys am Ohr. Penny, die nur noch wegwollte, war gefangen im Strom der Sommerferiengäste, die es kaum erwarten konnten sich zu amüsieren.

Kapitel zwei

Nur wenige Dinge im Leben bereiteten Bea Winstead so viel Vergnügen wie ein Raum voller Menschen.

Bea, eine legendäre New Yorker Kunstmäzenin, war berühmt für ihre intimen kleinen Treffen, zu denen ungefähr hundert oder mehr Leute kamen, die sich aufgrund ihres Vermögens und ihrer Bereitschaft, ein Werk des nächsten großen Ausnahmetalents zu erstehen, das Recht auf eine Einladung erworben hatten. Hinzu kamen die Ehrengäste, jene glücklichen Künstler, die, wenn sie Beas Park-Avenue-Apartment betraten, nicht wussten, wovon sie im nächsten Monat die Miete ihrer Einzimmerwohnung in Greenpoint bezahlen sollten, und sich am Ende des Abends über einen Verkauf ihrer Werke im sechsstelligen Bereich freuen konnten. Seit mehr als vierzig Jahren war es diese spannende Verknüpfung von Kunst und Geld, die Beas Partys zu einem bedeutsamen Ereignis machte, wo das Unvorhersehbare für eine prickelnde Atmosphäre sorgte.

Doch jetzt schien es, als würde ihr Einfluss schwinden. Sie ließ ihre Blicke durch den Raum schweifen und stellte fest, wer alles fehlte. Hatten ihre Partys ihren Glanz verloren? Oder lag es am Memorial Day und dem verlängerten Wochenende, wenn alle in die Hamptons flohen? Gott, wie sie die Hamptons hasste!

»Kyle, sag den Leuten vom Partyservice, sie sollen mit ihren Getränkewagen mindestens anderthalb Meter Abstand von den Bildern halten!«

Ihr Assistent war ein gut aussehender junger Mann mit vollem Haar, strahlend blauen Augen und den markanten Zügen eines Filmstars. Sie hatte angenommen, dass er, als sie ihn das erste Mal in ihrem Apartmenthaus gesehen hatte, wo er verschiedene handwerkliche Arbeiten erledigte, so wie ihr Lieblingskellner im Aureole, der es bis in eine Sitcom geschafft hatte, genau das werden wollte, Schauspieler.

Aber als sie ihn fragte, hatte er geantwortet: »Nein, Ma'am, ich mag meinen Job, ich bin gern ein Mann für alles.«

Bea gefiel diese Einstellung. Freude an der Arbeit, egal welche, war wichtig. Das zeugte von einem anständigen Charakter. Und so hatte sie ihn um Hilfe beim Aufbau einer besonders komplizierten Kunstinstallation in ihrem Apartment gebeten. In der gleichen Woche kündigte ihre Assistentin. *Warum nicht mal zur Abwechslung jemanden einstellen, der praktisch veranlagt ist?*, hatte Bea gedacht. Sie hatte genug von diesen verträumten Kunstjüngern ohne nennenswerte Fähigkeiten. Also machte sie ihrem zukünftigen Assistenten ein Angebot, das so lukrativ war, dass er nicht ablehnen konnte.

Bea warf einen letzten prüfenden Blick auf die Gemälde, die Kyle für das Event an diesem Abend aufgehängt hatte. Die Bilder stellten überlebensgroße Blumen, Amöben oder Vögel dar. Der Künstler hieß Frank Cuban, stammte aus der Bronx und war sechsundzwanzig Jahre alt. Bea hatte die Ausstellung organisiert, weil sie einer alten Freundin einen Gefallen tun wollte. Sie kannte Joyce Carrier-Jones noch aus der Zeit, als die Galerien in der Tenth Street angesagt waren. Heute war Joyce die für die Zulassungen zuständige Dekanin an der renommierten New York Academy of Art, und Cuban war ein ehemaliger Schüler. Nicht nur im Leben, auch in der Kunst kam es auf die richtigen Beziehungen an.

Zur Ausstellung gehörte ein Werk in Acryl, Grafit, Holz und Nagellack. Ein anderes war ein Ölpastell auf Papier mit Edding-Stift und Sprühfarbe. Amüsant, ja. Innovativ, nein. Bea sehnte sich nach den alten Zeiten, in denen jedes Jahrzehnt eine oder zwei große Kunstströmungen hervorgebracht hatte. Sie vermisste das Gefühl, einen richtigen Star zu entdecken.

Aber der Schlüssel zu einem langen Leben war, nach vorn zu schauen. Zurückzublicken schadete nur.

Joyce Carrier-Jones kam herüber und reichte Bea ein Glas Wein. Joyce kleidete sich gern auffällig – Kaftane in kräftigen Farben und klobiger Keramikschmuck. Ihr schwarz gefärbtes Haar hatte vorn eine dramatische Silbersträhne, und ihre Brille mit der rechteckigen Fassung war überdimensional groß.

»Prost«, sagte Joyce. »Auf einen aufgehenden neuen Stern am Kunsthimmel! Weißt du, Bea, ich bewundere dich. Was für eine fantastische Karriere! Ich habe mir überlegt, ob ich nicht auch Künstler managen soll, so wie du es früher getan hast. Ich meine, es ist nie zu spät, oder?«

Bea hörte kaum zu. Sie hielt ihr Weinglas hoch und

starrte es ungläubig an. Es hatte keinen Stiel! Hielt sich heutzutage denn niemand mehr an die Regeln?

»Das ist inakzeptabel!«, sagte sie.

»Hat es einen Sprung?«, fragte Joyce.

»Nein, es hat keinen Stiel! Weißwein serviert man doch nicht in einem stiellosen Glas!« Ihre freie Hand flatterte gereizt zu den großen Perlen, die sie um den Hals trug.

»Ach, Bea, das macht doch nichts. Man muss mit der Zeit gehen. Solche Gläser sind im Moment in.«

»Der Stiel ist nicht zur Dekoration da, sondern er erfüllt einen Zweck. Man fasst das Glas am Stiel, damit der gekühlte Wein nicht von den Händen erwärmt wird.«

Bea stürmte ärgerlich in die Diele hinaus und dachte zum tausendsten Mal, dass die größte Demütigung des Alters nicht der eigene körperliche Verfall war, sondern mit ansehen zu müssen, wie es mit der Welt bergab ging.

Bea war in Newport, Rhode Island, aufgewachsen, wo nur eines wichtiger war als die Etikette – die Religion. Sie war nur wenige Jahre nach dem Neuengland-Hurrikan von 1938 zur Welt gekommen, und was ihre Eltern über jene furchtbare Nacht erzählten, in der unzählige Menschen in den Tod gerissen wurden, sagte im Grunde alles über die Stadt aus. Als der tödliche Sturm über die Region fegte, traf ihre Nachbarin Grace Graham Wilson Vanderbilt gerade die Vorbereitungen für ein festliches Dinner. Sie ließ sich auch nicht aus der Ruhe bringen, als ein Großteil ihrer Veranda von dem verheerenden Hurrikan weggerissen wurde. Straßen verwandelten sich in reißende Flüsse, und die geladenen Gäste mussten sich entscheiden, ob sie ihr Leben aufs Spiel setzen oder Grace Graham Wilson

Vanderbilt vor den Kopf stoßen wollten. Von den dreißig geladenen Gästen erschienen nur drei nicht.

»Kyle, ich muss mit dir reden!« Bea schnippte mit den Fingern und winkte ihn zu sich, damit er sich um die Sache mit den Weingläsern kümmerte.

»Ich mit dir auch«, sagte er. »Sieh dir das mal an.«

Er reichte ihr sein Smartphone, auf dessen Homescreen eine Eilmeldung zu lesen war: *Minimal-Art-Pionier Henry Wyatt mit 83 Jahren verstorben.*

Vor ihren Augen verschwamm alles. Die Party, die Gemälde, die Weingläser – alles verblasste. Bilder eines anderen Saals voller Menschen vor vielen Jahrzehnten stiegen vor ihrem inneren Auge auf. Ein junger Mann mit schmal zulaufenden Fingern und Farbe unter den Nägeln. Sie schloss die Augen und sah ein schlauchähnliches Apartment, ein Zimmer hinter dem anderen, und an den Wänden lehnten lauter Gemälde. Erinnerungen stürmten auf sie ein, lebendig und überwältigend. Als wäre es gestern erst gewesen, sah sie sich und Henry auf einer Bank im Washington Square Park sitzen, pleite und verunsichert, aber jung; sie hatten ihr ganzes Leben noch vor sich.

Bea griff Halt suchend nach Kyles Arm. »Wirf alle raus. Pack meinen Koffer und hol den Wagen. Fahr zum Vordereingang.«

»Jetzt gleich?«

»Ja, *jetzt gleich*!«

»Wo willst du denn hin?«

»Wir fahren in die Hamptons.«

Zusätzlich zu ihren gewohnten Pflichten musste Emma auf einmal eine weitere wichtige Aufgabe übernehmen: einen Anschein von Normalität wahren.

Sie kannte zwar die Gerüchte, dass es im American Hotel spuken sollte, aber sie hatte noch nie erlebt, dass hier jemand tatsächlich gestorben war. Und ausgerechnet während ihrer Schicht. Das war Pech. Und noch größeres Pech war, dass es sich um jemand handelte, den sie kannte und mochte. Aber die Bar war proppenvoll und die Warteliste für einen Tisch im zweistelligen Bereich – sie hatte keine Zeit, über Henry Wyatt nachzudenken.

Ihr Boss hatte die Sache in die Hand genommen. Jack Blake, der Besitzer des Hotels, hatte in seinem Büro lange mit dem Polizeichef zusammengesessen und war jetzt damit beschäftigt, die Presse in Schach zu halten. Emma bemühte sich so zu tun, als ob es ein ganz normaler Freitagabend sei, und sich darauf zu konzentrieren, die Wünsche der Gäste zu erfüllen.

Chris Vincenzi, der Chefbarkeeper, gab ihr ein Zeichen mit der Hand.

Zu den Barkeepern des Hotels hatte Emma eine besondere Beziehung. Das rührte zum Teil daher, dass ihr Vater ebenfalls Barkeeper gewesen war. Sie war noch sehr jung gewesen, als er starb, und in gewisser Weise stellte die Hotelbar eine Art Verbindung zu ihm dar. Sie schätzte die Barkeeper aber auch aus dem einfachen Grund, dass sie ihr ihre Arbeit erleichterten.

Die Bar war der Mittelpunkt des Hotels. Wenn die Cocktails in Strömen flossen und die Unterhaltungen eine fiebrige, schrille Tonlage erreichten, wenn die Gäste sich aus einer perfekten Mischung von Einheimischen und Touristen, von Wohlhabenden und einfachen Arbeitern, von Jung und Alt zusammensetzten, war die Welt in Ordnung. Die Stimmung riss selbst den anspruchsvollsten Hotelgast mit. Als Emma sich um einen Job im Hotel beworben hatte, war es ihr größter Wunsch gewesen, hinter der Bar zu stehen. Aber Jack Blake hatte in seiner ganzen Zeit als Hotelbesitzer noch nie einen weiblichen Barkeeper eingestellt. Sexistisch? Vielleicht. Die Jungs in der Bar nannten es Tradition. Manchmal fragte sie sich, ob ihr Vater das auch so gesehen hätte.

»Em, kannst du mir bitte diesen Wein holen?« Chris kritzelte den Namen eines ganz bestimmten Châteauneuf-du-Pape auf eine Barserviette. »Ich glaube nicht, dass einer von den Kellnern ihn finden wird, und ich kann im Moment unmöglich hier weg.«

Jack nahm das Thema Wein sehr ernst. Er hatte Anfang der Siebzigerjahre begonnen, eine Sammlung aufzubauen, und inzwischen umfasste die Weinkarte über fünfundachtzig Seiten mit etwa tausendsiebenhundert Weinen. Obwohl Emma seit fast zwölf Jahren im Hotel arbeitete, staunte sie manchmal immer noch über das komplizierte Labyrinth des Weinkellers. Als sie an den Weinregalen entlangging, schoss ihr plötzlich ein Gedanke durch den Kopf: *Penny!* Sie hatte seit Stunden nicht an ihre Tochter gedacht. Für Penny würde Henry Wyatts Tod ein schwerer Schlag sein. Emma hoffte, dass sie es von ihr und nicht von irgendjemand sonst oder aus dem Internet erfahren würde.

Wenn sie zwölf oder vierzehn Stunden am Stück arbeitete, bekam sie Penny praktisch kaum zu Gesicht – das war das Schlimmste an ihrem Job. Die Stadt war zwar sicher, jeder kannte jeden, aber dennoch war es alles andere als ideal, wenn eine Vierzehnjährige nach der Schule sich selbst überlassen war. Penny war ein gutes Kind, und doch konnte alles Mögliche passieren. Und wenn im Hotel Hochbetrieb herrschte und Emma viel um die Ohren hatte, war es, als hätte sie keinerlei Bezug mehr zu ihrer anderen, sehr viel wichtigeren Aufgabe – nämlich Mutter zu sein. Eine alleinerziehende Mutter.

Der Weinkeller hatte ein Nummernsystem, und manchmal irrte sie zwischen den Regalen umher wie jemand, der sich in einer fremden Gegend vergeblich mithilfe einer Landkarte zu orientieren versuchte, aber heute fand sie die gesuchte Flasche auf Anhieb. Einen Paul Jaboulet Aîné 2010 Domaine de Terre Ferme Rouge, Châteauneuf-du-Pape. Okay, wenigstens das hatte geklappt. Vielleicht war das ja ein Zeichen, dass doch noch etwas aus dem Abend werden würde.

Sie ging wieder hinauf, brachte den Gästen den Wein an den Tisch und eilte zum Empfang, wo das Telefon klingelte.

»The American Hotel, Sie sprechen mit Emma.«

»Emma, hier ist Jim DiMartino.«

Jim DiMartino war seit zehn Jahren beim Sag Harbor Police Department. Er war als einer der Ersten eingetroffen und hatte geholfen, als Henry Wyatt zusammengebrochen war.

»Hi, Jim. Falls Sie den Chief suchen, der ist schon vor einer ganzen Weile wieder gegangen.«

»Ehrlich gesagt rufe ich wegen etwas anderem an. Penny ist hier bei mir auf dem Revier.«

In der Bar herrschte ein solcher Lärm, dass Emma nur Bruchstücke verstand. Irgendetwas von einer Party und Minderjährigen, die Alkohol getrunken hatten, und einem Auto, das in der Fahys Road rückwärts in ein Haus gekracht war. Penny hatte nicht getrunken, aber sie war zusammen mit den anderen festgenommen worden.

Emma blickte sich ratlos um. Alle Tische besetzt, Gedränge in der Hotellobby, die Bar brechend voll.

»Ich bin gleich da«, sagte sie. Zum Glück lag das Polizeirevier nur zwei Häuser weiter. Sie würde Penny abholen und dann Angus anrufen, damit er sie nach Hause brachte. Angus hatte zur Miete im Nachbarhaus gewohnt und war nach dem Tod seiner Frau vor fünf Jahren bei Emma und Penny eingezogen. Das hatte zum Teil finanzielle Gründe gehabt: Warum Miete für ein Haus bezahlen, in dem er ganz allein wohnte? Angus und Celia hatten ihr eigenes Haus schon Jahre vorher verkauft. Die gestiegenen Grundsteuern stellten für alle eine enorme Belastung dar, sogar für Besitzer bescheidener Eigenheime in billigen Wohngegenden. Emma kannte viele, die zu drastischen Entscheidungen gezwungen gewesen waren.

Der Hauptgrund für Angus' Umzug aber war ein Versprechen, das er seiner Frau gegeben hatte. Celia, die auf Penny aufgepasst hatte, seit diese ein Baby war, wollte nicht, dass ihr Mann nach ihrem Tod allein lebte. »Der Mann war achtundfünfzig Jahre verheiratet«, hatte sie zu Emma gesagt. »Er wird allein nicht zurechtkommen. Ich möchte nicht wissen, was er essen würde, wenn niemand nach ihm guckt!« Sie wollte, dass jemand da war, der sich um ihn kümmerte und ihn umsorgte, und so nahm sie Angus und Emma das Versprechen ab, miteinander in einem Haus zu wohnen.

Emma rief ihn nicht gern so spät noch an. Angus arbeitete ehrenamtlich für die Sag Harbor Historical Society und im Walfangmuseum und ging normalerweise vor acht Uhr ins Bett. Außerdem sollte sie als Pennys Mutter ihre Tochter selbst nach Hause bringen. Aber so wie ein Kapitän auf der Brücke seines Schiffs blieb, musste sie an einem Freitagabend, wenn Hochbetrieb herrschte, die Stellung an der Rezeption halten. Sie hatte schon vor langer Zeit akzeptiert, dass es immer wieder Momente geben würde, wo entweder ihre Arbeit oder ihre Mutterpflichten auf der Strecke blieben.

Sie bog in die Gasse zwischen dem Rathaus und dem Restaurant Page ein. Die Fenster des Lokals standen offen, Musik und Gelächter erfüllten die Nacht.

Das Polizeirevier war zu klein für die vielen Teenager, die auf der Party aufgegriffen worden waren. Und so standen sie draußen in einer Reihe wie bei einer Feueralarmübung in der Highschool. An jedem einzelnen der jungen Gesichter klebte ein Smartphone. Emma ließ ihre Blicke suchend über die Gruppe schweifen. Penny, die mit ihren eins siebzig groß für ihr Alter war, war unter Gleichaltrigen normalerweise nicht zu übersehen. Ihre wilde Mähne stach ebenfalls hervor. Aber Emma konnte sie nirgends entdecken.

Sie ging hinein und sah Penny in Jims Büro neben seinem Schreibtisch sitzen.

»Danke, dass Sie angerufen haben.« Emma schüttelte dem Officer die Hand. Dann wandte sie sich ihrer Tochter zu. »Alles in Ordnung?«

»Ja, Mom, alles okay«, erwiderte sie leicht gereizt, als wäre Emma diejenige, die Ärger machte. In Augenblicken wie diesen wünschte sie sich einen Partner an ihrer Seite, dem sie einen Blick hätte zuwerfen und dann in komischer Verzweiflung die Augen hätte verdrehen können. Aber es half nichts, sie musste das allein durchstehen, und sie beide, ihre Tochter und sie, taten ihr Bestes.

»Du hast nicht gesagt, dass du auf eine Party gehst.«

»Das war ganz spontan. Und mein Telefon hat nicht funktioniert.«

Emma hatte keine Zeit für Diskussionen.

»Was für ein Abend«, bemerkte DiMartino.

»Ja, es wird nicht eine Sekunde langweilig«, sagte Emma. Obwohl das im Grunde nicht stimmte. Es war oft langweilig. Meistens sogar. Und dazwischen immer wieder kleinere Katastrophen. War das so, wenn man Mutter war – oder war das das Leben?

Sie ging mit Penny zur Main Street bis zu einer Bank vor einem Wegweiser zum Old Jail Museum, dem historischen Gefängnisgebäude. Sie befahl ihr, sich hinzusetzen und sich nicht vom Fleck zu rühren, bis Angus kommen würde.

Erst als sie wieder im Hotel war, fiel ihr ein, dass sie völlig vergessen hatte, Penny von Henry Wyatts Tod zu erzählen.

Kapitel drei

Manche Häuser hatten Adressen, andere hatten Namen. Das Haus, in dem Henry Wyatt die letzten dreißig Jahre seines Lebens verbracht hatte, gehörte zu Letzteren. Es war neun Uhr abends, als Bea in Sag Harbor eintraf. Kyle bog in die Actors Colony Road, eine strandnahe Privatstraße, ein, wo sich ein stattliches Anwesen ans andere reihte. Aber das Haus mit dem Namen Windsong übertraf alles – es glich einem Juwel in einer Krone.

Die Einfahrt führte seitlich am Haus vorbei und zu einer Garage im rückwärtigen Teil des Grundstücks. Henry hätte es niemals geduldet, dass der Anblick seines Hauses von parkenden Autos verschandelt wurde.

Kyle stieg aus und öffnete Bea die Wagentür. Als sie die kühle Nachtluft im Gesicht spürte, hätte sie fast das Gleichgewicht verloren. Das war real. Das passierte tatsächlich. Sie stand vor Windsong, aber Henry war nicht da. Henry war tot.

Während Kyle sich um das Gepäck kümmerte, ging Bea, einen einzelnen Schlüssel fest in der Hand, zur Haustür. Die Bewegungsmelder reagierten, die Außenbeleuchtung ging an. Kyle stieß einen leisen, bewundernden Pfiff aus, als er das Haus in seiner ganzen modernen, spektakulären Pracht erblickte.

Die Pläne für dieses architektonische Meisterwerk

stammten von Henry persönlich. Er war Künstler durch und durch gewesen und keinem bestimmten Medium verpflichtet. Er war Maler, Zeichner, Bildhauer und der Architekt seines Hauses gewesen. Bea, die selbst weder Künstlerin noch besessen von kreativem Ehrgeiz war, hatte größten Respekt vor dem Talent anderer.

Der Minimalismus zog sich wie ein roter Faden durch Henry Wyatts Werk, und Windsong machte da keine Ausnahme. Das Haus, eine Kombination aus Holz, Stein und Metall, hatte einen offenen Grundriss und bodentiefe Fensterfronten.

Bea schob den Schlüssel ins Schloss. Obwohl sie ihn viele Jahre nicht mehr benutzt hatte, trug sie ihn seit dem Tag, an dem sie ihn von Henry bekommen hatte, an ihrem Schlüsselring.

Sie fand den Hauptlichtschalter auf Anhieb wieder.

»Ein Wahnsinnshaus«, bemerkte Kyle. Selbst bei Nacht bot das Ineinanderfließen von Innen- und Außenarchitektur einen atemberaubenden Anblick. »Bist du sicher, dass wir hier sein dürfen?«

»Habe ich einen Schlüssel oder nicht?«, fauchte Bea. Sie ging langsam weiter. Jedes Gemälde weckte Erinnerungen an ihren verstorbenen Freund. Zärtlich fuhr sie mit der Hand über einige seiner Plastiken, die überall im Haus mit Bedacht aufgestellt worden waren. Sie konnte es noch immer nicht glauben, dass Henry tot war.

Ein etwa achtzig auf hundert Zentimeter großes Ölgemälde war der Blickfang des Wohnzimmers. Die kräftigen grünen und schwarzen Pinselstriche hatten, wie alle seiner Gemälde, ein dominantes zentrales Element.

Das Bild hatte viele Jahre im New Yorker Guggenheim Museum gehangen. Es hieß *Greene Street, 1972,* nach der Adresse der Galerie, die sie früher gemeinsam besessen hatten.

»Gehen wir nach oben.«

Wann war sie das letzte Mal hier gewesen? Sie hatte ganz vergessen, wie still es hier war. Sie blickte sich um. Fußböden und Decken waren aus weißem Eichenholz, die schlichten Türen hatten verdeckt liegende Zargen. Alles zeugte von durchdachtem Design und fügte sich harmonisch, ohne sichtbare Übergänge, zusammen. Jeder Zoll war Henry.

Den Medien zufolge hatte er einen tödlichen Herzinfarkt erlitten, aber Bea wollte sich nicht auf irgendwelche Spekulationen verlassen. Sie hatte Henrys Anwalt Victor Bonivent eine Nachricht hinterlassen, doch der hatte sich noch nicht gemeldet. Jetzt fragte sie sich, ob Victor überhaupt noch Henrys Anwalt war. Was wusste sie denn schon über Henrys Leben der letzten Jahre?

Die Treppe, die in den oberen Stock hinaufführte, vermittelte die Illusion, an einer weißen Wand entlang zu schweben. Bea überlegte, ob sie in Henrys Schlafzimmer gehen sollte, verwarf den Gedanken aber sofort wieder. Das würde sie emotional überfordern. Sie würde in einem der Gästezimmer schlafen.

Als Henry das Haus gebaut hatte, hatte sie sich jahrelang geweigert, ihn zu besuchen. Windsong war die Geliebte gewesen, die ihn von Manhattan weggelockt, ihn ihr gestohlen hatte. Der Bruch zwischen ihnen war nicht durch das Haus verursacht worden, aber in die Zeit gefallen, als es gebaut worden war, und so schien Windsong lange Zeit das Symbol ihrer zerbrochenen Freundschaft zu sein.

»Soll ich auspacken?« Kyle stand in der Tür eines Zimmers, dessen Fensterfront zur Bucht hin lag.

Bea machte eine wegwerfende Handbewegung. »Morgen.«

»Äh, Bea, wie lange werden wir denn bleiben? Übers Wochenende?«

Wie lange? Eine gute Frage. Wie lange brauchte man, um der Vergangenheit Ehre zu erweisen? Wie lange dauerte es, bis sie nicht mehr das Gefühl hatte, in die tosenden Wasser ihrer eigenen Vergänglichkeit zu blicken? Aber es war sinnlos, das einem zweiunddreißigjährigen Mann erklären zu wollen, der garantiert glaubte, er habe alle Zeit der Welt. Bea erinnerte sich gut an dieses Gefühl. Und es war untrennbar mit ihren Erinnerungen an ihre erste Begegnung mit Henry verbunden.

»Henry Wyatt war mein ältester Freund, Kyle. Und ich war im Grunde seine Familie, die einzige, die er hatte.« Sie konnte die Vergangenheit nicht ändern. Sie konnte Henry nicht wieder lebendig machen. Aber sie fühlte auf einmal eine Entschlossenheit, wie sie sie lange nicht mehr gekannt hatte. »Ich muss seinen Nachlass regeln. Er würde sich wünschen, dass ich mich um das Haus kümmere, das weiß ich. Wir werden bleiben, so lange es nötig ist.«

»Tut mir leid, dass meine Mom dich anrufen musste«, sagte Penny zu Angus.

Er warf ihr kaum mehr als einen flüchtigen Blick zu. Angus hatte weißes Haar und trug eine runde, randlose Brille. Er hatte die Figur eines ehemaligen Footballspielers: kräftig und breitschultrig und groß. Aber er war nicht Footballspieler, sondern Geschichtslehrer an der Highschool gewesen, und Penny war der Meinung, dass ihm der Ruhestand nicht sonderlich bekam. Seine Arbeit fehlte ihm. Wie sonst war es zu erklären, dass er ihr ständig Vorträge über die Geschichte von Sag Harbor hielt? Er sprudelte geradezu über vor Informationen. Ihre Mutter fand das total faszinierend, aber Penny hatte das Gefühl, beim Frühstücken mitschreiben zu müssen, und das gefiel ihr gar nicht.

Emma hatte ihr erzählt, dass sie sich nach dem Umzug in den Mount Misery Drive kurz nach Pennys Geburt sofort mit ihren neuen Nachbarn Angus Sinclair und seiner Frau Celia angefreundet hatte. Emma Mapson gehörte nicht zu den Zugereisten, die seit etwa zehn Jahren den Ort überschwemmten und jeden Preis für eine Immobilie bezahlten, sondern zu den Alteingesessenen. Genau wie die Sinclairs: Angus' Familie war eine der ersten afroamerikanischen Familien gewesen, die sich in Ninevah Beach ein Ferienhaus gekauft hatten. In vielen anderen Teilen der USA war es Afroamerikanern damals, in den Vierzigerjahren, nicht erlaubt gewesen, ein Haus zu erwerben.

»Ich hab noch nicht geschlafen«, sagte Angus jetzt. Er hielt am Straßenrand vor ihrem Haus. »Ich hab mir die Nachrichten angesehen.« Er hatte eine so tiefe Stimme, dass alles, was er sagte, klang, als wäre es sehr wichtig.

Heute klang er auch verärgert, aber das konnte auch daran liegen, dass sie ein schlechtes Gewissen wegen der Party hatte.

Penny ging hinein und huschte zur Treppe in den oberen Stock, weil sie jeder weiteren Unterhaltung aus dem Weg gehen wollte. Aber Angus war noch nicht fertig mit ihr.

»Ich hoffe nur, du machst keine Dummheiten, Penelope Bay Mapson«, sagte er.

Wenn Celia sie mit ihrem vollen Namen angeredet hatte, hatte Penny gewusst, dass es ihr bitterernst war. Den Namen Bay hatte Pennys Vater ausgesucht. Er und ihre Mutter hatten sich kennengelernt, als er einmal im Sommer im hiesigen Bay Street Theater in einem Stück aufgetreten war. Das war lange her, ihr Vater hatte die Stadt schon vor einer Ewigkeit wieder verlassen, aber der komische Name war Penny geblieben.

Sie ging in die Küche. »Nein, ich mach keine Dummheiten«, antwortete sie. *Lügen, Lügen, nichts als Lügen.*

Auf der Party war der Alkohol in Strömen geflossen: Es hatte Fassbier gegeben, Jell-O Shots, flaschenweise Wodka und Tequila. Als Penny hingekommen war, waren das Haus und die große Veranda direkt am Strand schon übersät mit roten Plastikbierbechern.

Penny traute sich nicht, Alkohol zu trinken. Ihre Mutter würde sie umbringen. Und da sie es bei der Arbeit ständig mit Betrunkenen zu tun hatte, würde sie das kleinste Anzeichen sofort bemerken. Während also alle anderen ihren Spaß hatten, begnügte sich Penny mit Zusehen. Keiner redete mit ihr. Keiner sah sie auch nur an.

Und im Geist hörte sie immer noch das Heulen der Sirenen vor dem Hotel.

Auch wenn sie sich nicht sicher sein konnte, so wusste sie doch instinktiv, dass es Mr Wyatt war, der gestorben war. Sie hätte sich nur irgendjemandes Smartphone leihen und googeln müssen, aber sie hatte Angst vor der Wahrheit. Und dennoch musste sie unaufhörlich an ihn denken. Alle zehn Minuten war sie aufs Klo gegangen und hatte sich die Hände gründlich eingeseift und sie dann über das Waschbecken gehalten, bis sie einigermaßen trocken waren. Sie brachte es nicht über sich, das am Handtuchhalter hängende Handtuch zu benutzen. Irgendwann war dann Robin zu ihr gekommen und hatte ihr eine weiße Tablette angeboten, die so harmlos wie Aspirin aussah. Penny griff zu. Ihr war alles recht, was ihr die Flucht vor ihren eigenen Gedanken ermöglichte. »Keine Sorge, Mindy sagt, ihre Mutter wirft die ein wie Pfefferminzdrops«, hatte Robin gemeint.

Ungefähr eine halbe Stunde lang passierte gar nichts. Dann überkam sie von einer Sekunde zur anderen ein wohliges Glücksgefühl, als wäre sie in eine Zauberdecke gewickelt worden. Sie saß immer noch auf der Couch, sie wurde immer noch von den anderen ignoriert, aber sie spürte ganz deutlich, dass sich ihre Sorgen verflüchtigt hatten. Es war unglaublich.

Und dann schrie Jordan, Mindys ältere Schwester, auf einmal: »Die Bullen sind da!«

Ein Glück, dass sie die Finger von den Drinks gelassen hatte!

Angus brummte etwas vor sich hin, ließ sich in den Sessel neben dem Sofa fallen und schaltete den Fernseher mit der Fernbedienung ein. Während im Hintergrund die Nachrichten liefen, kramte Penny in den Küchenschränken. Sie fand eine Tüte Popcorn, schüttete es in eine Schüssel, ging ins Wohnzimmer zurück und bot es Angus an, der die Nachrichten mit gemurmelten missbilligenden Kommentaren verfolgte.

Und da sah sie das Laufband mit der Eilmeldung am unteren Bildschirmrand: KÜNSTLER HENRY WYATT IM ALTER VON 83 JAHREN VERSTORBEN.

Jetzt war es real. Mr Wyatt war tot. Und nicht einmal die kleine weiße Pille konnte etwas daran ändern.

Kapitel vier

Samstagmorgens herrschte im Hotel Hochbetrieb.

Emma kam normalerweise nicht dazu, eine Pause zu machen oder ihr Telefon auf Nachrichten zu überprüfen. Sie konnte froh sein, wenn sie kurz auf die Toilette konnte. Aber so war es eben, wenn man in der Gastronomie arbeitete. Doch Hochbetrieb hin oder her – Pennys Therapeutin, Dr. Alice Wang, hatte den vereinbarten Termin in der kommenden Woche absagen müssen und als einzige Alternative einen Termin am Samstag um zwölf anbieten können. In Anbetracht der Ereignisse vom Vorabend wollte Emma nicht, dass Penny eine Sitzung ausfallen ließ.

»Ich hol dich um halb zwölf ab«, hatte sie zu ihrer Tochter gesagt, als sie am Morgen das Haus verließ.

»Ich kann doch das Rad nehmen, und wir treffen uns dort«, sagte Penny. Für Emma wäre das bedeutend einfacher, aber Penny hatte Hausarrest.

»Du bleibst da, bis ich komme«, erwiderte Emma mit Bestimmtheit.

Penny entschuldigte sich noch einmal, weil sie ihr verschwiegen hatte, dass sie auf eine Party ging – eine Party, auf der, wie sich herausgestellt hatte, Drogen und Alkohol konsumiert wurden.

»Ich bin bloß hingegangen, weil ich ganz durcheinander war wegen Mr Wyatt und nicht allein sein wollte.«

Emma machte sich Vorwürfe, weil sie sich nicht die Zeit genommen hatte, Penny anzurufen und ihr die Neuigkeit mitzuteilen. Jetzt musste sie sie sowohl trösten als auch bestrafen – und das alles noch vor der Arbeit.

Manchmal wünschte sie, sie hätte eine Mutter, die sie um Rat fragen könnte. Aber sie war allein mit ihren Hoffnungen und ihren Sorgen. Und Penny machte ihr, wenn auch unbeabsichtigt, eine Menge Sorgen.

Sie war ungefähr acht Jahre alt gewesen, als die Zwangserkrankung begann. Mit zehn kamen Angststörungen dazu.

Als Penny in der fünften Klasse war, hatte Emma sie zu einer Therapeutin geschickt. Penny reagierte mit heftiger Ablehnung auf die kognitive Verhaltenstherapie, die lange Zeit so gut wie keinen Erfolg zeigte. Emma war frustriert.

Doch seit etwa einem Jahr ging es Penny merklich besser, und Emma hatte den Eindruck, dass Henry Wyatts Unterricht etwas damit zu tun hatte. Penny musste sich beim Zeichnen konzentrieren. Vielleicht hatte die Beschäftigung etwas Meditatives. Oder aber es war die Befriedigung nach getaner Arbeit.

Sie war überrascht gewesen, als Penny und der alte Mann sich anfreundeten. Nein, überrascht war das falsche Wort – »misstrauisch« traf es besser.

Schlimm, dass einem solche Gedanken kamen. Aber in der heutigen Zeit? Mit einer Tochter im Teenageralter? Doch dem alten Künstler gefiel einfach Pennys Begeisterung fürs Zeichnen. Und für Penny war es typisch, dass sie sich eher mit einem über Achtzigjährigen anfreundete als mit einem gleichaltrigen Jugendlichen. Henry Wyatt war trotz seiner Berühmtheit und seines Geldes allein. Vielleicht sogar einsam. Er und Penny taten einander gut. Hoffentlich würde sein Tod sie nicht zu sehr zurückwerfen.

Das Telefon auf dem Tresen klingelte.

»The American Hotel, Sie sprechen mit Emma.«

»Em, hier ist Sean. Ich bin unten am Steg mit einer Frau, die ein Zimmer bei euch reserviert hat. Sie braucht Hilfe mit ihrem Gepäck. Kannst du jemand runterschicken?«

Sean Pine hatte ein Wassertaxi und vermietete außerdem Liegeplätze an Bootsbesitzer, die im Sommer herkamen. Genau wie Emma stammte er aus Sag Harbor. Er hatte die Stadt nie verlassen und einen Weg gefunden, wie er hier seinen Lebensunterhalt verdienen konnte. Alexis, seine Frau, war im nahen Southampton aufgewachsen. Ihr gehörte die Buchhandlung.

Emma seufzte. »Hier brennt's an allen Ecken und Enden! Und wir sind eh schon unterbesetzt.«

»Ich würde die Koffer ja selber raufbringen, aber ich hab gleich noch eine Tour.«

Emma warf einen Blick auf ihre Uhr. In einer Viertelstunde musste sie Penny abholen.

»Okay, ich bin gleich da«, sagte sie.

Sie eilte nach draußen, wo sie die Augen mit der Hand gegen die grelle Spätvormittagssonne beschattete. Im Straßencafé waren alle Tische besetzt, und es roch nach frisch aufgebrühtem Kaffee. Ein Bus hielt vor dem Hotel und brachte eine weitere Ladung Touristen. Emma wandte sich ab und ging zur Anlegestelle hinunter, vorbei an der Parfümerie und Wölffer Kitchen, einem exklusiven Restaurant, wo eine Freundin gerade die Tagesgerichte auf eine Tafel neben dem Eingang schrieb. Emma winkte, blieb aber nicht stehen: Sie hatte keine Zeit für einen kleinen Schwatz.

Die Luft roch salzig und frisch, als sie sich dem Wasser näherte. Sie überquerte die Bay Street, wo eine Entenfamilie den Verkehr aufhielt. Als sie am Theater und einem Fischrestaurant namens The Dock House vorbei war, kam sie in den angenehmen Schatten der historischen Windmühle. Von hier konnte sie das Long Wharf überblicken. Boote aller Größen und Typen hatten hier angelegt: Motorjachten und elegante Segelschiffe und kleine Ruderboote. In der Ferne glitt der unverkennbare türkisfarbene Katamaran von Cole Hopkins, einem Einheimischen, vorüber. Ein Paar stand am Rand des Kais und fotografierte sich abwechselnd vor dem Hintergrund des glitzernden, unbewegten Wassers.

Seans Wassertaxi legte gerade an. Er hatte nur einen einzigen Fahrgast an Bord, eine Frau, die ungefähr im achten Monat zu sein schien.

»Tut mir leid, dass ich Ihnen solche Umstände mache«, sagte sie, als Sean ihr vom Boot half. »Ich soll nicht schwer tragen.«

Melville, Seans Jack Russell Terrier, bellte vom Bootsdeck aus einer tief fliegenden Möwe nach.

»Kein Problem«, erwiderte Emma. Sie schob sich den Riemen der vollgestopften Vera-Bradley-Tasche über ihre Schulter und nahm den Griff des Rollkoffers in die andere Hand. »Bis zum Hotel sind es nur ein paar Straßen.«

»Wie sieht's aus, kommst du heute Abend auf einen Drink ins Murf's?«, wandte sich Sean an Emma. »Alexis macht um neun Feierabend.«

»Ich kann nicht. Penny macht Stress.«

Sean schüttelte den Kopf. »Du solltest mal raus und dich amüsieren, weißt du?«

Während der Therapiesitzungen schaltete Penny manchmal einfach ab. Anstatt Dr. Wang zuzuhören, staunte sie über deren schier endlose Zahl von Etuikleidern und passenden Accessoires: Goldschmuck, schicke High Heels, kunstvoll geknotete Seidenschals.

Eine Prise Haute Couture war im Grunde das Einzige, das Penny von ihren wöchentlichen Besuchen bei Dr. Wang mitnahm. Nach gut zwei Jahren war sie ihrem Ziel, ihrer Krankheit zu zeigen, wer der Boss war, kein Stück näher gekommen. Die zwanghaften Gedanken drängten sich immer noch mit aller Gewalt in ihren Kopf.

Penny hatte es ihrer Mutter erzählt, und diese musste mit Dr. Wang darüber gesprochen haben. Bei der letzten Sitzung hatte die Therapeutin nämlich zu ihr gesagt: »Penny, eine Zwangsstörung ist eine Krankheit, und wenn du willst, dass es dir besser geht, musst du etwas dafür tun. Wenn jemand Probleme mit dem Herzen hat, wird der Arzt ihm raten, Sport zu treiben und seine Ernährung umzustellen. Du musst mitarbeiten, damit wir dein Gehirn umtrainieren können.«

Penny fand die Idee mit dem Umtrainieren gut. Aber dummerweise hatte bisher keiner von Dr. Wangs Tipps und Ratschlägen funktioniert.

»Du bist nicht deine Krankheit. Sie ist etwas Eigenständiges, etwas, was du kontrollieren kannst.«

Davon hatte Penny noch nichts bemerkt.

Die Sache mit den Arbeitsblättern brachte auch nichts. Penny sollte jede Woche eine Art Tagebuch führen und sich notieren, was ihre innere Unruhe auslöste – was war passiert, was dachte sie in diesem Moment, was fühlte sie? Und dann sollte sie ihre Ängste auf einer Skala von eins bis zehn einordnen.

Das mit der Skala war so was von frustrierend! Sie kannte keine Abstufungen – entweder sie verspürte diese quälenden Ängste oder eben nicht. Es spielte überhaupt keine Rolle, ob die Skala von eins bis zehn oder von eins bis hundert reichte. Wenn diese beunruhigenden Gedanken sich ihr aufdrängten, war sie ihnen ausgeliefert. Und dann musste sie diese Zwangshandlungen ausführen.

Womit sie zum schlimmsten Teil ihrer Sitzungen bei Dr. Wang kam: der Konfrontation mit ihren Ängsten. Ja, sie wusch sich zu oft die Hände. Ja, sie dachte ständig an Keime und daran, dass sie sich vielleicht mit einem Magen-Darm-Infekt ansteckte. Aber es war trotzdem eine Tortur, Dr. Wangs Praxis zu betreten und zum Beispiel erst den Lichtschalter und dann, mit denselben Fingern, ihre Lippen berühren zu müssen.

»Wie geht es dir, Penny?«

Dr. Wang trug ein lavendelfarbenes Kleid und Silberschmuck. Oder war es vielleicht Weißgold? Während Penny noch darüber nachgrübelte, fiel ihr ein, dass sie vergessen hatte, ihr Arbeitsblatt zu erstellen. Vielleicht würde Dr. Wang sie nicht danach fragen.

»Hast du dein Arbeitsblatt dabei?«

Penny schüttelte stumm den Kopf.

»Denk nächste Woche bitte daran. Das ist wichtig, Penny.«

»Tut mir leid«, erwiderte sie. Wen interessierte schon ein dämliches Arbeitsblatt? Ein Arbeitsblatt würde ihr nicht helfen. Der einzige Mensch, der ihr wirklich geholfen hatte, war nicht mehr da. Ihr kamen die Tränen, aber sie blinzelte sie schnell weg. Sonst würde Dr. Wang noch ganz aus dem Häuschen geraten. Das Zeichnen mit Henry hatte ihr mehr geholfen als alles, was sie in der Therapie machte. Beim Zeichnen dachte sie an nichts. Keine quälenden Gedanken. Sie war frei.

Dr. Wang reichte ihr ein Papiertaschentuch. »Ich habe gehört, was gestern Abend passiert ist. Es tut mir wirklich leid wegen Henry Wyatt.« Ob Penny darüber reden wolle, fragte sie, aber Penny schüttelte den Kopf. Dennoch ließ sie das Thema nicht fallen, sondern sprach davon, dass der Tod zum Leben gehöre und dass sie sich glücklich schätzen dürfe, Henry kennengelernt zu haben. Sie sagte noch viele andere positive, wahre Dinge, doch das änderte nichts daran, dass Mr Wyatt tot war. Und nichts von alledem berücksichtigte etwas, was sich vielleicht verrückt anhörte: Mr Wyatt war ihr bester Freund gewesen. Ihr einziger Freund.

Was sagte das über sie aus, dass ihr bester Freund ein Mann jenseits der achtzig gewesen war? Und was sollte sie jetzt ohne ihn anfangen?

Kapitel fünf

Henry Wyatt war seit zwei Wochen tot, und Bea Winstead hatte in dieser Zeit kaum einen Fuß vor die Tür von Windsong gesetzt. Sie fühlte sich Henry in dem großen Haus besonders nahe, deshalb kostete es sie Überwindung, es auch nur für wenige Stunden zu verlassen.

Für den Gedenkgottesdienst hatte sie eine Ausnahme gemacht. Er fand in Manhattan statt, im Bestattungsinstitut Frank E. Campbell an der Madison Avenue, wo sie sich mit einigen wenigen Leuten unterhalten hatte. Einer von ihnen war Henrys langjähriger Anwalt gewesen, Victor Bonivent.

»Ich ruf dich an, Bea«, hatte er gesagt.

Aber bis jetzt hatte sich Victor nicht gemeldet. Das Testament musste doch längst eröffnet worden sein. Mit diesem Gedanken fuhr Bea mitten in der Nacht in Henrys Gästezimmer aus dem Schlaf hoch.

Am nächsten Morgen rief sie in seiner Kanzlei an und hinterließ eine kurze Nachricht. Als bis Mittag niemand zurückgerufen hatte, hinterließ sie eine weitere Nachricht. Dann war sie es leid, untätig herumzusitzen und zu trauern, und beschloss, sich wieder an die Arbeit zu machen.

Als sie vor einer Fensterfront auf und ab ging, fiel ihr Blick auf eine Plastik auf der ausgedehnten Rasenfläche hinter dem Haus. Der hohle Stahlwürfel maß gut dreieinhalb auf dreieinhalb Meter und gehörte der zweiten Schaffensphase des legendären Henry Wyatt an. Die erste war die Malerei gewesen. Die zweite die Bildhauerei. Und die dritte – das Haus.

Er hatte Windsong in einer Zeit entworfen, als der Kontakt zwischen ihnen zwar nicht abgerissen, aber doch spärlicher geworden war. Ein paar schmerzhafte Jahre lang hatte Bea das Gefühl gehabt, dass sie im Begriff war, ihren bedeutendsten Klienten und besten Freund zu verlieren.

Sie hatte aus einer Illustrierten von der Fertigstellung des Hauses erfahren. Ihr waren Gerüchte zu Ohren gekommen, dass er Pläne für ein Gebäude entwerfe, dass er male, dass der Staat Texas ihn beauftragt habe, eine Skulptur für einen öffentlichen Platz zu schaffen. Doch nichts davon stimmte. Nichts bis auf das Haus, das ein modernes Meisterwerk war.

Sie wollte, dass er wieder anfing zu malen. Sie wollte, dass er nach New York zurückkehrte. Sie wollte, dass er und sie wieder das wurden, was sie einmal gewesen waren.

Als sie ihn das erste Mal in Windsong besucht hatte, hatten sie abends auf der Terrasse gesessen, Wein getrunken und den Blick auf die Bucht genossen. Kein Vergleich mit den Anfängen im East Village, als sie sich auf einem kleinen Kocher eine karge Mahlzeit gekocht hatten.

»Ich glaube, dein Herz gehört immer noch der Malerei«, hatte sie gesagt.

Er hatte verneint. Die Zeit des Kunstschaffens sei

vorüber. Stattdessen beabsichtige er, das Haus eines Tages in ein Museum umzugestalten, ein Ausstellungshaus seines Werks. Und sie solle die Leitung übernehmen.

Der Vorschlag war völlig überraschend gekommen. Aber sie hatte es sich in den Kopf gesetzt, Henry zur Rückkehr nach Manhattan zu überreden und den Zauber der alten Zeiten wieder aufleben zu lassen. Dann kehrte sie nach New York zurück und dachte nicht mehr an das Henry-Wyatt-Museum. Dafür war später noch Zeit. Und dann war plötzlich keine Zeit mehr.

Bea setzte sich und rief Kyle zu sich.

»Lass mir meine Sachen aus New York schicken. Sag alle Termine in den nächsten sechs Wochen ab. Verschieb alle meine Veranstaltungen auf den Herbst. Wir müssen die Kunstwerke in diesem Haus katalogisieren, und ich brauche eine Liste aller privaten Sammler, die seine Werke erworben haben, damit wir das eine oder andere zurückkaufen können.«

Sie erschraken beide, als sich die Haustür mit einem Klicken öffnete und wieder ins Schloss fiel.

»Erwartest du jemand?«, fragte Kyle.

»Ganz sicher nicht!« Bea sprang auf. »Und die Alarmanlage war eingeschaltet.«

Sie ging um den Tisch herum und spähte halb verärgert, halb ängstlich in den Flur hinaus. Dann drehte sie sich um, winkte Kyle, ihr zu folgen, und legte den Finger an die Lippen. Kyle nickte. Er blickte sich suchend um und schnappte sich eine schwere Keramikschale, die zur Dekoration auf einem Tischchen stand. Als Waffe? Wunderbar. Endlich dachte er mit!

Sie schlichen auf Zehenspitzen weiter bis zur Eingangshalle. Da wurde Bea klar, dass sie keine Waffe brauchen würden.

Der grauhaarige Mann in Jackett und Krawatte, der hereingekommen war, blickte erschrocken auf und war genauso überrascht wie die beiden. »Bea! Was machst du denn hier?«

Bea straffte sich. »Wenn du dir die Mühe gemacht hättest, mich auch nur ein einziges Mal zurückzurufen, Victor, wüsstest du, was ich hier mache.«

Er seufzte. »Ich hatte eine Menge um die Ohren, Bea.«

»Was du nicht sagst. Gehen wir ins Esszimmer«, sagte sie kurz angebunden. »Mach bitte frischen Kaffee, Kyle.«

Victor blieb, wo er war. »Bea, es tut mir leid. Ich weiß, das ist eine schwere Zeit für dich, aber du kannst nicht in diesem Haus bleiben.«

»Red keinen Unsinn, Victor. Wo könnte ich seine Angelegenheiten besser regeln als hier in diesem Haus, das voll mit seinen Werken ist?«

Victor streifte Kyle mit einem kurzen Blick und sagte dann: »Können wir irgendwo unter vier Augen reden?«

Bea seufzte ungeduldig, beherrschte sich aber. Victor war nur ein vorübergehendes Ärgernis, bald würde sie ganz offiziell das Ruder übernehmen.

»Mein Assistent kann alles hören. Er hilft mir beim Katalogisieren des Nachlasses. Offen gestanden ist er mir eine größere Hilfe als du, Victor.«

»Es gibt nichts zu katalogisieren, Bea. Du hast keinen Anspruch auf Henrys Besitz. Er hat jemand anders als seinen Erben eingesetzt.«

»Wie bitte?«, erwiderte sie, obwohl sie ihn sehr gut verstanden hatte. Sie musste Zeit gewinnen, musste das Unvorstellbare verarbeiten. Als er die grässlichen Worte wiederholte, tastete sie Halt suchend nach der Wand. »Das ist unmöglich!«, stieß sie hervor. »Das muss ein Irrtum sein!«

»Das Testament ist eindeutig und rechtsgültig. Ich habe alles hier, schwarz auf weiß. Du musst das Haus unverzüglich räumen.«

Emma hatte den Vormittag für Gartenarbeit reserviert – die Rosen mussten zurückgeschnitten werden.

Manche Leute sahen das als lästige Arbeit an, aber sie liebte das Gärtnern.

Ihre Teehybriden und Floribundarosen waren gut über den Winter gekommen – zum Glück war es relativ mild gewesen. Obwohl die Pflanzen winterfest waren, entdeckte sie bei näherem Hinsehen den einen oder anderen verdorrten Trieb. Sie streifte sich die Handschuhe über, griff zur Rosenschere und schnitt die braunen Zweige bis ins gesunde Holz zurück.

Wie immer bei der Gartenarbeit überkam sie eine tiefe innere Ruhe. Und doch wurde sie das quälende Gefühl nicht los, dass sie Penny hätte überreden sollen, mit nach draußen zu gehen, damit sie wenigstens an der frischen Luft war, wenn sie ihr schon nicht im Garten helfen wollte. Als sie vor einer Stunde nach ihr geschaut hatte, hatte sie auf ihrem Bett gesessen, rings um sich herum Zeichnungen von Henry Wyatt ausgebreitet.

»Du kannst doch nicht andauernd Mr Wyatts Zeichnungen anstarren, Schatz. Das macht dich nur traurig.«

»Die Zeichnungen machen mich nicht traurig. Sein Tod macht mich traurig. Ich hab mich nicht mal von ihm verabschieden können. Warum muss das Leben immer so scheiße sein?«

»Das stimmt doch gar nicht, Penny. So solltest du nicht denken. Es ist nicht immer alles scheiße, manchmal passiert auch etwas Gutes.«

»Wann ist denn das letzte Mal etwas Gutes passiert?«

Emma zerzauste ihr die Haare. »Na, zum Beispiel, als du auf die Welt kamst. Das war etwas wirklich Gutes.«

»Das ist vierzehn Jahre her! Das ist traurig, Mom. Das ist echt zum Heulen.«

Emma hasste es, wenn Penny so negativ, so schicksalsergeben war. Das erinnerte sie an ihre Mutter, und so wie sie sollte Penny auf gar keinen Fall werden.

Das Gärtnern hatte sie von Vivian, ihrer Mutter, gelernt. Es gehörte zu den wenigen Dingen, die ihr nach dem Tod ihres Vaters, der mit Anfang vierzig unerwartet gestorben war, Freude gemacht hatten.

»Das Leben bietet so wenig Schönes«, hatte ihre Mutter gesagt. »Deshalb sollten wir versuchen, selbst für ein bisschen Schönheit zu sorgen.«

Vivian war mit ihren Rosen sehr viel ehrgeiziger als Emma. Sie scheute nicht vor anspruchsvollen Sorten zurück und züchtete vor allem Duftrosen, die im Allgemeinen dunklere und üppigere Blüten hatten.

Samstagmorgens machte ihre Mutter immer Blaubeerpfannkuchen, und danach gingen sie beide in den

Garten, wo sie stundenlang Seite an Seite arbeiteten. So lernte Emma alles über Bodenbeschaffenheit und das Einpflanzen, über das Abhärten der Rosen vor dem Winter, über den Schutz vor Schädlingen im Sommer und vor allem über das Schneiden der Blütenstiele. Niemand arrangierte Rosen so kunstvoll wie ihre Mutter. Im ganzen Haus standen Vasen mit wundervollen Sträußen.

Doch in den Jahren nach dem Tod ihres Mannes schwanden Vivian Kirkland Energie und Zielgerichtetheit. Für Emma bekam es etwas Normales, dass ihre Mutter ständig Kopfschmerzen hatte und ganze Tage in einem abgedunkelten Zimmer verbrachte. Vivian verlor alle ihre Jobs bis auf einen, und den kündigte sie, bevor man sie feuern konnte. Das jedenfalls erzählte sie ihrer Tochter.

Als Emma die Highschool besuchte, war das Geld aus der Lebensversicherung ihres Vaters aufgebraucht. Vivians Verhalten, ihre Art zu denken entfernte sich immer mehr von der Wirklichkeit. Sie neigte zu Unfällen – Blechschäden mit dem Auto, Stürzen auf vereisten Gehwegen im Winter. Emma hatte den Verdacht, dass sie diese »Unfälle« absichtlich provozierte, um klagen und Schadensersatz verlangen zu können. Hinzu kam, dass die Ärzte ihr nach jedem Unfall Schmerztabletten verschrieben, nach denen sie süchtig geworden war.

Als Emma auf der Oberstufe war, gab ihre Mutter die Gartenarbeit auf. Emma kümmerte sich um die Rosen, bis das Haus von der Bank zwangsversteigert wurde.

Vivian starb an einer Überdosis, als Emma im dritten Monat schwanger war. Aber im Garten spürte sie die Anwesenheit ihrer Mutter noch immer. Der Duft von Rosen, und sei es in einem Parfum, weckte bis heute Erinnerungen an Vivian Kirkland.

»Mom?« Penny lehnte im Türrahmen. Sie trug eine abgeschnittene Jeans und ein Bleachers-T-Shirt, und Emma fiel nicht zum ersten Mal auf, dass sich ihr Gesicht veränderte: Ihre Züge wurden erwachsener, sie sah immer mehr wie eine junge Frau und nicht mehr wie ein Kind aus. Mit ihrer Größe, den dunklen Locken und den dunklen Augen hatte sie außerdem eine verblüffende Ähnlichkeit mit ihrem Vater. Dass die Tochter, die sie so sehr liebte, dem Mann ähnlich sah, der sie so tief verletzt hatte, konnte nur eine Prüfung des Universums sein.

»Da ist ein Mann an der Tür«, sagte Penny.

»Was für ein Mann?«

»Irgendein alter Knacker mit Krawatte.«

»Der will bestimmt nicht zu uns. Ich komme.«

Emma streifte die Handschuhe herunter und wischte sich die feuchten Hände an ihrer Jeans ab. Penny ging ins Haus zurück und blieb an der Treppe stehen.

Emma warf einen Blick durchs Esszimmerfenster. Der ältere Mann, der draußen stand, war klein und grauhaarig. Er trug eine Hornbrille und einen schwarzen Aktenkoffer. Merkwürdig.

Er klingelte wieder. Emma öffnete misstrauisch die Tür. »Ja bitte?«

»Ich suche Emma Mapson.«

»Das bin ich. Und wer sind Sie?«

Er streckte ihr seine Hand hin. »Victor Bonivent. Von Smythe, Bonivent, Worth. Ich bin Anwalt.«

»Was kann ich für Sie tun?«

»Darf ich hereinkommen?«

»Ich muss zur Arbeit, vielleicht können Sie mir einfach sagen, worum es geht.«

»Glauben Sie mir, Mrs Mapson, Sie werden es nicht bereuen, wenn Sie mir ein paar Minuten Ihrer Zeit opfern. Die Angelegenheit ist es wert.«

Emma trat zögernd zur Seite, um ihn hereinzulassen. Ihr Blick fiel auf Penny. »Penny, geh bitte auf dein Zimmer.«

Ihre Tochter stieß einen dramatischen Seufzer aus und stapfte die Treppe hinauf.

Emma bat den Mann in die Küche, doch da saß Angus und las die Zeitung, und so ging sie mit Mr Bonivent ins Wohnzimmer. Das kleine Haus kam ihr auf einmal noch viel kleiner vor.

Sie setzte sich in Angus' Sessel und forderte den Anwalt mit einer Handbewegung auf, auf der Couch Platz zu nehmen. Er legte seinen Aktenkoffer auf die verschrammte Holztruhe, die als Couchtisch diente, klappte ihn auf und nahm ein Bündel Papiere heraus.

»Bitte entschuldigen Sie, dass ich Sie zu Hause störe, aber ich hatte nur diese Adresse. Keine E-Mail-Adresse, keine Telefonnummer. Sie sind die Mutter und Erziehungsberechtigte von Penelope Mapson?«

Emma straffte sich. »Was hat das alles zu bedeuten, Mr Bonivent?«

»Mein Mandant war Henry Wyatt. Kannten Sie Mr Wyatt?«

Emma beugte sich vor. »Er war Stammgast in dem Hotel, in dem ich arbeite.«

Der Anwalt warf einen Blick auf seine Papiere, dann sah er wieder Emma an. »Ist Ihnen bekannt, dass Mr Wyatt vor Kurzem verstarb?«

Emma nickte. »Ja, ich war im Hotel, als es passierte. Schlimme Geschichte.«

»Ja, in der Tat.« Der Anwalt rückte seine Brille zurecht und reichte Emma dann das Bündel Papiere. »Das ist eine Abschrift von Mr Wyatts Testament. Er hat Ihre minderjährige Tochter Penelope Mapson als Erbin seines Hauses in der Actors Colony Road eingesetzt.«

»Wie bitte? Was?« Emma starrte ihn an.

Die Actors Colony Road war eine von luxuriösen Häusern gesäumte Privatstraße am Strand. Sie erinnerte sich, dass sie letzten Sommer in der Zeitung gelesen hatte, Richard Gere habe seine Villa dort für sechsunddreißig Millionen Dollar verkauft.

Der Anwalt wiederholte, was er gesagt hatte, aber Emma war klar, dass seine Worte selbst dann keinen Sinn ergeben würden, wenn er sie noch hundertmal wiederholte.

»Das muss ein Irrtum sein«, sagte sie schließlich. »Ich meine, die beiden haben sich angefreundet, und er hat ihr Zeichenunterricht gegeben, aber das … das ist einfach verrückt!«

Der Anwalt nickte ungerührt in Richtung der Dokumente. »Lesen Sie selbst. Es ist alles schriftlich festgehalten.«

Emma schüttelte den Kopf. »Und sind Sie sicher, dass keine Verwechslung vorliegt?«

»Ganz sicher«, erwiderte Mr Bonivent.

Plötzlich kam ihr ein Gedanke. »Brauche ich einen Anwalt?«

»Nein, Sie brauchen keinen Anwalt, um das Haus in Besitz zu nehmen.«

»Muss ich Steuern zahlen? Das kann ich mir nicht leisten. Ich kann mir nicht mal den Unterhalt für so ein Haus leisten.«

»Steuern müssten Sie nur zahlen, wenn Sie das Haus verkaufen. Aber Sie sind nicht zum Verkauf berechtigt. Als gesetzliche Vertreterin Ihrer Tochter verwalten Sie das Erbe bis zu ihrer Volljährigkeit. Danach kann sie selbst entscheiden, ob sie es verkaufen möchte oder nicht.«

Emmas Gedanken überschlugen sich. Hatte Penny dem alten Mann gegenüber etwas von ihren finanziellen Problemen erwähnt? Nein, bestimmt nicht. Sie konnte es drehen und wenden, wie sie wollte – das Ganze ergab nicht den geringsten Sinn.

»Wie ich schon sagte, der Unterhalt eines solchen Hauses übersteigt meine Möglichkeiten bei Weitem.«

»Für alle anfallenden Nebenkosten ist ein Konto eingerichtet worden. Sagen Sie mir einfach Bescheid, wenn Sie Geld für Dinge wie Gartenpflege, die Instandhaltung des Swimmingpools und so weiter brauchen. Mr Wyatt hat Ihrer Tochter auch das gesamte Inventar hinterlassen.«

»Sie meinen die Möbel?«

»Die Möbel, die Bücher, die Weinsammlung, insbesondere aber seine Kunstwerke. Abgesehen von einigen Gemälden, die er einem Museum in Texas vermacht hat.«

Mr Bonivent blätterte durch seine Kopie der Dokumente. »Hier gilt das Gleiche wie für das Haus: Die Kunstwerke können erst verkauft werden, wenn die Erbin volljährig ist, und auch dann nur mit Einschränkungen.«

Emma griff sich nervös mit beiden Händen in die Haare, straffte sie zu einem Pferdeschwanz und ließ sie wieder los. Sie musste unbedingt mit jemandem über diese Geschichte reden. Sie überlegte, ob unter den Stammgästen ein Anwalt war.

»Hören Sie, ich bin mir sicher, dass Mr Wyatts Familie das Testament anfechten wird.« Aber noch während sie das sagte, wurde ihr bewusst, dass Henry Wyatt nie von einer Familie gesprochen hatte. Nicht einmal von irgendwelchen Freunden. Der Mann war ein Einzelgänger gewesen.

»Es gibt keine Familie«, sagte Mr Bonivent da auch schon. Er reichte ihr ein Formular und seine Visitenkarte. »Hier finden Sie Einzelheiten darüber, wie mit seinen Kunstwerken umzugehen ist. Und dann brauche ich noch ein paar Unterschriften von Ihnen. Falls Sie Fragen haben, stehe ich Ihnen jederzeit zur Verfügung.«

»Warten Sie! Ich kenne das Haus überhaupt nicht. Das ist einfach … Sie haben mich kalt erwischt!«

Der Anwalt sah sich um, und Emma betrachtete das Zimmer mit seinen Augen. Zum ersten Mal seit langer Zeit trat sie sich im Geist selbst in den Allerwertesten, weil sie das Haus so vernachlässigte. Sie verbrachte jede freie Minute im Garten. Drinnen nahm sie die rissige Farbe an den Wänden oder die Flecken vom Wasserschaden an der Schlafzimmerdecke kaum wahr. Die Teppiche waren abgetreten, aber praktisch. Warum Geld für neue rausschmeißen?

Mr Bonivent reichte ihr ein Schlüsselbund. »Wir bleiben in Verbindung«, sagte er und stand auf.

Als Emma ihn zur Tür brachte, wusste sie, dass sie irgendetwas sagen oder fragen sollte, aber ihr fiel beim besten Willen nichts ein.

Kapitel sechs

Bea wusste selbst, dass sie zu weit gegangen war, als sie Kyle die Keramikschale aus der Hand gerissen und nach Victor geworfen hatte. Zum Glück hatte sie ihn um fast einen halben Meter verfehlt.

Kyle kniete auf dem Fußboden und fegte die Scherben in eine Kehrschaufel. Bea ging in sicherer Entfernung auf und ab und versuchte, ihre Gedanken zu ordnen. Sie kannte nur einen Ort, wo sie jetzt hingehen konnte.

»Wenn du fertig bist, Kyle, reservier uns bitte Zimmer.«

»Wo?«

»Im American Hotel. Das einzig anständige Hotel in der Stadt. Nein, warte, ich hab's mir anders überlegt. Wir werden packen und einfach hinfahren.«

Er schaute auf. »Bea, ich kann nicht länger hierbleiben. Ich habe ein Leben in New York.«

Das war eine Lüge, das wusste sie. Sein Leben war, ihr Leben zu managen.

Es hatte mit simplen Arbeiten begonnen: Kyle hatte Gemälde gerahmt, Kunstinstallationen aufgebaut, Fußböden renoviert, den Umbau der Küche überwacht.

Bea verließ sich immer mehr auf ihn. Sie zeigte ihm, was beim Catering für eine Party alles zu beachten war. Riefen die Geschäfte sie in die Hamptons oder nach

Connecticut, schickte sie Kyle als Vertretung, wenn sie keine Lust zu verreisen hatte. Und sie hatte nie Lust zu verreisen. Da Kyle mehr Zeit in ihrer Wohnung in der Park Avenue 720 als bei sich daheim verbrachte, stellte sie ihm ein Gästezimmer zur Verfügung, damit er nicht spätnachts eine Stunde mit der U-Bahn nach Brooklyn fahren musste. Es dauerte nicht lange, da gab er sein Studio auf, weil die zweitausendfünfhundert Dollar Miete im Monat rausgeworfenes Geld waren.

Bea fragte sich manchmal, warum ein junger, attraktiver, tüchtiger Mann es zuließ, dass sein eigenes Leben völlig in ihrem aufging. Einmal hatte sie ihn halb im Scherz gefragt, ob er auf der Flucht sei und sich verstecken müsse.

»Werde ich irgendwann einmal dein Foto mit einem Fahndungsaufruf bei *America's Most Wanted* sehen?«

»Ich verstecke mich nicht, Bea. Meine ursprünglichen Pläne für mein Leben sind durchkreuzt worden, und ich habe noch keine brauchbare Alternative gefunden. Bis sich etwas Passendes findet, ist die Arbeit für dich eine spannende Abwechslung.«

Der Job, für den sie ihm ein hübsches Sümmchen bezahlte, war also nichts weiter als eine willkommene Abwechslung, aber jetzt, wo sie ihn brauchte, ließ er sie im Stich. Die Menschen waren solche Egoisten! »Kyle, wir sind nur deshalb so ein gutes Team, weil mein Leben auch dein Leben ist. Also hör auf mit dem Unsinn und hol das Auto! Wir fahren in zwanzig Minuten.«

Ihr Puls raste vor Anspannung und Empörung über diese unerwartete Entwicklung der Dinge. Als sie auf dem Weg zu ihrem Zimmer durch die Eingangshalle ging, stach ihr etwas Blaues ins Auge. Sie blieb stehen und betrachtete das Gemälde. Henrys Werk hatte noch nie seine Wirkung auf sie verfehlt, das war jetzt nicht anders. *Untitled Blue*, Öl auf Leinwand, 1960. Das allererste Gemälde, das Henry ihr gezeigt hatte.

Sie zögerte nur eine Sekunde, dann nahm sie es von der Wand und trug es hinaus, um es ins Auto zu laden.

Emma hatte Mühe, sich bei der Teambesprechung zu konzentrieren.

Jack Blake hatte alle ins Klavierzimmer gebeten. Die Angestellten hatten sich Stühle im Halbkreis um den Steinway-Flügel gezogen, und Jack saß auf dem Hocker, auf dem sonst der Klavierspieler den ganzen Sommer über sechs Abende in der Woche saß und spielte.

Emma ging im Geist immer und immer wieder die Unterhaltung mit dem Anwalt durch. Sie war überzeugt, dass es sich um einen Irrtum handelte. Warum sollte Henry Wyatt Penny sein Haus vererben?

»Es wird nicht lange dauern«, sagte Jack. Er trug ein mintgrünes Polohemd, eine Khakihose und eine Baseballkappe mit der dekorativ aufgestickten Postleitzahl von Sag Harbor, die man im Hotel kaufen konnte. Jack war nicht besonders groß, aber mit seiner ganzjährigen Bräune, den tief liegenden blauen Augen und dem vollen weißen Haar sah er richtig distinguiert aus.

Er hatte das Hotel 1972 gekauft, als er gerade mal vierundzwanzig war. Vierundneunzig Jahre lang war es im Besitz der Familie Youngs gewesen. Als Jack es erwarb, hatte es schon zwei Jahre zum Verkauf gestanden. Jack war der Einzige, der genug Vorstellungskraft hatte, sein Potenzial zu erkennen.

Damals hatte Jack keinen Koch, sondern stand selbst in der Küche und bereitete Fisch und Pommes und Hamburger zu. Auch viele Reparaturen führte er selbst aus, und was er nicht selbst konnte, ließ er von ortsansässigen Installateuren und Elektrikern erledigen. Er verbrachte ganze Tage in Tapetenfachgeschäften auf der Suche nach hochwertigen Wandbelägen, die er en gros kaufen konnte, und in Antiquitätenläden stöberte er nach Möbeln. Seine Vision des Hotels nahm ihn so sehr in Anspruch, dass seine Ehe scheiterte: Seine junge Frau verließ ihn. Aber Jack verfolgte sein Ziel beharrlich weiter. Er stellte Leute ein, wählte sie so aus, dass er sie tagein, tagaus um sich haben wollte. Einer von ihnen war Emmas Vater Tom, gleich alt und mit der Leitung und Führung der neuen Bar betraut.

Jetzt sah Jack seine Angestellten nacheinander an und sagte: »Ich wollte euch nur noch einmal an die Veranstaltung im Rahmen der Benefizaktion für den Wiederaufbau des Kinos erinnern. Die Sache liegt mir ganz besonders am Herzen, weil ich finde, dass ein guter Film lebenswichtig für die Seele ist – für die Seele eines Menschen ebenso wie für die Seele einer Stadt. Noch wichtiger ist höchstens Livemusik. Wir alle vermissen es, die Straße hinunterzuschlendern und uns mit Freunden oder Angehörigen zu treffen, um uns gemeinsam einen Film anzusehen. Ich möchte, dass das wieder so wird.«

Emma warf einen verstohlenen Blick auf ihr Handy.

Der Besuch des Anwalts war so unglaublich, dass sie fast damit rechnete, eine Textnachricht von irgendjemandem vorzufinden: *Reingelegt!*

»Wir werden einen Tisch mit Speisen aufbauen, und dafür brauchen wir noch Freiwillige. Und wenn jemand bei einem anderen Komitee mitarbeiten will, damit der Abend ein Erfolg wird, sagt mir Bescheid, dann werde ich den Dienstplan entsprechend ändern. Ich danke euch.«

Die Angestellten kehrten an ihre Arbeitsplätze zurück. Mehr noch als das Kino vermisste Emma Sag Town Coffee und ein paar andere Geschäfte im angrenzenden Gebäude, das ebenfalls abgebrannt war. Sie konnte sich nicht erinnern, wann sie das letzte Mal im Kino gewesen war – oder sich anderweitig amüsiert hatte. Aber Chocolate Chip Cookies hatte sie ein paarmal die Woche im Sag Town mitgenommen. Sie könnte jetzt einen der leckeren Kekse mit den Schokosplittern vertragen.

Zurück an der Rezeption nahm sie den Anruf eines Gasts entgegen, der einen Föhn brauchte. In Zimmer acht gab es anscheinend keinen. Emma ließ einen hinaufbringen und schaute dann im Reservierungsbuch nach, wer gestern abgereist war. Unglaublich, was die Leute alles mitgehen ließen!

»Ich brauche Ihre Hilfe, Miss.«

Emma blickte auf. Der Ton der Frau, die vor ihr stand, war zwar höflich gewesen, aber das Schrille ihrer Stimme signalisierte ihr, dass sie ungefähr vier Sekunden zum Reagieren hatte, bevor die Situation kritisch wurde. »Was kann ich für Sie tun?«, fragte sie lächelnd.

»Ich bin Bea Winstead«, erwiderte sie, als müsse der

Name Emma etwas sagen. Ihre weißen Haare waren sorgfältig frisiert, die Perlen ihrer Ohrringe und der passenden Halskette groß wie Kaugummikugeln. Ihre weiße Bluse war mit kleinen grünen Fröschen bestickt, und an einem Arm trug sie einen Schwung Emaille-Armreifen von Hermès. Die Fältchen um ihren Mund verrieten die Raucherin oder ehemalige Raucherin. »Ich brauche zwei Zimmer für die nächsten dreißig Tage.«

Sollte das ein Witz sein? Emma blickte kurz auf das volle Reservierungsbuch – Spalte um Spalte vollgeschrieben von ihr selbst.

Nein, eigentlich bräuchte sie sogar drei Zimmer, sinnierte die Frau – ein zusätzliches für das Gepäck und »organisatorische Belange«.

Emma wappnete sich. »Ich fürchte, wir sind restlos ausgebucht.«

»Das kann doch nicht sein!« Die Frau fasste sich an den Hals und drehte sich zu dem Mann um, der gepäckbeladen einen Schritt hinter ihr stand. Ihr Sohn? Schwer zu sagen. Er schien in Emmas Alter zu sein, und er sah sehr gut aus, ein typisch amerikanischer Prachtbursche. Hoffentlich konnte man mit ihm vernünftig reden.

»Na ja, wir haben nur acht Zimmer, und um diese Jahreszeit ist eine Menge los. Aber ich kann Ihnen gern die Adressen einiger …«

»Wo ist Jack?«, fiel die Frau ihr ins Wort. »Ich möchte ihn sofort sprechen.«

Es kam immer wieder vor, dass Leute, die Jack aus der Stadt oder aus Palm Beach kannten, wo er überwinterte, nach ihm fragten, wenn sie irgendwelche Wünsche hatten. Aber zu Emmas Job gehörte es auch, ein Puffer zu sein. Sie werde es erfahren, wenn jemand im Hotel sei, den er sehen wolle, sagte er immer. Bevor sie zu ihrer Standardantwort ansetzen konnte – Jack sei nicht im Haus, aber sie werde gern den Geschäftsführer rufen und so weiter und so fort –, mischte der Mann sich ein.

»Bea, ich bin sicher, die Dame kann uns ein anderes Hotel nennen.«

»Das ist aber das einzig vernünftige Hotel in diesem elenden Kaff!«

Emma kniff ärgerlich den Mund zusammen. Den Zauber ihrer geschichtsträchtigen Heimatstadt wussten nicht alle Besucher zu schätzen, aber eine solche Beleidigung hatte sie doch noch nie gehört.

Der Mann sah sie an und lächelte entschuldigend. Er hatte Grübchen. »Würden Sie mir bitte Bescheid geben, wenn jemand seine Reservierung storniert?«

»Aber sicher«, antwortete Emma und notierte sich seine Telefonnummer.

In diesem Moment fiel ihr ein, dass ein Paar, das für zwei Nächte gebucht hatte, einen Tag früher abgereist und im Baron's Cove abgestiegen war, weil dieses Hotel einen Swimmingpool hatte. Sie beugte sich über das Reservierungsbuch und sah einen dünnen, kaum wahrnehmbaren Strich aus blauer Tinte quer durch den zweiten Tag der Reservierung. Sie hätte das besser kenntlich machen sollen. Wahrscheinlich hatte sie drei andere Dinge gleichzeitig gemacht.

»Ich sehe gerade, dass tatsächlich jemand storniert hat. Sie haben Glück. Ein Zimmer wäre noch frei.«

»Wir brauchen aber *zwei*, junge Dame«, erwiderte die Frau empört, als hätte Emma sie mit dieser inadäquaten Lösung des Problems persönlich beleidigt.

Emma lächelte. »Wissen Sie, es grenzt an ein Wunder, dass wir *eines* haben.«

»Wir nehmen es«, warf der Prachtbursche schnell ein.

Die Frau schob ihre Kreditkarte über den Tresen.

Bea war enttäuscht. Der Service in diesem altehrwürdigen Hotel ließ wirklich zu wünschen übrig. Sie hatte praktisch betteln müssen, damit die Rezeptionistin ihr Geld nahm. Das war höchst unbefriedigend. Trotzdem folgte sie ihr die Treppe hinauf in den dritten Stock. Kyle folgte mit dem Gepäck.

Die Flure waren schmal, die Wände mit geblümten Tapeten tapeziert. Zu beiden Seiten schwere Holzmöbel, Topfpflanzen, Spiegel in vergoldeten Rahmen.

Die Rezeptionistin schloss eine Tür auf. »Wir nennen dieses Zimmer das Apartment.«

Es war eine Maisonettewohnung. Der kleine Wohnbereich hatte eine Backsteinwand und einen Kamin, neben dem ein wuchtiger antiker Schreibtisch und eine große Topfpflanze standen. Auf der anderen Seite des Zimmers eine große Couch voller Brokatkissen. An der Wand dahinter das gerahmte Gemälde eines Segelschiffs. Eine schmale Treppe führte nach oben, ins Schlafzimmer, wie Bea vermutete. Sie war wie der Fußboden mit einem karierten Teppichboden ausgelegt.

»Noch mehr Treppen?« Bea stemmte die Hände in die Seiten.

Die Frau, sichtlich mit ihrer Geduld am Ende, wandte sich zum Gehen. »Mein Name ist Emma. Rufen Sie bitte an der Rezeption an, falls Sie noch etwas brauchen.« Sie ging hinaus und zog die Tür hinter sich zu.

»Diese Frau ist unglaublich unhöflich.«

»Nein, Bea, das ist sie nicht.«

Bea sah ihn überrascht an. Widerspruch war völlig untypisch für ihn. Und inakzeptabel. Aber diesmal würde sie es ihm durchgehen lassen. Wahrscheinlich war der ganze Stress schuld daran.

»Das sagst du nur, weil sie attraktiv ist. Ich erwarte wirklich mehr von dir, Kyle. Wenigstens während der Arbeitszeit.« Die Männer waren alle gleich: Beim Anblick eines hübschen Gesichts schmolz ihr Gehirn dahin wie Eis in der Sonne. Sie beäugte die Treppe misstrauisch. »Bleib dicht hinter mir, Kyle. Ich hoffe, du hast die Geistesgegenwart und die körperliche Kraft mich aufzufangen, falls ich stürze.«

Eine Hand fest auf dem hölzernen Geländer ging sie langsam nach oben. Die Wand zu ihrer Rechten war mit Büchern vollgestellt. Es war, als betrete sie den verborgenen Dachboden einer Bibliothek. Ein seltsam reizvolles Gefühl.

Auf dem Doppelbett lag eine weiße Daunendecke. Daneben stand ein Holzschränkchen mit einem altmodischen Telefon auf der Ablagefläche. Die Dachschrägen hatten eine Sichtbalkendecke.

»Solche Zimmer gibt's heutzutage gar nicht mehr.« Bea drehte sich um. Kyle war oben an der Treppe stehen geblieben.

»Ich werde dann wohl auf der Couch schlafen?«

»Wir alle müssen Opfer bringen, Kyle. Wir sind nicht zum Vergnügen hier, wir haben eine überaus wichtige Mission zu erfüllen.«

»Ich weiß, dass wir nicht zum Vergnügen hier sind«, erwiderte er. »Da ich nichts weiter zu tun habe, werde ich jetzt der Bar einen Besuch abstatten. Du findest mich dort, wenn du mich brauchst.«

Eine von Beas strikten Regeln lautete: keine Cocktails vor fünf Uhr abends. Aber ein Glas Wein könnte zum jetzigen Zeitpunkt sicher nicht schaden. »Na schön. Wenn du meinst. Ich komme mit.«

Die Bar lag wenige Schritte hinter der Hotellobby. Es gab einen funktionierenden Kamin, ein halbes Dutzend Tische, an denen auch Essen serviert wurde, und überall höchst eigenwillige Dekorationsstücke. Auf dem Kaminsims prunkte ein Kerzenleuchter in Elefantenform, an einer Wand hing ein präparierter Elchkopf mit … einer Zigarette im Maul? Und Seebilder in vergoldeten Rahmen, wohin man auch schaute.

Sie fanden zwei freie Plätze in der Mitte der Theke, auf der kleine Silberschälchen mit gerösteten Mandeln standen. Gerahmte, vom Magazin *Wine Spectator* verliehene Auszeichnungen hingen an der Wand und an der Decke sowie die gleichen Tiffany-Lampen wie überall im Hotel.

Es hatte sich nichts verändert in den dreißig Jahren, seit Bea hier das letzte Mal einen Drink zu sich genommen hatte.

Sie sah die Szene vor sich, als wäre es gestern erst gewesen. Henry hatte ungefähr am gleichen Platz gesessen wie jetzt Kyle. Er war damals in den Fünfzigern gewesen, sein volles dunkles Haar zeigte erste Spuren von Grau. Männer wurden mit zunehmendem Alter attraktiver, Henry machte da keine Ausnahme, während Beas körperliche Reize wie die der meisten Frauen verblassten. Doch das spielte eigentlich keine Rolle; sie war nie eine Schönheit gewesen, und sie hatte ihr Leben und ihr Selbstwertgefühl auf ihrer Karriere aufgebaut, nicht auf ihrem Aussehen. Als sie jenen schicksalhaften Ausflug nach Sag Harbor unternahmen, hatte sie sich nur für ihre Arbeit interessiert. Konzentriere dich auf den Erfolg – das war ihr Lebensmotto. Auf ihre Arbeit konnte sie sich verlassen, auf ihre Mitmenschen nicht unbedingt. Das war bis heute so.

»Ist dir mal in den Sinn gekommen, dass Henry das Haus tatsächlich jemand anderem vererbt haben könnte?«

Wenn das kein klassisches Beispiel war! Ihr eigener Assistent fiel ihr in den Rücken. »Auf wessen Seite stehst du eigentlich, Kyle?« Bea bestellte ein Glas Sauvignon Blanc, Kyle ein kleines Glas Whiskey.

»Whiskey? Hältst du das für angebracht?«

Er schaute sich um. »Wir sitzen an der Bar.«

Pikiert griff sie nach der Happy-Hour-Speisekarte. Gänseleberpastete. Kaninchen-Confit mit Senf. Pickerell's Hog's-Neck-Austern. »Ich hätte gern einen Krabbencocktail, junger Mann«, rief sie dem Barkeeper zu. »Ich habe heute noch nichts gegessen. Kein Wunder bei der ganzen Aufregung.« Sie wandte sich Kyle zu. »Möchtest du auch etwas?«

Er schüttelte den Kopf.

Bea fiel auf, dass sie die einzige Frau in der Bar war. Die Männer saßen zu dritt oder zu viert zusammen, unterhielten sich über Golf, Schiffe, Reisen, ihre Frauen und ihre Kinder.

Sie drehte sich wieder zu Kyle hin. »Henry war ganz allein hier, weißt du? Verletzlich. Wir müssen der Sache auf den Grund gehen.«

Ihre Getränke kamen. Kyle kippte seinen Whiskey hinunter und bestellte noch einen. Bea musterte ihn leicht beunruhigt. Die Umgebung schien ihrem Assistenten nicht gutzutun. Er benahm sich äußerst merkwürdig.

Als sie an ihrem Weißwein nippte, wurde ihr schlagartig bewusst, dass Henry genau hier, an dieser Theke, gestorben war. Sie hatte das natürlich gewusst, aber bisher verdrängt. Jetzt traf sie die Erkenntnis wie ein Boxhieb in den Magen. Ihr kamen die Tränen. Nie zuvor hatte sie sich einsamer gefühlt. Ein Glück, dass sie wenigstens Kyle hatte.

Der Barkeeper brachte ihren Krabbencocktail.

»Hör zu, Bea«, begann Kyle. »Ich bin dir wirklich dankbar für die Chance, die du mir gegeben hast. Ich habe in den letzten fünf Jahren eine Menge gelernt. Aber ich glaube, es ist an der Zeit, dass ich …«

»Ich kriege keinen Bissen runter«, fiel Bea ihm ins Wort. Sie rutschte langsam vom Barhocker. »Wenn du mich bitte entschuldigen würdest. Ich geh auf mein Zimmer. Ich muss meine Kräfte für die bevorstehende Schlacht aufsparen.«

Kapitel sieben

Penny stand am Waschbecken im Bad und seifte sich die Hände ein. Sie drehte die Seife hin und her, immer wieder, bis sie schäumte und Blasen bildete wie etwas Lebendiges. Das Wasser lief, und sie wusste, dass sie sowohl Wasser verschwendete als auch gegen Dr. Wangs Dreißig-Sekunden-Limit fürs Händewaschen verstieß, aber sie konnte einfach nicht aufhören.

Irgendetwas war im Busch, und das Herumrätseln, was es sein könnte, machte sie nervös. Als der Mann mit der Krawatte und dem Aktenkoffer zu ihnen nach Hause gekommen war, hatte sie seine Unterhaltung mit ihrer Mutter zu belauschen versucht, aber Angus hatte sie erwischt und zurück auf ihr Zimmer geschickt. Angus! Morgen musste sie ihm in der Sag Harbor Historical Society helfen. Sie hasste dieses muffige alte Gemäuer, wo sie sich zu Tode langweilte, weil es nichts zu tun gab. Sie hatte schon ganze Nachmittage dort verbracht, und bloß ein einziger Besucher war aufgetaucht, um einen Blick in die Archive zu werfen.

Doch die Ablenkung würde ihr guttun, das wusste sie selbst. Das Zeichnen fehlte ihr. Sie brachte es nicht einmal fertig, ein leeres Blatt Papier auch nur anzusehen. Es machte sie nur traurig. Was hatte das Zeichnen denn noch für einen Sinn?

Menschen ließen einen allein. Das war die Wirklichkeit. Sie starben, oder sie gingen einfach weg. So wie ihr Dad. Sie konnte sich nicht erinnern, wann sie ihn das letzte Mal gesehen hatte. Na ja, eigentlich konnte sie sich schon erinnern, aber es war mehr wie ein Traum gewesen und nicht wie etwas, das wirklich passierte. Vor zwei Jahren hatte er sie an ihrem Geburtstag angerufen, aber dieses Jahr hatte sie nichts von ihm gehört. Sie hatte nicht weiter darüber nachgedacht, aber jetzt, wo sowieso alles Mist war, passte er wunderbar dazu.

Zum Glück hatte sie noch Henrys Skizzen. Sie hatte alle aufgehoben, seit er vor zwei Jahren zum ersten Mal etwas für sie porträtiert hatte: einen Mann beim Angeln. »Sie zeichnen aber schnell«, hatte sie gestaunt. Seine Hand bewegte sich so flott über die Serviette, dass es den Anschein hatte, dass das Bild nicht Strich für Strich entstand, sondern als Ganzes auf das Papier geworfen wurde.

Penny warf einen raschen Blick auf das Handtuch über dem Handtuchhalter. Das würde sie keinesfalls benutzen. Alle diese Keime! Die nassen Hände erhoben wie ein Chirurg auf dem Weg in den OP ging sie die Treppe hinunter, um sie sich an einem Papierküchentuch abzutrocknen. Als sie um die Ecke bog, hörte sie, wie die Hintertür geöffnet wurde.

»Hey du«, sagte ihre Mutter und ließ eine kleine Schachtel mit Essen aus dem Hotel auf den Küchentisch fallen. Salat. Schon wieder. »Hast du schon gegessen?«

»Ja, Angus hat Hamburger gemacht.« Penny trocknete sich die Hände an dem Papiertuch ab und warf es dann in den Mülleimer, wobei sie darauf achtete, nicht seinen Rand zu berühren.

»Komm, setz dich einen Augenblick zu mir.« Ihre Mutter schenkte sich ein Glas Wein ein und nahm am Tisch Platz.

Penny ließ sich ihr gegenüber nieder. Ihre Mutter hatte sich die kastanienbraunen Haare zu einem Pferdeschwanz zusammengebunden. Ihre Wimperntusche bröckelte, kleine Krümelchen klebten rings um ihre strahlend grünen Augen. Selbst nach einem langen Arbeitstag sah ihre Mutter wunderschön aus. Es war so unfair, dass sie ihr so gar nicht ähnlich sah.

Sie machte den Mund auf, klappte ihn dann aber wieder zu.

»Was?«, sagte Penny.

»Hat Mr Wyatt jemals mit dir über sein Haus gesprochen?«

Mr Wyatt? Wie kam sie jetzt auf Mr Wyatt? »Nein, wieso? Was ist mit seinem Haus?«

»Hast du jemals mit ihm über Geld gesprochen? Dass du das Gefühl hast, es reicht nicht, oder dass du dir wünschst, wir würden woanders wohnen? Ich werde nicht sauer auf dich sein, ich versuche nur, etwas zu verstehen.«

»Nein, wir haben uns nur über Kunst unterhalten.« Mr Wyatt war nicht besonders gesprächig gewesen. Das hatte ihr an ihm so gefallen.

»Penny, es ist etwas äußerst Seltsames passiert. Ich hoffe, du kannst Klarheit in die Sache bringen.«

»Hat das mit dem Mann zu tun, der hier war?« Ihr Herz schlug ein klein wenig schneller. Sie spürte, dass etwas wirklich Großes passieren würde. Sie wusste nur nicht, ob es etwas Gutes oder etwas Schlechtes sein würde. Sie griff sich unbewusst in die Haare und zwirbelte sie, bis sich ein paar dünne Strähnen lösten. Noch so eine nervöse Marotte.

»Ja. Der Mann ist Anwalt. Er war Mr Wyatts Rechtsanwalt. Und er hat mir mitgeteilt, Mr Wyatt habe dir sein Haus vererbt, sein riesiges, teures Haus am Strand.«

Penny ließ sich gegen die Stuhllehne fallen. »Er hat *was*?«

Ihre Mutter wiederholte, was sie gesagt hatte.

»Aber wieso?«, fragte Penny fassungslos.

Ihre Mutter, die Augen weit aufgerissen, schüttelte den Kopf. »Keine Ahnung. Ich hatte gehofft, du könntest mir das sagen.«

Penny blinzelte ein paarmal schnell hintereinander. Ihre Gedanken überschlugen sich. Mr Wyatt hatte ihnen ein Haus hinterlassen! Am Strand! Wo sie jetzt wohnten, im Süden der Stadt, waren sie weit vom Meer entfernt. Seit sie ein kleines Mädchen war, wusste sie, dass es nicht mehr weit bis nach Hause war, wenn sie die am Straßenrand geparkten Pick-ups sah und die Autoreifenstapel in den Vorgärten ihrer Nachbarn. Ging sie weiter und an ihrem Haus vorbei, kam sie zu den Bahngleisen. Ihr Haus war klein und alt, und es war ihr peinlich, andere Kinder zu sich einzuladen. Aber vielleicht würde das neue Haus noch schöner als das von Mindy sein. Sie könnte eine Party geben in diesem Haus am Strand, und alle würden ständig auf ihre Smartphones starren, um nachzusehen, ob sie eingeladen waren. Sie würde endlich dazugehören!

»Werd ich da ein größeres Zimmer haben?«, fragte sie.

Ihre Mutter antwortete nicht – sie tippte eine Nachricht auf ihrem Handy. Dabei predigte sie Penny immer, »sich zu konzentrieren«. Diese Heuchlerin!

»Was?« Jetzt blickte sie auf. »Penny, ich weiß nicht, ob daraus was wird. Das Ganze ist einfach irrsinnig! Im Moment versuche ich nur, das alles zu verstehen.«

Ständig sagte ihre Mutter zu ihr, sie würde zu viel grübeln, aber in Wirklichkeit war sie diejenige, die sich zu viel Gedanken machte. So wie jetzt zum Beispiel. Was gab es da zu verstehen? Sie konnten aus Mount Misery wegziehen und am Strand wohnen. Darüber musste man doch nicht einmal eine Sekunde nachdenken! »Können wir es uns ansehen?«

Ihre Mutter sah sie an. Endlich lächelte sie. »Ja, warum nicht?« Sie stand auf und gab Penny einen Kuss auf die Stirn. »Vielleicht morgen früh. Ich geh noch mal weg, ich treff mich mit Sean und Alexis. Und du gehst ins Bett. Träum was Schönes!«

Ja, dachte Penny, in dieser Nacht würde sie vielleicht wirklich mal wieder etwas Schönes träumen.

Murf's Backstreet Tavern versteckte sich in der Division Street in einem aus dem Jahr 1792 stammenden Gebäude. Es war eine heruntergekommene Kneipe mit einem bröckelnden Backsteinkamin und billigem Bier aus dem Zapfhahn. Die Getränke wurden in Plastikbechern serviert. Es gab eine Musikbox und ein Dartboard, und dienstags kostete ein Jägermeister nur einen Dollar.

Sean saß an der Bar, als Emma hereinkam. Alexis spielte das Ringspiel. Tom Murphy, der ursprüngliche Besitzer des Lokals, hatte einen kleinen Stahlring an einer Angelschnur an der Decke aufgehängt, und wer es schaffte, den Ring so zu werfen, dass er an dem Haken hängen blieb, der in einiger Entfernung in einen Holzbalken geschlagen war, hatte gewonnen. Jedes Frühjahr fanden regelrechte Wettbewerbe zwischen einem Team der Feuerwehr und einem der Müllabfuhr statt.

»Da ist sie ja!«, rief Sean, als er sie erblickte. »Was trinkst du?«

»Red Stripe. Hey, ich wollte dich vorhin schon fragen – was soll das denn mit dem Bart?« Sean war schottischer Abstammung und hatte sonnengebleichtes Haar und leuchtende blaue Augen. Aber seine ungepflegte Gesichtsbehaarung stellte sein gutes Aussehen auf eine harte Probe.

»Jetzt fang du nicht auch noch an! Alexis hat mir deswegen schon die Leviten gelesen.«

Alexis warf den Ring ein letztes Mal, ging dann leichtfüßig zu Emma und begrüßte sie mit einem Kuss auf die Wange. Als sie auf die Barhocker geklettert waren, reichte Alexis ihr eine Tüte von Harbor Books mit einem Taschenbuch darin. »Das ist ein Probeexemplar von einem Roman, der Penny gefallen könnte«, sagte sie.

»Danke, das ist aber lieb von dir!«

Katie Cleary arbeitete an diesem Abend hinter der Bar. Sie schob Emma das Bier über die Theke. Katie war die Tochter von Hal Cleary, dem Eigentümer der Eisenwarenhandlung, und gerade mal einundzwanzig. Emma war genauso alt gewesen, als sie hinter dieser Theke gestanden hatte.

So hatte sie Pennys Vater kennengelernt.

Eines Abends im Frühsommer war eine große, ausgelassene und lärmende Gruppe in die Bar gestürmt. Sie nahm den Tisch zwischen dem Elchkopf an der Wand und dem gerahmten Foto von Frank Sinatra in Beschlag und schickte einen Abgesandten zur Theke, um die Bestellungen aufzugeben.

Er war groß und hatte volles, welliges dunkles Haar und dunkelbraune Augen gehabt. Er trug Jeans und ein schwarzes T-Shirt und war unglaublich süß. Irgendwie kam er Emma vertraut vor. Plötzlich wusste sie, woher sie ihn kannte: Sie hatte sein Foto auf Postern am Bay Street Theater gesehen.

»Hallo«, sagte er lächelnd. »Drei Krüge vom Fass, was immer Sie haben, und vier Gin Tonic.« Er schob eine Kreditkarte über die Theke.

Während sie die Krüge füllte, ließ sie ihre Blicke über die Gruppe am Tisch schweifen und erkannte die Schauspielerin Mercedes Ruehl, die die Hauptrolle in einem am Bay Street Theater aufgeführten Stück namens *Dinner* spielte.

»Gibt's was zu feiern?«

Er nickte. »Das Premierenwochenende steht bevor. Wir hatten diese Woche zwei Probeaufführungen.«

»Cool!«

»Ich bin übrigens Mark.«

»Emma.«

»Sie sehen nicht aus, als ob Sie schon Alkohol trinken dürften, geschweige denn hier arbeiten.«

Sie lächelte. »Das sagen alle.«

»Autsch. War wohl nicht besonders originell.«

Er hatte eine besondere Ausstrahlung – die Art, wie er redete, wie er gestikulierte. Später würde sie an seinen Schauspielerfreunden ähnliche Züge entdecken, aber im Moment schien er einzigartig zu sein.

Mark Mapson. Emma wusste noch, wie es sich angefühlt hatte, als sie seinen Namen zum ersten Mal laut aussprach: als hätte sie ein Bonbon zerbissen.

Sie erfuhr, dass er aus Maine stammte, seinen Abschluss an der University of Pennsylvania gemacht hatte und seine Eltern alles andere als glücklich waren, weil er den Beruf des Schauspielers ergriffen hatte. Es faszinierte ihn, dass sie die Kleinstadt, in der sie aufgewachsen war, nie verlassen hatte. »Nicht einmal, um aufs College zu gehen?« Er konnte es nicht fassen, als sie verneinte. Sie habe kein Geld fürs College, sagte sie, und außerdem wolle sie nichts weiter, als eines Tages hier in der Stadt ein Blumengeschäft zu eröffnen. »Das gefällt mir«, sagte er. »Schlicht … und bodenständig.«

Irgendwann nach Mitternacht brach die Gruppe auf. Er bat Emma um ihre Telefonnummer. Sie schrieb sie auf eine Serviette und sah zu, wie er sie in seine Tasche steckte. Er würde sich sicher nicht melden. Zu ihrer Überraschung rief er sie aber doch an, und zwar gleich am nächsten Tag. Sie trafen sich zum Kaffee, und bis die Rechnung kam, hatte sich Emma in ihn verliebt.

Sechs Wochen später war sie schwanger. Einen Monat bevor Penny geboren wurde, ließen sie sich standesamtlich trauen. Ein Jahr später verließ er sie.

»Erde an Emma!«, rief Sean.

Sie schreckte hoch. »Sorry, ich war mit meinen Gedanken woanders.« Sollte sie ihnen von Henry Wyatts Haus erzählen? Früher oder später würden sie es ja doch erfahren. Irgendwie war ihr die ganze Sache unangenehm, sie wusste selbst nicht, wieso. Vielleicht würde es helfen, wenn sie mit Sean und Alexis darüber sprach. »Heute ist etwas total Verrücktes passiert.«

Bevor sie weiterreden konnte, ging die Tür auf und Chris Vincenzi kam herein.

»Hey, Leute, seht mal, wer da ist! Chris V.!«, rief Sean.

»Du hast aber früh Schluss gemacht«, bemerkte Emma, als er auf den Hocker neben ihr kletterte.

»Es war nichts los.« Er gab Katie ein Zeichen und bestellte ein kleines Glas Tito's. »Außerdem wartet Job Nummer zwei.« Er wedelte ihnen mit seinem Schlüsselring vor der Nase herum.

»Und das wäre? Hausmeister?«, witzelte Sean.

»Nein, du Klugscheißer.« Er löste einen Schlüssel vom Ring. »Das ist der Schlüssel zur Kajüte von Bob Andersons Zehn-Meter-Motorjacht. Ich werde mich zwei Wochen um seine Chris Craft kümmern. Wie wär's, wollen wir die Party nicht aufs Wasser verlegen?«

»Erstens, nein«, antwortete Alexis. »Zweitens wollte uns Emma gerade etwas erzählen. Also? Was ist heute passiert?«

Die drei sahen sie erwartungsvoll an.

»Äh, ich wollte heute Morgen gerade aus dem Haus, als dieser Typ vor der Tür stand. Ein Anwalt.«

Der Rest der Geschichte sprudelte aus ihr heraus und

klang noch unglaubwürdiger als zu dem Zeitpunkt, da sie sie erlebt hatte.

Sean stieß einen leisen Pfiff aus. »Die nächste Runde geht auf dich.«

»Sehr witzig«, erwiderte Emma.

»Hast du das Haus schon gesehen?«, fragte Alexis.

Sie schüttelte den Kopf. »Vielleicht morgen. Einerseits bin ich neugierig, aber ...«

»Weiß Jack es schon?«, fragte Chris.

»Jack? Wieso sollte ich es ihm erzählen?«

»Na ja, ich meine, wirst du deinen Job behalten?«

Die Unterhaltung drehte ins Absurde. »Leute, der Punkt ist, dass ich nicht sicher weiß, ob das alles tatsächlich passiert ist! Und selbst wenn es wahr wäre – es gibt da gewisse Haken. Das Haus gehört Penny, nicht mir. Ich kann es nicht verkaufen oder so. An meiner derzeitigen finanziellen Situation ändert sich nichts.«

»Aber du kannst umsonst in einer Villa am Strand wohnen«, wandte Sean ein.

»Ja, das stimmt schon. Ich sag euch, das macht mich ganz kirre!«

»Sieh es doch mal so«, meinte Alexis. »Diesen Sommer kriegst du mal eine Vorstellung davon, wie die andere Hälfte lebt.«

Sie erhoben ihre Gläser.

Bea lag im Nachthemd und einem wattierten Morgenmantel auf der weißen Bettdecke und starrte an die Balkendecke hinauf. Der Zauber dieses Zimmers lag in seiner Schlichtheit. Kein Fernseher, kein Hinweisschild mit einem WLAN-Passwort. Das schwarze Telefon neben dem Bett hatte eine Wählscheibe. Das Hotel spiegelte eine Zeit wider, als alles besser war.

Als sie niemals eins von Henry Wyatts Gemälden aus seinem Haus geschmuggelt und im Kofferraum ihres Autos versteckt hätte.

Oh, wie hatte es nur so weit kommen können! Nach allem, was sie für seine Karriere getan hatte, nach so vielen gemeinsamen Jahren war sie genötigt gewesen, sich wie eine gewöhnliche Diebin zu benehmen. Sie konnte das Bild nicht im Kofferraum lassen, sie konnte es aber auch nicht allein die Treppe hinauf- und in ihr Zimmer tragen. Dafür hätte sie Kyle gebraucht. Aber da er sowieso schon sauer war, hatte sie keine große Lust, ihn in dieses zweifelhafte Unterfangen einzubeziehen.

Dennoch fühlte sie sich im Recht. Ihr wurde regelrecht schlecht bei dem Gedanken, das Gemälde zurückzulassen. Wer weiß, was mit Henrys unbezahlbaren Werken geschehen würde, wenn irgendein Wildfremder darüber verfügte! Wenn ihr das Entwenden eines Gemäldes half, die Nacht zu überstehen, nun, dann konnte sie damit leben. Sie war immer ihre eigenen Wege gegangen – auch wenn sie sich das Leben dadurch unnötig schwer gemacht hatte.

Bea war im Herbst 1960 nach einem heftigen Streit mit ihren Eltern aus Newport nach New York City gezogen. Ein Jahr zuvor hatte sie die unfassbare Entscheidung getroffen, sich nicht am Vassar College einzuschreiben. Ihre Eltern nahmen ihr das sehr übel. Sie empfanden ihre Entscheidung als Akt der Rebellion, als Ablehnung ihrer Wertvorstellungen und der Pläne, die sie für ihre Tochter gehabt hatten. Ihnen war nicht klar, dass die Saat für diesen radikalen Entschluss bereits Jahre zuvor gesät worden war.

Als Bea zwölf Jahre alt war, fand im Sommer das erste Newport Jazz Festival statt. Etliche Einwohner, darunter auch ihre Eltern, waren schockiert, weil sie befürchteten, das Ereignis werde Horden »zweifelhafter« Leute in die Stadt locken. Ihre Mutter sprach kein Wort mehr mit ihrer Freundin Elaine Lorillard, der Organisatorin des Festivals, und das, obwohl Elaine erst im September davor den Winsteads eine Einladung zu *dem* gesellschaftlichen Ereignis der Saison besorgt hatte: der Hochzeit von Jacqueline Bouvier und John F. Kennedy.

Nachdem Bea monatelang das Getuschel über das Festival gehört und die Plakate überall in der Stadt gesehen hatte, konnte sie an nichts anderes mehr denken. Dann endlich war es so weit. An jenem Samstagabend erzählte sie ihren Eltern, sie werde bei einem Nachbarn babysitten, und stahl sich dann zum Gelände des Newport Casinos davon. Sie betete, dass sie nicht erwischt wurde. Als sie zum Himmel hinaufschaute, sah sie den wunderschönen Vollmond. Noch Jahrzehnte später konnte sie sich an ihre Empfindungen in diesem Moment erinnern – an das Gefühl, dass ihr Leben jetzt erst richtig begann.

Auf dem Rasen vor dem Casino schienen sich eine Million Menschen versammelt zu haben. Aber sie staunte nicht nur über die riesige Menge, sondern vor allem auch über die bunte Mischung aus Schwarzen und Weißen, Seeleuten und Schulmädchen. Und dann diese Musik! Eddie Condon. Dizzy Gillespie. Ella Fitzgerald. Sie hatte nie zuvor eine solche Musik gehört. Die Songs brachen alle Regeln, und die Musiker sahen aus, als wären sie von einem anderen Stern. Aber wie sie im Lauf des Abends erfahren sollte, kamen sie nicht von einem anderen Stern, nicht einmal aus einem anderen Land. Sie kamen aus New York City.

Dort wollte Bea auch wohnen, wenn sie einmal groß war.

Das vergaß sie nie, nicht einmal, als sie die schriftliche Zusage von Vassar in der Hand hielt. Auch und gerade als sie die schriftliche Zusage von Vassar in der Hand hielt, dachte sie daran. Sie sah die Weggabelung vor sich, die Robert Frost in einem Gedicht thematisiert hatte.

Bea hatte keine Lust, vier Jahre in Vassar zu vergeuden und dann nach Newport zurückzukehren, um »standesgemäß« zu heiraten. So ein Leben war nichts für sie. Und New York City war in ihren Augen die einzige Möglichkeit, dem zu entfliehen.

Ihre Eltern hatten kein Verständnis dafür und gaben ihr auch kein Geld für den Umzug. Mittellos und auf sich allein gestellt traf sie in New York ein. Im *Village Voice* stieß sie auf eine Annonce, in der eine Mitbewohnerin für eine WG in der Lower East Side gesucht wurde. Die junge Frau, die die Anzeige aufgegeben hatte, studierte an der NYU und arbeitete außerdem ein paar Stunden in der Woche bei einem Künstlerkollektiv in der Bowery. Bea bekam das Zimmer.

Die Kunstszene faszinierte sie. Wenn sie nicht in einer der von Künstlern geführten Galerien an der East Tenth Street herumlungerte, lud sie sich ganz ungeniert zu jeder Party ein, wo sie eine Chance witterte, einen Galeriebesitzer oder Nachwuchskünstler zu treffen. Sie brauchte einen Job, aber niemand bot einfach so eine Stelle in einer Galerie an. Sie musste sich etwas einfallen lassen, um auf sich aufmerksam zu machen. Dann wurde sie eines Abends zu einer Party in einem imposanten Loft in der Spring Street eingeladen.

Die Gastgeberin war eine Freundin von Lois Dodd, einer der Gründerinnen der Tanager Gallery an der East Tenth Street. Tanager gehörte zu den wenigen Ausstellungsräumen, deren Spektrum auch andere Richtungen als den ohnehin bereits stark vertretenen abstrakten Expressionismus umfasste. Das war die Galerie, die ganz oben auf Beas Wunschliste stand. Aber um dort einen Fuß in die Tür zu bekommen, brauchte sie etwas Aufsehenerregendes.

Sie betrachtete die Party als geschäftliche Veranstaltung und ging ganz methodisch vor. Das änderte sich jedoch, als sie einen hochgewachsenen, schlaksigen, dunkelhaarigen jungen Mann entdeckte, der unweit der provisorischen Bar in eine Unterhaltung vertieft war. Seine Haare waren lang genug, dass sie ihm in Newport missbilligende Blicke eingetragen hätten. Seine unkonventionelle Kleidung ähnelte fast schon den abgerissenen Sachen eines Obdachlosen. Aber seine beneidenswert symmetrischen Züge und sein kräftiges Kinn verliehen ihm etwas Aristokratisches. Bea ging langsam auf ihn zu.

Ihr Herz machte einen Hüpfer, als sie seine Hände sah, die Hände eines Künstlers – lange, schmal zulaufende Finger und Farbe unter den Nägeln.

Dann richtete der gut aussehende Unbekannte seinen Blick auf sie, und als sie in diese blauen Augen schaute, waren alle anderen im Raum vergessen. Sie wartete geduldig, bis sich eine Gelegenheit bot, mit ihm allein zu sprechen. Sie wusste später nicht mehr, was genau sie zu ihm gesagt hatte. Gut möglich, dass er zu Anfang seine Malerei erwähnt hatte, aber Bea dachte an alles, nur nicht an Kunst – zum ersten Mal seit ihrer Ankunft in New York fünfzehn Monate zuvor.

Der Unbekannte stellte sich als Henry Wyatt vor, erzählte, dass er aus Texas stammte und ebenfalls erst vor Kurzem nach New York übergesiedelt war.

Auch später unterhielten sie sich über seine Malerei eigentlich nur am Rande – im Wesentlichen tranken sie zu viel Gin und tratschten über jeden in ihrem ambitionierten kleinen Zirkel. Der Morgen dämmerte schon herauf, als sie in seine nach Terpentin riechende Wohnung über einem Delikatessengeschäft in der Greenwich Avenue schwankten, wo sie in hemmungsloser Leidenschaft übereinander herfielen, sich küssten und mit fahrigen Gesten die Kleider vom Leib rissen. Die Antibabypille war noch nicht lange auf dem Markt. Hugh Hefners neuer Playboy Club war vor Kurzem eröffnet worden. Und Bea Winstead hatte in jener Nacht ein weiteres Schlüsselerlebnis: Auf einer Matratze auf dem Fußboden verlor sie ihre Jungfräulichkeit an Henry Wyatt.

Doch dieser Wendepunkt in ihrem Leben war vergessen, als sie später bei Tageslicht ein an die Wand gelehntes Gemälde sah: symmetrische kobaltblaue Rechtecke, die von weißen Linien halbiert wurden. Es stellte eine erfrischende, rigorose Abkehr vom abstrakten Expressionismus dar.

»Mein Gott, Henry! Das ist fantastisch!« Sie stand von der Matratze auf, trat näher an das Bild heran und betrachtete es aus verschiedenen Blickwinkeln. »Wie heißt es?«

Er zuckte mit den Schultern. »Ich gebe meinen Bildern keinen Namen.«

Im Geist nannte Bea es bereits *Untitled Blue*, Öl auf Leinwand.

Er streckte die Hand nach ihr aus, aber sie wich zurück. Sie hatte in einem schwachen Augenblick mit ihm geschlafen. Sie war nicht nach New York gekommen, um einen Mann zu suchen. Sie wollte Karriere machen, unabhängig sein.

Sie durfte nicht Henry Wyatts Geliebte werden. Früher oder später würde es zum Streit und dann zur Trennung kommen. Und kein Mensch würde sie ernst nehmen. Nein, es konnte nur eine einzige Beziehung zwischen ihnen geben: eine geschäftliche. Jetzt, wo sie seine Arbeit gesehen hatte, zweifelte sie nicht eine Sekunde daran, dass sie ihn berühmt machen und er ihr im Gegenzug ein Vermögen einbringen würde.

Und sie hatte recht behalten.

Das gemütliche Hotelzimmer kam Bea auf einmal erdrückend klein vor. Sie stand auf und zog ihren Morgenmantel fester um sich. Sie würde nicht länger daliegen und sich abwechselnd wie ein Opfer und wie eine Kriminelle fühlen. Sie schlüpfte in ihre Slipper, knipste das Licht an und ging die Treppe hinunter.

Kyle lag leise schnarchend auf der Couch. Bea schaltete die Tischlampe ein, zögerte einen Augenblick, beugte sich dann über ihn und rüttelte ihn an der Schulter.

»Kyle, ich muss mit dir reden.«

Er rührte sich nicht.

»Kyle, ich brauche deine Hilfe!«, sagte sie lauter.

Er fuhr hoch. »Bea? Ist was passiert?«

»Tut mir leid, dass ich dich geweckt habe, aber du musst mir helfen, etwas aus dem Auto zu holen.«

»Jetzt?« Er warf einen Blick auf sein Smartphone. »Es ist ein Uhr.«

»Es ist wichtig, Kyle.«

»Was hast du denn im Auto?«

»Eins von Henrys Bildern.«

»Aus dem Haus?«

Sie nickte.

»Bea, das … das ist Diebstahl. Du wirst eine Menge Ärger bekommen.«

»Lass das meine Sorge sein. Ich will nur, dass du mir hilfst. Ich kann das Bild nicht über Nacht im Auto lassen.«

Kyle ließ sich aufs Kissen zurückfallen. »Das wirst du aber müssen. Ich will nicht in diese Sache mit hineingezogen werden.«

»Du verstehst das nicht!«

»Da hast du recht – ich verstehe das wirklich nicht«, nuschelte er schlaftrunken.

»Ich war außer mir, ich wusste nicht mehr, was ich tat. Das Bild mitzunehmen war ein Versuch, der Situation irgendwie Herr zu werden. Sein ganzes Werk befindet sich noch im Haus, das von irgendeinem Banausen, der sich das Anwesen unter den Nagel gerissen hat, geplündert werden wird! Wenn ich nicht alles katalogisiere, ist es für immer verloren!«

»Okay.« Kyle setzte sich auf, rieb sich die Augen. Als er den Blick endlich auf sie richtete, konnte sie seinen Gesichtsausdruck erst nicht deuten. Dann erkannte sie, dass es Mitleid war. Mitleid! »Bea, ich fühle mit dir. Wirklich. Ich weiß, was es heißt, etwas haben zu wollen, und dann wird es einem weggenommen. Das steckt man nicht so leicht weg. Ich werde dich morgen zum Haus fahren, du bringst das Bild zurück und tust, was du tun musst, damit du dich besser fühlst. Aber das war's dann, Bea. Danach werde ich nach Manhattan zurückkehren, ob mit dir oder ohne dich.«

Kapitel acht

Am anderen Morgen zogen Wolken auf, und Bea versuchte, das nicht als schlechtes Zeichen zu sehen. Sie knallte den Kofferraumdeckel zu und ging zielstrebig zum Seiteneingang von Windsong. Kyle folgte ihr mit dem Gemälde.

In der Nacht hatte sie sich keine Gedanken über ihr Handeln gemacht, aber jetzt, bei Tage, kreisten die Worte »widerrechtliches Betreten« und »Diebstahl« unablässig in ihrem Kopf. Dennoch war sie überzeugt, dass der neue »Eigentümer« nicht der rechtmäßige war. Sie hatte sich also nichts vorzuwerfen.

Vor ein paar Stunden erst war ihr der Gedanke gekommen, ihren Anwalt anzurufen. Richard Fadden kannte Victor Bonivent, und er hatte Henry gekannt – er würde die Sache aufklären und eine Lösung für das Problem finden. Die Sonne ging gerade auf, als sie ihn auf seinem Mobiltelefon erreichte.

»Ein Testament anzufechten ist eine langwierige, komplizierte Angelegenheit«, hatte er ihr erklärt. »Und obendrein sehr kostspielig.« Sie werde ihm einen Blankoscheck ausstellen, hatte Bea erwidert.

Kyle hatte es so eilig, das Gemälde an seinen Platz zurückzubringen, dass er in der Eingangshalle beinahe über eine Plastik gestolpert wäre.

»Pass doch auf!«, rief Bea.

Er achtete nicht auf sie. »Wo gehört das hin?«

Sie führte ihn in den Flur zur Gästesuite. Als das Bild wieder an seinem Platz hing, meinte er: »Okay, erledigt. Gehen wir.«

Was für ein ungeduldiger junger Mann! »Ich habe dir doch gesagt, dass ich die Kunstwerke im Haus erst noch katalogisieren muss. Wenn du mir hilfst und wir gemeinsam alles durchgehen und du die Titel der Werke aufschreibst, die ich dir nenne, geht es schneller.«

»Und wenn wir damit fertig sind, wirst du das Haus verlassen?«

»Ja, ich verspreche es.«

Sie gingen nach oben in die Bibliothek. Bea war viele Jahre nicht mehr dort gewesen, und die schiere Masse von Büchern überwältigte sie regelrecht. Hunderte, ja Aberhunderte von Romanen, Biografien, Bildbänden, Büchern über Kunstgeschichte, Kunsttheorie und Literaturkritik zeugten von einer unglaublichen Sammelleidenschaft. Sie zog wahllos ein paar Bücher aus den Regalen. Dann fiel ihr Blick auf ein gerahmtes Bild an der Wand. Sie stellte die Bücher zurück und trat näher an das Bild heran.

Zwischen zwei Regalen hing eine Zeichnung, die sie noch nie gesehen hatte. Dabei war sie sicher, dass sie jedes seiner Werke kannte. Sie trat noch näher heran. Ihr Magen krampfte sich zusammen. Tatsächlich, in der rechten unteren Ecke erkannte sie seine Signatur, diese schwungvoll hingekritzelten Initialen, und ein Datum – nur elf Monate zuvor. Hatte Henry seine künstlerische

Richtung in den letzten ein, zwei Jahren geändert? Gab es noch mehr, was sie nicht über ihn wusste? Nein, ausgeschlossen. Sie verdrängte den Gedanken sofort wieder, denn sonst hätte sie auch die Möglichkeit in Betracht ziehen müssen, dass er sein Haus und sein Werk aus guten Gründen einem Fremden vermacht hatte.

»Diese Zeichnungen sind neu. Wir werden sie erfassen als … Skizze eins, zwei und drei.«

Kyle warf einen Blick in den Korridor hinaus.

»Langweile ich dich?«, fauchte Bea.

Er wandte sich zu ihr um, legte den Zeigefinger an seine Lippen und flüsterte dann: »Ich sag's dir nicht gern, aber ich höre unten jemand.«

Das Haus glich einer Skulptur, einem aus Stein und Glas und Stahl gestalteten Monument. Emma hatte nur deshalb den Mut, die Haustür aufzuschließen, weil ihre Tochter spürbar aufgeregt war und sie sie nicht enttäuschen wollte.

»Genau so hab ich's mir vorgestellt!«, rief Penny, als sie und Emma und Angus das Haus betreten hatten.

Wie konnte ihre Tochter sich *das* vorgestellt haben?

Das Haus war hell und geräumig, mit großen Fensterfronten, glänzenden Holzfußböden und eleganten, modernen Möbeln. Ein Haus wie aus einem Magazin oder einem Film. Ein Traumhaus.

Das war Wirklichkeit. Das passierte tatsächlich.

»Wieso glauben reiche Leute immer, sie bräuchten so viel Platz für sich?«, bemerkte Angus.

»Vielleicht wollte er ja mit jemandem hier wohnen, hat

aber niemanden gefunden«, sagte Penny. »Deshalb hat er es uns gegeben.«

Angus schüttelte den Kopf. Als Emma ihm am Abend zuvor die ganze Geschichte erzählt hatte, hatte er gemeint, an der Sache sei bestimmt was faul. Emma hatte ihm recht gegeben, aber jetzt, als sie hier in diesem unglaublichen Haus stand, war das alles vergessen. Ihr Leben würde sich verändern. Zum ersten Mal seit langer Zeit hatte sie nicht das Gefühl, dass es einfach nicht vorwärtsgehen wollte. Ihre Tochter würde in einem wunderschönen Haus aufwachsen. Und später könnte sie es verkaufen und wäre finanziell abgesichert.

Penny lief von Zimmer zu Zimmer und machte kleine Luftsprünge vor Freude. Emma folgte ihr, inzwischen genauso aufgeregt wie ihre Tochter.

»Wir hätten Badeanzüge mitnehmen sollen«, sagte Penny, als sie den Infinity Pool im Garten entdeckte. Dahinter konnte man die Bucht und ein Stück Strand sehen. Angus trat neben sie. »Was meinst du?«

»Ich kann nicht schwimmen«, antwortete Angus.

»Dann musst du es lernen, jetzt, wo wir hier wohnen werden.«

Emma lächelte. Und dann hörte sie ein Geräusch. Es kam von oben.

Wahrscheinlich bildete sie sich das nur ein. Oder das Haus machte Geräusche, die ihr fremd waren. Das Haus am Mount Misery Drive knackte und ächzte auch, und sie hörte es kaum noch. Sie würde sich an einiges gewöhnen müssen in dieser Luxusvilla, da waren ein paar seltsame Geräusche das wenigste.

Würde sie in dieser luxuriösen Umgebung leben können? Sie wusste es nicht. Aber warum nicht einen Versuch wagen? Vielleicht bestand das Leben ja nicht nur aus Schinderei und Rückschlägen. Vielleicht gab es hin und wieder auch unverhoffte Glücksfälle.

Bea stand mit klopfendem Herzen oben an der Treppe.

Wenn das diese Erbschleicher waren – und etwas anderes konnten diese Leute ja nicht sein –, hatten sie ihr Vorhaben bestimmt gut geplant. Nun, einen Faktor hatten sie allerdings übersehen: sie, Bea.

»Wir werden sie stellen«, sagte sie leise zu Kyle.

»Auf gar keinen Fall! Eigentlich sollten wir gar nicht hier sein.«

»Was ist denn das für eine Einstellung?« Eine Hand auf dem Geländer ging Bea langsam die Treppe hinunter und dann mit forschen Schritten durch den Wohnbereich und weiter zum Esszimmer, von wo die Stimmen kamen. Drei Personen standen nebeneinander und blickten auf den Pool hinaus.

»Entschuldigung«, sagte Bea und war dankbar, dass ihre Stimme ruhig und fest klang.

Die drei fuhren erschrocken herum. Und Bea riss verdutzt die Augen auf. Sie kannte diese Frau doch von irgendwoher. Ihr Gehirn arbeitete fieberhaft, um die fehlenden Informationen zusammenzusuchen, und dann traf es sie wie ein Schlag. Die Rezeptionschefin vom American Hotel! »*Sie?*« Bea drehte sich zu Kyle um, doch der schüttelte nur den Kopf und verließ das Zimmer. Sie registrierte es kaum, als die Haustür ins Schloss fiel.

»Entschuldigen Sie, wir haben nicht damit gerechnet, dass jemand hier ist«, sagte die Frau. Ein junges Mädchen mit einer wilden Lockenmähne stand neben ihr und neben dem Teenager ein grauhaariger Afroamerikaner in Khakihose, Hemd und Pullunder. Welche Verbindung konnte Henry denn zu diesem sonderbaren Trio haben?

»Sie sind doch Hotelgast, nicht wahr?«, sagte die Frau. »Ms Winstead, richtig?«

Das Hotel! Natürlich! Das war es. Henry hatte in den letzten Jahren viel Zeit an der Hotelbar verbracht. Hatte zu viel getrunken. Zu viel geredet. Diese Frau hatte sich sein Vertrauen erschlichen, um nach seinem Tod abkassieren zu können. Hatte er mit ihr geschlafen? In seinem Alter?

So einfach war die Sache also. Was für ein Klischee!

»Und Ihr Name ist …?«

»Ich bin Emma Mapson. Das ist Penny, meine Tochter, und das …«

»Was tun Sie hier?« Bea ging zum Tisch und lehnte sich dagegen. Sie hatte kaum geschlafen, sie war erschöpft. Die Belastung machte sich bemerkbar.

»Das könnte ich Sie auch fragen, Ms Winstead.«

So eine Frechheit! »Das Haus hat meinem lieben alten Freund Henry Wyatt gehört, der kürzlich verstorben ist. Das mache ich hier. Und da ich Mr Wyatt fünfzig Jahre kannte und er nie Ihren Namen erwähnt hat, würde ich zu gern Ihre Ausrede hören.«

»Zunächst einmal mein Beileid. Mr Wyatt war ein sehr netter Mann. Meine Tochter hat sich vor etwa einem Jahr mit ihm angefreundet und viel Zeit mit ihm verbracht. Er hat ihr Zeichenunterricht gegeben.«

»Zeichenunterricht!«, stieß Bea verächtlich hervor.

»Ja. Und er war Stammgast in der Bar.«

»Das alles erklärt aber nicht Ihre Anwesenheit hier.«

Die Frau wandte sich ihrer Tochter zu und bat sie, sie beide einen Moment allein zu lassen. Das Mädchen und der ältere Mann gingen auf die Terrasse hinaus. Bea blickte sich suchend nach Kyle um. Wo steckte er denn bloß?

Ob sie sich nicht setzen wollten, schlug Emma Mapson vor und zog für Bea einen Stuhl vom Esszimmertisch heran. Bea hätte gern gesagt, sie bliebe lieber stehen, aber ihre Hüfte schmerzte. Das kam von dieser verdammten Treppe im Hotel. Sie ignorierte jedoch den angebotenen Platz und suchte sich einen eigenen.

Emma setzte sich ihr gegenüber. »Ms Winstead, die Wahrheit ist, dass ich erst gestern erfahren habe, dass meine Tochter dieses Haus geerbt hat.«

»Sie hat dieses Haus geerbt. Was für ein unverhoffter Glücksfall, finden Sie nicht auch?« Die Ellenbogen auf den Tisch gestützt beugte sich Bea vor.

»Es war ein richtiger Schock.«

»Ach, hören Sie doch auf! Ein Schock! Sie glauben doch nicht im Ernst, dass ich – oder irgendjemand sonst – Ihnen das abnehme? Sie haben es darauf angelegt, Henry Wyatts Besitz an sich zu bringen!«

Die Frau schüttelte den Kopf. »Ich kann Sie verstehen. Sie trauern um einen guten Freund. Aber ich habe nichts mit dieser Erbschaftsgeschichte zu tun.«

»Ich glaube Ihnen kein Wort! Und ich werde dieser Sache auf den Grund gehen, das sage ich Ihnen! Nur zu Ihrer Information: Ich habe alle Kunstwerke in diesem Haus aufgelistet. Wenn auch nur eines davon fehlt, sehen wir uns vor Gericht wieder.«

Sie zitterte am ganzen Körper, das Aufstehen fiel ihr schwer. Die Konfrontation hatte sie mehr mitgenommen als gedacht, und es kostete sie viel Kraft, äußerlich ruhig und beherrscht den Raum zu verlassen.

Wo in aller Welt steckte Kyle?

Kapitel neun

Penny wäre am liebsten in Henrys Haus geblieben. Es war wunderschön, so perfekt, wie sie es von seinem Haus erwartet hatte. Sie sah ihn überall – in dem glatten hellen Holz und dem Stein und den riesigen Glasflächen. So viel natürliches Licht! Henry hatte immer gesagt, wie wichtig gutes Licht sei.

Das Beste an dem Haus war der Pool. Er war schmal und glatt, wie eine Scheibe vom Himmel. Er schien nicht zum darin Schwimmen geschaffen worden zu sein, sondern zum Bewundern. Aber sie wollte darin schwimmen. Henry musste das gewollt haben, sonst hätte er ihr das Haus doch nicht hinterlassen. Endlich, endlich passierte einmal etwas Gutes in ihrem Leben! Etwas ganz Besonderes.

Aber dann war die alte Dame mit der Tweedjacke und den riesengroßen Perlen aufgetaucht.

Penny wusste nicht, was sie zu ihrer Mutter gesagt hatte, aber als die beiden mit ihrer Unterhaltung fertig waren, hatte ihre Mutter gesagt, dass sie wieder nach Hause fahren würden.

»Wer war das?«, hatte Penny im Auto gefragt.

»Anscheinend eine alte Freundin von Henry.«

»Ist sie wütend, weil er uns das Haus vererbt hat?«

»Sieht ganz danach aus.«

Ende der Unterhaltung. Jetzt war sie in ihrem Zimmer. Sie klappte die Kiste unter ihrem Schreibtisch auf, zog das Zeichenbrett und Papier heraus und trug alles zum Bett hinüber. Sie legte das Zeichenbrett auf ihren Schoß und strich mit der Hand über die Oberfläche. Zum ersten Mal seit Henrys Tod verspürte sie das Verlangen zu zeichnen.

Das Brett war ein Geschenk von Henry, eines der ersten Zeichenutensilien, die sie von ihm bekommen hatte. Er hatte es ihr gekauft, nachdem er beobachtet hatte, wie sie auf der Couch in der Hotellobby gesessen und auf einem Blatt Papier, das auf ihren übereinandergeschlagenen Beinen lag, gezeichnet hatte.

»Licht und Schatten stellen wir dar, indem wir den Bleistift mehr oder weniger fest aufs Papier drücken, richtig?«, hatte er gesagt. »Deshalb brauchen wir eine glatte, stabile Unterlage für das Papier.«

Am nächsten Tag kam ihre Mutter mit dem Zeichenbrett unter dem Arm von der Arbeit nach Hause. »Ein kleines Geschenk von deinem guten Kunstgeist«, sagte sie lächelnd. Eine Woche später brachte sie Bleistifte in verschiedenen Härtegraden – 4H, HB und 4B – mit. Sie bat Penny, sich schriftlich bei Henry zu bedanken.

»Ich hab seine Adresse nicht.«

»Gib ihm das Kärtchen einfach, wenn du ihn das nächste Mal siehst.«

Penny schrieb ein paar Zeilen und steckte das Kärtchen in einen Umschlag. Einige Tage später saß sie in der Lobby und machte ihre Hausaufgaben, als Henry hereingeschlendert kam und sich auf seinen Stammplatz an der Bar setzte. Es war ihr irgendwie unangenehm, zu ihm zu gehen, aber er hatte sie schon gesehen und winkte ihr kurz zu. Also begab sie sich zu ihm, reichte ihm den Umschlag und sagte:

»Vielen Dank für die Bleistifte, sie sind wirklich toll.«

»Was ist das?«, fragte er mit einem Blick auf den Umschlag.

»Ein Dankeschön-Kärtchen.«

»Du hast dich doch gerade bedankt.«

Penny spürte, wie sie rot anlief.

Henry legte den Umschlag auf die Theke. »Ich habe mir überlegt, dir noch einen 8B zu schenken, mit dem kriegst du wunderschöne dunkle Schattierungen hin. Aber man muss ihn regelmäßig spitzen, ich weiß nicht, ob du das auch machst.«

Vor ein paar Monaten dann hatte er ihr eine ganze Schachtel mit 8B-Stiften geschenkt.

Penny biss sich auf die Lippe und kämpfte gegen die Tränen an. Dr. Wang hatte gesagt, sie müsse unterscheiden lernen zwischen Dingen, die ihr wirklich nahegingen, und solchen, die sich einfach in einer Schlaufe in ihrem Kopf verfingen. Und zu welcher Sorte gehörte das jetzt? Sie wusste es nicht.

Irgendwann einmal hatte sie Henry erzählt, was Dr. Wang gesagt hatte, nämlich dass sie nicht ständig über ihre Sorgen nachgrübeln, sie nicht andauernd im Kopf kreisen, sondern davonflattern lassen solle. Ohne von seiner Zeichnung aufzublicken, hatte Henry nach einer Weile erwidert: »Weißt du, was passiert, wenn ein Fremdkörper in eine Auster eindringt? Die Auster sondert eine Flüssigkeit ab, die den Fremdkörper umschließt, eine Schicht folgt auf die nächste. Immer und immer wieder. Und am Schluss hat sich eine wunderschöne Perle gebildet.«

Bei der Erinnerung daran musste Penny doch weinen. Die Tränen tropften auf das leere Blatt auf ihrem Schoß und weichten es auf. Ein leeres Blatt Papier sei nichts anderes als eine Zeichnung, die noch angefertigt werden müsse, hatte Henry immer gesagt. Aber es war so schwer, jetzt, wo er nicht mehr da war, etwas zu zeichnen.

»Klopf, klopf«, rief ihre Mutter und klopfte einmal an, bevor sie die Tür öffnete. Penny wischte sich schnell die Tränen weg, aber vor ihrer Mutter konnte sie nichts verheimlichen.

»Weinst du?« Sie setzte sich auf die Bettkante und wollte Penny in die Arme nehmen, aber sie wich zurück.

»Was hast du denn, Schatz?«

Penny zuckte mit den Schultern. Sie sah, wie sich das Gesicht ihrer Mutter anspannte. Es war ihr Ich-hab-jetzt-keine-Zeit-für-einen-Nervenzusammenbruch-Gesicht.

»Angus muss bald los. Du weißt, dass du diese Woche in der Historical Society aushelfen sollst.«

»O Mann, das ist so was von langweilig!«

»Penny, unsere Familie ist dieser Stadt seit Jahrhunderten verbunden. Deine Vorfahren haben mitgeholfen, Sag Harbor im Unabhängigkeitskrieg gegen die Briten zu verteidigen. Es ist ein Glück, dass die Geschichte unserer Stadt bewahrt wird. Wenn du alt genug zum Geldverdienen bist, kannst du dir einen anderen Ferienjob suchen. Aber bis dahin wirst du Angus helfen.«

»Was ist mit dem Haus?«

Ihre Mutter holte tief Luft. »Im Moment bleibt alles,

wie es ist. Wir werden unser Leben weiterleben wie bisher. Mach du dir keine Gedanken wegen dem Haus.«

»Ich will aber dort wohnen.«

Emma schüttelte den Kopf. »Groß und schick muss nicht immer besser sein, weißt du? Wir können froh sein, dass wir so nah an der Stadt wohnen. Und wir wohnen schon lange hier. Du warst drei, als wir hier eingezogen sind.«

»Ja, schon, aber wir wohnen zur Miete. Das ist nicht *unser* Haus.«

»Streng genommen nicht, aber es ist unser Zuhause. Es macht mich traurig, dass du anscheinend das Gefühl hast, es ist nicht gut genug. Diese … Villa passt nicht zu normalen Leuten wie uns.«

»Hat das was mit der alten Frau zu tun? Hat sie dir gesagt, wir könnten nicht dort wohnen?«

»Das hat überhaupt nichts damit zu tun, Penny. Es geht darum, was ich für das Beste für uns halte und wie wir meiner Meinung nach unser Leben leben sollten.«

»Henry wollte aber, dass ich es bekomme! Warum mischst du dich da ein? Immer sagst du zu allem Nein, und dann wunderst du dich, warum ich so unglücklich bin!« Sie schaute auf das leere Blatt Papier auf ihrem Schoß, das von ihren Tränen feucht und wellig und unbrauchbar geworden war.

Emma schnitt Blumen am liebsten gegen Abend – dadurch blieben sie länger frisch. Aber heute machte sie eine Ausnahme, weil sie einen Strauß ins Hotel mitnehmen wollte. Es machte gute Laune, wenn sie ihre eigenen gelben New-Day-Teehybriden und die weißen Schneewittchen-Floribundarosen sah. Auch Jack wusste ihre Sträuße zu schätzen. Ihre Rosen hielten Tage länger als die Blumen, die er jede Woche im Blumengeschäft kaufe, sagte er immer. Emma profitierte auch in diesem Punkt von der Erfahrung ihrer Mutter. Um Schnittblumen länger haltbar zu machen, kam es auf ein paar Kleinigkeiten an: den Entwicklungsgrad der Blüten, den optimalen Schnittzeitpunkt, wenn die Stängel über Kraftreserven verfügten, den richtigen Schnittwinkel – ideal waren fünfundvierzig Grad – und die sofortige Versorgung mit frischem Wasser.

Emma schnitt jene Rosen, deren Blüten sich gerade öffneten. Sie stellte jeden Stiel sofort in einen mit Wasser gefüllten Eimer, den sie mit in den Garten gebracht hatte. Als sie keine geöffneten Rosen mehr fand, tastete sie vorsichtig die Knospen ab, drückte sie ganz leicht, um festzustellen, ob sie so weich waren, dass sie sich in der Vase öffnen würden.

Nebenan kreischte eine Kreissäge los, und Emma warf einen ärgerlichen Blick über die Hecke auf das Nachbargrundstück, wo früher Angus und Celia gewohnt hatten. Sie waren eindeutig bessere Nachbarn gewesen als jetzt Ken Cutty. Ken bewahrte neuerdings jede Menge Bauholz im Garten auf. Ein ausgedienter Kühlschrank und etliche Stahlfässer, deren Zweck ihr nicht klar war, lagen ebenfalls herum. Das Grundstück war ein einziger Schandfleck.

Angus trat auf die hintere Veranda hinaus. »Fährt Penny mit mir ins Museum?«

»Sie nimmt lieber das Rad.«

»Sie kann doch mit mir kommen. Ich starte in einer Stunde.«

»Mit dem Rad ist sie unabhängiger, weißt du?« Emma lächelte entschuldigend.

Sie fragte sich nicht zum ersten Mal, warum sie sich in Angus' Gegenwart wie ein Teenager fühlte, der nach Bestätigung suchte. Vom psychologischen Standpunkt aus betrachtet lag es daran, dass sie sehr jung gewesen war, als sie ihren Vater verlor. Ältere Männer waren für sie Vaterfiguren, von denen sie sich Orientierung oder Anerkennung erhoffte. Das war ihr ganzes Leben lang so gewesen.

Ihr war auch schmerzlich bewusst, dass sich die Geschichte wiederholte. So wie sie selbst aufgewachsen war, mit einer alleinerziehenden Mutter, wuchs jetzt auch ihre Tochter auf. Pennys Situation war allerdings schlimmer. Mit dem plötzlichen Tod ihres eigenen Vaters, als sie noch in die Grundschule ging, war ihre Welt zusammengebrochen, aber bis dahin war Tom Kirkland der beste Vater gewesen, den Emma sich hatte wünschen können. Penny hingegen wusste gar nicht, wie es war, einen Vater um sich zu haben.

Das war mit ein Grund, warum Emma es gut fand, dass Angus bei ihnen wohnte. Es brachte organisatorische Vorteile, wenn ein zweiter Erwachsener im Haus war, und Penny hatte ein männliches Rollenvorbild.

»Die Sache mit dem Haus ist kompliziert.« Emma schob den Eimer mit den geschnittenen Rosen aus der Sonne. Sie sah Angus an. »Du hast noch gar nichts dazu gesagt.«

»Celia hat immer gemeint, dass ich nicht mit ihr rede, wenn sie reden möchte, und dass ich sie zum Reden dränge, wenn sie nicht will. Das versuche ich zu korrigieren.«

Angus hatte eine sonore Stimme, sodass alles, was er von sich gab, weise klang. Emma nickte. »Ich würde gern deine Meinung hören.«

»Nun, das ist eine wirklich merkwürdige Situation.«

»Allerdings. Höchst merkwürdig. Und ich weiß nicht, wie ich damit umgehen soll.«

»Welche Optionen gibt es?«

Emma hockte sich auf die Fersen und wischte sich mit dem Arm über die Stirn. »Ich könnte nichts weiter unternehmen und abwarten, bis Penny achtzehn ist, dann kann sie sich selbst darum kümmern.«

»Oder?«

»Oder ich könnte einziehen. Aber diese Frau wird mich verklagen. Ich habe nicht die Mittel für einen Rechtsstreit.«

»Und wenn sie dich nicht verklagt?«

»Na ja, hinzu kommt, dass ich mir nicht wirklich vorstellen kann, in dieser riesigen, luxuriösen Hütte zu wohnen. Du etwa?«

Angus lachte. »Ich zieh ganz sicher nicht in dieses verrückte Haus.«

Sie schaute ihn erschrocken an. »Was? Natürlich wirst du das! Wir brauchen dich doch.«

Er lächelte. »Ich hab nicht gesagt, dass ich von hier wegziehen werde. Aber vielleicht ist das ein Zeichen, dass ich mir eine eigene Wohnung suchen sollte.«

Emma ließ die Gartenschere fallen und richtete sich auf. »Nein, ganz bestimmt nicht. Und du weißt, dass Celia mir recht geben würde. Sie hat sich was dabei gedacht, als sie uns beiden das Versprechen abnahm, miteinander im selben Haus zu wohnen. Sie wollte nicht, dass du allein bist.« Kurz vor ihrem Tod hatte Celia nur an Angus gedacht. »Ich habe keine Angst vor dem Tod«, hatte sie Emma gestanden. »Ich habe nur Angst um ihn, weil ich ihn allein zurücklassen muss.«

Angus schüttelte den Kopf. »Weißt du, ich habe nie etwas zu Celia gesagt, aber es war ein Fehler, das Haus am Ninevah Beach zu verkaufen. Ich habe mich nie wieder irgendwo so wohlgefühlt.«

Wie viele seiner Generation war Angus mit einem Immobiliendilemma konfrontiert gewesen. Als sich die Hamptons zu einem beliebten Ferienziel entwickelten, schossen die Immobilienpreise in den einstigen afroamerikanischen Enklaven Ninevah Beach, Azurest und Sag Harbor Hills in die Höhe. Anfang der Jahrtausendwende hatte sich der ursprüngliche Wert von Angus' Elternhaus fast verzehnfacht. Und da er und Celia kurz vor der Pensionierung standen, hatte die Aussicht auf einen guten Verkaufspreis ihnen die Entscheidung leicht gemacht, zumal die Grundsteuern eine astronomische Höhe erreicht hatten.

»Angus, ich kann verstehen, dass du gemischte Gefühle hast bei dem Gedanken, von hier wegzuziehen. Aber ich möchte, dass wir diese Entscheidung gemeinsam treffen, als Familie.«

Die Kreissäge auf dem Nachbargrundstück begann

wieder zu kreischen. Angus winkte Emma zu sich. »Emma«, sagte er dann, »es geht nicht darum, was du willst oder was ich will. Wichtig ist nur eines: Was ist das Beste für das Kind? Alles andere ist nur Lärm.«

Es lag nicht nur an seiner tiefen Stimme: Angus *war* ein weiser Mann.

Kapitel zehn

Am südlichen Ende der Main Street lagen pittoreske historische, schindelverkleidete Häuser harmonisch zwischen Ladenfronten. BuddhaBerry, Pennys Lieblingsjoghurteisdiele, war ein zweistöckiges Gebäude mit breiten Steinstufen und weißen Säulen davor. Man würde glatt daran vorbeilaufen, wenn draußen nicht eine Tafel stünde, auf der zu lesen war: HANDGEMACHTES JOGHURTEIS! WAFFELN! CRÊPES! BUBBLE TEAS!

Die Inneneinrichtung war farbenfroh: bunte Mosaiktischchen, leuchtend orangerote Wände, viele asiatische Lampions. Das war genau die richtige Medizin vor Antritt ihrer Haftstrafe – sorry, ihrer Schicht – im Haus der Historical Society. Sie war spät dran, sie hätte ihr Granatapfeljoghurteis mit Kokosraspeln und Schokoladesplittern mitnehmen und unterwegs essen müssen, aber stattdessen setzte sie sich an einen Tisch.

Wie sie die Historical Society hasste! Diese und das Walfangmuseum waren in dem aus dem 18. Jahrhundert stammenden Annie Cooper Boyd House untergebracht, direkt auf der anderen Straßenseite. Genauso gut hätte das Haus in einem anderen Universum liegen können. Angus erzählte immer irgendwelche Geschichten, die er für spannend hielt, die Penny aber nur sterbenslangweilig fand.

»Man glaubte lange, dass David Frothingham den *Long Island Herald* in diesem Haus zum ersten Mal herausgab. Das war in den 1790er-Jahren Long Islands erste Zeitung«, hatte er ihr zum Beispiel erzählt.

»Okay«, hatte Penny höflich erwidert.

»Doch das stellte sich als falsch heraus. Wahrscheinlicher ist, dass Frothingham seinen Zeitungsverlag in einem Haus auf der anderen Straßenseite gründete.«

Dank Angus wusste Penny eine ganze Menge über die Stadt, was sie zu einer nützlichen ehrenamtlichen Helferin machte. Wenn es nur nicht so öde wäre, wie sie sich immer bei ihrer Mutter beklagte.

Penny zog ein Buch aus ihrer Tasche: *The Unbeatable Squirrel Girl: Squirrel Meets World.* Sie kannte es zwar schon, aber nach *Ein Sommer am See* brauchte sie eine leichte Lektüre, und das hier, eines ihrer Lieblingsbücher, war nicht so deprimierend. Es handelte von einem Mädchen in ihrem Alter namens Doreen Green. Doreen zieht von Kalifornien nach New Jersey, wo sie nirgends Anschluss findet. Aber sie verfügt über Superkräfte. Die Bücher, die von Underdogs handelten, die es aber zu guter Letzt allen zeigten, mochte Penny am liebsten.

Squirrel Girl war die erste Graphic Novel, die sie Henry gezeigt hatte. Zuerst hatte er nichts davon wissen wollen.

»Ich mache mir nichts aus Comics«, hatte er gemeint.

»Das ist eine Graphic Novel.«

Er blätterte in dem Buch. »Und ihr jungen Leute mögt so was?«

»Ja, und wie! Die sind total beliebt.«

»Warum lest ihr nicht einfach einen Roman? Es spricht doch einiges für ein altmodisches Buch.«

»Henry«, sagte sie (er hatte ihr angeboten, ihn zu duzen), »das ist eine großartige Geschichte *und* großartige Kunst. Gerade du müsstest das doch sehen!«

Er lächelte. »Du weißt jedenfalls, wie man es verkauft. Ich finde den Begriff ›Graphic Novel‹ allerdings nicht so gut.«

»Wie würdest du es denn nennen?«

»Sequenzielle Kunst.«

»Sequenzielle Kunst? Das hört sich aber definitiv nicht so gut an.«

Er bat sie, ihm mehr zu zeigen, und sie brachte ihm weitere Comicbände mit: *Coraline*, *Das Graveyard-Buch*, *Mr Awkward*, *Ms Marvel* und *Roller Girl*. Er nahm alle mit nach Hause und las sie.

Das Underdog-Element in diesen Geschichten gefiel ihm. Eines Tages werde sie ihre eigenen Superkräfte entdecken, sagte er ihr. Sie müsse nur Geduld haben. Sie hatte ihm geglaubt. In jenem Moment hatte sie ihm geglaubt. Aber jetzt, wo er nicht mehr lebte, war sie sich nicht mehr so sicher.

Sie warf den leeren Joghurtbecher in den Abfalleimer und packte ihr Buch wieder ein. Hoffentlich würde Angus so beschäftigt sein, dass er nicht merkte, wenn sie sich ins Hinterzimmer verdrückte, um ein, zwei Stunden zu lesen.

Sie trat aus der Eisdiele und ging gerade die Stufen hinunter, als Robin und Mindy herangeschlendert kamen. Mindy hatte alles, was Penny nicht hatte: glatte Haare, hippe Klamotten, echten Schmuck, das neueste Handymodell. Und sie schien sich nicht einmal dafür anstrengen zu müssen.

Penny winkte kurz und wollte weitereilen. Sie hatte nicht die geringste Lust, Fragen zu ihren nicht vorhandenen Plänen für die Sommerferien zu beantworten.

»OMG, Penny, *gerade* hab ich von dir gesprochen!« Mindy packte sie am Arm.

»Tatsächlich?« Unvorstellbar, dass Mindy auch nur einen Gedanken an sie verschwendete, geschweige denn von ihr sprach oder mit ihr redete so wie jetzt.

»Ist das wahr?«, fragte Mindy.

Penny guckte sie nur an. Sie hatte keine Ahnung, was Mindy meinte. Wollte sie sie auf den Arm nehmen?

»Meine Mom hat in der Zeitung gelesen, dass du ein großes Haus in der Actors Colony Road geerbt hast«, warf Robin ein.

Die Zeitung berichtete über Henrys Haus? »Äh, ja, das stimmt.«

Mindy und Robin wechselten einen Blick und sahen dann Penny an.

»Das ist ja so geil«, sagte Mindy und berührte Penny am Arm. »Ich kenne jemand, der eine Riesenparty schmeißen wird!« Sie lächelte verschwörerisch und fügte dann hinzu: »Ich hab übrigens ein paar Leute für heute Abend eingeladen. Komm doch auch!«

»Klar. Warum nicht. Super.«

Mindys Smartphone klingelte. Als sie Robin das Display zeigte, begann diese zu kichern. Mindy beugte sich über das Handy und tippte wild drauflos.

»Gut, dann, äh, bis später.« Penny drückte sich an den beiden vorbei und ging ganz benommen weiter.

Sie war noch nicht einmal in das Haus eingezogen, und schon veränderte sich ihr Leben.

Wenn es etwas gab, das Bea nicht ausstehen konnte, dann waren es Menschen, die sich selbst bemitleideten. Aber als sie jetzt über die Main Street schritt, unsichtbar zwischen all den Paaren und jungen Familien, kämpfte sie selbst dagegen an, und das nicht sonderlich erfolgreich.

In der Stunde der Not im Stich gelassen.

Ich hab dir gesagt, dass ich heute nach New York zurückkehren werde, mit dir oder ohne dich.

Nach fünf Jahren hatte Kyle Knall auf Fall gekündigt. Sie war bitter enttäuscht, dass er in all der gemeinsamen Zeit offenbar nichts über Anstand und korrektes Benehmen gelernt hatte. Aus diesem Grund hatte sie nie Kinder haben wollen – sie hätte die Enttäuschung nicht verkraftet.

Henry hatte auch keine Kinder gewollt. Er hatte auch nie geheiratet. Daher war der Gedanke, dass er seinen Besitz einem Kind hinterlassen haben könnte, umso ungeheuerlicher.

Bea betrat die eine oder andere Kunstgalerie. Alle paar Meter kam sie an einem Schaufenster mit Gemälden vorbei.

Sie bog von der Main Street in eine Seitenstraße ab und ging Richtung der alten Bulova-Uhrenfabrik, die in Luxusapartments umgewandelt worden war. In der Washington Street entdeckte sie zwischen zwei Möbelläden eine weitere kleine Galerie. Im Schaufenster waren drei Porträts in kühnen, lebhaften Farben ausgestellt. Sie ging hinein und schaute sich um; einige Arbeiten, Öl auf Aluminium, waren erstaunlich gut.

Eine junge Frau trat auf sie zu. »Willkommen!«

»Gehört der Laden Ihnen?«, fragte Bea.

»Nein, Carol Amsterdam, sie wird morgen wieder hier sein. Mein Name ist Julia. Kann ich Ihnen irgendwie behilflich sein?«

Schwerpunkt der Ausstellung sei zeitgenössische Kunst, insbesondere narrative Malerei und magischer Realismus von Nachwuchskünstlern, erklärte Julia weiter.

Bea deutete auf eins der Öl-auf-Aluminium-Werke. »Ist das von einem Künstler oder einer Künstlerin?«

»Von einer Künstlerin. Ich kann Ihnen gern ihren Katalog zeigen.«

Bea folgte der jungen Frau in ein Büro hinter dem Verkaufsraum. Ihre Hüfte schmerzte. Aber als sie sich einen Stuhl heranziehen wollte, erstarrte sie mitten in der Bewegung. An der Wand hing eine Reihe gerahmter Zeichnungen, ähnlich jenen in Henrys Bibliothek. Sie holte ihre Brille aus ihrer Handtasche und beugte sich vor.

Die Zeichnungen erinnerten sie an jene von David Hockney, sie waren mit keinen von Henrys anderen Arbeiten vergleichbar. Aber in der rechten unteren Ecke sah sie seine Initialen und ein Datum.

»Sind das …«

»Originale von Henry Wyatt, ja. Bemerkenswert, nicht wahr?«

Bea antwortete nicht. Sie trat noch näher an die Zeichnungen heran. Eine stellte ihr altes Haus in der Spring Street dar, eine zweite eine Partygesellschaft, eine dritte einen Angler. Bei der vierten Zeichnung stockte ihr der Atem: Das war sie selbst, vor sechzig Jahren, neben Henry auf einer Parkbank im Washington Square Park. Die Darstellung war so detailgetreu, dass sie sich an den exakten Augenblick erinnern konnte: die Rindfleischraviolibüchse zu dreißig Cent in seiner Hand, ihr knielanger Mantel aus dem Secondhandladen. Das war ganz am Anfang ihrer gemeinsamen Zeit gewesen, als sie ihre Zukunftsvisionen entwarfen. Sie hatte sich ihm als Agentin angeboten und ihn davon überzeugt, dass sie mit seinem Talent und ihrem Ehrgeiz zu den ganz Großen in der Welt der Kunstschaffenden gehören könnten. Und er hatte geantwortet: »Ich vertraue dir, Bea.« Sie hörte es so deutlich, als wäre es erst gestern gewesen.

Jahrzehntelang hatte Henry ihr vertraut. Er schuf Kunst, Bea managte ihn. Er hatte sie selbst dann gebeten, nach Long Island zu kommen und sich seine Arbeiten anzusehen, wenn er seine Richtung geändert und gewusst hatte, dass sie seine Entscheidung missbilligte. Und doch hatte er diese Zeichnungen nicht ein einziges Mal erwähnt.

Was hatte das zu bedeuten?

Rings um das abgebrannte Kino waren mit Planen verhängte Bauzäune errichtet worden. In großen roten Buchstaben wurde darauf den Helfern gedankt, die das Feuer bekämpft hatten, welches die »geliebte Main Street« verunstaltet hatte. Durch zwei runde Öffnungen konnte man auf die Schuttberge dahinter schauen. Jedes Mal, wenn sie zur Historical Society oder zum Walfangmuseum ging, guckte Penny hindurch, sie konnte einfach nicht anders.

Auch jetzt stand sie da und starrte auf die rußigen Reste. Sie spiegelten ihre Stimmung perfekt.

Leute kamen, um auf den Bus zu warten. Penny fand es seltsam, dass der Betreiber der Buslinie die Haltestelle nach dem Brand nicht verlegt hatte. Statt vor einem ansprechenden Kino mussten die Leute jetzt vor dieser Absperrung ausharren.

Es schien ihnen jedoch nichts auszumachen. Ja, sie schienen es kaum zu bemerken. Penny beobachtete, wie sie unmittelbar vor dem Unglücksort standen und ungerührt auf ihre Handys schauten. Sie vermutete, dass es Auswärtige waren. Die Einheimischen wussten genau, was hier fehlte.

Nur ein Typ spähte durch die Öffnung in der Bauzaunplane. Er trug ein graues T-Shirt und Jeans und hatte einen Koffer neben sich stehen. Sie stellte fest, dass sie ihn kannte. Sie erinnerte sich an ihn, weil er nämlich so aussah wie der Schauspieler aus *Jurassic World*, Chris Pratt.

»Hey, Sie waren doch in dem Haus. Mit der alten Lady.«

Er blickte überrascht auf sie hinunter. »Ja, stimmt.«

Sie fragte ihn nach seinem Namen.

»Kyle«, antwortete er und wandte sich wieder der Absperrung zu. »Was ist denn hier passiert?«

»Das Kino ist abgebrannt. Letzten Dezember. Echt blöd.«

»Na ja, sie scheinen es ja wieder aufbauen zu wollen.«

Penny zuckte mit den Schultern. »Das glaube ich erst, wenn ich es sehe.«

Der Typ sah sie an. »Ganz schön zynisch für jemand deines Alters.«

Plötzlich, noch ehe ihr klar wurde, was sie da tat, streckte sie die Hand aus und stützte sich am Bushaltestellenschild ab. Igitt! Sie zuckte zurück und wischte sich die Hand hastig an ihren Jeansshorts ab, aber das reichte nicht. »Haben Sie zufällig ein Desinfektionsmittel dabei?«

Kyle schüttelte den Kopf. »Nein, tut mir leid.«

Sie bückte sich und kramte in ihrem Rucksack, aber sie wusste, dass sie nichts finden würde. Sie hatte Dr. Wangs Anweisung, kein Desinfektionsmittel mehr mitzunehmen, befolgt, und jetzt bereute sie es. Sie blickte zu Kyle auf.

»Ist die alte Frau Ihre Großmutter?«

Er machte ein verwirrtes Gesicht. Dann dämmerte es ihm. »Ach so, nein. Ich arbeite für sie. Das heißt, ich habe für sie gearbeitet.« Er warf einen Blick die Straße hinunter.

»Der Bus kommt meistens zu spät«, sagte Penny. »Würden Sie ihr bitte sagen, dass sie uns in Ruhe lassen soll? Das Haus geht sie nichts an. Mr Wyatt wollte, dass wir es bekommen. Meine Mom hat Angst vor Veränderungen, und Ihre Chefin macht alles nur schlimmer, wenn sie solche Dinge zu ihr sagt.«

»Wie heißt du eigentlich?«

»Penny.«

»Hör zu, Penny, ich habe keine Ahnung, was es mit dem Haus auf sich hat. Aber ich weiß, dass Ms Winstead und der Eigentümer alte Freunde waren, sehr gute alte Freunde. Das geht nicht gegen dich oder deine Mutter. Ms Winstead hat einen Freund verloren, und jetzt sieht sie es als ihre Pflicht an, sich um sein Haus und seine Kunst zu kümmern.«

»Er war auch mein Freund. Mir geht sein Tod auch nahe.« Ihre Augen füllten sich mit Tränen. »Ich weiß nicht, warum er mir das Haus hinterlassen hat. Vielleicht, weil ich gern zeichne und er mir Zeichenunterricht gegeben hat, und er hat gesagt, dass er seit Jahren nicht mehr so glücklich gewesen ist. Das hat er mir gesagt! Vielleicht hat er es mir auch gegeben, weil er reich war und weil er wusste, dass meine Mom hart arbeitet, aber wir trotzdem nicht viel haben. Jedenfalls nicht verglichen mit den meisten hier. Ich weiß nicht, warum er es gemacht hat, okay? Aber er hat es nun mal getan, und da kann diese Frau noch so lange hierbleiben, sie wird nichts daran ändern!«

Der Bus fuhr heran, die Wartenden stellten sich am Einstieg an. Kyle schob den Griff seines Rollkoffers ein.

»Haben Sie gehört, was ich gesagt habe? Wegen Mr Wyatt?«

Kyle gab keine Antwort. Aber komischerweise stieg er auch nicht in den Bus.

Kapitel elf

»Wissen Sie zufällig, woher die Galeriebesitzerin diese Zeichnungen hat?«, wollte Bea wissen.

Die Assistentin blickte von den Katalogen auf, die sie durchsah. »Die Wyatts? Vom Künstler selbst. Er hat sie ihr letzten Herbst vorbeigebracht. Sie sind sensationell, nicht wahr? So ausdrucksstark und emotional.«

Allerdings. »Kannten sie sich gut, die Galeriebesitzerin und Mr Wyatt?«

»Alle kannten Henry.«

»Und er hat seine Zeichnungen einfach so an jeden verschenkt?«, hakte Bea ungeduldig nach.

Verunsichert durch den plötzlich aggressiven Ton schwieg die junge Frau einen Moment, dann sagte sie vorsichtig: »Das weiß ich wirklich nicht.«

Wann hatte diese neue Phase seiner Karriere begonnen? Die drängendere Frage aber war, warum hatte er angefangen, seine Werke zu verschenken, nachdem er jahrzehntelang darüber gewacht und Bea zur Verwalterin und Vermarkterin seiner Kunst bestimmt hatte?

Es war Bea gewesen, die Henry überredet hatte, sich von der Kunstszene in Downtown New York abzuwenden und Größeres anzustreben. Man schrieb das Jahr 1961. John F. Kennedy war vor Kurzem in sein Amt eingeführt worden. In Jackie, der First Lady, hatte das Land ein neues Idol. Bea, die sich gut an die Begeisterung erinnern konnte, die die Kennedy-Hochzeit sieben Jahre zuvor in Newport ausgelöst hatte, sah das als eine Art Zeichen: Wie Jackie Kennedy war auch sie zu Größerem bestimmt. Ihre Zeit war gekommen, und es galt, die Gelegenheit zu nutzen.

»Du musst in einer der neuen Galerien in der Fifty-Seventh Street ausstellen«, drängte sie.

Henry protestierte: Sein Freund bereitete gerade eine Ausstellung ein paar Straßen weiter für ihn vor.

»Du kannst mehr erreichen«, beharrte sie. In ihren Adern floss das Blut ganzer Generationen von Privilegierten, die sich zu Höherem berufen fühlten. Sosehr sie die Romantik der Künstlerkollektive mochte, so spürte sie doch, dass da noch mehr war, und sie wollte auf keinen Fall den Anschluss verpassen.

Es war die Glanzzeit der von den Künstlern selbst geführten Galerien in der Tenth Street. Doch Bea glaubte, dass sich ein Wandel anbahnte. Sie hatte den Abstand zur Szene, der nötig war, um zu erkennen, dass bald neue, einflussreiche Figuren mitmischen würden.

Woher sie das wusste? Sie wusste es einfach, so wie Henry wusste, dass etwa Blau und Schwarz die perfekte Farbkombination für ein bestimmtes Bild war. Bea machte sich nichts vor: Sie war keine Künstlerin. Aber sie hatte ein Gespür für finanzielle Dinge. Sie hatte keine Ahnung, was genau sie machen oder wie lange es dauern würde, bis sie etwas ins Rollen brachte. Sie würde einfach einen Schritt nach dem anderen tun, bis sie am Ziel war. Und Henry Wyatt würde sie auf ihrem Weg mitnehmen.

Bea hatte ihr Augenmerk auf die Green Gallery gerichtet. Im Gegensatz zu den Pop-up-Läden und Kollektiven an der Tenth Street hatte die Green Gallery wohlhabende Sponsoren und eine finanzstarke Klientel. Was Geld anging, so hatte Bea keinerlei Berührungsängste, im Gegenteil: Wo Geld war, fühlte sie sich wohl. Sie sprach seine Sprache. Sie gehörte dazu.

Bea überredete Richard Bellamy, den Direktor der Galerie, Henry in seiner Wohnung in der Greenwich Avenue zu besuchen und sich seine Arbeiten anzuschauen. Nachdem er Henrys Gemälde gesehen hatte, kam Bellamy ohne Umschweife zur Sache. Er sah ihn an und fragte:

»Wie lange brauchen Sie, um eine Ausstellung zusammenzustellen?«

Bevor Henry antworten konnte, führte Bea den Kunsthändler aus der Wohnung und durch das düstere Treppenhaus hinunter bis zum zweiten Stock. Dort erklärte sie ihm, wenn er Henrys Werk ausstellen wolle, verlange sie einen Anteil von den fünfzig Prozent Kommission, die er erhalte.

»Was bilden Sie sich ein, Sie sind ja noch ein Kind«, erwiderte er abschätzig. Er hatte recht, sie fühlte sich manchmal selbst noch so – jetzt zum Beispiel, in diesem Moment, als sie ihm gegenüberstand. Er verfügte über Erfahrung und Einfluss. Wer war sie, dass sie solche Forderungen stellte? Aber sie wusste, wenn sie sich jetzt einschüchtern ließ, würde sie niemals diejenige mit Erfahrung und Einfluss sein.

»Wir sind alle noch Kinder«, sagte sie mit einem demonstrativen Blick nach oben. Natürlich war Henry, der einige Jahre älter war als sie, erwachsen, aber er sah sehr viel jünger aus, und Richard Bellamy würde vermutlich ohnehin nicht auf diese feinen Unterschiede achten. »Und wir trauen den Erwachsenen nicht. Wenn Sie also möchten, dass Henry seine Arbeiten in Ihrer Galerie verkauft, dann geht das nur über mich. Um ehrlich zu sein, er würde mit seiner Kunst sowieso viel lieber auf dieser Seite der Fourteenth Street bleiben.« Das war nicht gelogen.

»Das bezweifle ich stark, wenn er richtig Geld verdienen will.«

»Er will Künstler sein. Mir geht es ums Geld, nicht ihm.« Auch das war die Wahrheit. Bellamy musterte sie abschätzend, rieb sich das Kinn, warf einen Blick nach oben und sagte dann: »Wann kann er so weit sein?«

Henry Wyatts Arbeiten wurden erstmalig am 21. Februar 1962 in der Green Gallery, 15 West Fifty-Seventh Street, gezeigt. Nach diesem Erfolg brachte sie Bellamy drei weitere Maler, alle »Minimalisten«, wie er sie nannte. Henry hasste es, in eine Schublade gesteckt zu werden, noch dazu eine, die »kontextuell so bedeutungslos« war wie Minimalismus.

Bea war mittlerweile bei Henry eingezogen. Während er sich einigelte und den ganzen Tag malte, klapperte sie auf der Suche nach neuen Talenten die Ateliers ihres ständig wachsenden Freundeskreises ab. Jede Nacht fand irgendwo eine Party statt, manchmal gingen Henry und sie sogar auf zwei oder drei: auf Dachterrassen in der

Lower East Side, in Erdgeschosswohnungen mit Garten im West Village, in riesigen Lofts in SoHo (eines war so groß, dass die Gastgeber zu einer Rollschuhparty luden). Es war, als gehöre ihnen ganz Downtown.

Bea störte eigentlich nur eines: dass die Szene mehr oder weniger ein Herrenclub war. Die meisten Galerien wurden von Männern geleitet, und die besten Preise erzielten Bilder von Künstlern, nicht Künstlerinnen.

Das Ausnahmetalent Anja Borsok, eine kettenrauchende Blondine aus Wien, bewog Bea, geschäftlich einen großen Schritt zu wagen. Als glühender Fan von Judy Garland schuf Anja Collagen aus Farbe und Papier auf Leinwand mit absurden Verweisen auf *Der Zauberer von Oz*, auf Gangster und auf den russischen Regierungschef Nikita Chruschtschow. Manchmal kombinierte sie alles miteinander in einem einzigen Werk. Bea war überzeugt, dass Anja ihre zweite große Klientin werden konnte.

Aber Richard Bellamy weigerte sich, sie in ihrem Atelier aufzusuchen.

»Nur weil sie eine Frau ist«, sagte Bea. Sie ging schnell, um mit Henry Schritt halten zu können. Sie waren auf dem Weg zu einer Party in SoHo und spät dran. Auch diese Party fand in einem weitläufigen Loft statt, dieses Mal in der Prince Street. Bea verliebte sich immer mehr in die Gebäude mit den Gusseisenfassaden und den unglaublich hohen Zimmerdecken und dem verblassenden Charme vergangener Zeiten.

»Dann such eine andere Galerie für sie«, erwiderte Henry.

Sie bogen in eine kopfsteingepflasterte Straße unweit der Lafayette Street ein. Bea blieb unvermittelt stehen und packte Henry am Arm. »Warum soll ich in einer Galerie darum betteln, dass sie Arbeiten annehmen, von denen ich weiß, dass sie gut sind und sich verkaufen werden? Wir sollten unsere eigene Galerie eröffnen! Und zwar genau hier!«

Bea und Henry legten ihr Geld zusammen und kauften vier Wochen später für sechzigtausend Dollar ein fünfstöckiges Haus mit Gusseisenfassade in der Spring Street. Im obersten Stock richteten sie ein Atelier für Henry ein, im dritten und vierten Stock ihre Wohnräume, im zweiten ein Büro und im Erdgeschoss eine Galerie.

Die Galerie Winstead-Wyatt wurde im Herbst 1963 eröffnet. Die Presse kürte die beiden zum neuen Powerpaar der Kunstszene. Und ausnahmslos alle dachten, sie seien auch privat zusammen. Bea hatte sich nie die Mühe gemacht, den Irrtum zu korrigieren.

***

Während sie sich mit Julia, der Assistentin der Galeristin, unterhielt, klingelte ihr Telefon. Bea warf einen Blick auf das Display. Kyle. Dieser Verräter. Sie erwog kurz, den Anruf auf die Mailbox umzuleiten, aber ihre Neugier war stärker. Sie nahm ab.

»Ich muss mit dir reden«, sagte Kyle.

»Sonst würdest du vermutlich nicht anrufen«, versetzte sie trocken.

»Wo können wir uns treffen?«

»In der Hotelbar. Wo sonst?«

Sie beendete das Telefonat, aktivierte die Kamerafunktion und fotografierte Henrys Zeichnungen. Die Assistentin protestierte heftig.

»Glauben Sie mir, meine Liebe«, erwiderte Bea kühl, »ich muss mich sehr beherrschen, damit ich die Bilder nicht einfach von der Wand reiße.«

Das Töchterchen eines der Zimmermädchen saß in der Hotelhalle auf der Couch und wartete auf seine Mutter. Die Kleine war ungefähr sechs, hatte große Augen und die dunklen Haare zu Rattenschwänzchen zusammengebunden. Emma musste unwillkürlich lächeln bei ihrem Anblick. Genauso ein schlichtes, pastellfarbenes Sommerkleidchen hatte Penny in dem Alter auch oft angehabt. Und wie Penny rutschte das Mädchen ungeduldig auf seinem Platz hin und her und guckte zu dem Backgammonbrett hinüber.

Emma erinnerte sich, wie sie selbst auf derselben Couch gesessen und nicht selten stundenlang gewartet hatte, während ihre Mutter Besorgungen machte und ihr Vater hinter der Bar stand. Wenn seine Schicht zu Ende war, bekam sie einen Lutscher aus der Dose hinter dem Empfangstresen, und dann gingen sie zusammen nach Hause.

Emma bückte sich zu der Ablage in Kniehöhe und zog die jahrzehntealte Blechdose hervor, in der immer noch Süßigkeiten aufbewahrt wurden.

»Jasmine, komm, du darfst dir was zum Naschen aussuchen«, rief sie dem Mädchen zu. »Aber frag erst deine Mom, bevor du es isst.«

Das Telefon auf dem Tresen klingelte.

»The American Hotel, Sie sprechen mit Emma.«

»Ich bin's, Jack. Kommst du mal kurz in mein Büro, Emma?«

Jacks Büro war klein, nur ein Schreibtisch, zwei Stühle und zwei Aktenschränke passten hinein. Die Wände waren über und über bedeckt mit Ansichtskarten aus aller Welt, vergilbten Zeitungsausschnitten mit Artikeln über das Hotel und Souvenirs von Sportveranstaltungen.

»Setz dich«, forderte Jack sie auf. Er selbst blieb vor den Aktenschränken stehen.

Emma ließ sich auf die Stuhlkante nieder und dachte bei sich, dass sie nachher nicht vergessen durfte, einige Zimmerreservierungen per E-Mail zu bestätigen.

»Ich finde, wir sollten über den Elefanten im Raum reden«, begann Jack.

Sie sah ihn verwirrt an. »Okay«, sagte sie nervös.

»Das Haus.«

Das Haus? »Ach so, ja, das Haus! Ich nehme an, Chris hat dir davon erzählt.«

Er musterte sie mit einem eigenartigen Blick. »Emma, der *Sag Harbor Express* hat darüber berichtet.«

Eigentlich sollte sie nicht überrascht sein. Es war eine Geschichte von lokalem Interesse, und über Immobilien wurde immer berichtet. So hatte sie ja auch vom Verkauf von Richard Geres Villa letzten Sommer erfahren. Komisch, es hatte Spaß gemacht, darüber zu tratschen, aber jetzt, wo sie selbst betroffen war, war es auf einmal nicht mehr so lustig. »Entschuldige, dass ich nichts gesagt habe. Das kam alles so plötzlich. Ich habe es immer noch nicht verarbeitet.«

Jack hob die Hand. »Du brauchst dich nicht zu rechtfertigen. Ich wollte nur wissen, ob ich weiter mit dir rechnen kann. Ich meine, das ist eine einschneidende Veränderung in deinem Leben. Und jetzt, wo die Sommersaison beginnt, möchte ich keine unliebsamen Überraschungen in letzter Sekunde erleben. Ich muss mich auf meine Leute verlassen können.«

»Es wird sich nichts ändern, Jack, ich werde hier sein und meine Arbeit tun wie immer«, versicherte sie ihm.

Er lächelte. »Freut mich zu hören, Emma.«

Sie konnte sich nicht vorstellen, ihren Job aufzugeben. Vom Finanziellen einmal ganz abgesehen war das Hotel ein Bezugspunkt für sie, eine Art Heimat. Es gefiel ihr, am gleichen Ort zu arbeiten, an dem auch ihr Vater bis zu seinem Tod gearbeitet hatte. Jeden Tag sah sie die Bar, hinter der er gestanden, die Couch, auf der sie gemeinsam gesessen, das Backgammonbrett, an dem sie gespielt hatten. Nein, sie könnte ein Dutzend Häuser erben und würde ihre Arbeit trotzdem behalten.

Wieder an der Rezeption mailte sie ihren Gästen die Bestätigung der Zimmerreservierungen und schrieb einen Zettel für die Housekeeping-Leiterin, dass die L'Occitane-Körperpflegeprodukte in den Bädern aufgefüllt werden mussten.

»Sind Sie Emma?«, rief eine Frau ihr von der Couch aus zu. Sie war in den Vierzigern, blond und hatte eine sportliche Figur. Zu einer schwarzen Yogahose trug sie eine weiße Bluse, die in der Taille geknotet war.

»Ja, bin ich.«

Die Frau winkte sie zu sich. Emma ging zögernd zu ihr. Es war ihr lieber, wenn sie den Tresen zwischen sich und einem Gast hatte, der sich vielleicht beschweren wollte und dann aggressiv wurde. Diese Frau machte allerdings einen recht freundlichen Eindruck.

»Ich bin Cheryl Meister«, stellte sie sich vor und streckte Emma die Hand hin. »Ich bin Vorsitzende des Kunstauktionskomitees für die Benefizaktion zum Wiederaufbau des Kinos.«

»Ah ja. Freut mich. Sie haben heute bei uns reserviert, nicht wahr? Zum Lunch. Eine größere Gesellschaft.«

»Ja, das ganze Komitee. Haben Sie vielleicht einen Moment Zeit?«

Emma warf einen Blick zum Empfang hinüber. »Einen Augenblick, ja.«

Die Frau rutschte ein wenig zur Seite, um Platz für sie zu machen. Emma fing Chris' fragenden Blick auf und zuckte kaum merklich mit den Schultern.

»Ich will nicht aufdringlich sein, Emma, aber ich habe natürlich von Ihrer außergewöhnlichen Erbschaft gehört. Ich weiß, es ist viel verlangt, aber Ihnen als Einheimische ist doch sicher auch am Wiederaufbau des Kinos gelegen, vielleicht mehr als manchem anderen. Es würde uns so viel bedeuten, wenn Sie ein Kunstwerk aus dem Nachlass von Henry Wyatt stiften könnten. Henry war so beliebt und ist von allen geschätzt worden, und ich denke, es wäre in seinem Sinne, einen Beitrag für diesen guten Zweck zu leisten.«

Emma wusste nicht, was sie darauf antworten sollte.

Sie konnte nicht ohne Weiteres über die Kunstwerke verfügen, denn die gehörten ihrer Tochter. Doch darum ging es nicht, und es ging diese Frau auch nichts an.

»Sie haben recht«, sagte sie zögernd. »Mr Wyatt würde den Wiederaufbau des Kinos unterstützen wollen. Und das will ich auch. Aber ich kann im Moment noch keine Entscheidung hinsichtlich einzelner Kunstwerke treffen. Das ist noch zu früh. Ich hoffe, Sie verstehen das.«

Cheryl nickte. Sie legte ihre manikürte, juwelengeschmückte Hand auf Emmas Arm. »Aber natürlich. Absolut. Ich möchte Sie nur bitten, an uns zu denken, wenn Sie so weit sind.«

Dann, als verstehe sie selbst nicht, warum sie jetzt erst daran dachte, fügte sie hinzu: »Warum kommen Sie und Ihre Tochter mich nicht mal besuchen? Ich habe zwölfjährige Zwillinge.«

»Oh, das ist nett von Ihnen, danke, ich komme gern«, erwiderte Emma, die sich nichts Unangenehmeres vorstellen konnte.

»Und es gibt ja auch noch andere Möglichkeiten zu helfen. Das Komitee trifft sich immer dienstags bei mir zu Hause. Kommen Sie doch auch! Ich lasse Ihnen meine Adresse da.« Sie stand auf, lächelte und fügte augenzwinkernd hinzu: »Aber jetzt werde ich mir erst mal einen von Chris' berühmten Martinis genehmigen, bevor die anderen Damen erscheinen.«

Emma schaute ihr nach, als sie zur Bar ging. Einen Augenblick lang fühlte sie sich abgekoppelt von ihrem Leben. Gerade noch hatte sie sich Gedanken über die fehlenden Körperpflegeprodukte in den Hotelbadezimmern gemacht, und jetzt war sie von einer Frau, die allem Anschein nach zu den oberen Zehntausend gehörte, in deren Haus eingeladen worden.

So viel zu ihrem Jack gegebenen Versprechen, dass sich nichts ändern würde.

Kapitel zwölf

Bea saß unglücklicherweise so an der Hotelbar, dass sie Emma Mapson an der Rezeption im Blickfeld hatte. Sie bemühte sich zwar, nicht hinzuschauen, konnte aber nicht anders, als ihr immer wieder verstohlene Blicke zuzuwerfen. Die Frau war bildhübsch, und zwar nicht auf grelle, aufdringliche Art wie bei vielen heutzutage, sondern auf eine altmodische, aparte Weise à la Audrey Hepburn. Aber der Schein trog. Die Frau war eine Schlange.

Kyle, der neben ihr saß, sagte: »Bist du sicher, dass das der richtige Platz zum Reden ist?«

»Ich werde mich doch nicht von dieser Frau vertreiben lassen.« Bea nippte an ihrem Eistee. »Sie wird sowieso nicht mehr lange hier sein. Ich habe ihren Chef um ein Gespräch gebeten. Jack wird nicht begeistert sein, wenn er hört, dass eine seiner Angestellten eine Betrügerin ist, die es darauf abgesehen hat, seine Gäste auszunehmen.«

Kyle seufzte. »Genau darüber wollte ich mit dir reden, Bea. Ich habe zufällig Emmas Tochter getroffen und mich eine Weile mit ihr unterhalten. Sie hat Henry Wyatt anscheinend gut gekannt und ihn wirklich gemocht.«

»Ich bin sicher, dass viele in dieser Stadt Henry kannten und mochten. Aber nur wenige sind so attraktiv wie diese Emma Mapson. Ich möchte gar nicht daran denken, wie sie ihr Aussehen eingesetzt hat.« Übertrieben schaudernd blickte sie zu der jungen Frau hinüber. Auf einmal hatte sie Herzklopfen.

»Bea, ist dir mal der Gedanke gekommen, dass diese Erbschaftssache rechtmäßig sein könnte?«

»Dann bist du auf deren Seite? Das ist, gelinde gesagt, enttäuschend.« Sie gab dem Barkeeper ein Zeichen.

»Nein, ich bin auf deiner Seite. Deshalb möchte ich dich warnen. Vielleicht schätzt du die Situation ganz falsch ein. Wenn wir etwas verlieren oder etwas schiefgeht in unserem Leben, möchten wir jemand dafür verantwortlich machen, aber dieser Jemand trägt nicht immer die Schuld daran.«

»Was weißt du schon von Verlust? Du verlierst doch höchstens die Telefonnummern der Frauen, mit denen du ausgehst.«

Kyle schüttelte den Kopf. »Für Frauen habe ich nicht viel Zeit gehabt, Bea. Lass bitte mein Privatleben aus dem Spiel.«

»Schön. Dann verschon mich mit deinen gönnerhaften Ratschlägen.«

»Bea, glaubst du, dass ich als kleiner Junge gedacht habe: Hoffentlich darf ich eines Tages nach der Pfeife einer anspruchsvollen alten Lady tanzen? Glaubst du, dass ich unentwegt darüber nachgedacht habe, wie ich an diesen Traumjob komme?« Der Barkeeper näherte sich. »Einen Whiskey, bitte.«

Wollte er damit sagen, dass alles ihre Schuld war? »Es war mir nicht klar, dass du ein Problem mit diesem Job hast, Kyle. Jedenfalls nicht, bis du mich im Stich gelassen hast.«

»Ich habe nie ein Problem mit diesem Job gehabt. Ich bin dankbar dafür, und ich bin dir dankbar dafür, dass du in mein Leben getreten bist, als ich ziemlich am Boden war. Weißt du noch, als du mich gefragt hast, ob ich Schauspieler werden wolle, und ich geantwortet habe, nein, mir mache das Spaß, und ich sei gern ein Mann für alles?«

Ach du lieber Himmel! Würde er ihr jetzt, nach all den Jahren, gestehen, dass er doch von einer Schauspielerkarriere träumte? Hatte ihm bisher nur der Mut gefehlt, sie zu bitten, ihre Beziehungen spielen zu lassen?

»Ich manage bildende Künstler, keine Schauspieler, Kyle.«

Wieder schüttelte er den Kopf. »Ich will nicht Schauspieler werden.«

Sie seufzte ungeduldig. »Was denn dann?«

»Hast du schon einmal etwas von Osteochondrosis dissecans gehört?«

»Nein, aber du machst mich nervös. Du willst mir hoffentlich nicht erzählen, dass du krank bist. Noch mehr Dramen verkrafte ich beim besten Willen nicht!«

»Ich bin nicht krank. Ich habe mich schon vor vielen Jahren mit dieser Geschichte auseinandergesetzt. Bei Osteochondrosis dissecans stirbt ein Bereich zwischen Knorpel und Knochen im Gelenk ab. Bei mir war es das linke Kniegelenk. Da war es mit meiner Fußballerkarriere vorbei.«

»Du warst Profifußballer?«

»So weit habe ich es gar nicht geschafft. Ich war mitten im Studium, als ich das Spielen aufgeben musste. Ich verlor mein Stipendium. Also hab ich das College abgebrochen. Ich hatte keine Ahnung, was ich machen sollte. Ich hatte keinen Abschluss, hab mich für nichts interessiert. Statt in der Welt herumzureisen und Fußball zu spielen, hab ich Gelegenheitsjobs angenommen. Und dann hast du mir angeboten, für dich zu arbeiten. Ich habe den Job nicht nur des Geldes wegen angenommen. Du hast recht: Mein Leben war, dein Leben zu managen. Das war eine ganze Weile eine willkommene Ablenkung.«

»Und jetzt nicht mehr? Ist dir eigentlich klar, wie unglaublich egoistisch das ist? Sag mir nur eines: Warum gerade jetzt? Warum lässt du mich ausgerechnet jetzt im Stich? Ich glaube, nach all den Jahren bist du mir eine Erklärung schuldig.«

Der Barkeeper brachte den Whiskey. Kyle drehte das Glas in den Händen hin und her.

»Die Geschichte mit dem Haus und diese Heimlichtuerei mit dem Bild hat mir klargemacht, dass es Zeit ist für etwas Neues. Ich habe mich lange genug davor gedrückt, mein Leben selbst in die Hand zu nehmen. Wenn du die Sache mit dem Haus durchziehen willst, werde ich dich nicht davon abhalten können. Aber ich will nicht dabei mitmachen.«

»Und warum sitzt du dann noch hier herum?«

Er schüttelte langsam den Kopf. »Als ich mit diesem Mädchen gesprochen habe, ist mir etwas klar geworden. Die Sache wird nicht gut für dich enden, Bea. Und ich will dich nicht hängen lassen. Du warst auch da, als ich dich gebraucht habe, selbst wenn du es nicht gewusst hast.« Er leerte sein Glas in einem Zug.

»Ich will dein Mitleid nicht, Kyle.« Sie konnte es nicht fassen. Wenn es so weiterging, würde *sie* einen Nachmittags-Whiskey brauchen.

»Das hat nichts mit Mitleid zu tun. Ich weiß, welchen Wert du auf korrektes Benehmen legst, und es war nicht korrekt, wie ich meinen Job gekündigt habe. Ich möchte mich entschuldigen und dir eine zweiwöchige Kündigungsfrist anbieten. Ich möchte dir helfen, die Angelegenheit über die Bühne zu bringen.«

Sie hörte ihm nicht einmal mit halbem Ohr zu, weil sie an der Wand hinter der Theke eine Reihe gerahmter Zeichnungen bemerkt hatte, die ihr vorher nicht aufgefallen waren. Ob das etwa auch … Sie rutschte von ihrem Hocker, ging um die Theke herum zur Wand und beugte sich vor. Da erst sah sie, dass die Skizzen auf Servietten entstanden waren. Männer, die vom Kai aus angelten. Ein Klavierspieler. Der Backgammontisch in der Lobby, mit einer Männerhand, die den Würfel warf.

»Ich glaub's einfach nicht«, murmelte sie.

»Bea, hast du mir eigentlich zugehört?«

Sie drehte sich zu Kyle um und zeigte auf die Zeichnungen. »Die sind von Henry! Im Haus hängen doch auch welche. Und in einer Galerie in der Washington Street habe ich ganz ähnliche gesehen. Er muss seit einem Jahr oder so seine Arbeiten verschenkt haben. Einfach so verschenkt!«

»Ich mach mir langsam Sorgen um dich, Bea.«

»Mach dir lieber Sorgen um dich«, fauchte sie. »Du bist derjenige ohne Job!« Sie holte ihr Handy hervor und fotografierte die Zeichnungen.

Kyle konnte ihretwegen zur Hölle fahren – sie war nicht auf seine Barmherzigkeit angewiesen. In diesem Moment ging Emma Mapson vorbei, sie führte eine Gruppe Gäste zu einem Tisch am Kamin. Bea wandte sich rasch ab. Ihre Blicke wanderten aufs Neue über Henrys gerahmte Zeichnungen.

Was in aller Welt ging hier nur vor sich? Hatte Kyle vielleicht doch recht, was diese unerwartete Wende der Ereignisse betraf, und diese Erbschaft stellte sich als rechtmäßig heraus?

Sie hatte sich noch nie so allein gefühlt.

»Also gut«, sagte sie zu Kyle. »Ich akzeptiere deinen Vorschlag. Eine zweiwöchige Kündigungsfrist. Das ist auch das Mindeste, was ich von dir erwarten kann.«

Kyle bestellte sich noch einen Whiskey.

***

Auf dem weißen Schild vor dem Haus stand in blau gemalten Buchstaben: MUSEUM: SAG HARBOR HISTORICAL SOCIETY. WOHNHAUS (1796 ERBAUT) VON ANNIE COOPER BOYD.

Penny folgte Angus den Kiesweg hinauf zu dem alten Haus. Jemand hatte zum Memorial Day kleine Fähnchen in den Rasen gesteckt. Penny wusste, dass sie dort bleiben würden, bis ein Wintersturm sie herausreißen und forttragen würde. Was einmal bei der Historical Society gelandet war, blieb auch dort. Auf der vorderen Veranda das Exponat A: ein altes Wägelchen, eine Art Schlitten, der aus Holz und Knochen gefertigt zu sein schien. Er sah aus, als hätte die Zeit ihn dort zurückgelassen und vergessen.

An diesem Ort änderte sich nie etwas. Vermutlich sollte das auch so sein, schließlich handelte es sich um ein Museum. Aber es war kein neues Museum – überall nur altes Zeug in Glasvitrinen oder in Rahmen an den Wänden. Wirklich alles hier war alt. Die Balkendecken waren niedrig, und über dem Kamin hing ein großes Porträt eines Mannes, der aussah wie Abraham Lincoln, aber in Wirklichkeit ein hiesiger Arzt war, der Edgar Miles hieß und im neunzehnten Jahrhundert gelebt hatte.

Da und dort hing Weihnachtsschmuck das ganze Jahr über. Auf einem Tisch vor einem Fenster standen antike medizinische Schalen und Apothekengeräte; auf der Fensterbank waren alte Flaschen aufgereiht. Das alles war Teil der ständigen Ausstellung »Pillen, Pflanzen, Wickel«; sie war dem Arzt gewidmet, der Mitte bis Ende des neunzehnten Jahrhunderts in der Stadt praktizierte und als Erster die Pflanzenheilkunde anwandte.

Eine seltsame, aber informative Collage aus Bildern und allerlei Wissenswertem hing an der Wand. Auf dem Aufkleber war zu lesen: *Dr. E. Miles Kopfschmerz- oder Magentabletten.* Darunter wurde die Frage gestellt: *Was war in diesen Tabletten?* Daneben ein Bündel Postkarten mit verschiedenen Pflanzen und Blumen. Ein gerahmter, illustrierter Führer über die Walfänger der Stadt hing gleich daneben.

»Wann stellst du denn eine neue Ausstellung zusammen?«, fragte Penny. Sie hoffte, er würde etwas Spannenderes finden, schließlich musste sie es sich ja jeden Tag anschauen. Vielleicht eine Modesammlung? Es hatte in der Stadt doch bestimmt jemand gegeben, der Kleider bestickt oder Hüte gemacht hatte oder so etwas.

»Am Ende des Sommers vielleicht.« Angus schaltete das Licht ein, ging nach hinten und rief Penny zu sich.

»Und was soll ich jeden Tag hier machen?«

»Eine ausgezeichnete Frage! Komm mit, dann zeig ich's dir.«

Angus war ziemlich aufgeregt, was Penny misstrauisch machte. Sie folgte ihm in das kleine Büro hinter der Holztür, an der ein bunter Kranz hing. In einem Regal standen mehrere Ausgaben eines dicken, gebundenen Buchs mit dem Titel *Sag Harbor: The Story of an American Beauty* von Dorothy Ingersoll Zaykowski. Pennys Mom hatte eine Ausgabe in ihrem Schlafzimmer.

»Elizabeth hat in ein neues Computersystem investiert«, sagte Angus und fuhr den Laptop hoch.

»Elizabeth?«

»Elizabeth Tripp Gregory, sie ist Vorsitzende des Verwaltungsrats. Sie ist mit Joan Bates Tripp verwandt.« Der Name sagte Penny etwas: Er stand auf einer Tafel neben dem Eingang. Joan Bates Tripp hatte das Museum 1985 gegründet. »Meine Augen sind nicht mehr so gut, ich kann nicht den ganzen Tag auf diesen Bildschirm starren. Aber ich weiß, dass ihr jungen Leute kein Problem damit habt, ihr guckt ja stundenlang auf eure Handydisplays, das dürfte dir also nicht schwerfallen.«

Penny jubelte innerlich. Ein Computer! Das änderte alles. Sie konnte sich sechs Stunden lang YouTube-Videos reinziehen.

»Also pass auf: Die Museumsarchive müssen in das Computersystem übertragen werden. Das Programm hat eine Suchfunktion, mit der alles gefunden werden kann, wenn man einen Namen oder ein Thema eingibt. Unglaublich, nicht wahr?«, fügte er hinzu, weil er ihr Grinsen fälschlicherweise als Begeisterung für die bevorstehende Aufgabe deutete.

Er setzte sich an den Schreibtisch und öffnete ein Fenster mit Tabellen. Er erklärte ihr, dass verschiedene Kunstgegenstände in verschiedenen Dateien zusammengefasst wurden: Bücher und Tagebücher gehörten zusammen, desgleichen Ansichtskarten und andere Dokumente; Landkarten wurden separat erfasst, ebenso Möbelstücke oder Porträts. »Ich erwarte nicht, dass du das alles in einer Woche oder auch nur in einem Monat schaffst. Mach einfach jeden Tag ein bisschen was, auf diese Weise werden große Aufgaben gemeistert.« Er stellte einen Karton mit Büchern und Papieren auf den Schreibtisch und ließ sie dann allein.

Penny wartete eine Minute, sah nach, ob Angus auch wirklich fort war, huschte dann an den Computer und klickte auf das Icon für den Internetbrowser. Nichts. Sie klickte auf »Netzwerkeinstellungen« und suchte nach einem WLAN, aber sie fand nur die gesicherten Verbindungen einiger Geschäfte in der Nähe. Das konnte doch nicht wahr sein! Sogar das Walfangmuseum hatte WLAN!

»Oh mein Gott!«, stöhnte sie. Auf einmal kamen ihr die Stunden, die vor ihr lagen, wie eine Ewigkeit vor. Die Wände der kleinen Kammer schienen noch näher zusammenzurücken.

Sie spürte die aufsteigende Panik, die innere Unruhe, die wie Fieber in ihr aufloderte. Sie überlegte, ob sie zum Hotel laufen und ihre Mom fragen sollte, ob sie nicht einfach auf der Couch sitzen und warten durfte, bis ihre Schicht zu Ende war. Aber seit Henrys Tod war sie nicht mehr im Hotel gewesen. Sie würde den Anblick der Couch, auf der sie beide so oft gesessen hatten, nicht ertragen.

Ihr Herz fing heftig zu klopfen an. Sie fühlte sich in der Falle, gefangen in diesem Museum, in dieser Stadt. Gefangen in ihrem Leben.

Mit schweißnassen Handflächen ging sie nach vorn, wo Angus sich mit einer jungen Familie unterhielt und ihre Fragen zu einer alten Landkarte beantwortete. Keiner von ihnen bemerkte Penny. Sie dachte fieberhaft nach. Was sollte sie tun? Sie konnte das Museum nicht unbemerkt verlassen.

Sie schaute zu Dr. Edgar Miles hinauf, der von seinem Bildnis so würdevoll, so unerschütterlich stark auf sie herabblickte. Er kam ihr eher wie ein General vor und nicht wie jemand, der Pflanzen zu Medizin verarbeitete. *Was war in diesen Tabletten?*

Das brachte sie auf eine Idee. Sie schlich in das kleine Büro zurück, holte ihr Handy hervor und schrieb Mindy eine Nachricht:

Hast du noch von diesen Pillen?

Böses Mädchen!, antwortete Mindy.

Heißt das ja?

Komm heut Abend rüber.

Ich kann nicht bis heut Abend warten. Können wir uns um

zwölf bei BuddhaBerry treffen? Ich bin dir was schuldig, ich weiß.

Mindy sagte zu und schrieb, dafür schulde Penny ihr allerdings etwas. Sie fügte ein Emoji hinzu, das Pennys veraltetes Handy aber nicht transkribieren konnte.

Danke, textete sie. Irgendwo in ihrem Kopf bimmelte eine Alarmglocke, leise genug, dass sie sie ignorieren konnte.

Kapitel dreizehn

Ein Paar saß eng aneinandergeschmiegt auf der Couch in der Hotelhalle, direkt in Emmas Blickfeld. Der Mann hatte volles silbergraues Haar, eine tiefe Bräune und eine Hornbrille, die ihn noch attraktiver, noch distinguierter machte. Die jüngere Frau an seiner Seite trug ein Tory-Burch-Etuikleid und Riemchensandalen. Ihre blonden Haare hatte sie zu einem hohen Pferdeschwanz zusammengebunden. Ihr Kopf ruhte an der Schulter des Mannes. Als er ihre Hand ergriff und zärtlich drückte, hätte Emma fast nach Luft geschnappt.

Manchmal hatte sie das Gefühl, dass es nie wieder einen Mann in ihrem Leben geben würde. Nicht dass sie jeden Tag daran dachte. Nicht einmal jede Woche. Sie war sich nicht einmal sicher, ob sie das wirklich wollte. Aber es gab Momente, da schoss ihr der Gedanke plötzlich durch den Kopf, genau wie der Gedanke an die Endlichkeit des Lebens oder daran, wie sie Pennys Collegeaufenthalt finanzieren sollte, oder an irgendeine andere unbequeme, unbestreitbare Tatsache des Lebens.

Natürlich hatte sie nach ihrer Scheidung Männerbekanntschaften gehabt. Da war zum Beispiel Eric McSweeney gewesen, der bei der Feuerwehr war. Eric war ein anständiger, lieber Kerl, aber er war nicht mit Penny zurechtgekommen, die damals neun und durch ihre Zwangserkrankung ziemlich schwierig gewesen war. Inzwischen war Eric verheiratet; seine Frau arbeitete im Reformhaus in der Bay Street. Sie hatten Zwillinge. Dann war da noch der Banker gewesen, der aus Manhattan und immer nur übers Wochenende kam und, wie Emma stark vermutete, wahrscheinlich verheiratet war. Dann die gelegentlichen One-Night-Stands mit Männern, die sie im Hotel kennengelernt hatte. Das waren ihre besonders schwachen Momente gewesen. Und am Tag danach hatte sie immer ein Tief gehabt. Es war im Grunde auch nicht der Sex, den sie vermisste. Sie sehnte sich nach einem Partner.

Wann das letzte Mal etwas Gutes passiert sei, hatte Penny neulich wissen wollen. Na ja, das war schon eine Weile her. Aber jetzt das Haus.

Das Telefon klingelte. »The American Hotel, Sie sprechen mit Emma. Was kann ich für Sie tun?«

Vor dem Empfang stand ein Paar, das sichtlich ungeduldig darauf wartete, an einen Tisch geführt zu werden. Die Frau legte beide Unterarme auf den Tresen und beugte sich vor, als ob sie die Dinge dadurch beschleunigen könnte.

»Mom, ich bin's. Wieso gehst du nicht an dein Handy?«

Emma schaute unter den Tresen, ob sie ihr Handy überhaupt dabeihatte. Ja, da lag es. Sie sah, dass es kurz vor neun war. »Ich hab alle Hände voll zu tun, Schatz. Wo steckst du denn?« Sie konnte sogar über den Lärm im Hotel hinweg hören, dass es bei Penny anscheinend hoch herging.

»Bei einer Freundin. Ich werd bei ihr übernachten.«

»Was für eine Freundin?«

»Mindy Banks.« Bevor Emma etwas einwenden konnte, fuhr Penny hastig fort: »Robin ist auch da, und ich würde gern ein bisschen Zeit mit ihr verbringen.«

Emma biss sich auf die Lippe. Robin war ein liebes Ding – sie war es jedenfalls gewesen, bis sie sich in den letzten Monaten verändert und Penny abserviert hatte, um mit diesen oberflächlichen Mädchen herumzuziehen. Wie kam Penny bloß auf die Idee, es sei in Ordnung, bei Mindy zu übernachten?

»Penny, als du das letzte Mal bei Mindy warst, bist du von der Polizei aufgegriffen worden. Du wirst nicht dort übernachten. Und du wirst auch nicht um diese Uhrzeit nach Hause radeln. Ich werde dir ein Taxi rufen.«

»Es ist erst neun!«

»Schick mir eine SMS mit der Adresse, und sei in einer halben Stunde vor dem Haus. Ich möchte nicht Angus anrufen müssen, weil er sonst reingeht und dich rausholt!« Eine leere Drohung. Angus wieder so spät anzurufen kam nicht infrage. Sie würde von der Arbeit wegmüssen.

»Ach, komm schon, Mom! Ich muss auch mal ein bisschen Spaß haben!« Penny hängte auf.

Ich auch, Kleines, dachte Emma. *Ich auch.* Ein Kellner gab ihr ein Zeichen, dass ein Tisch für zwei Personen frei geworden war. »Wenn Sie mir bitte folgen wollen«, sagte sie zu dem Paar, das die ganze Zeit ungeduldig gewartet hatte. Emma führte die beiden an einen Tisch im hinteren Teil der Bar. Vielleicht würde es ja doch noch ein Abend wie alle anderen werden, und sie könnte sich auf den Feierabend freuen. Und sich mit ihrer bockigen

Tochter auseinandersetzen. Ja, das wäre definitiv die Krönung des Tages.

Wieder an der Rezeption checkte sie ihr Handy nach Nachrichten von Penny. Nichts.

»Wissen Sie, dieses Hotel ist einfach nicht groß genug.«

Emma blickte auf. Vor ihr stand die alte Frau – Ms Winstead. Sie war ganz in Schwarz gekleidet. An ihrer Jacke steckte eine Diamantbrosche, und ihr Hermès-Schal hatte exakt den gleichen Farbton wie ihr grell orangeroter Lippenstift. Obwohl die Frau schätzungsweise nicht größer als einen Meter dreiundsechzig war, hatte sie etwas Respekteinflößendes.

Und sie war der letzte Mensch, den Emma sehen wollte.

»Guten Abend, Ms Winstead. Fehlt etwas in Ihrem Zimmer?«

»Ich wollte sagen, dass dieses Hotel nicht groß genug für uns beide ist, junge Dame. Wie soll ich hier ruhig schlafen, wenn ich weiß, dass eine Diebin am Ruder ist?«

Ach du lieber Himmel! War die echt? Emma fürchtete, ja. »Es tut mir leid, dass Sie das so sehen, Ms Winstead. Aber das hier ist mein Arbeitsplatz, und falls Sie etwas brauchen, lassen Sie es mich bitte wissen.«

Das attraktive Paar auf der Couch löste sich voneinander, stand auf und ging Arm in Arm zum Ausgang. Emma gab es einen Stich.

Ms Winstead beugte sich näher zu ihr. »Das wird nicht mehr lange Ihr Arbeitsplatz sein, meine Liebe.«

»Wie bitte?«

»Ich habe morgen früh eine kleine Unterredung mit Ihrem Boss. Ich werde ihn darüber aufklären, dass er den Bock zum Gärtner gemacht hat. Ich glaube nicht, dass er erfreut sein wird. Oder was denken Sie?«

»Meine Mom nervt total! Sie hat mir verboten, hier zu übernachten. Sie schickt mir ein Taxi, hat sie gesagt.« Penny sah Robin an und verdrehte die Augen. Robin lachte pflichtschuldig. Die beiden saßen auf der Veranda von Mindys Haus mit Blick auf den Hafen voller Motorjachten und Segelboote. Penny konnte es nicht fassen, dass sie jetzt, wo sie sich endlich einmal amüsierte, gehen sollte.

»Und wann?« Robin machte nun ein so entsetztes Gesicht, als hätte Penny gesagt, ihre Mutter wolle sie zu Zwangsarbeit verdonnern.

»Ungefähr in einer halben Stunde.«

»Du kannst jetzt nicht gehen! Es ist noch so früh.«

Penny nickte. Sie wollte nicht gehen, auch wenn vorhin etwas ganz Komisches passiert war. Zum ersten Mal hatte sie das Gefühl dazuzugehören. Nicht so wie am Memorial-Day-Wochenende. Damals war sie sich richtig minderwertig vorgekommen, weil sie die Villa von Mindys Eltern unwillkürlich mit ihrem eigenen heruntergekommenen Häuschen an den Bahngleisen verglichen hatte. Aber dank Henry war jetzt alles anders.

Na ja, fast alles. Obwohl sie sich bemühte, so wie alle anderen zu sein und Spaß zu haben, kamen ihre Gedanken nicht zur Ruhe. Es war eine kleine Party: Robin, Mindys Freund Jess, der ihr nachlief wie ein Schoßhündchen, und ein paar Jungs von der Pierson High, darunter auch Mateo, dessen Familie aus Spanien kam und dessen älterer Bruder, Nick, berühmt-berüchtigt war, weil er sein Porsche Cabrio, ein Geschenk zu seinem sechzehnten Geburtstag, zu Schrott gefahren hatte.

Penny spielte nun mit den anderen Beer Pong im Hobbyraum im dritten Stock, ging aber immer wieder hinaus, um sich die Hände zu waschen. Als sie sich die Schuhe ausgezogen hatte, um sich an den Rand des Pools zu setzen, hatte sie nämlich versehentlich die Schuhsohle berührt, und das ging ihr nicht mehr aus dem Kopf. Als sie das dritte Mal aus dem Bad kam, lehnte Mateo draußen an der Wand.

»Du teilst wohl nicht gern, was?« Er lächelte, und Penny fand es seltsam aufregend, wie er sie mit seinen dunklen Augen ansah.

»Teilen? Was denn?« Sie versteckte ihre tropfnassen Hände hinter dem Rücken. Es ekelte sie, dasselbe Handtuch wie alle anderen zu benutzen.

Mateo stützte eine Hand an der Wand neben ihrem Kopf ab und beugte sich vor. »Was auch immer du da drin machst. Hast du Koks?«

Sie verneinte. Sie hatte weder Koks noch sonstige Drogen. Plötzlich beugte er sich noch weiter vor, und dann küsste er sie. Als sie den Mund öffnete – um zu protestieren? –, schob er seine Zunge hinein. Sie fuhr zurück, duckte sich unter seinem Arm hindurch, rannte die Treppe in den ersten Stock hinauf und lief auf die Veranda hinaus.

Sie grübelte immer noch über den Zwischenfall nach, als Robin herauskam. Sie hatte Penny überall gesucht.

»Das Taxi ist da. Hier.« Sie drückte ihr eine der weißen Pillen in die Hand. »Du musst vielleicht die Party verlassen, aber die Party muss dich nicht verlassen.«

»Danke.« Penny steckte die Tablette ein. Die würde ihr die nächste trostlose Schicht im Museum erträglicher machen. »Du bist eine richtig gute Freundin!«

Seit dem Sommer, als sie bei Murf's hinter der Bar gestanden hatte, reagierte Emma ihren Frust am dortigen Dartboard ab. Das war immer eine zuverlässige Medizin für alle ihre Schmerzen gewesen, wie der ursprüngliche Besitzer der Kneipe es formuliert hatte. Heute Abend jedoch war sie nicht in Form, weil Bea Winsteads Drohungen sie aus dem Konzept brachten.

Die Vorstellung, dass diese Frau es tatsächlich darauf anlegte, sie um ihren Job zu bringen! Und, schlimmer noch, Penny um das zu bringen, was ihr zustand. Sie sah Pennys Gesicht vor sich, als sie gesagt hatte: »Warum muss das Leben immer so scheiße sein?« Und was hatte Emma darauf erwidert? Dass manchmal auch etwas Gutes passiere. Und es war etwas Gutes passiert, etwas unglaublich Gutes. Emma würde nicht zulassen, dass ihnen das wieder weggenommen wurde.

Zwei Dartpfeile waren in der Wand gelandet. Sie warf einen dritten. Mist. Sie machte sich nicht die Mühe, ihre Punkte auf der rissigen grünen Schiefertafel zu notieren, die auf einer Bank an der Wand lehnte. Unter dem Logo THE CRICKETEER konnte man noch die Kreideziffern eines anderen Spiels erkennen.

Ein Schwung Leute betrat das Lokal. Emma wartete,

bis sie an ihr vorbei waren, und warf dann die nächsten drei Pfeile. Die Musikbox spielte »Back To Black« von Amy Winehouse. Wieder öffnete sich die Tür. Ein Schwall warmer Luft strömte herein. Und brachte einen unliebsamen Gast mit sich.

Emma hoffte inständig, dass er sie nicht sah.

Vergeblich.

»Hey. Emma, nicht wahr?«

»Was wollen Sie denn hier?«, fuhr sie Bea Winsteads Freund an. Oder war er ein Verwandter? Sie wusste nicht, in welchem Verhältnis die beiden zueinander standen, und es war ihr auch egal. Sie wollte ihn jedenfalls nicht in *ihrer* Kneipe haben.

»Was trinken, wie alle anderen auch.«

»Können Sie das nicht im Hotel machen?«

»Ich möchte mich nicht dort betrinken, wo sich mein Boss aufhält.«

Sein Boss? »Was genau machen Sie denn für diese Frau? Nein, sagen Sie nichts – ich will es gar nicht wissen. Und ich will nicht die gleiche Luft atmen wie Bea Winsteads mieser Handlanger. Betrinken Sie sich gefälligst woanders.«

»Nehmen Sie es mir nicht übel, aber finden Sie nicht, dass Sie überreagieren? Kommen Sie, ich lad Sie auf ein Bier ein.«

»Ich hab schon eins.« Sie griff nach der Flasche, die sie fast vergessen hätte, und nahm einen kräftigen Schluck.

»Ich bin übrigens Kyle Dunlap. Mieser Handlanger ist nur mein Pseudonym.« Er streckte ihr seine Hand hin, aber sie ignorierte sie.

»Sie will, dass ich gefeuert werde, wissen Sie?«

»Nein, das will sie nicht. Sie will nur das Haus. Genauer gesagt geht es ihr nicht um das Haus, sondern um die Kunst. Sie kennt Henry Wyatt seit fünfzig Jahren oder so und hat ihn während seiner ganzen Karriere betreut. Diese ganze Geschichte ergibt einfach keinen Sinn für sie.«

Emma stellte die Flasche ab und sagte: »Wissen Sie, Leute wie Sie und diese Frau sehe ich hier jeden Sommer. Ihr kommt hierher und führt euch auf, als würde euch die ganze Stadt gehören, als wäre sie ein einziger großer Spielplatz. Und sobald etwas eine Sekunde zu lang dauert oder irgendetwas schiefläuft, geht ihr zum Angriff über.«

»Ich verstehe nicht, wieso Sie mich mit Bea Winstead in einen Topf werfen. Ich arbeite nur für sie.« Er schaute sich in der Kneipe um. »Ich bin praktisch in der gleichen Situation wie Sie.«

»Ach ja? Haben Sie auch Kinder?«

Kyle schüttelte den Kopf. »Nein. Aber ich habe von Ihrer Tochter heute schon einiges zu hören gekriegt.«

Jetzt horchte sie auf. »Sie haben Penny getroffen? Wo? Wann?«

»Ich hab auf den Bus gewartet, weil – egal, lange Geschichte. Sie hat mich angesprochen. Sie hat gesagt, Sie würden das Haus nicht annehmen, weil Bea Winstead Ihnen Ärger mache. Sie wollte, dass ich ihr sage, sie soll Sie in Ruhe lassen.«

»Das hat Penny gesagt?«

Kyle nickte.

Emma unterdrückte ein Lächeln. Ihre Tochter hatte

ganz offensichtlich mehr Courage als sie. Vielleicht sollte sie sich ein Beispiel an ihr nehmen. »Ich werde nicht nachgeben, das können Sie Bea Winstead ausrichten. Sie verschwendet nur ihre Zeit.«

»Ich kann Ihren Standpunkt verstehen. Gerade noch reißen Sie sich den Hintern für diese reichen Arschlöcher auf, und eine Minute später besitzen Sie ein Haus am Strand im Wert von ein paar Millionen. Das ist echt ein Glücksfall.«

»Ich habe nicht darum gebeten«, versetzte sie. »Aber es könnte unser ganzes Leben verändern. Ich bin eine alleinerziehende Mutter. Ich arbeite siebzig Stunden die Woche, damit ich meine Tochter ernähren, für ihr Collegestudium sparen und die Miete für ein Haus bezahlen kann, das ich mir nie kaufen könnte.«

»Sie sind nicht verheiratet?«

Sie sah ihn aus schmalen Augen an. »Ich wüsste nicht, was Sie das angeht.« Nach einer Pause fügte sie hinzu: »Nein, ich bin nicht verheiratet. Geschieden. Schon lange.«

»Ich war nie verheiratet.«

Emma schüttelte den Kopf. Sein Familienstand interessierte sie herzlich wenig. Kapierte er überhaupt, worum es bei dieser Unterhaltung ging? »Haben Sie eine Ahnung, was man hier heutzutage für ein Haus hinblättern muss? Selbst für ein ganz kleines? Früher konnte man es sich noch leisten, hier zu wohnen. Ich bin hier zur Welt gekommen. Meine Eltern sind hier zur Welt gekommen. Aber jetzt ist es wie … Kennen Sie die Geschichte von dem Frosch und dem kochenden Wasser?«

»Nicht dass ich wüsste.«

»Wenn man einen Frosch in kochendes Wasser wirft, springt er heraus. Aber wenn man ihn in lauwarmes Wasser setzt und das Wasser allmählich erhitzt, merkt er nicht, was passiert, und wird gekocht.«

»Und was hat das mit Ihnen zu tun?« Kyle griff sich einen Dartpfeil.

»Na, der Frosch bin ich! Wir alle, die wir seit ewigen Zeiten hier leben, sind die Frösche!«

Kyle warf und traf das Bullseye, die Mitte des Boards. Emma hasste ihn regelrecht.

»Ich kann Sie verstehen, Emma. Ich arbeite jetzt seit fünf Jahren für Bea, und ich muss mir eine Menge Scheiße gefallen lassen, das dürfen Sie mir glauben. Aber angenommen es geht ihr genauso wie Henry Wyatt und sie kippt morgen bei einem Glas Sauvignon Blanc tot vom Barhocker. Und weiter angenommen sie hat mich zu ihrem Erben eingesetzt. Ich kann die Schlagzeile schon sehen: ›Millionenschwere Park-Avenue-Society-Lady und Kunstmäzenin setzt ihren Assistenten zu ihrem Alleinerben ein!‹ Glauben Sie, die Leute würden sich da nicht fragen, ob das mit rechten Dingen zugegangen ist?«

»Das ist paranoid.«

»Ich will damit nur sagen, dass Bea sicher nicht die Einzige ist, die sich Fragen stellt. Sie ist nur die Einzige, die unmittelbar von der Situation betroffen ist.«

»Sie nehmen sie in Schutz?«

»Sie ist kein schlechter Mensch. Sie kann eine richtige Nervensäge sein, aber sie ist nicht bösartig. Sie handelt in ihrem ureigenen Interesse und vermutlich auch im Interesse ihres langjährigen Freundes. Es geht hier nicht um Sie.«

»Nein, da haben Sie recht – es geht um meine Tochter. Ihr hat Henry Wyatt das Haus hinterlassen. Ich weiß, das ist verrückt. Ich hab's ja selber auch für verrückt gehalten, als ich es erfahren habe. Aber es ist rechtmäßig. Ich habe nicht darum gebeten, ich hätte es mir nie träumen lassen, aber es ist nun mal passiert. Und ich werde nicht zulassen, dass irgendeine Frau aus der Park Avenue sich unter den Nagel reißen will, was Penny gehört.« Emma trank den Rest Bier aus, knallte die leere Flasche auf die Theke und verließ die Kneipe. Es war Juni, aber die von Feuchtigkeit gesättigte Luft war dunstig wie sonst im August. Emma ging über die Division Street Richtung Meer. Sie atmete tief durch. Was fiel diesem Kerl ein, in ihre Kneipe zu kommen und das Verhalten dieser Frau zu rechtfertigen?

»Emma, warten Sie!«, rief er ihr nach.

Sie tat, als hätte sie nichts gehört und ging weiter, überquerte die Straße, ging am Bay Street Theater vorbei und an den Geschäften. Als sie einen Blick über die Schulter warf, sah sie, dass er ihr folgte.

Am Kai setzte sie sich auf eine Bank. Weit draußen funkelten Dutzende Lichter von mehreren Booten.

Emma verschränkte die Arme und starrte aufs Wasser. »Verschwinden Sie!«

Kyle ließ sich am anderen Ende der Bank nieder.

»Sie sind doch eine nette Frau, Emma. Und Ihre Tochter scheint ein anständiges Mädchen zu sein. Ich will Sie nicht verärgern, ich versuche Ihnen nur klarzumachen, worauf Sie sich da einlassen. Bea ist kein Cartoon-Bösewicht. Die Dinge sind komplizierter.«

Sie drehte sich zu ihm. »Das ist überhaupt nicht kompliziert. Die Sache ist ganz einfach. Meine Tochter hat das Anwesen geerbt. Völlig legal. Also hören Sie auf, mich wie ein dummes kleines Kind zu behandeln.«

Seans Wassertaxi fuhr langsam an die Anlegestelle heran. Emma sprang auf. »Sean! Kannst du mich mitnehmen?«

»Wohin soll's denn gehen?« Sie zeigte auf die andere Seite der Bucht. »Sicher, kein Problem.«

Kyle folgte ihr die Stufen hinunter. »Wo wollen Sie denn hin?«

»Zum Haus meiner Tochter.« Eine spontane Entscheidung, aber sie wollte demonstrieren, dass es *ihr* Haus war, und das konnte sie am besten, indem sie es betrat, wenn ihr gerade der Sinn danach stand. »Dem Haus, aus dem Ihr Boss mich garantiert nicht vertreiben wird. Gehen Sie nach New York zurück, Kyle«, fügte sie hinzu. »Gehen Sie einfach. Sie gehören nicht hierher.«

Seans Hund kläffte laut.

Emma kletterte in die kleine Barkasse, ging zu Sean, der am Steuer stand, und hielt sich an der Reling fest. Das tiefe Brummen des Motors hatte etwas Beruhigendes. Melville legte sich zu ihren Füßen hin, als das Boot losfuhr. Bewegung war gut. *Weiter, weiter! Nicht zurückschauen!* Aber sie warf doch einen Blick zurück, einen ganz kurzen.

Kyle Dunlap stand immer noch an der Anlegestelle und sah ihr nach.

Kapitel vierzehn

Bea war stets eine überzeugte Frühaufsteherin gewesen. Es ging nichts über die Park Avenue, wenn außer den Türstehern, die die Bürgersteige abspritzten, keine Menschenseele auf den Beinen war. Im American Hotel herrschte um acht Uhr morgens die gleiche friedliche Stille, wie sie fand. Aus den Gästezimmern drang kein Laut, und in der Halle waren lediglich einige Servicekräfte damit beschäftigt, Teerosen in Silbervasen zu arrangieren. Alles schien so, wie es sein sollte, und in dieser friedlichen Atmosphäre nahm der Zauber dieses Ortes Bea vollständig gefangen.

Jack Blake wartete im Speisesaal auf sie, wo ein kontinentales Frühstück serviert wurde. Es war kein großer Raum, aber dank des Oberlichts schön hell. Die eine Wand bestand aus Backsteinen, die andere war mit Holz verkleidet und mit langen Spiegeln bestückt. Die dekorativen Topfpflanzen reichten bis zur Decke, und einige hatten herabhängende Zweige, was dem Raum etwas Luftiges, Gartenähnliches verlieh. Die Tische waren mit weißem Leinen und einem geblümten Porzellanservice eingedeckt.

Jack erhob sich und zog einen Korbstuhl für Bea heran.

»Was für ein wunderschönes Hotel, Jack! Ich bin viele,

viele Jahre nicht mehr hier gewesen, aber ich freue mich, dass sich nichts verändert hat.«

»Danke, Bea. Genauso soll es sein.«

»Sind Sie oft in Sag Harbor?«

»Jeden Sommer. Manchmal auch über Weihnachten. Die Winter verbringe ich in Palm Beach.«

»Ich glaube, dort haben wir uns kennengelernt, nicht wahr? An irgendeinem Weihnachten, wenn ich mich nicht irre.«

Er nickte. Eine Kellnerin schenkte ihnen Kaffee ein und stellte die Kanne dann auf den Tisch. »Angela, bring uns bitte Croissants und etwas vom Obstsalat.« Er wandte sich wieder Bea zu. »Also, Bea, was führt Sie hierher? Und was kann ich für Sie tun?«

Er kam ohne Umschweife zur Sache. Sie schätzte das. Small Talk wurde viel zu hoch bewertet. »Es sind leider traurige Umstände, die mich hierhergeführt haben. Sie wissen, dass Henry Wyatt ein lieber Freund von mir war.«

Wieder nickte er. »Er war ein Gewinn für diese Stadt. Ein Jammer, dass er uns verlassen hat.«

Er war viel zu gut für diese Stadt, dachte Bea, verscheuchte den Gedanken jedoch sogleich wieder. Sie musste sich auf das Wesentliche konzentrieren.

»Henry und ich kannten uns seit fünfzig Jahren. Wir haben zusammen seine Karriere aufgebaut. Eine Zeit lang waren wir unzertrennlich.«

»Das ist ein schwerer Verlust. Mein Beileid.«

»Danke, Jack. Die Sache ist die: Die letzten ein, zwei Jahre lebte Henry sehr zurückgezogen, und ich fürchte, eine deiner Angestellten hat seine Einsamkeit ausgenutzt, weil sie eigene Ziele verfolgte.«

Er sann über diese Anschuldigung nach. Als die Kellnerin die Croissants und eine Schale mit Obstsalat gebracht hatte, sagte er:

»Ich nehme an, Sie reden von Emma Mapson.«

Bea war nicht überrascht. Natürlich wusste er von dem Haus. Alle wussten davon. Was er aber nicht wusste, war, wie untypisch diese Geste für Henry war. Aufgrund seiner Lebensgeschichte war es nur logisch, dass sie, Bea, seinen Besitz erbte. »Emma Mapson, genau. Sie behauptet, Henry habe ihrer Tochter sein Haus hinterlassen.«

»Das ist nicht nur eine Behauptung. Soviel ich weiß, gibt es ein Testament.«

Bea beherrschte sich. Sie unterdrückte ihren Frust und tat einen tiefen Atemzug. »Jack, Henry mochte Kinder nicht einmal. Er war nie verheiratet. Er hat sein ganzes Leben seiner Kunst gewidmet. Ich denke, ich war diejenige, die man noch am ehesten als seine Frau bezeichnen könnte, und seine Karriere war unser gemeinsames Kind. Wir haben über das heikle Thema, was nach seinem Tod mit seinem Werk geschehen soll, gesprochen. Ihm schwebte die Einrichtung eines Museums vor. Wir hatten nichts schriftlich fixiert, aber in unserem Alter sind solche Gespräche mehr als harmlose Gedankenspielerei. Sie können sich also meine Überraschung vorstellen, als ich erfahren musste, dass er die Tochter einer Ihrer Angestellten zu seiner Alleinerbin gemacht hat. Die Frau gibt ja selbst zu, dass sie Henry nicht besonders gut gekannt hat.«

»Das ist in der Tat eine überraschende Wende.«

Bea nahm erleichtert zur Kenntnis, dass er die Dinge offenbar genauso sah wie sie. Jack Blake hatte großen Einfluss in der Stadt. »Das ist nicht nur überraschend, Jack, das ist verdächtig. Und bewegt sich meiner Ansicht nach am Rand der Kriminalität.«

Jack nickte. »Und was soll ich jetzt Ihrer Meinung nach tun?«

»Nun, ich denke, es ist in Ihrem eigenen Interesse, sie zu feuern. Sie wollen doch sicher keine Gauner in Ihrem Hotel beschäftigen.«

»Verstehe.« Jack schenkte sich Kaffee nach. Auf der anderen Seite des Saals wurde das Frühstücksbüfett aufgebaut. »Die Sache ist nur die – Emma hat vielleicht Henry nicht besonders gut gekannt, aber *ich* kenne *Emma*. Ich kenne sie, seit sie ein Dreikäsehoch war. Ihr Vater hat für mich gearbeitet. Er war ein guter Mann.«

»Ich verstehe nicht, was das eine mit dem anderen zu tun hat.«

»Lassen Sie es mich so formulieren, Bea – wenn Sie damit andeuten wollen, dass Emma Mapson eine Betrügerin ist, die sich ein Vermögen ergaunert hat, sollten Sie sich besser eine andere Unterkunft suchen.«

Emma wartete ungeduldig in dem kleinen Flur vor Dr. Wangs Praxis und versuchte, nicht daran zu denken, dass sie eigentlich längst im Hotel sein sollte. Sie nippte an dem Kaffee, den sie unterwegs gekauft hatte, gähnte und hätte sich ohrfeigen können, dass sie so lange aufgeblieben war.

Was hatte sie sich letzte Nacht bloß gedacht? Die Drinks bei Murf's, dann die Bootsfahrt zu Henry Wyatts Haus, wo sie im Esszimmer gestanden, auf den glitzernden Pool hinausgeschaut und darüber nachgegrübelt hatte, was seit dem Augenblick, als der Anwalt vor ihrer Tür gestanden hatte, alles passiert war.

Henry Wyatt hatte keine Angehörigen. Er war nie verheiratet gewesen, es gab also keine Exfrau, wegen der sie sich den Kopf zerbrechen müsste. Schön, diese Bea Winstead hatte den Mann seit fünfzig Jahren gekannt, aber er hatte sie nun einmal nicht als Erbin seines Hauses und seiner Kunst eingesetzt. Und ihren Internetrecherchen zufolge nagte der alte Drachen nicht gerade am Hungertuch. In einem Artikel in der *New York Times* waren Fotos ihrer palastähnlichen Wohnung in der Park Avenue abgebildet. Was wollte sie also mit dem Haus in Sag Harbor? Aber das war typisch für die Reichen – sie kriegten den Hals nie voll. Emma sah es immer wieder an jenen, die den Sommer hier verbrachten, die unglaubliche Gier dieser Leute, ihre Anmaßung, dass ihnen alles gehöre.

Als sie endlich daheim war, war sie so aufgedreht, dass sie nicht schlafen konnte. Sie wälzte sich hin und her, und ihre Gedanken drehten sich in Endlosschleifen, Gedanken über das Haus, über die alte Frau und ob sie es schaffen würde, Jack zu überreden, sie zu feuern.

Dr. Wang steckte den Kopf aus ihrer Praxis, trat dann auf den Flur hinaus und schloss die Tür hinter sich. »Ich würde Sie gern einen Moment sprechen, Emma.«

»Stimmt etwas nicht?«

»Ich fürchte, Penny hat einen leichten Rückschlag erlitten. Deshalb möchte ich noch einmal einen selektiven Serotonin-Wiederaufnahmehemmer vorschlagen. Mit diesen Medikamenten lassen sich Angst- und Zwangsstörungen wirkungsvoll behandeln. Das würde ihr den Freiraum geben, die kognitiven Techniken, die wir hier üben, effizient anzuwenden.«

Emma hatte schon so etwas geahnt. »Ich würde gern noch ein bisschen damit warten. Es sei denn, Penny hat das Gefühl, dass sie die Medikamente dringend braucht.«

»Ich werde es mit ihr besprechen. Ich wollte nur sicher sein, dass Sie grundsätzlich nichts dagegen haben.«

Die Tablettensucht ihrer Mutter machte Emma misstrauisch gegenüber jeder Form von medikamentöser Behandlung. Es war in diesem Fall ein unbegründetes Misstrauen, denn die Medikamente, die Dr. Wang vorschlug, hatten nichts mit jenen zu tun, die ihre Mutter in eine Abwärtsspirale gezogen hatten. Dennoch zögerte Emma. Zumindest im Augenblick noch. »Penny hat einen Verlust erlitten, und ich glaube, das hat zu diesem Rückschlag geführt. Aber ich möchte deswegen nicht unsere ganze Strategie ändern.«

»Manchmal gibt es Dinge, die sich unserer Kontrolle entziehen.«

Tja, das galt im Moment für so ziemlich alles in ihrem Leben, wie es schien.

Kapitel fünfzehn

In der Main Street herrschte rege Betriebsamkeit. Ladenbesitzer öffneten ihre Geschäfte, Mitarbeiter von Cafés und Lokalen stellten Schiefertafeln nach draußen, auf denen die Tagesgerichte angepriesen wurden. Mütter schoben Sportwägen, Pärchen schlenderten Händchen haltend die Bürgersteige entlang, in der freien Hand Kaffeebecher. Die Szenerie hatte etwas so Bezauberndes, so Malerisches, dass Bea die letzte Kränkung, die ihr in dieser Stadt widerfahren war, fast vergessen hätte. *Wenn Sie damit andeuten wollen, dass Emma Mapson eine Betrügerin ist, die sich ein Vermögen ergaunert hat, sollten Sie sich besser eine andere Unterkunft suchen.*

Redete man so mit einem Gast? Achtzig Meilen von New York City entfernt, und schon wussten die Leute nicht mehr, was Anstand war. Sie würde keine Nacht länger in diesem Hotel verbringen. Sie packte ihre Sachen und versuchte, Kyle zu erreichen. Vergeblich. Als sie ihren kleinsten Koffer zum Auto rollte, rief er endlich zurück.

»Wo zum Teufel steckst du denn?«, fuhr sie ihn an. Ihre Stimme klang schrill.

»Am Ende der Straße. Am Kai.«

»Ich brauche dich! Komm sofort ins Hotel!«

Er grummelte etwas Unverständliches und legte auf. Bea wartete auf der von Blumentrögen gesäumten Veranda. Und wartete. Und wartete. Kyle tauchte nicht auf. Als sie ihn erneut anrief, ging er nicht an sein Handy. Schäumend vor Wut machte sie sich samt Rollkoffer auf den Weg zum Kai.

Sie fand ihn in eine Unterhaltung mit einem blonden jungen Mann vertieft, der sich einen unvorteilhaften struppigen Bart hatte stehen lassen.

»Kyle!«, schrie sie und eilte so schnell, wie sie ihren Koffer hinter sich herziehen konnte, auf ihn zu. Er rumpelte über den holprigen Boden, und sie war sicher, dass die Räder und die Unterseite das nicht überstehen würden. Ihre Wut wuchs, nahm an Stärke zu wie ein aufkommender Sturm. »Was machst du denn hier?«

»Bea, das ist Sean Pine. Ihm gehört das Wassertaxi.«

Bea nickte dem Mann kurz zu und funkelte Kyle zornig an. Sah sie aus, als wäre sie in Stimmung für eine Runde *Rate mal, welcher Einheimische das ist*?

»Er macht das seit neun Jahren«, fuhr Kyle fort. »Davor war er bei der Küstenwache.«

»Faszinierend. Kann ich dich einen Augenblick allein sprechen? Im Schatten, wenn's geht.«

Schatten spendete nur das Dach vom Büro der Hafenmeisterei ein paar Meter hinter ihr. Kyle nahm ihren Koffer.

»Was willst du denn mit dem Koffer?«, fragte er.

»Deshalb wollte ich mit dir reden. Ich habe ausgecheckt aus diesem grässlichen Hotel. Du wirst zurückgehen und das restliche Gepäck holen.«

»Hast du nicht gesagt, das sei das einzig anständige Hotel in der Stadt?«

»Komm mir jetzt nicht frech, Kyle.«

»Schön, und wo willst du jetzt wohnen?«

»*Wir* werden in Windsong wohnen.«

»Das ist keine gute Idee.«

»Und wieso nicht?«

»Der Typ dahinten, Sean, er hat Emma Mapson vergangene Nacht zum Haus gefahren.«

»Hat er dir das gesagt?«

Kyle machte schon den Mund auf, besann sich dann jedoch anders. Er schüttelte den Kopf. »Nicht direkt, nein.«

»Los, gehen wir. Wir nehmen das Boot.«

»Bea, das ist provozierend. Ich habe dir doch gerade gesagt, dass Emma Mapson dort sein könnte.«

»Sie ist vermutlich schon auf dem Weg zur Arbeit. Außerdem ist es ein grundlegendes Prinzip der Kriegführung, Aggressionen mit Aggressionen zu begegnen, oder nicht? Also wirklich, Kyle. Ich weiß, dass du gekündigt hast, aber in den verbleibenden zwei Wochen hältst du dich bitte noch an die Regeln.«

Sie ging zügig zur Anlegestelle. »Junger Mann!«

Kyle lief ihr nach. »Lass mich das machen, Bea.«

Er bat den Wassertaxifahrer, Bea dorthin zu bringen, wo er Emma Mapson am Abend zuvor abgesetzt hatte.

»Kommst du denn nicht mit?« Bea sah ihn fragend an.

Er zögerte. »Du hast recht, vielleicht ist es besser, wenn ich mitgehe. Nur für den Fall, dass Emma noch dort ist und ich euch zwei Streithähne trennen muss.«

»Emma?« Sie zog eine Braue hoch. »Das ist aber schnell gegangen!«

Kyle lief rot an.

Männer! Alle gleich.

Er hievte ihren Koffer ins Boot und half ihr dann in die Barkasse. Er wartete, bis sie sich auf die gepolsterte Bank vor dem Armaturenbrett gesetzt hatte, ehe er ihren Arm losließ.

Bea hielt sich an der Reling fest und schaute aufs Wasser hinaus. Das Boot fuhr nicht schnell, aber das Brummen des Motors und der Fahrtwind in ihrem Gesicht gaben ihr das Gefühl, sich rasch fortzubewegen. Eine plötzliche Leichtigkeit überkam sie, fast ein Glücksgefühl.

Kyle plauderte die ganze Fahrt über mit Sean. Er erzählte ihm von seiner Kindheit an der New-Jersey-Küste und dass sein Vater ein Boot gehabt habe und dass ihm bis jetzt gar nicht klar gewesen sei, wie sehr er das Wasser vermisste. Bea hörte das alles zum ersten Mal. Aber jetzt, wo er gekündigt hatte, interessierte sie das alles im Grunde nicht mehr.

»Ich höre das oft von Urlaubern«, sagte Sean. »Sie verbringen einen Tag auf dem Wasser, und es ist, als wären sie nie vom Meer weg gewesen.«

Ein kleiner Hund sprang zu Bea auf die Bank.

»Gehört der Ihnen?«, rief sie Sean zu. Kyle warf ihr einen warnenden Blick zu. Bea presste die Lippen zusammen. Der Hund legte seinen Kopf auf ihren Schoß.

Als das Haus vor ihnen auftauchte, verschlug es Bea den Atem. Vom Wasser aus betrachtet wirkte es noch spektakulärer als von der Straße. Henry musste es bewusst so geplant haben, da war sie sich ganz sicher. Es gab ihr einen Stich. Wie sehr sie ihn vermisste! Wie einsam sie sich fühlte! Warum hatte er nur so einen Schlamassel mit dieser Erbschaftsgeschichte angerichtet?

An der Anlegestelle nahm sie ein paar Geldscheine aus ihrem Portemonnaie, reichte sie Sean und sagte, den Rest könne er behalten.

»Das war richtig erfrischend«, erklärte sie, als Kyle ihr beim Aussteigen half.

»Freut mich, dass es dir gefallen hat.« Er folgte ihr zu den Glasschiebetüren auf der Rückseite des Hauses.

Drinnen herrschte eine Bruthitze. Die Jalousien an den großen Fenstern waren hochgezogen, und durch die Oberlichter schien die Sonne herein. Wenn Emma Mapson tatsächlich hier gewesen war, konnte sie nicht allzu lange geblieben sein.

»Bring meinen Koffer ins Hauptschlafzimmer.«

»Nicht ins Gästezimmer?«

»Nein. Ich bin kein Gast. Ich werde hier einziehen.«

Penny hatte die Hände unter ihre Oberschenkel geschoben, damit Dr. Wang sie nicht sehen konnte. Die Handrücken waren rissig und bluteten, weil sie sich die Hände viel zu oft und viel zu lange gewaschen hatte. Ihre Haut glänzte von der Aquaphor-Salbe, die sie vor ihrem Termin noch schnell aufgetragen hatte in der Hoffnung, damit den schlimmen Zustand wenigstens ein bisschen zu kaschieren.

»Penny, es sieht nicht so aus, als würdest du dich an die Dreißig-Sekunden-Regel halten«, sagte Dr. Wang. Sie hatte Adleraugen.

»Ich versuch's ja«, erwiderte Penny. Was schlichtweg gelogen war. Ihre Hände einzuseifen, bis sich ein dicker Schaummantel gebildet hatte, war eine der wenigen Möglichkeiten, den Druck in ihrem Inneren abzubauen. Dieser Druck lastete wie ein seelisches Gewicht auf ihr. Zeichnen hatte ihr auch eine gewisse Erleichterung verschafft, aber jetzt hatte sie keine Freude mehr daran. Sobald sie es versuchte und ihr Bleistift auch nur ein klein wenig von der beabsichtigten Linie abwich, wenn die Striche einfach nicht so wollten wie sie, konnte sie sie nicht ausradieren und weitermachen. Nein, sie warf die ganze Zeichnung weg, egal wie weit sie schon gekommen war. Sie wusste, dass das falsch war, dass es ein Zwang war, aber sie konnte nicht anders.

Sie erzählte Dr. Wang davon, die sich daraufhin zurücklehnte, sich eine Notiz machte und Penny dann freundlich lächelnd ansah.

»Das hört sich an, als würde es dir im Moment nicht so gut gehen. Ein kleiner Rückschlag.«

Penny nickte. Ihre Augen füllten sich mit Tränen.

»Ich habe mit Mom über die Option gesprochen, unser Programm durch eine medikamentöse Behandlung zu ergänzen«, sagte Dr. Wang. Sie nannte Emma immer »Mom«. Das war irgendwie seltsam.

Penny wusste, dass ihre Mutter nichts von Medikamenten hielt. Sie konnte sich lebhaft vorstellen, wie ihre Mom reagieren würde, wenn sie von Mindys kleinen weißen Pillen erführe. Sie musste unbedingt damit aufhören.

»Heißt das, ich müsste nicht mehr herkommen?«

»Nein, das heißt es nicht«, sagte Dr. Wang schnell. »Medikamente und Therapie ergänzen sich. Warum hast du eine solche Abneigung gegen die Therapie, Penny?«

Sie zuckte mit den Schultern. »Ich möchte einfach nur normal sein. Und wenn ich hierherkomme, habe ich das Gefühl, dass ich nicht normal bin.«

»Was ist normal? Du bist eine Künstlerin. Manche Leute würden sagen, dass das nicht normal ist. Trotzdem würdest du das nicht ändern wollen, oder?«

Natürlich nicht. Aber manchmal fragte sie sich, was es ihr nützte, eine Künstlerin zu sein.

Kapitel sechzehn

»Zwei Dinge, Emma«, sagte Jack Blake. Er war zu ihr an die Rezeption gekommen. »Ich brauche einen Tisch für vier Personen zum Abendessen in einer Stunde. Und dazu eine Flasche vom 2010er Lucien Le Moine Chevalier-Montrachet aus dem Weinkeller.«

Emma nickte und schrieb mit. »Wird gemacht.«

»Außerdem hatte ich heute Morgen eine kleine Unterredung mit Bea Winstead. Sie ist alles andere als glücklich über die Geschichte mit dem Wyatt-Haus.«

Emmas Herz schlug schneller. »Ja, ich weiß. Tut mir leid. Aber was soll ich machen?«

»Ich möchte hier im Hotel keine Dramen haben, okay?«

»Natürlich. Keine Dramen, versprochen.«

Jetzt, wo Bea Winstead ausgecheckt hatte, dürfte das kein Problem sein. Mit ein bisschen Glück war sie schon wieder auf dem Rückweg nach New York. Oder würde zumindest in einem anderen Hotel absteigen.

Jack lächelte, klopfte auf den Tresen und sagte: »Weißt du was? Bring zwei Flaschen von dem Montrachet.«

Emma strich einen Tisch aus der Reservierungsliste und dachte dabei an Bea Winstead. Die Frau hatte vielleicht Nerven, sich bei ihrem Boss über sie zu beschweren! Aber was sollte sie dagegen machen? Sie konnte nur hoffen, dass sie es irgendwann leid war, sich wegen eines Hauses zu streiten, auf das sie keinerlei rechtlichen Anspruch hatte.

»Hallo, Emma!« Vor ihr stand Mrs Fleishman. Sie und ihr Mann waren Stammgäste. Sie kamen immer eine Woche im Juni und wohnten jedes Mal in Zimmer Nummer acht.

»Hi, Mrs Fleishman. Schön, Sie wiederzusehen. Ich schau gleich nach, ob Ihr Tisch schon frei ist.«

»Das eilt nicht, Liebes. Wir werden uns erst einmal einen Drink genehmigen. Aber was ich Sie fragen wollte – sind Sie das?«

Mrs Fleishman schob eine Ausgabe der *New York Post* über den Tresen und tippte auf die Worte »Tochter der Rezeptionschefin des American Hotel in Sag Harbor«.

Damit war sie gemeint. In einem Artikel in der *New York Post*.

Ihr Blick wanderte zu der Titelzeile hinauf: *Erbitterter Streit um das Erbe des Künstlers Henry Wyatt entbrannt.*

Emma überflog den Artikel.

Society-Expertin und Kunstmäzenin Bea Winstead nutzt ihren beträchtlichen Einfluss, um das Testament des verstorbenen Künstlers Henry Wyatt anzufechten, damit sein Werk weiterhin der Öffentlichkeit zugänglich bleibt.

Winstead hat die Kanzlei Smythe, Bonivent, Worth damit beauftragt, rechtliche Schritte gegen das Testament des berühmten Malers und Bildhauers zu prüfen, der sein Haus in den Hamptons und den Großteil seines Werks der

Tochter der Rezeptionschefin des American Hotel in Sag Harbor hinterlassen hat.

Der Journalist beschrieb die Bedeutung von Henrys künstlerischem Werk und deutete an, Emma könnte seine Kunstwerke möglicherweise nach und nach veräußern, anstatt sie Museen zu überlassen. Das fragliche Haus, das Wyatt selbst entworfen habe und ein Kunstwerk für sich sei, sollte in ein der Öffentlichkeit zugängliches Museum umgewandelt werden.

Zum Schluss wurde eine anonyme Quelle mit den Worten zitiert: »Wir ermitteln in alle Richtungen, einschließlich der Möglichkeit, dass es sich bei diesem Testament um eine Fälschung handelt.«

Eine Fälschung? Das war doch absurd! Wer sollte es denn gefälscht haben? Sie etwa?

Als sie aufblickte, sah sie, dass Mrs Fleishman sie anstrahlte, als wäre Emma vom *Time Magazine* zur »Person des Jahres« gekürt und mit einem Titelblatt geehrt worden.

»Ja«, sagte sie knapp und schob ihr die Zeitung hin. »Das bin ich.«

Bea lag im Schlafzimmer ihres alten Freundes und drehte sich in der Dunkelheit unruhig von einer Seite auf die andere. Es herrschte eine vollkommene Stille in diesem Haus an der abgelegenen Straße am Wasser. Sie hätte sich die Geräusche New Yorks im Hintergrund gewünscht, ein hupendes Auto in der Ferne, die Wasserspülung ihres Nachbarn von oben. Irgendetwas, das sie in der Gegenwart verankerte, ihr die Gewissheit gab, mit dieser Erde verbunden zu sein. Henry war fort, aber sie war noch da.

Konzentrier dich auf die Kunst. Das war immer ihr Leitspruch gewesen.

Henrys Stilwechsel ließ ihr keine Ruhe. Warum die Bleistiftzeichnungen? Die Porträts? Sie starrte an die Decke, und je länger sie darüber nachdachte, desto sicherer war sie, dass das des Rätsels Lösung war: Wenn sie herausfand, was hinter dieser letzten Phase seiner Karriere steckte, würde sie auch das Geheimnis um sein Testament lüften können.

Als es endlich hell wurde, stand sie auf und ging nach unten. Sie musste unbedingt mit jemand reden. Leider hatte sie nur Kyle.

Sie klopfte an die Tür des Gästezimmers. Es dauerte einen Moment, bis Kyle öffnete. Er hatte sich in die Bettdecke gewickelt. Sein volles, goldbraunes Haar war verwuschelt, und er sah erschreckend jung aus. *Er muss mich für uralt halten*, schoss es ihr durch den Kopf. Es gab Momente, da konnte sie es sogar in seinen Augen sehen, und dann würde sie ihn am liebsten schütteln und zu ihm sagen: *Warte nur – das dauert nur einen Wimpernschlag lang, und du bist genauso alt!*

»Bea, es ist mitten in der Nacht!« Er kratzte sich am Kopf.

»Nein, es ist helllichter Tag. Ich warte in der Küche auf dich. Ich setz schon mal Kaffee auf.«

Manche Zimmer in diesem Haus erinnerten sie besonders stark an Henry. Die Küche etwa spiegelte exakt seinen persönlichen Geschmack wider: taubengraue

Betonarbeitsflächen, Mittelinseln aus Metall wie in der Gastronomie, eine Spüle aus schwarzem Granit, ultramoderne Barhocker aus Acryl. Ein paar Dinge setzten besondere Akzente, zum Beispiel die verschrammte braune Hamilton-Kaffeemaschine, die dreißig Jahre alt sein musste. Kyle hatte sie nach einem einzigen Blick für unbrauchbar erklärt und einen chromglänzenden Kaffeevollautomaten mit verschiedenen Programmen gekauft (Bea hatte ihn gewarnt, ja nicht mit einer dieser grauenvollen Kapselmaschinen zurückzukommen). Im Küchenschrank fand sie Henrys Sammlung alter Keramikgedecke von Russel Wright.

Sie gab den Pulverkaffee in den Edelstahlbehälter, füllte Wasser ein und drückte auf den Startknopf. Die vielen anderen Tasten ignorierte sie. Wehmütig betrachtete sie die alte Maschine, die nutzlos neben ihrem neuen Nachbarn auf der Arbeitsfläche stand. Sie berührte den beigen Griff der Glaskanne und fragte sich, ob Henry an seinem letzten Morgen in diesem Haus sie wohl benutzt hatte.

»Also, was ist so furchtbar wichtig?« Kyle hatte Cargo-Shorts und ein Kapuzenshirt angezogen. Er nahm zwei Becher aus dem Schrank.

Der Kaffee tropfte blubbernd und zischend in die Glaskanne. Bea war viel zu aufgeregt, um sich hinzusetzen. An die Theke gelehnt sagte sie: »Die Zeichnungen überall in der Stadt sind Hinweise. Sie haben eine Bedeutung.«

Kyle nickte, den Blick auf den Vollautomaten gerichtet. Als der Kaffee fertig war, schenkte er einen Becher für Bea ein und einen für sich. Er nahm einen langen Schluck und sagte dann: »Bea, versteh mich nicht falsch, ich will dir nur helfen, aber ich glaube, das ist Wunschdenken.«

»Kyle, du hast keine Ahnung, wovon du redest! Warum sollte er in den letzten zwölf Monaten oder so Zeichnungen anfertigen und sie dann verschenken? Er hat praktisch damit um sich geworfen!«

»Woher weißt du, dass sie nicht älter sind?«

»Sie sind datiert.«

Kyle dachte darüber nach. Er ging ins Esszimmer hinüber und starrte auf den Tisch, der in gerader Flucht mit dem Infinity Pool auf der anderen Seite der Glaswand stand – beide in vollendeter Symmetrie. Ein faszinierendes Beispiel für großartiges Design. »Was hast du vor?«

»Ich will alle Zeichnungen auftreiben, die noch irgendwo in dieser Stadt sind. Und dafür brauche ich deine Hilfe. Wir werden jeden Winkel durchkämmen!«

Kapitel siebzehn

Als ganz junge Mutter hatte sich Emma nichts sehnlicher gewünscht, als einfach nur zu schlafen. Jetzt wünschte sie sich nichts sehnlicher, als mehr Zeit mit ihrer Tochter verbringen zu können.

Sie vermisste das frühmorgendliche Ritual, wenn Penny als kleines Mädchen zu ihr ins Bett geklettert war, sich fest an sie schmiegte und sofort wieder einschlief, während Emma hellwach war und die wenigen Stunden zählte, die ihr noch blieben, bevor sie zur Arbeit musste.

Jetzt sah sie Penny vor der Arbeit nur noch, wenn sie sie weckte und damit einen Wutanfall des Teenagers riskierte. Aber heute hatte sie keine andere Wahl.

Ihre Mutter hätte ihr vielleicht gesagt, dass die Zeit, wenn das Kind klein war, nicht die schwierigste für den arbeitenden Elternteil sei, auch wenn es sich so anfühlte. In Wirklichkeit genügte irgendein verantwortungsvoller Erwachsener, der das Kind beaufsichtigte. Jahrelang konnte sich Emma auf Celia – und später auf Angus – verlassen und beruhigt zur Arbeit gehen, weil sie Penny versorgt wusste. Der heikle Teil kam, wenn das Kind älter wurde und auf die Highschool ging und die Aufsicht eines Erwachsenen nicht mehr benötigt wurde. Jedenfalls nicht mehr in der gleichen Art wie früher. Jemand sollte ein Auge auf Pennys Freunde, ihre Launen, die allgemeine Umgebungstemperatur ihres Lebens haben. Dieser Jemand sollte Emma sein, aber in letzter Zeit hatte sie das Gefühl, ihren Job nicht besonders gut zu erledigen.

Sie stand vor Pennys Zimmer, klopfte zweimal an und öffnete dann die Tür. »Pen?« Sie trat ans Bett und setzte sich auf die Kante. Penny lag mit angezogenen Knien auf der Seite. Auch wenn sie allmählich wie eine junge Frau aussah, so war ihr Profil im Schlaf, die leichte Schräge ihrer höckrigen Nase, immer noch das eines kleinen Mädchens. Emma erinnerte sich, wie sie zum ersten Mal auf das winzige, knapp drei Kilo schwere Bündel in ihren Armen hinuntergeschaut hatte. Sie hatte ein rosarotes Mützchen aufgehabt, und ihre Augen waren fest geschlossen. Emma hatte nie zuvor eine solche Vollkommenheit gesehen.

Sie berührte Penny an der Schulter, schüttelte sie leicht. »Aufstehen, Pen. Frühstück ist fertig.«

Penny stöhnte und zog sich die Decke über die Ohren. »Ich will nicht in der Historical Society arbeiten! Ich hasse das. Es ist Sommer, und ich hocke den ganzen Tag in einer fensterlosen Kammer und starre auf den Computer. Warum kann ich nicht einfach hierbleiben? Ich werde auch nichts anstellen, versprochen.«

»Darum geht es nicht, Penny. Es ist nicht gut für dich, herumzuhocken und nichts zu tun. Du weißt, dass deine Angstzustände dann schlimmer werden.«

»Für mich ist das Arbeiten dort eine Strafe. Jedenfalls fühlt es sich so an.«

»Das ist keine Strafe. Bei einer gemeinnützigen Organisation mitzuhelfen ist eine wichtige Aufgabe. Jetzt komm schon! Sei positiv. Weißt du noch, was ich dir gesagt habe? Entdecke an jedem Tag etwas, das dich glücklich macht.«

Penny setzte sich auf und zog die Decke über ihre Knie. »Okay, ich weiß, was mich glücklich machen würde. Robin würde gern das Haus sehen. Mindy auch.«

Das Haus? Ach so. Klar, die anderen hatten davon erfahren. Die Leute redeten. Es hatte sogar in der Zeitung gestanden!

»Das geht nicht. Jedenfalls noch nicht.«

Penny verschränkte die Arme. »Warum denn nicht? Es ist unser Haus. Mein Haus. Warum kann ich es meinen Freunden nicht zeigen?«

Emma seufzte. »Penny, ich habe keine Zeit, mir jetzt Gedanken über dieses Haus zu machen.«

»Du hast nie für irgendwas Zeit!« Ihre Augen loderten trotzig.

»Du hast recht, Penny«, erwiderte Emma leise. »Ich hab nie für irgendwas Zeit. Am allerwenigsten für mich selbst. Aber beklage ich mich deswegen? Nein. Und jetzt steh auf. Schluss mit dem Gemecker!«

»Ich hasse dieses Kaff!«, brach es aus Penny hervor. »Ich weiß nicht, warum so viele Leute hierherkommen! Es ist nichts los, man langweilt sich zu Tode. Wie kannst du nur dein ganzes Leben hier wohnen?«

Emma fuhr zurück, als wäre sie geschlagen worden. »Mir gefällt's hier«, stammelte sie. Es war das Erste, was ihr eingefallen war.

»Aber mir nicht!«

Wo kam das jetzt auf einmal her? »Du brauchst eine

Perspektive, Penny. Ich möchte, dass du deinen Job heute gut machst. Denk positiv, dann wird die Arbeit Freude machen, und du wirst dich besser fühlen, glaub mir.«

Es war ein guter Rat, das wusste Emma. Dennoch verdrehte Penny genervt die Augen. *Das wird schon wieder*, dachte Emma. Vielleicht sollte sie ihren eigenen Rat befolgen. Wenn sie daran glaubte, dass Pennys Einstellung sich ändern würde, würden die Dinge sich vielleicht tatsächlich zum Besseren verändern.

Hoffte sie jedenfalls. Sie wusste nicht, was sie sonst noch tun könnte.

Kapitel achtzehn

Penny starrte den Stapel alter Landkarten an, den Angus ihr hingelegt hatte, damit sie sie im Computer erfasste. Das würde Stunden dauern.

Eigentlich war sie froh, dass es kein Fenster im Büro gab. Sonst würde sie ständig daran erinnert werden, was für ein wunderschöner Sommertag das war. Auch wenn ihre Mutter sagte, der Job sei nicht als Strafe gedacht – es fühlte sich aber genauso an, und nur darauf kam es an.

Heute hatte sie wenigstens Gesellschaft in der Verbannung: Sie hatte eine Graphic Novel in ihren Rucksack gesteckt, *Anyas Geist*. Der Roman war schon vor ein paar Jahren erschienen, aber Alexis von der Buchhandlung hatte ihn für sie bestellt. Sie hatte im Internet gelesen, dass Neil Gaiman ihn als »Meisterwerk« bezeichnet hatte, deshalb hatte sie ihn auf ihre Leseliste gesetzt. Und der Inhaltsangabe nach zu urteilen, gehörte er eindeutig zu ihrem Lieblingsgenre Außenseiterliteratur. Obwohl sie zugeben musste, dass sie sich in letzter Zeit nicht mehr ganz so sehr als Außenseiterin fühlte.

Sie durchwühlte ihren Rucksack nach ihrem Handy. Es war zehn Uhr morgens. Was Robin wohl gerade machte? Ob sie überhaupt schon auf war? Sie tippte eine kurze Nachricht und staunte, als postwendend eine Antwort kam.

Starten demnächst zum Strand. Hast du Lust?

Welcher Strand?

Coopers.

Coopers Beach lag in Southampton, eine halbe Stunde mit dem Auto. Es war ein richtig schöner Strand mit einer tollen Imbissbude.

Wie kommt ihr dahin?

Mateos Bruder fährt uns.

Sollte sie?

Es gab allerdings ein nicht zu unterschätzendes Hindernis: Angus. Sie würde sich an ihm vorbeischleichen müssen. Erst einmal draußen, hätte sie nichts mehr zu befürchten, das wusste sie. Gestern hatte er nach seiner kurzen Einweisung nämlich nicht mehr nach ihr geschaut, und als sie, beflügelt von der kleinen weißen Pille, ihren Posten verlassen hatte und nach vorn gegangen war, hatte sie Angus schlafend in einem der antiken Schaukelstühle vorgefunden.

Wenn sie sich unbemerkt aus dem Museum stehlen könnte, würde er gar nicht merken, dass sie nicht mehr da war. Und wenn er irgendwann später auf die Idee käme, nach hinten zu gehen, um sie abzuholen, würde sie ihm eine SMS schicken: Sie sei gerade gegangen, weil sie sich mit einer Freundin in der Main Street zum Essen treffen wolle oder irgendwas in der Art. Wegen ihrer Mutter brauchte sie sich keine Gedanken zu machen: Die musste bis acht Uhr arbeiten und würde nichts von ihrem Ausflug mitkriegen.

Super! Holt mich am BuddhaBerry ab.

Kurz vor der Mittagszeit kam Chris von der Bar herüber und gab Emma ein Zeichen, ihm in den Flur zu folgen.

Sie hatte den ganzen Morgen eine merkwürdige innere Unruhe verspürt, was sie aber auf ihre Unterhaltung mit Penny zurückführte. Doch dann sagte Chris: »An der Bar ist eine Frau, die eine Menge Fragen über dich stellt.«

Ihr erster Gedanke galt Bea Winstead. Doch die hätte sie bemerkt, wäre sie wieder im Hotel aufgetaucht.

»Ich glaube, das ist eine Reporterin«, fuhr Chris fort. »Ich muss Jack Bescheid sagen.«

Emma nickte unbehaglich. Natürlich musste Jack informiert werden. Er war sehr empfindlich, was die Anwesenheit von Presseleuten im Hotel betraf. Die Privatsphäre seiner Gäste ging ihm über alles, und er mochte es nicht, wenn Journalisten herumschnüffelten oder ohne seine Erlaubnis Fotos machten. Er war sehr um eine offene, zwanglose Atmosphäre bemüht, was vor allem die Prominenten unter seinen Gästen, die sich entspannen wollten, ohne von Reportern belästigt zu werden, zu schätzen wussten.

Zurück an der Rezeption musterte Emma die Gäste an der Bar. Die fragliche Person war schnell identifiziert, denn es waren nur drei Frauen anwesend, und zwei davon waren Stammgäste. Die Unbekannte war schätzungsweise in Emmas Alter. Als hätte sie Emmas Blick gespürt, drehte sie sich um und sah sie direkt an. Dann stand sie auf und kam zur Rezeption.

»Emma Mapson?«

»Ja. Was kann ich für Sie tun?«

»Mein Name ist Micki Leder, ich arbeite für den

Observer. Ich schreibe einen Artikel über den Kampf um Henry Wyatts Erbe.«

Eine einzige verwöhnte, dominante Frau, die sich beschwerte, konnte man wohl kaum als »Kampf« bezeichnen. Dennoch rechnete Emma jeden Abend damit, wenn sie ihre Post durchsah, ein Schreiben von Bea Winsteads Anwälten vorzufinden. Sie fragte sich, wie lange es dauern würde, bis die nächste Hiobsbotschaft eintraf.

Doch das alles behielt sie für sich. Sie würde sich nicht dazu verleiten lassen, ihre Sicht der Dinge zu schildern.

Und so sagte sie nur: »Kein Kommentar.«

Das Telefon klingelte.

»Emma, ich bin's, Jack. Komm bitte kurz in mein Büro.«

Ohne ein weiteres Wort drehte sie sich um und schlüpfte durch die Tür hinter dem Empfangstresen hinaus.

Chris verließ gerade mit ernster Miene Jacks Büro.

»Du hast recht gehabt«, sagte Emma.

»Ja, ich weiß. Sie ist anscheinend nicht die Einzige, die hier herumschnüffelt.«

»Im Ernst?«

Chris nickte zum Büro hin. »Frag Jack.«

Als Emma eintrat, war Jack damit beschäftigt, eine Kiste Zigarren auszupacken, die an der Rezeption in einer Glasvitrine aufbewahrt und verkauft wurden.

»Emma, leg die bitte in die Vitrine, bevor du gehst«, sagte er und reichte ihr eine Kiste mit San Lotano Churchills.

»Bevor ich gehe?«, wiederholte sie verständnislos.

Er nickte, klappte eine Kiste Ashton Très Mystique auf, nahm eine Zigarre heraus und wickelte sie aus dem Zellophan.

»Ich werde von Reportern belagert, sie rufen mich sogar auf meinem privaten Handy an. Ich kann sie ignorieren, aber solange du an der Rezeption stehst, werden sie hier aufkreuzen und keine Ruhe geben.«

Ihr Magen verkrampfte sich.

»Jack, das tut mir so leid! Ich verstehe gar nicht, warum diese Geschichte für die Leute so wichtig ist.«

»Ich hoffe, dass bald Gras über die Sache gewachsen ist.«

Sie nickte und versuchte, gegen die aufsteigende Panik anzukämpfen. In den über zwölf Jahren, die sie im Hotel arbeitete, hatte sie nie auch nur einen einzigen Tag gefehlt. Ihren Arbeitsplatz mitten in ihrer Schicht zu verlassen kam ihr wie ein Eingeständnis vor, versagt zu haben. Undenkbar, einen weiteren Arbeitstag zu fehlen! Egal ob bezahlt oder nicht – das war einfach nicht gut.

»Das mit heute verstehe ich ja, aber mehr wäre übertrieben, finde ich.«

Jack klopfte jetzt nachdenklich mit einem Stift auf die Schreibtischplatte. »Cheryl Meister hat mir erzählt, sie hätte dich morgen zum Treffen des Auktionskomitees eingeladen.«

Das hatte Emma vollkommen vergessen.

»Du solltest hingehen. Mithelfen. Das ist für einen guten Zweck.«

Emma schluckte mühsam. Das war's dann wohl. Er wollte sie nicht im Hotel haben. »Okay. Nur damit du's weißt – ich werde nicht mit der Presse reden, es wird keine Story geben. Das kommt alles wieder in Ordnung.«

Jack sah sie mit seinen scharfen blauen Augen an. »Ich hoffe, du behältst recht.«

Kapitel neunzehn

Bea und Kyle hatten sich aufgeteilt, um Jagd nach Henrys Zeichnungen zu machen. Beas erste Anlaufstelle war die Sag Harbor Historical Society, 174 Main Street.

Sie ging den Kiesweg hinauf und blieb einen Moment stehen, um die große Glocke auf der einen Seite des Wegs zu bewundern. Auf einer kleinen Tafel darunter stand: HISTORISCHE GLOCKE: UNION FREE SCHOOL, 1871. Sie bückte sich und klopfte an das alte Metall.

Dann ging sie weiter. Stufen führten zu einer dunklen Veranda hinauf. Das Haus mit seinen Holzschindeln und der abblätternden Farbe und den Staubschichten überall schien ein Relikt aus einer längst vergangenen Zeit zu sein. Wie aufregend!

»Willkommen! Nur hereinspaziert!«, donnerte eine dröhnende Stimme, als die Tür aufging. Die Decke war niedrig, die Beleuchtung schummrig. Es dauerte einen Moment, bis Beas Augen sich an das Dämmerlicht gewöhnt hatten, und es dauerte noch ein paar Sekunden länger, bis sie den Mann vor ihr, der ihr irgendwie bekannt vorkam, untergebracht hatte. Dann fiel es ihr wieder ein: Sie hatte ihn in Henrys Haus gesehen!

»*Sie?*« Sie machte ein paar Schritte, blieb vor einem Kamin stehen, verschränkte die Arme und sah den Mann an. »Was ist das hier? Seid ihr so eine Art Geheimbund?«

»Ich freue mich auch, Sie wiederzusehen, Ms Winstead«, erwiderte der Mann belustigt.

»Ich wünschte, ich könnte das Gleiche sagen. Wer sind Sie eigentlich?«

»Angus Sinclair. Wir sind uns noch nicht vorgestellt worden. Ich kümmere mich um die alltäglichen Belange hier in der Historical Society und im Walfangmuseum. Und was führt Sie heute Morgen hierher?«

»Das wüssten Sie gern, was?«, fauchte sie. »Da Sie mit *dieser Frau* in *meinem* Haus waren, gehe ich davon aus, dass Sie an diesem versuchten Betrug beteiligt sind.«

Er lächelte, was sie wütend machte, und schüttelte den Kopf. »Ich weiß nichts von einem Betrug, Ms Winstead. Aber Emma Mapson hat mich vor ein paar Jahren, als meine Frau starb, bei sich aufgenommen, daher weiß ich über die Ereignisse der jüngsten Zeit Bescheid. Wenn mich das zu einem Komplizen der Situation macht, dann bekenne ich mich schuldig im Sinne der Anklage.«

Diese Leute haben wirklich auf alles eine Antwort, dachte Bea. Sie wollte schon zur Tür stürmen, überlegte es sich dann jedoch anders. Wenn dieser Mann ein guter Bekannter von Emma Mapson war, musste er auch Henry gekannt haben. Und wenn er Henry gekannt hatte, standen die Chancen nicht schlecht, dass Zeichnungen von ihm in diesem Haus hingen.

Sie schlenderte umher und ließ ihre Blicke über die eigenwillige Zusammenstellung von Nippes und Dekorationsstücken wandern. Jeder andere hätte das meiste für wertlosen Trödel gehalten, aber Bea hatte ein geschultes Auge und erkannte Kostbarkeiten, wenn sie sie sah.

»Ist das ein Dominy-Stuhl?«, fragte sie.

Mr Sinclair nickte. »Ganz recht. Und das in der Ecke dort ist ein original Tinker-Stuhl von 1850.«

»Ich kenne mich nicht aus mit Tinker-Möbeln.«

»Nein?«

Wieso schien ihn das so zu überraschen? »Nein. Ich bin im Kunstgeschäft, nicht im Möbelhandel.«

»Nathan Tinker hat 1824 das ursprüngliche Backsteinhaus gebaut, in dem sich heute das American Hotel befindet. Er war nicht nur Möbelgroßhändler, sondern auch Möbelschreiner. Er wohnte im oberen Stock des Gebäudes, und seine Werkstatt und den Laden hatte er im Erdgeschoss eingerichtet.«

Bea biss an, widerwillig zwar, aber sie liebte nun einmal alles, was mit Geschichte zusammenhing. Im Lauf der Jahre hatte ihr Selbstwertgefühl viele Male gelitten, weil sie keinen Collegeabschluss hatte, und deshalb ergriff sie jede sich bietende Gelegenheit, etwas zu lernen.

»Und wann hat er das Hotel eröffnet?«

Mr Sinclair zog den Tinker-Stuhl heran, stellte ihn seinem Schaukelstuhl gegenüber, forderte Bea mit einer Handbewegung auf, Platz zu nehmen, und setzte sich selbst auch. Einer der Vorteile, wenn man mit Gleichaltrigen zusammen war, sinnierte sie, war, dass sie die körperlichen Grenzen besser einzuschätzen wussten.

»In den 1840er-Jahren betrieb er eine Pension für Männer, die auf den Walfangschiffen arbeiteten«, erzählte Angus. »Das American Hotel, wie wir es heute kennen, kam erst später. 1877 zerstörte ein Feuer fast alle Häuser in der Stadt, nur dem Tinker-Haus konnte es nichts anhaben, weil es aus Backstein gebaut war. Nathan Tinker lebte da schon nicht mehr. Sein Sohn wollte das Haus nicht mehr haben und verkaufte es an einen gewissen Addison Youngs und dessen Schwiegervater, Captain William Freeman, für die stolze Summe von zweitausend Dollar. Die beiden beschlossen, ein Gasthaus daraus zu machen: The American Hotel.«

Bea schüttelte den Kopf. »Unglaublich. Für zweitausend Dollar. Heute kriegt man dafür was – ein Zimmer für eine Woche?«

»Nun, Youngs und Freeman nahmen bei Riverhead Savings and Loan ein Darlehen über weitere zweitausend Dollar auf. Die Unterlagen werden hier in den Archiven aufbewahrt. Und dann machten sich die beiden daran, Gas- und Stromleitungen und Innentoiletten zu installieren.«

»Wie viel ist das Hotel heute wohl wert, was meinen Sie?« Der Gedanke, es zu kaufen, schoss ihr durch den Kopf. *Nimm das, Jack Blake!* Dann könnte sie Emma Mapson selbst feuern.

Mr Sinclair schüttelte den Kopf. »Das werden wir nie erfahren. Jedenfalls nicht, solange Jack Blake am Leben ist. Als er das Haus 1972 kaufte, war es völlig heruntergekommen. Alles, was Sie heute sehen, ist Jacks Werk. Seine Vision. Sein Baby.«

Jack und sein Baby interessierten sie herzlich wenig. Sie musste sich um ihr eigenes Baby kümmern. Sie erhob sich schwerfällig, bog den Rücken durch und ging langsam durch den Raum.

»Ich bin auf der Suche nach Zeichnungen von Henry

Wyatt. Ich habe erfahren, dass er in den letzten Monaten einige verschenkt hat. Ihr kleiner Verein hier ist nicht zufällig in den Genuss seiner Großzügigkeit gekommen?«

»Henry hat uns im Lauf der Jahre tatsächlich das eine oder andere seiner Werke überlassen.«

»Wunderbar! Ich würde sie gern sehen. Wo sind sie denn?« Sie versuchte vergeblich, sich ihre Ungeduld nicht anmerken zu lassen.

»Nicht hier.«

»Und warum nicht? Ich denke, die Historical Society ist ein Museum, oder nicht?«

»Ja, aber alle Mitarbeiter hier sind Ehrenamtliche, wir haben nicht die Sicherheitseinrichtungen, um echte Henry Wyatts hier aufzubewahren.«

»Und wo sind sie dann?«

»In der Bücherei. Direkt gegenüber.«

»Sehr schön.« Sie wandte sich zum Gehen.

»Ms Winstead? Eine Sache noch. Wir sind ein gemeinnütziger Verein, eine Spende ist immer willkommen.«

Bea zog die Brauen hoch.

»Diese Unterhaltung war erstaunlich angenehm, Mr Sinclair. Wir wollen es nicht übertreiben.«

Nachdem Emma das Hotel verlassen hatte, war ihr erster Impuls, sich zu Hause zu verstecken. Wer weiß, wo diese Reporter überall herumschnüffeln würden. Doch kaum hatte sie das Haus betreten, dachte sie: Warum nicht das Beste aus dieser Situation machen? Sie hatte einen freien Nachmittag – zwei freie Nachmittage. Sie würde Penny überraschen und mit ihr zum Strand fahren.

Sie packte Badesachen und Handtücher in eine Tasche und nahm im Golden Pear Sandwiches für ein Picknick mit. Einen Augenblick dachte sie daran, Angus eine SMS zu schreiben, dass sie auf dem Weg zu ihm war, aber sie wollte nicht riskieren, dass er die Überraschung verdarb. Sie konnte es kaum erwarten, Pennys Gesicht zu sehen!

Emmas Freude bekam jedoch einen gewaltigen Dämpfer, als sie um die Ecke bog und Bea Winstead aus dem Annie Cooper Boyd House treten sah.

Bea erblickte sie im gleichen Moment.

Emma straffte sich. Eigentlich traf es sich ganz gut, dass sie dem alten Drachen begegnete.

»Sie werden mich nicht durch irgendwelche Zeitungsartikel einschüchtern, das sage ich Ihnen!«

»Es geht nicht ums Einschüchtern, meine Liebe. Aber man sollte die öffentliche Meinung nicht unterschätzen.«

»Wen interessiert es, was irgendwelche Klatschmäuler in New York denken! Das Haus steht in *dieser* Stadt, und in *dieser* Stadt wird kein Mensch Partei für Sie ergreifen. Niemand glaubt Ihnen auch nur ein einziges Wort!«

»Was kümmern mich die engstirnigen Spießer in diesem Hinterwäldlerkaff!«

»Wenn Sie so über diese Stadt denken, warum ist Ihnen das Haus dann so wichtig? Sie sind reich, das ist bekannt. Sie haben alles! Warum lassen Sie die Angelegenheit nicht auf sich beruhen?«

»Es geht mir nicht ums Geld. Es geht um Recht und Unrecht. Mir jedenfalls. Für Sie spielt das offensichtlich keine Rolle.« Bea lächelte ihr freundlich zu und überquerte dann die Straße.

Emma sah ihr kopfschüttelnd nach. Aber sie beschloss, sich von dieser Person nicht den Tag verderben zu lassen.

Im Museum stand Angus mit einem jungen Paar vor dem Porträt von Dr. Miles und spulte seinen Vortrag herunter. Emma wollte ihn nicht stören. Sie schlüpfte an den dreien vorbei nach hinten.

»Penny?« Sie stieg über einen Karton voller Bücher, der vor der geschlossenen Tür zum Büro stand. Sie klopfte an. Als niemand antwortete, öffnete sie die Tür. Das Licht brannte, der Computer war eingeschaltet, aber Penny war nicht da. Auch ihr Rucksack fehlte.

Vielleicht hätte sie ihr doch kurz Bescheid sagen sollen. Sie war bestimmt etwas essen gegangen.

Emma beschloss zu warten, bis sie zurückkam.

Kapitel zwanzig

»Jetzt mach schon, Penny! Wir sind am Verhungern!«, rief Mindy ihr von ihrem Strandtuch aus zu. Sie trug einen schwarzen Bikini, dessen Oberteil einen Goldring zwischen den Brüsten hatte. Sie hatte Penny einen ihrer Badeanzüge geliehen. »Von letztem Jahr«, hatte sie gemeint und ihn Penny zugeworfen, als diese hinten in Nicks Jeep geklettert war. Zum Glück war es ein Einteiler.

»Komme gleich«, rief Penny zurück.

Sie stand am Rand des Meeres, das warme Salzwasser umspülte ihre Füße. Es war viel los am Strand, aber das Rauschen des Ozeans übertönte den Lärm der Menschen. Eine Brise streifte sie, und sie atmete tief ein. Sie wartete darauf, dass sich ein Glücksgefühl einstellte, doch stattdessen war sie unruhig und nervös. Kam das daher, dass sie sich heimlich aus dem Staub gemacht hatte? Hör auf, dich zu sorgen, sagte sie sich. Kämpf dagegen an. Es ist alles okay, Mom wird nichts davon erfahren.

Das Wasser war perfekt, aber sie brachte es nicht über sich hineinzugehen. Noch nicht. Eine Welle spülte über ihre Zehen. Sie zählte: *zwei … drei … vier …* Das Wasser zog sich zurück, bevor sie bei zehn angelangt war. Sie wartete auf die nächste Welle. *Fünf … sechs …* Fast geschafft. Aber das Wasser berührte nur die Spitze ihres großen Zehs. *Eins … zwei …*

Die Fahrt nach Southampton war für sie eine Kostprobe purer Freiheit gewesen. Nick Alcaldo fuhr schnell, stellte die Musik laut und warf seinem Bruder erschreckend lässig ein Päckchen Zigaretten zu. Mateo, der vor ihr saß, drehte sich um und bot ihr eine an.

»Nicht für mich«, sagte sie.

Mindy verdrehte die Augen. »Herrje, du wirfst eine Pille nach der anderen ein, aber rauchen tust du nicht? Ich glaub's ja nicht!« Sie zündete sich eine an.

Eine Pille nach der anderen? Das klang, als ob sie süchtig wäre, und das war sie nicht. Sie hatte nur ein paarmal eine genommen und würde es nicht wieder tun. Jedenfalls nicht so bald. Und schon gar nicht, wenn Mindy es ihr derart gehässig unter die Nase rieb. Doch dann sagte Mateo, es sei gut, dass sie nicht rauche, sie sei viel zu hübsch, und das nahm dem Stachel von Mindys Gemeinheit die schmerzhafte Spitze.

Mateo sprach an diesem Tag kein einziges weiteres Wort mit ihr, aber seine Bemerkung ging ihr nicht mehr aus dem Kopf. Sie strahlte in ihrem Inneren so hell und warm wie die Sonne.

Hübsch.

Das Wasser zog sich zurück, die nächste Welle rollte heran. Sie war bei neun. Fast geschafft! Sie konnte Mindys und Robins Ungeduld förmlich spüren, ihre negative Energie war so greifbar wie der nasse Sand unter ihren Füßen. Sie würden sie hier zurücklassen und ohne sie essen gehen. Sie wusste es, aber sie konnte nichts dagegen machen. Das Wasser verfehlte ihre Zehen.

Eins … zwei … drei …

Mateo hielt sie also für hübsch? Das lag nur an dem geborgten Badeanzug und weil sie mit ihrer ehemaligen besten Freundin zusammen war – deshalb sah sie wie eine von ihnen aus. Aber sie passte nicht wirklich dazu. Und falls sie es doch einmal für eine einzige Minute vergaß, war ihre Zwangsstörung sofort zur Stelle, um sie wieder daran zu erinnern.

Vier … fünf … sechs …

Es war Spätnachmittag, die Hitze hatte sich wie eine Decke über den hinteren Teil des Gartens gelegt. Emma stellte den Wassereimer ab und kniete sich vor ihre tiefgelbe Teehybride der Sorte Celebrity, ihre Lieblingsrose. Ihr Gelb wurde manchmal von einer wunderschönen zarten Röte angehaucht. Die üppigen Blüten hatten samtige Blätter und verströmten einen herrlich fruchtigen Duft.

Doch das alles tröstete sie im Moment überhaupt nicht.

Seit Stunden schwankte sie zwischen Panik und Wut. Als sie bei der Polizei angerufen hatte, versuchte Jim DiMartino sie zu beruhigen: Das sei nicht das erste Mal, dass ein Teenager an einem schönen Sommertag vermisst werde. »Wenn Penny bei Einbruch der Dunkelheit noch nicht zurück ist, rufen Sie mich noch mal an. Auf dem Handy.« Es wurde erst nach acht dunkel. So lange konnte sie nicht warten.

Emma setzte sich ins Auto und klapperte alle Strände ab. Die beliebtesten in East Hampton und Southampton waren so überfüllt, dass die Suche der nach der berühmten Stecknadel im Heuhaufen glich. Normalerweise stach

Pennys Lockenkopf aus der Menge hervor, aber heute hatte Emma kein Glück: Sie konnte sie nirgends entdecken. Sie warf einen Blick in jede Imbissbude, ging dann ans Wasser hinunter. Sie war sicher, dass sie Penny verpassen würde. Konnte gar nicht anders sein. Murphys Gesetz: Was schiefgehen konnte, ging auch schief.

Emma schnitt eine Rose, stellte den Stängel in den Wassereimer und brach in Tränen aus. Dann hörte sie vor dem Haus eine Autotür zuschlagen. Sie sprang auf, lief ums Haus herum und sah gerade noch, wie ein Jeep von der Einfahrt in die Straße einbog und davonbrauste. Penny stand da wie versteinert und guckte ihre Mutter groß an.

»Wo zum Teufel warst du denn?«, schrie Emma. »Hast du eine Ahnung, was für Sorgen ich mir gemacht habe?«

Penny ging wortlos an ihr vorbei und ins Haus. Nicht zu fassen!

Emma lief ihr nach und erwischte sie unten an der Treppe am Arm, bevor sie nach oben und in ihr Zimmer sprinten konnte. »Nicht so schnell, junge Dame! Setz dich.« Sie zeigte auf das Sofa.

Mittlerweile war Angus gekommen, und Emma, die vor Wut am ganzen Körper zitterte, war froh über die Unterstützung. Sie wechselte einen raschen Blick mit Angus. Beide setzten sich Penny gegenüber.

Eine Weile sagte keiner etwas. Es war Penny, die das angespannte Schweigen zuerst brach. »Flipp bitte nicht aus, okay? Ich war am Strand.«

»Du bist einfach weggelaufen? Ohne Angus Bescheid zu sagen? Ohne mir eine Nachricht zu schicken oder kurz anzurufen? Was hast du dir dabei gedacht?«

»Wieso bist du überhaupt schon da?«

»Ich bin früher von der Arbeit weg. Ich wollte dich abholen, damit wir zusammen an den Strand gehen.« Je länger sie darüber nachdachte, desto wütender wurde sie. Mutter sein war ein unglaublich undankbarer Job! Dabei hatte sie nicht einmal Dank erwartet. Das hier allerdings hatte sie auch nicht erwartet.

Penny wirkte völlig unbeeindruckt. »Ich hab Durst.« Sie sprang auf und ging in die Küche.

Emma sah Angus hilfesuchend an. Er machte eine Kopfbewegung Richtung Küche.

Penny durchstöberte den Kühlschrank und drehte sich auch nicht um, als Emma hereinkam.

»Du schuldest mir eine Erklärung, Penny. Und du wirst bestraft werden, das ist dir hoffentlich klar.«

Penny knallte die Kühlschranktür zu und fuhr herum. Sie hatte Tränen in den Augen. »Ich hasse dich! Ich hasse diese Stadt, ich hasse mein Leben!«

Sie rannte nach oben. Sekunden später schlug die Tür zu ihrem Zimmer mit einem lauten Knall zu. Eine Hand an die Stirn gepresst stand Emma da und fing an zu weinen.

Angus stand im Türrahmen. »Das ist die Pubertät«, sagte er tröstend.

»Ich wünschte, ich könnte das glauben«, schluchzte Emma. »Es tut mir so leid, Angus. So hast du es dir bestimmt nicht vorgestellt, als du hier eingezogen bist.«

»Alles gut, Emma.«

»Ich werde sie morgen nicht ins Museum schicken. Ich kann unmöglich von dir verlangen, die Verantwortung zu übernehmen, wenn sie sich so aufführt.«

»Emma, mach dir keine Gedanken um mich. Geh und red mit ihr.«

Emma schlang fröstelnd die Arme um sich. »Ich kann nicht. Ich bin viel zu aufgewühlt. Wir würden uns nur anschreien.«

»Dann mach ihr wenigstens klar, dass ihr Benehmen inakzeptabel ist.«

Emma sah ihn an. »Du hast recht. Ich werde sie zu Hausarrest verdonnern.« Vielleicht erwies sich der freie Tag morgen wider Erwarten als Glücksfall. »Ich muss gegen elf zu diesem Treffen des Auktionskomitees. Meinst du, du könntest hierbleiben, bis ich zurück bin?«

»Aber sicher, kein Problem. Im Museum ist unter der Woche nicht viel los. Und es warten noch einige Kreuzworträtsel auf mich. Seit Memorial Day hab ich nicht ein einziges gelöst.«

Emma lächelte ihn dankbar an. »Celia würde alles im Nu in Ordnung bringen, wenn sie hier wäre.«

»Ja, ganz bestimmt. Sie würde das Mädchen im Handumdrehen in ein Lämmchen verwandeln.«

»Angus, ist das alles meine Schuld? Hab ich Mist gebaut?«

»Wenn ich daran denke, wie ich mit vierzehn war …« Er stieß einen leisen Pfiff aus. »Das Kind ist ein Engel!«

»Das kann ich mir beim besten Willen nicht vorstellen!«

Er lächelte und nahm eine Pizza aus der Tiefkühltruhe. »Tja, schätze, du hast keine andere Wahl, als mir zu glauben. Und jetzt geh und lies dem Mädchen die Leviten! Lehr sie das Fürchten!«

»Angus, die Einzige, die sich fürchtet, bin ich. Und ich hab nicht das Gefühl, dass mich meine Angst so bald wieder verlassen wird.«

Bea schlenderte zum Rand der privaten Anlegestelle von Henrys Villa. Im Gras summten und zirpten nächtliche Insekten.

Sie staunte immer wieder über all die Sterne am Nachthimmel, wenn die Lichter Manhattans sie nicht überstrahlten. Orte, die bei Tage nicht sonderlich beeindruckend waren, verwandelten sich bei Nacht in majestätische Kulissen. Sie musste widerstrebend zugeben, dass das auch für den Hafen auf der anderen Seite der Bucht galt.

Doch die natürliche Schönheit der Stadt erklärte Henrys Beweggründe nicht annähernd. In all den Jahren, seit er Manhattan verlassen hatte, hatte sie die Hoffnung nie aufgegeben, dass er des Landlebens überdrüssig werden und nach New York zurückkehren würde. Aber ihre Frustration über seinen Wegzug und seine Entscheidung, mit dem Malen aufzuhören, war nichts im Vergleich zu der Bestürzung über sein Testament.

Die Nachforschungen nach seinen Zeichnungen waren bisher erfolglos geblieben. Nach dem Besuch im Museum war Bea entmutigt erst einmal nach Hause gegangen und hatte sich hingelegt, bevor sie sich die Bücherei vornahm. Was Kyle betraf, so schien er im Wesentlichen damit beschäftigt, seine Bräune zu pflegen. Zum Abendessen kam er zurück und plapperte irgendwelchen Unsinn über Boote.

»Glaubst du, du findest Henrys Zeichnungen im Jachthafen?«, hatte sie ihn gefragt.

Vielleicht hätte sie ihn gehen lassen sollen, als er es gewollt hatte. Jetzt taugte er nicht mehr als Assistent.

Ihr Handy klingelte. Sie kannte die Nummer: ihr Anwalt. »So spät noch im Büro, Richard? Ich hoffe, du hast gute Nachrichten für mich.«

Er hielt sich nicht mit einer langen Vorrede auf. »Bea, hast du den Reportern von der *Post* diese Informationen für ihre Klatschspalte zugespielt?«

»Ich habe ihnen gar nichts zugespielt, ich habe ihnen ehrliche Antworten auf ihre Fragen gegeben.«

»Ich wünschte, du hättest unsere Kanzlei aus dem Spiel gelassen. Das Telefon steht nicht mehr still. Und offen gesagt, Bea, scheint Wyatts Testament völlig legal zu sein. Es gibt keinerlei Hinweise auf eine eingeschränkte Zurechnungsfähigkeit. Und selbst wenn es Zweifel gäbe, hast du nicht den rechtlichen Status, das Testament anzufechten.«

»Natürlich habe ich ein Recht, es anzufechten!«

»Das ist keine Frage des Rechts, sondern des Gesetzes. Du bist weder mit ihm verwandt, noch warst du jemals mit ihm verheiratet, und es gibt keinen Hinweis auf ein früheres Testament, in welchem er dich als Erbin eingesetzt hätte.«

Bea spürte, wie sie zu zittern begann. »Jahrzehntelang habe ich deine satten Honorare bezahlt, und das ist alles, was ich von dir zu hören bekomme? Du bist es gar nicht wert, in der Klatschspalte erwähnt zu werden!« Sie beendete das Telefonat und musste sich beherrschen, um das Handy nicht ins Wasser zu schleudern.

Ihr Anwalt wollte also wegen einer reinen Formsache aufgeben? Vermutlich rutschte man irgendwann ins Kleinkarierte ab, wenn man seine Arbeit stundenweise berechnete. Glücklicherweise war sie nie den Beschränkungen von gewöhnlicher Arbeit und gewöhnlichem Denken unterworfen gewesen.

Die Versuchung, Henrys Handlungsweise mit einer Form von Demenz zu begründen, war groß. Aber Bea konnte es nicht ausstehen, wenn ein älterer Mensch etwas Untypisches oder Ärgerliches tat und alle sagten, dass er wohl so langsam verkalke. Das war eine herablassende und bequeme Sichtweise. Nein, so tief würde sie nicht sinken. Das mochte ein Ansatz für eine Klage sein, aber es war nicht Beas Meinung. Das Haus interessierte sie im Grunde weniger als die Wahrheit über ihren ältesten Freund, den Mann, dem sie das Wichtigste in ihrem Leben zu verdanken hatte: ihre Karriere. In ihrem tiefsten Inneren wusste sie, dass es einen Grund dafür gab, dass er gegen Ende seines Lebens seine Werke verschenkt hatte. Möglicherweise gab es auch einen Grund für dieses unselige Testament. Was es allerdings nicht rechtfertigte und auch nicht hieß, dass sie es kampflos hinnehmen würde. Aber sie musste es verstehen.

Irgendwo auf ihrer gemeinsamen Reise war ihr etwas entgangen. Und sie war fest entschlossen herauszufinden, was das war.

Kapitel einundzwanzig

Das laute Klicken, als die Zimmertür geöffnet wurde, weckte Penny.

»Du wirst das Haus heute nicht verlassen«, sagte ihre Mutter, die an der Tür stehen geblieben war. »Hast du mich verstanden?«

»Ja«, nuschelte Penny.

Die Sonne guckte durch die Vorhänge. Pennys Anblick brach Emma fast das Herz. Ihre Augen waren ganz verquollen, weil sie sich in den Schlaf geweint hatte. Penny selbst hatte vor ihrem inneren Auge wieder und wieder die Szene abgespult, wie sie eine Stunde lang am Rand des Wassers gestanden hatte, unfähig, sich zu bewegen, weil ihre Zwangsneurose sie fest im Griff hatte. Als sie sich endlich entspannen konnte und zu Mindy, Robin und den beiden Jungs zurückkehrte, schlug ihr eisiges Schweigen entgegen. Nur Robin hatte ihr zugeflüstert: »Hör endlich auf, dich wie eine Irre zu benehmen! Warum machst du denn so was?«

»Ich muss zu einer Besprechung, ich bin bald wieder da«, sagte ihre Mutter jetzt und fügte hinzu: »Ich bin wirklich enttäuscht von dir, Penny.«

Penny spürte, wie ihr erneut die Tränen kamen. Sie zog sich die Decke über den Kopf. Tat es ihr leid, dass sie ihrer Mutter solche Sorgen gemacht hatte? Ja. Aber ihre

Mutter begriff nicht, wie verzweifelt sie war. Wie dringend sie eine Ablenkung brauchte.

Was hatte sie letzten Sommer gemacht? Eine ganze Menge Zeit mit Mr Wyatt verbracht. Beim Zeichnen dachte sie an nichts. Ihr Kopf war leer. Manchmal war sie nervös gewesen, wenn sie ihm ein fertiges Bild zeigen wollte, aber sie war so oft gelobt worden, dass es das wert gewesen war. Nichts gab ihr ein besseres Gefühl als seine Anerkennung. Aber Henry war tot, und wenn sie jetzt zum Bleistift griff, fragte sie sich: Wozu denn noch? Sicher, sie hatte auch schon vor ihrer Begegnung mit ihm gezeichnet. Aber erst durch ihn war das Zeichnen etwas ganz Besonderes geworden. Und nun würde sie ihre Graphic Novel nie beenden.

Es war Henrys Idee gewesen, dass jeder von ihnen eine schreiben sollte. Als sie ihm *Coraline* und *Das Graveyard-Buch* mitgebracht hatte, war es sein Vorschlag gewesen, in der Bücherei nachzusehen, ob sie dort nicht noch mehr solche Bücher hatten.

»Sie haben einen ganzen Haufen, aber die hab ich alle schon gelesen«, hatte Penny erwidert.

»Aber ich nicht, also tu mir den Gefallen.«

Sie setzten sich an einen Tisch unweit der Ausleihtheke. Henry legte seinen kleinen Zeichenblock vor sich hin, starrte das leere Blatt einen Augenblick an und begann dann zu zeichnen. Penny schaute zu, wie das Bild langsam Gestalt annahm. Es war die Bar im Hotel.

»Ich werde meine eigene illustrierte Geschichte zu Papier bringen, Penny.«

»Du meinst, eine Graphic Novel?«

»Dieser Begriff ergibt für mich keinen Sinn, das weißt du ja. Aber ich denke, du solltest auch eine illustrierte Geschichte erfinden, Penny. Wir machen das zusammen.«

»Ich? Ich weiß doch gar nicht, wie das geht.«

»Keiner weiß, wie etwas geht. Bis er es macht.«

Sie hatte ihm geglaubt. Er hatte ihr das Gefühl gegeben, dass alles möglich war. Jetzt war ihre Welt geschrumpft und so klein wie vorher.

Als sie sicher war, dass ihre Mutter das Haus verlassen hatte, quälte sich Penny aus dem Bett und schlurfte in die Küche. Hoffentlich war noch was von ihrem Cap'n-Crunch-Müsli da. Sie hatte es bei Schiavoni's gekauft, ins Haus geschmuggelt und im Küchenschrank hinter den Gewürzen und anderen Kochzutaten, die ihre Mutter nie benutzte, versteckt. Sie ging sehr sparsam mit dem süßen Müsli um, weil sie nicht wusste, wann sie sich das nächste Mal wieder welches leisten konnte. Sie konnte es kaum erwarten, bis sie alt genug war, um sich einen richtigen Job zu suchen. Dann würde sie endlich essen können, was sie wollte, kommen und gehen können, wann sie wollte. Vierzehn war ein blödes Alter – zu jung zum Geldverdienen, aber nicht jung genug, um ungeschoren mit Nichtstun davonzukommen.

»Guten Morgen«, sagte Angus und blickte von seinem Kreuzworträtsel auf.

Penny schüttete den letzten Rest Müsli in eine Schale und ertränkte die Flocken in reichlich Milch.

»Penny, du weißt doch, dass deine Mutter nicht will, dass du dieses ungesunde Zeug isst. Ich mach dir ein paar Eier.«

Es läutete an der Haustür. Rettung in letzter Sekunde! »Ich geh schon«, sagte Penny und nahm die Schüssel mit. Auf dem Weg zur Tür schaufelte sie sich hastig das Müsli in den Mund. »Wer ist da?«, fragte sie, während sie gleichzeitig durch den Spion guckte. Die Antwort auf ihre Frage erübrigte sich.

Sie konnte es nicht fassen.

Sie stellte die Schale auf den Fußboden, entriegelte die Tür und riss sie auf.

»Dad?«

»Hallo, Kleines!«, sagte ihr Vater.

Das war doch nicht möglich! Das war tatsächlich ihr Vater, der da vor ihr stand. Sie konnte sich kaum noch an ihr letztes Telefonat mit ihm erinnern, so lange war das her. Das Komische aber war, dass die alte Vertrautheit sich augenblicklich einstellte, egal wie lange sie sich nicht gesehen hatten. Diese Verbundenheit rührte zum Teil daher, dass sie ihm viel ähnlicher sah als ihrer Mutter. Sie hatte seine Größe, seine dunklen Augen, seine dunklen Locken, auch wenn seine Schläfen inzwischen leicht ergraut waren. Nur seine Hautfarbe war dunkler als ihre – das kam von seiner italienischen Abstammung. Und dank der tiefen Bräune war sie jetzt noch einige Nuancen dunkler.

Penny warf sich in seine Arme.

Er lachte, und sie klammerte sich eine Weile an ihn, während die Vormittagssonne ihr aufs Genick schien.

»Was machst du denn hier?«, fragte sie, als sie sich von ihm gelöst hatte.

Er ging ins Haus, schaute sich um. Dann lächelte er

sie an und sagte: »Du bist ganz schön groß geworden. Ist deine Mom da?«

Penny schüttelte den Kopf. »Das ist echt irre! Was machst du hier?«, fragte sie noch einmal.

»Ich hatte geschäftlich in East Hampton zu tun.«

»Hast du eine Rolle bekommen?«

»Äh, nein, ich produziere ein Stück. Besser gesagt, ich habe vor, eins zu produzieren. Im Moment versuche ich, Geldgeber zu finden. Eigentlich wollte ich heute Abend nach L.A. zurück, aber dann dachte ich: Warum nicht einen kleinen Umweg machen und Penny besuchen? Wir haben uns viel zu lange nicht gesehen, Kleines. Wollen wir zwei zum Strand runter und uns ein bisschen unterhalten, was meinst du? Wir haben so viel nachzuholen.«

Ein Räuspern kam aus Richtung des Türbogens zwischen Esszimmer und der kleinen Diele. Angus stand da, mit ernstem Gesicht, die Arme vor der Brust verschränkt. »Hier geht niemand irgendwohin, bis ihre Mutter zurück ist.«

Cheryl Meisters Ferienhaus war eine mit Zedernholzschindeln verkleidete Villa in Southampton mit Tennisplätzen, zwei Swimmingpools und einem überwältigenden Blick auf den Atlantik.

Eine Hausangestellte führte Emma durch das riesige Anwesen in die Küche. Überall weißer Marmor, ein großes Oberlicht, breite Glastüren, die zu einem der Pools hinausgingen. Hinter dem Pool eine niedrige Hecke und dann der Strand. Wäre sie nicht vor Kurzem erst im Haus von Henry Wyatt gewesen, wäre Emma völlig verunsichert gewesen.

Cheryl saß auf einem Hocker an der Insel in der Mitte der Küche. Sie war barfuß, nippte an einer kleinen Flasche Pellegrino und plauderte mit einem halben Dutzend Frauen, die sich rings um sie gruppiert hatten.

»Emma! Kommen Sie! Nur nicht so schüchtern!« Cheryl machte sie mit den anderen bekannt, und Emma versuchte, sich ihre Namen zu merken, aber die Frauen sahen sich alle so ähnlich. Alle waren attraktiv und leicht gebräunt, und ihre straffen Körper steckten in Lululemon-Hosen und -Tops, als wären sie gemeinsam auf dem Weg zum Yoga. Sie unterschieden sich im Grunde lediglich dadurch, dass einige Goldschmuck trugen und andere trendigen Modeschmuck mit buddhistischen Symbolen.

Die Frauen kannten sich untereinander. Die meisten wohnten in Manhattan und hielten sich nur übers Wochenende und im Sommer in ihren Villen in den Hamptons auf. Sie sprachen von Restaurants, in denen Emma noch nie gewesen war. Sie klagten über die Entscheidungen an den Privatschulen ihrer Kinder. Sie äußerten ihre Verärgerung über die wachsende Zahl gesellschaftlicher Ereignisse, für die sie den weiten Weg nach Brooklyn auf sich nehmen mussten.

Emma warf einen verstohlenen Blick auf ihr Handy. Der Akku war leer. Sie überlegte, wie sie sich loseisen konnte, damit sie schnellstmöglich wieder daheim war. Die Situation mit Penny belastete sie, und dieser freie Tag war ein Geschenk des Himmels: Sie musste die Zeit mit ihrer Tochter intensiver nutzen.

»Da kommt Diane!«, verkündete Cheryl, als eine großgewachsene, leicht pferdegesichtige Brünette in die Küche rauschte. Sie war vielleicht fünf Jahre älter als die anderen Frauen. Ihr dunkles Haar war zu einem exakten Bob in Kinnlänge geschnitten, ihr Hosenanzug war aus Leinen, und um ihren Hals baumelte eine opulente Kette.

Die Unterhaltung geriet ein wenig ins Stocken, bis alle sich begrüßt hatten.

Cheryl ergriff Emmas Hand, als ob sie alte Freundinnen aus Kindertagen wären. »Emma, das ist Diane Knight. Sie leitet die Benefizaktion für den Wiederaufbau des Kinos.«

»Freut mich sehr«, sagte Emma. Die Frau lächelte unverbindlich, bis Cheryl hinzufügte: »Emma ist die neue Eigentümerin der Henry-Wyatt-Villa.«

Jetzt hatte sie Dianes volle Aufmerksamkeit.

»Was für ein Glücksfall, dass Sie heute gekommen sind«, sagte sie. »Es wäre wundervoll, wenn wir ein Werk von Henry Wyatt für die Auktion bekämen.«

Emma stammelte verlegen, das sei im Moment leider nicht machbar. Bevor Diane nachhaken konnte, erschien jemand vom Partyservice und bat alle zum Essen in den Garten hinter dem Haus.

Ein langer Tisch war am Rand des tränenförmigen Pools aufgestellt. Emma hatte nie zuvor Wasser von so leuchtend aquamarinblauer Farbe gesehen. Alexis' Worte an jenem Abend im Murf's fielen ihr wieder ein: *Diesen Sommer kriegst du mal eine Vorstellung davon, wie die andere Hälfte lebt.*

Die Gedecke waren mit Platzkarten versehen. Emma setzte sich, und Kellner schenkten Eistee, Weißwein und Alcopops ein.

Emma bat um Eistee. Ein Salat wurde elegant vor sie hingestellt – Rucola und Frisée mit Walnüssen und Cranberrys.

»Brot?«, fragte ein Kellner und bot ihr ein Tablett mit dicken, knusprigen Scheiben aus Sauerteig an.

»Ja, danke.« Emma fiel auf, dass sie als Einzige zugriff.

Cheryl stand am Kopfende des Tischs neben der sitzenden Diane und klopfte mit einem Löffel an ihr Glas. Als alle zu ihr hinschauten, sagte sie:

»Ich danke euch, dass ihr trotz eurer knapp bemessenen Zeit hier seid – ich weiß, dass ihr tausend Dinge zu tun habt, deshalb will ich gleich zur Sache kommen. Zuerst möchte ich euch daran erinnern, dass Auktionsstücke, die in der übernächsten Woche entgegengenommen werden, es nicht mehr in den gedruckten Katalog schaffen. Die Onlineversion ist bereits abrufbar – danke an euch, Kellianne und Susan, das war eine Menge Arbeit.«

Alle klatschten höflich.

»Den Auktionator habe ich inzwischen gebucht. Er ist einfach fabelhaft! Ich habe einige seiner Versteigerungen in New York besucht, er weiß, wie man das Publikum mitreißt und die Gebote in die Höhe treibt. Es stehen also nur zwei Punkte auf der heutigen Tagesordnung: den Preis für die Eintrittskarten festsetzen und eine geeignete Räumlichkeit für die Auktion finden. Damit erteile ich Diane das Wort.«

Noch mehr Beifall. Diane erhob sich.

»Wie ihr alle wisst, werden die meisten Benefizveranstaltungen unter dem Zeltdach auf Long Wharf stattfinden. Ich hatte gehofft, dass wir auch die Kunstauktion dort durchführen können, aber das ist aus versicherungstechnischen Gründen leider nicht möglich.«

Worte der Enttäuschung und des Bedauerns wurden laut.

»Es tut mir leid, dass ich die Überbringerin dieser schlechten Nachricht bin, aber ich bin sicher, wir werden eine aufregende Alternative finden. Um unsere wunderschöne Bucht in den Abend einzubeziehen, schlage ich vor, eine Jacht für den Transport der Gäste zu unserer Location zu chartern. Ideal wäre natürlich ein Anwesen direkt am Wasser.«

Bildete sich Emma das nur ein, oder war Dianes letzter Satz auf sie gemünzt? Wurde von ihr erwartet, dass sie einen konstruktiven Beitrag leistete?

»Ich kann im Jachthafen nachfragen, ob jemand ein Boot zur Verfügung stellen kann«, sagte sie.

»Ausgezeichnet«, erwiderte Diane. »Aber vorher müssen wir uns unbedingt auf eine Räumlichkeit einigen.«

Diskussionen brachen los. Die Namen verschiedener Restaurants und Museen fielen, aber Diane und Cheryl verwarfen sie nacheinander: nicht verfügbar; zu klein; zu langweilig.

Und dann: »Ich hab's! Das ist der perfekte Ort!«, rief Cheryl und klatschte aufgeregt in die Hände. »Gibt es einen passenderen Ort für eine Kunstauktion als das Haus des berühmtesten Künstlers von Sag Harbor?«

Dieses Mal gab es für Emma keinen Zweifel – die Bemerkung galt eindeutig ihr. Alle wandten sich ihr zu. Sie war sicher, dass ihr Gesicht den verschreckten Ausdruck eines Rehs im Scheinwerferlicht eines Autos angenommen hatte. »Oh, äh, ich weiß nicht …«

»Eine brillante Idee!«, stimmte Diane begeistert zu. An dem Blick, den sie mit Cheryl wechselte, erkannte Emma, dass die beiden das besprochen – und garantiert auch beschlossen – hatten, noch bevor sie das Haus betreten hatte. »Ich weiß, das ist eine Menge Arbeit, Emma«, fuhr Diane fort, »aber das meiste werden Cheryl und ich übernehmen. Das wäre eine unglaubliche Attraktion und würde eine Menge Geld für den guten Zweck in unsere Kasse spülen.«

Emmas erster Impuls war, Nein zu sagen. Doch dann dachte sie an Penny, die so gern mehr Zeit in dem Haus verbringen wollte, und sie dachte an Bea Winstead, die Anspruch darauf erhob. Sie hatte lange genug gezögert und sich für den unverhofften Glücksfall praktisch entschuldigt. Es wurde Zeit zu handeln, die Dinge zu akzeptieren und das Haus in Besitz zu nehmen. Vielleicht hätte Penny Lust, bei der Auktion zu helfen. Vielleicht bot sich dadurch eine Gelegenheit, ihre Differenzen zu überwinden und sie einander wieder näherzubringen.

»Okay«, sagte Emma. »Ich bin dabei.«

Kapitel zweiundzwanzig

Beim Anblick der Stadtbücherei, einem imposanten Bau im Classical-Revival-Stil nur wenige Meter von der Main Street entfernt, schöpfte Bea neue Hoffnung. Wenn Henrys Zeichnungen in der John Jermain Memorial Library hingen, wie Angus Sinclair gestern angedeutet hatte, so hatten sie wenigstens einen adäquaten Platz gefunden.

Die junge Frau an der Ausleihtheke hatte üppige, lange, rötlich blonde Haare und trug große Creolen.

»Entschuldigen Sie«, sagte Bea, »ich habe gehört, dass in dieser Bibliothek Originalzeichnungen von Henry Wyatt hängen sollen.«

»Zeichnungen?« Die junge Frau zog die Stirn kraus.

»Ja. Sind Sie die Bibliothekarin?«

»Nein, die Stellvertreterin. Einen Moment.« Sie gab etwas in ihren Computer ein. »Kommen Sie, sehen wir im Archiv nach. Es befindet sich in einem der oberen Stockwerke.«

Bea folgte ihr eine rundgeführte marmorne Treppe in den dritten Stock hinauf, wo sie eine Rotunde von beeindruckender Größe erwartete. Das Kuppeldach, etwa achtzehn Meter über ihnen, bestand aus einer Buntglaskuppel und Backsteinen, die im Fischgrätenverband gemauert waren. Der Raum war mit rotem Teppich ausgelegt, hatte Bogengiebel, Tiffany-Lampen und geschnitzte

Holzmöbel. Er strahlte Ruhe und Eleganz aus, und Bea kam zu dem Schluss, dass nicht alles in dieser Stadt schlecht war.

Die junge Frau führte sie über den roten Teppichboden, vorbei an Tischen und Schreibtischen und durch eine von Säulen eingerahmte Wandöffnung. Blickfang war ein Buntglasfenster in dem spärlich möblierten Raum. Neben einigen Holzregalen voller Bücher und übergroßen, gestapelten Bänden stand ein deckenhoher metallener Aktenschrank an der gegenüberliegenden Wand. Die junge Frau schloss ihn auf. Nach ein paar Minuten hatte sie gefunden, was sie gesucht hatte, und zog einige von Plastikhüllen geschützte Blätter heraus.

»Die sind unter Henry Wyatt abgelegt«, sagte sie und reichte sie Bea. »Haben Sie die gemeint?«

Bea nahm sie mit zitternden Händen entgegen.

»Sie können sie nicht ausleihen, aber Sie können sie hier im Lesesaal ansehen.«

Es passte Bea gar nicht, dass man ihr sagte, was sie mit Henrys Arbeiten tun könne und was nicht. Aber da er seine Zeichnungen der Historical Society überlassen hatte, musste sie das wohl oder übel akzeptieren.

Als sie allein war, zog sie vorsichtig die Blätter aus den Schutzhüllen. Das war etwas anderes, als seine Zeichnungen an einem öffentlichen Ort an der Wand hängend zu sehen. Sie jetzt in den Händen zu halten, fühlte sich wie ein intimes, letztes Zwiegespräch mit Henry an.

Die erste Zeichnung stellte ein Selbstporträt dar: der junge Henry – irgendwo in den Dreißigern, schätzte sie, auf dem Höhepunkt seiner Karriere – als Gitarrenspieler. Es gab ihr einen Stich. Mit der Fingerspitze fuhr sie den Bogen seines Wangenknochens nach, die Linie seines Halses. Seine Zeichnungen bildeten die Wirklichkeit plastischer und getreuer ab als Fotos. Das zeichnete einen wahrhaft großen Künstler aus.

Wie war es möglich, dass er nicht mehr da war?

Nach einer geraumen Weile zog sie ein weiteres Blatt heraus und blickte in ihr eigenes, junges Gesicht. Henry hatte es in Schwarz und Grau und sehr vorteilhaft für sie skizziert. Sie war fast hübsch. Aber ihr Gesichtsausdruck wirkte angespannt und trotzig. Eine Erinnerung stieg in ihr auf.

Die nächste Zeichnung stellte eine alte Scheune dar. Alle diese Bilder waren in derselben Nacht entstanden, in einer Phase ihrer Freundschaft, die zu den problematischeren zählte. Bea hatte nicht mehr daran gedacht und geglaubt, auch Henry habe es vergessen – bis er sein Haus Windsong nannte. Und selbst dann hatte sie sich noch eingeredet, das sei nur ein Zufall, das habe keine tiefere Bedeutung. Jetzt war sie sich nicht mehr so sicher.

Was soll das, Henry? Was willst du mir sagen?

Kein Zweifel: Er sprach aus dem Jenseits zu ihr. Aber was wollte er ihr mitteilen?

Denk nach, denk nach! Sie schloss die Augen und versuchte, jene längst vergangene Nacht heraufzubeschwören.

Es war Mitte der Siebzigerjahre. Bea, die eine ganze Reihe von Künstlern managte und die Galerie in der Spring Street leitete, hatte alle Hände voll zu tun und wenig Zeit, nach neuen Talenten Ausschau zu halten. Henry wiederum hatte keine Freude mehr an der Malerei und war genervt vom Konkurrenzdruck in New York. Er verreiste häufig, suchte die Gesellschaft von Künstlern, die in anderen Medien tätig waren und an anderen Orten wohnten. »Ihr Werk hat etwas so Unverfälschtes, das hier einfach nicht erreicht werden kann«, sagte er. »In dieser Stadt geht es immer nur ums Geld.«

Und was bitte schön war falsch daran?

Als der Abstand zu Henry größer wurde, verbrachte Bea mehr Zeit mit ihren anderen Klienten. Es gab genug Leute, die um ihre Aufmerksamkeit, ihre Meinung, ihre Anerkennung buhlten. Auch gesellschaftlich war sie gefragt, und seit Kurzem ging sie mit einem Banker namens Shelby York aus.

Sie liebte es, sich mit Männern zu verabreden, die nicht der Kunstszene angehörten. Sie hielten sie für exotisch und ihre Welt für glamourös, und das tat ihrem Ego gut. Umgekehrt sorgte sie für aufregende Momente in ihrem konventionellen Leben. (Es ging nichts über einen Auftritt von Andy Warhol, um eine Dinnerparty aufzupeppen.)

Als Henry einen Ausflug nach Pennsylvania vorschlug, um einen unbekannten Bildhauer auf dessen Farm zu besuchen, lehnte Bea ab. Sie hatte viel zu tun und keine Lust, sich mit Henrys Launen auseinanderzusetzen.

»Der Typ hat wirklich Talent«, beharrte Henry. »Du würdest dir in den Hintern beißen, wenn jemand anderes ihn dir wegschnappt. Vertrau mir.«

Es war offensichtlich, dass Henry ihm bereits zugesagt hatte, dass sie kommen würden.

Bea warf ihm einen entnervten Blick zu. »Du schuldest mir was.«

Die Fahrt dauerte vier Stunden. Aber als sie den Pennsylvania Turnpike erreichten, die mautpflichtige Schnellstraße, hatte Bea die Termine, die sie hatte absagen müssen, und die Theaterkarten, die Shelby gekauft hatte, fast vergessen. Henry wirkte so unbeschwert und heiter wie lange nicht mehr. Sie tratschten über alle ihre Bekannten, darüber, welcher Star in der Szene im Kommen war und wessen Glanz verblasste, wer mit wem schlief. Sie rätselten, warum die ganze Szene sich auf einmal so blutleer anfühlte.

»Jeder geht auf Nummer sicher«, sagte Henry.

»Du bist ein Zyniker.«

»Ich mein's ernst, Bea. Diese Welt hat ihren Glanz für mich verloren.«

Sie nahm ihn nicht ernst. Das war nur eine Midlife-Crisis. Wäre er verheiratet gewesen, hätte er sich eine Geliebte gesucht. »Du bist Künstler, Henry. Auch wenn du die Kunstszene Manhattans noch so sehr kritisierst, wir beide gehören dorthin. Und wir leben doch nicht schlecht davon. Worum geht es hier wirklich? Ist das eine Kreativitätsblockade?«

»Absolut nicht. An Inspirationen fehlt es mir keineswegs. Sie sind nur anderer Natur.« Er habe Gitarre spielen gelernt, erzählte er. »Ich hab sie mitgenommen. Du wirst staunen. Ich verfüge über ein beachtliches Repertoire.«

»Mir wäre es lieber, du würdest ein bisschen mehr malen«, erwiderte sie trocken.

Es wurde schon dunkel, als sie auf der Farm von Jed Rellner ankamen. Jed, großgewachsen und rotgesichtig mit vorzeitig ergrautem Haar, war sichtlich nervös. Sie beschlossen, dass Bea sich sein Werk am anderen Morgen, bei Tageslicht, anschauen würde. Jeds Frau trug das Essen im Freien auf. Es war warm für Oktober, und so saßen die vier unter dem Sternenhimmel und aßen und leerten eine Flasche Rotwein nach der anderen.

Als Jed ihnen schließlich ihr Zimmer zeigte, ein über der Scheune ausgebauter Dachboden, sagte er: »Ihr seid wahrscheinlich Besseres gewöhnt …«

»Unsinn! Das ist ganz bezaubernd«, versicherte Bea. Und sie meinte es auch so.

Es gab zwei Einzelbetten mit Patchworkquilts darauf und eine Kommode aus rohem Holz. Mehr nicht. Das Klo befand sich draußen.

»Nicht zu vergleichen mit den Hotelzimmern, wenn du mit Mr Großfinanz verreist, nehme ich an«, bemerkte Henry. »Was findest du eigentlich an ihm?«

Sie setzte sich auf eines der schmalen Betten und warf Henry einen finsteren Blick zu. »Shelby ist ein sehr netter Mann. Wenn du ihn näher kennen würdest, wüsstest du das. Außerdem ist es nichts Ernstes.«

»Bei dir ist es nie etwas Ernstes. Hast du schon mal daran gedacht, dass das ein Problem sein könnte?«

»Bei dir ist es doch auch nie etwas Ernstes«, versetzte sie.

»Aber ich bin durchaus offen dafür. Es gibt noch mehr im Leben als immer nur arbeiten.«

»Lass uns nicht wieder davon anfangen«, bat sie.

Er klappte seinen Gitarrenkoffer auf, nahm das Instrument heraus und setzte sich zu ihr aufs Bett. »Das ist der Beweis – mein neues Hobby.«

Er fing an zu spielen, aber sie kannte den Song nicht.

»Das ist das neue Stück von John Denver. ›Windsong‹.« Alle ihre Freunde mochten die Beatles oder die Rolling Stones, aber Henry liebte John Denver. Er hatte ihr dessen Album *Poems, Prayers & Promises* bestimmt hundertmal vorgespielt. »Den Text kann ich noch nicht richtig. Nur die Melodie.«

Sie saß da und hörte zu und beobachtete, mit welcher Leichtigkeit er das Instrument spielte. Und sie hatte nicht das Geringste davon gewusst.

»Das ist richtig gut, Henry! Ich muss schon sagen, ich bin beeindruckt.«

»Das hilft mir, meine geistige Gesundheit zu bewahren.«

»Und die Kunst? Was ist damit passiert?«

»Sie ist zum Geschäft geworden. Zu Arbeit. Ich mach mir Sorgen um dich, Bea. Du solltest deinen Horizont erweitern.«

»Ich bin sehr glücklich mit meinem beschränkten Horizont, vielen Dank.«

Er begann, einen anderen Song zu spielen, ebenfalls von John Denver. Und diesen erkannte sie sofort.

»Let me give my life to you«, sang Henry. »Let me die in your arms …«

Er verstummte, zupfte noch ein paar Sekunden die Saiten und legte die Gitarre dann weg.

»Warum hast du aufgehört?«

Und dann tat er etwas, was er seit jener Partynacht zehn Jahre zuvor nicht mehr getan hatte: Er beugte sich zu ihr und küsste sie.

Bea fuhr zurück. »Nein, Henry, nicht. Es tut mir leid.«

Obwohl ihn die Zurückweisung nicht hätte überraschen dürfen, machte er ein todunglückliches Gesicht.

»Henry«, sagte sie in die Dunkelheit hinein, »ich bin froh, dass das passiert ist. Lass uns offen darüber sprechen. Wir sind beste Freunde und Geschäftspartner, und so soll es auch bleiben. Nur wenige Menschen dürfen eine kreative Beziehung erleben, wie wir sie haben. Das dürfen wir nicht kaputtmachen.«

Er schüttelte den Kopf. »Du siehst das völlig falsch, Bea. Du glaubst, das Wichtige ist die Arbeit, und was wir hier haben, würde ihr schaden. Aber ich denke, das hier ist das Wichtige, und du lässt zu, dass die Arbeit es kaputtmacht.«

Sie sträubte sich nicht, als er sie umarmte. Sie hielt ihn ganz fest und sagte sich, dass er sich irrte.

Sie glaubte nach all den Jahren immer noch, das einzig Vernünftige getan zu haben. Aber Henry war nicht weniger dickköpfig als sie, und in Anbetracht der Ereignisse musste sie sich fragen, ob er ihr das Haus und seine Kunst nur deshalb nicht hinterlassen hatte, weil er sie bestrafen wollte. Nein, sie weigerte sich das zu glauben. Das wäre zu grausam. Das würde bedeuten, dass er nie wirklich etwas für sie empfunden hatte. Das konnte sie nicht akzeptieren.

Sie würde weiter nach den wahren Gründen forschen.

Emma kannte den Jeep nicht, der vor ihrem Vorgarten parkte. Sie hätte ihr Haus fast nicht wiedererkannt. Nach dem Besuch in Cheryl Meisters Villa sah es so … heruntergekommen aus. Der kurze Blick, den sie in Windsong geworfen hatte, trug vermutlich auch dazu bei.

Sie durfte sich von diesen Dingen nicht durcheinanderbringen lassen.

Als sie den Wagen in die Einfahrt fuhr, bereute sie es schon, was sie dem Auktionskomitee gerade versprochen hatte. Nicht nur, dass sie Windsong als Location für die Versteigerung zur Verfügung stellen würde, nein, sie hatte sich auch noch überreden lassen, das nächste Treffen dort abzuhalten. So wie sie es sah, gab es nur zwei Möglichkeiten: Entweder das Ganze würde ein Mordsspaß werden oder aber eine komplette Katastrophe. Dazwischen gab es nichts.

Sie ging ins Haus und stutzte, als sie Stimmen aus dem Wohnzimmer hörte.

»Hallo?« In der Tür zum Wohnzimmer blieb sie wie angewurzelt stehen und blinzelte ein paarmal, weil sie an eine Sinnestäuschung glaubte. Das konnte doch nicht sein!

»Mark? Was machst du denn hier?«

Ihr Exmann sprang vom Sofa auf, und ihre Tochter strahlte sie an.

»Mom! Schau nur, wer da ist!«

Ja, ich seh's.

Wie lange war es her? Mindestens zwei Jahre seit seinem letzten Besuch. Abgesehen von seinen sporadischen und mickrigen Unterhaltszahlungen für seine Tochter hatte sie keinen Kontakt mehr zu ihm gehabt. Und Penny ihres Wissens auch nicht. Was also hatte er hier zu suchen?

Eine Hand berührte sie an der Schulter.

»Ich habe versucht, dich zu erreichen«, sagte Angus ruhig.

»Mein Akku war leer.« Sie wandte sich wieder Mark zu. »Können wir uns draußen unterhalten?«

Er folgte ihr in den hinteren Teil des Gartens. Die Sonne stand inzwischen hoch am Himmel, deshalb suchte Emma den Schatten. Sie ging, nach einer Wespe schlagend, zu ihrer Pappel hinüber.

»Deine Blumen sind so schön wie eh und je«, sagte er.

Sie war nicht in der Stimmung für Small Talk. »Was willst du hier?«

Er verschränkte die Arme und betrachtete sie lächelnd. »Du siehst toll aus, Emma. Einfach wunderschön.«

Sie gestand es sich nicht gern ein, aber sein Kompliment tat ihr unglaublich gut. Warum interessierte sie es überhaupt, was er dachte? Dreizehn Jahre, und es tat immer noch weh, dass er sie verlassen hatte. »Ich hab dich was gefragt, Mark.«

Er seufzte, als hielte er sie für eine Spielverderberin, weil sie sich weigerte so zu tun, als wären sie alte Freunde. »Ich hatte geschäftlich in East Hampton zu tun, und ich wollte nicht zurückfliegen, ohne Penny gesehen zu haben.«

»Du hast also auf einmal das Bedürfnis verspürt, deine Tochter zu sehen.«

»Das Bedürfnis hatte ich schon früher, aber das war die erste gute Gelegenheit.«

Emma fuhr sich durch die Haare. »Warum hast du nicht vorher angerufen? Du kannst nach so langer Zeit nicht einfach hier aufkreuzen, Mark. Das ist nicht gut. Das bringt Penny nur durcheinander.« Es brachte vor allem *sie* durcheinander.

»Sie ist ein tolles Mädchen. Das machst du wirklich gut, Em.«

Die Schmeichelei traf sie an ihrer empfindsamsten Stelle. Es war, als flute ein Schwall Dopamin durch sie hindurch. »Danke. Hör mal, ich freue mich, dass du sie sehen willst. Sie ist bestimmt auch glücklich über deinen Besuch, aber man sollte sich schon an die Regeln halten, Mark.«

»Du hast ja recht, tut mir leid. War eine spontane Idee. Du weißt ja, dass ich nicht besonders gut im Planen bin.«

O ja, das wusste sie. Er war auch nicht besonders gut darin, etwas zu Ende zu bringen. »Wie lange willst du bleiben?«

Er blickte kurz himmelwärts und atmete langsam aus. »Kommt drauf an. Ich hab da ein Projekt am Laufen, und je nachdem, wie sich die Dinge entwickeln, muss ich mich eventuell noch mal mit ein paar Leuten in East Hampton treffen. Schätze, ich werde ein, zwei Wochen hier in der Gegend bleiben.«

Ein, zwei Wochen? Er hatte in all den Jahren, seit er sie verlassen hatte, höchstens eine Nacht in der Stadt verbracht. Irgendwo in ihrem Inneren schrillte eine Alarmglocke. Doch sie verstummte – oder wurde zumindest leiser –, als er einen Scheck aus einer Tasche seiner Cargo-Shorts zog und ihn ihr reichte.

»Sorry für den Rückstand. Ich würde gern den Tag am Strand verbringen mit unserer Tochter, was meinst du?«

Unsere Tochter. Was für starke Worte.

Sie wollte schon zu einer Erklärung ansetzen – dass Penny nämlich Hausarrest hatte, weil sie gestern einfach weggelaufen war –, entschied dann aber, dass ihn das nichts anging.

Und so sagte sie stattdessen: »Wir wollen nichts überstürzen. Penny wird heute ihrem normalen Tagesablauf nachgehen, und du holst sie morgen früh ab, was hältst du davon?«

Er schien protestieren zu wollen, überlegte es sich dann jedoch anders, lächelte und erwiderte: »Du bist der Boss.«

Ganz recht, sie war der Boss. Und warum kam sie sich dann plötzlich nicht mehr wie der Boss vor?

»Wir schließen in zwanzig Minuten, Ma'am. Ich muss diese Dokumente jetzt ins Archiv zurücklegen.«

Bea blickte ärgerlich auf. *Dokumente!* Als ob sie alte Unterlagen eines Liegenschaftskatasters durchsähe. »Das sind keine Dokumente«, grummelte sie. Henrys Werk gehörte nun wirklich nicht in den Schrank einer Bibliothek gestopft. Zum hundertsten Mal fragte sie sich, was er sich nur bei all dem gedacht hatte.

Sie wartete, bis sie allein war, holte dann ihr Handy aus der Tasche und fotografierte die Zeichnungen. Sie bei sich zu wissen, wenn auch nur als Kopie, tröstete sie ein wenig. Doch das Gefühl verflog, als sie sie an der Ausleihtheke zurückgab. Es war, als müsste sie sich von ihrem Kind trennen. Das war alles so falsch!

Niedergeschlagen verließ sie das Gebäude. Der Tag neigte sich dem Ende zu. Zwischen zwei imposanten dorischen Säulen blieb sie stehen und rief Kyle an. Er nahm sogar ab. Im Hintergrund war das Brummen eines Bootsmotors zu hören.

»Sag mir bitte nicht, dass du schon wieder im Hafen bist.«

»Ich höre mich nur ein bisschen unter den Einheimischen um«, erwiderte er. »Manchmal kommt was Brauchbares dabei heraus. Ich habe nämlich zufällig eine interessante Unterhaltung belauscht – muss ich dir erzählen.«

»Wir reden beim Abendessen darüber.«

Sie würden sich bei Wölffer Kitchen treffen, fügte sie hinzu. Das Restaurant lag einen Katzensprung vom Hotel American entfernt zwischen einem Sushi-Lokal und einem Immobilienbüro von Sotheby's. Sie hatte in der *Times* darüber gelesen. Vor allem die Lammkoteletts waren von den Kritikern in den Himmel gelobt worden. Allerdings wechselte die Speisekarte je nach Saison.

»Sie nehmen keine Reservierungen entgegen«, erzählte sie Kyle, als sie sich vor dem Lokal trafen. Was sie einerseits ärgerlich fand, ihr andererseits aber Respekt abnötigte. Glücklicherweise waren sie früh dran und wurden sofort an einen Tisch geführt.

Die Einrichtung verströmte eine gediegene, elegante Atmosphäre. Fantasievolle Details überall – viele verspiegelte Flächen und skurrile Wandleuchter. Von ihrem

Platz auf der Bank konnte Bea die Bar auf der anderen Seite des Raums sehen, die Spirituosen in ihrem Regal aus strukturiertem Glas.

»Das Restaurant gehört den Eigentümern des Wölffer Estate Vineyard«, erzählte Bea weiter. »Du solltest Wein trinken statt diesem grässlichen Whiskey.«

»Ich mag meinen grässlichen Whiskey, aber danke.«

Sie bestellte eine Flasche Rosé mit dem ambitionierten Namen »Summer in a Bottle«.

»Für fünfzig Dollar muss es aber schon ein verdammt guter Sommer sein«, brummte sie und wandte sich der Speisekarte zu. »Weißt du schon, was du möchtest?« Sie betrachtete Kyle. Sein Gesicht war gebräunt, seine Haare hatten einen goldenen Schimmer. Zwei junge Frauen an einem Nebentisch warfen ihm verstohlene Blicke zu – ohne jeden Zweifel gefiel ihnen, was sie sahen. Sie halten mich wahrscheinlich für seine Mutter, dachte Bea. Falls sie mich überhaupt wahrnehmen. Dass man im Alter unsichtbar wurde, empörte sie immer wieder aufs Neue. In New York war sie wenigstens jemand, und die Leute erkannten sie gelegentlich.

Sie bestellte einen Wassermelonensalat mit Rucola, Feta und eingelegten Perlzwiebeln sowie gegrillte Garnelen mit Dinkel, Artischocke und Mangold.

»Für mich die Austern aus der Region«, sagte Kyle und reichte dem Kellner die Karte.

»Also? Spann mich nicht auf die Folter. Was ist mit dieser Unterhaltung, die du zufällig gehört hast?«

»Ich war bei Sean, als er einen Anruf bekam. Er musste einem Bootsbesitzer, der eine Anlegestelle von ihm gemietet hat, Sprit zu seinem Boot bringen, und da bin ich mitgefahren.«

Bea unterbrach ihn ungeduldig. »Du wirst Henrys Zeichnungen nicht in einem Wassertaxi finden! Also wirklich, Kyle! Wenn du mir nicht helfen willst, kannst du von mir aus nach Manhattan zurückfahren.«

»Ich will dir ja helfen, Bea. Vielleicht lässt du mich mal ausreden. Wir kommen also zu dieser Jacht, und die Frau, der sie gehört, redet in einem fort von einer Benefizaktion für den Wiederaufbau des abgebrannten Kinos. Dort, wo diese Bauzäune stehen, du weißt schon.«

Sie nickte mühsam beherrscht.

»Unter anderem ist eine Kunstauktion geplant. Was hältst du davon, etwas für diese Versteigerung zu stiften? Etwas richtig Großes.«

»Und warum sollte ich das tun? Um deine neuen Freunde zu beeindrucken?«

Er seufzte. »Bea, du erhebst Anspruch auf das Haus einer Einheimischen, ein Haus, das in dieser Stadt steht. Ich halte das für keine gute Idee, aber allem Anschein nach bist du fest dazu entschlossen. Was ich damit sagen will: Du kannst nicht etwas wegnehmen, ohne etwas dafür zu geben. Sonst werden die Leute hier geschlossen Front gegen dich machen.«

Bea nickte zögerlich. Sie dachte an ihre Begegnung mit Emma Mapson. *Wen interessiert es, was irgendwelche Klatschmäuler in New York denken! Das Haus steht in dieser Stadt, und in dieser Stadt wird kein Mensch Partei für Sie ergreifen. Niemand glaubt Ihnen auch nur ein einziges Wort!*

Bea sah Kyle mit ganz neuer Wertschätzung an. »Du hast vollkommen recht. Ich werde nicht nur ein Kunstwerk stiften, ich werde dafür sorgen, dass ich in dieses Komitee für den Wiederaufbau des Kinos aufgenommen werde. Ich sage dir, wenn dieser Sommer vorbei ist, werden die Leute hier mich gar nicht mehr gehen lassen wollen!«

Kapitel dreiundzwanzig

Emmas liebste Tageszeit am Long Wharf war der frühe Morgen. Die Sonne schien hell, aber sie brannte noch nicht. Noch war kein Mensch auf den Booten, die an den Anlegestellen sanft auf den Wellen schaukelten. Geschäfte und Restaurants waren geschlossen, und im Wesentlichen hörte man nichts außer dem Krächzen der Möwen.

Cole Hopkins winkte ihr von seinem Boot aus zu. Jeder in der Stadt kannte Cole und seinen unverwechselbaren türkisgrünen, knapp neunzehn Meter langen Katamaran, die *Louise*. Emma hatte Cole und seine Frau Louise im ersten Sommer, als sie nach Sag Harbor kamen, kennengelernt. Sie selbst hatte im selben Jahr ihre Stelle im Hotel angetreten. Cole war sechsunddreißig Jahre lang Krabbenfänger im Beringmeer gewesen, bevor er das Geschäft mit dem Luxus-Katamarancharter aufgezogen hatte. Er war auf Monate im Voraus ausgebucht und hatte über hundertzwanzig Aufträge im Sommer. Emma hoffte dennoch, er werde ihr am Abend der Benefizveranstaltung für den Wiederaufbau des Kinos aushelfen können.

»Danke, dass du Zeit für mich hast«, sagte sie. »Ich werde mich kurzfassen, ich muss gleich zur Arbeit.« Sie hätte die Sache gern am Telefon geregelt, aber er hatte gemeint: »Telefonieren ist nicht mein Ding.«

Sie saßen auf weißen Sitzsäcken auf dem Achterdeck. Louise, die als Hostess und Erster Offizier fungierte, brachte Emma eine Flasche Mineralwasser.

»Was kann ich für dich tun, Emma?«, fragte Cole.

»Es geht um den Benefizabend für das Kino.«

Er nickte. »Das ist eine tolle Idee. Wird ein fantastischer Abend werden.«

»Ja, das denke ich auch. Ich werde übrigens die Räumlichkeiten für eine Kunstauktion zur Verfügung stellen. In einem Haus an der Actors Colony Road.« Sie brachte es noch immer nicht fertig, »mein Haus« zu sagen. Außerdem lag ihr an Diskretion. »Ein Mitglied meines Komitees hatte die Idee, Gäste per Boot zum Haus zu befördern. Sean hat mir erzählt, du hättest noch eine andere Jacht, die du für exklusive Dinnerfahrten vermietest.«

Cole beugte sich vor. »Ich würde dir ja gern helfen, aber ich bin an dem Abend schon für eine Fahrt in den Sonnenuntergang gebucht. Ich könnte mich umhören, ob euch jemand anderes ein Boot überlassen kann.«

Emma war enttäuscht. Sie brauchte einen Profi, jemand, der darüber hinaus mit dieser Stadt verbunden war.

»Darf ich dich was fragen?« Cole sah sie an. »Dieses Haus an der Actors Colony Road – das ist nicht zufällig das, das dieser berühmte Künstler deiner Tochter hinterlassen hat?«

So viel zum Thema Diskretion.

»Äh, ja.«

»Wir haben in der Zeitung davon gelesen«, sagte Louise, die sich zu ihnen gesellt hatte. »Unglaublich! Wie in einem Film.«

Cole zog eine Braue hoch. »Bestimmt eine interessante Geschichte.«

»Dazu kann ich nichts sagen.« Emma rutschte unbehaglich auf ihrem Platz hin und her. »Aber ich dachte mir, es ist eine gute Sache, es für die Kunstauktion zur Verfügung zu stellen.«

Louises Handy summte. Der Mann, mit dem er den Termin habe, warte am Kai, sagte sie nach einem Blick auf das Display zu Cole.

»Ah ja. Ein Freund von Sean«, erklärte er. »Möchte ein Boot kaufen. Entschuldigt mich bitte einen Augenblick.«

Als sie mit Emma allein war, erkundigte sich Louise nach Penny und erzählte von ihren eigenen erwachsenen Kindern. »Wir sehen sie praktisch nur in der Nebensaison.« Von Oktober bis April wohnten die Hopkins auf den Jungferninseln, wo sie einen Winter-Jachtcharter betrieben.

»Ich muss langsam los«, sagte Emma, obwohl sie gern noch geblieben wäre. Auch wenn sie an der Anlegestelle vertäut war, gab ihr die *Louise* ein Gefühl von Freiheit. Es musste herrlich sein, bei Sonnenuntergang in der Peconic Bay zu segeln. Sie würde Sag Harbor gern einmal mit den Augen einer Touristin sehen.

Louise begleitete sie auf der Steuerbordseite zu der kleinen Leiter, wo Cole sich mit einem Mann unterhielt.

Emma blieb abrupt stehen.

»*Sie* sind der Freund von Sean?«, entfuhr es ihr.

Kyle Dunlap lächelte ihr zu. »Emma! Das ist aber eine Überraschung. Wie klein die Welt hier draußen doch ist. Das gefällt mir.«

Sie verschränkte die Arme über der Brust.

Kyle schaute sich um und stieß einen leisen, bewundernden Pfiff aus. »Das Boot ist ein Schmuckstück.«

»Chris White hat es entworfen«, sagte Cole. »Für eine Familie, die damit rund um die Welt segeln wollte. Aber als ich es entdeckte, gammelte es schon jahrelang vor sich hin. Meine Frau und ich haben drei lange Jahre gebraucht, um ein hochseetaugliches, von der Küstenwache überprüftes Schiff daraus zu machen.«

»Wirklich beeindruckend. Sean sagte, das Boot wird in einer Saison über hundertzwanzigmal gechartert?«

»Ganz recht. Bis zu dreimal pro Tag.«

»Seit wann sind *Sie* ein Freund von Sean?«, warf Emma ein. Ihr Ton war leicht aggressiv, und Cole sah sie an, als wäre sie nicht ganz bei Trost.

»Ich helfe ihm gelegentlich auf seiner Barkasse«, antwortete Kyle.

Sie wusste selbst nicht, warum sie das so erboste. »Und Sie wollen sich ein Boot kaufen? Haben Sie nicht gesagt, Sie seien in der gleichen Lage wie ich?«

»Kein Boot wie das hier. Eins zum Dranrumbasteln. Nicht wahr, Cole?«

Er nickte. »Das ist der Plan. Also, dieser Typ von der Coecles Marina hat zwei, die Sie sich ansehen sollten.«

Kyle sah Emma an. »Warum fahren Sie nicht mit?«

»Nach Shelter Island?«

»Ja, warum nicht? Es ist so ein herrlicher Tag.«

»Stimmt, und ich muss zur Arbeit. Für einige von uns ist diese Stadt nämlich nicht nur ein Vergnügungspark.«

Penny konnte sich nicht erinnern, wann sie das letzte Mal so glücklich gewesen war. Sie saß neben ihrem Vater in dem gemieteten Jeep und wartete, bis er die Tageskarte für Coopers Beach bezahlt hatte. Dann fuhren sie zum Parkplatz. Sie konnte schon die Brise vom Meer her auf ihrem Gesicht spüren.

Es war ein sonniger, wolkenloser Tag, noch schöner als der, an dem sie mit ihren Freunden hier gewesen war. Blaue Sonnenschirme sprenkelten den Strand; ein paar Jugendliche etwa in ihrem Alter warfen sich eine Frisbeescheibe zu. Auf der Tafel am Eingang stand, die Wassertemperatur betrage achtzehn Grad und die Wassertiefe in der Brandungszone dreißig bis neunzig Zentimeter. Dieses Mal würde sie nicht zulassen, dass ihre Zwangsneurose ihr den Tag verdarb. Nichts würde ihr diesen Tag verderben. Ihr Vater war hergekommen, um *sie* zu sehen!

Es machte Spaß, sich mit ihm zu unterhalten. Sie liebte seine Geschichten über L.A., über sein Leben dort. Er arbeite gelegentlich noch als Schauspieler, aber künftig wolle er als Produzent tätig sein, sagte er.

»Aber dafür braucht man Geld.«

»Und deshalb bist du nach East Hampton gefahren?«

Er nickte. »Ja. Hab mich mit einem Typen getroffen, der eine Menge Kohle hat. Ich hab auch schon mit ein paar Leuten in New York gesprochen. Mal sehen. Drück mir die Daumen!«

New York. Die wirklich aufregenden Dinge schienen sich immer in New York City abzuspielen. Als sie das einmal zu Henry gesagt hatte, meinte er: »Da kann ich dir nicht widersprechen. Mein Leben hat sich jedenfalls ganz schön verändert, als ich dorthin gezogen bin.«

»Zeigst du mir New York irgendwann einmal?«, fragte sie ihren Vater.

Er sah sie lächelnd an. »Du bist das Süßeste, was mir je untergekommen ist.«

Wenn sie mit ihm zusammen war, fühlte sie sich wirklich wie ein süßes Ding. Mit ihrer Mom war das anders, ihre Mom war ihre Mom. Sie musste sie lieb haben. Aber ihr Dad entschied sich bewusst dafür, mit ihr zusammen sein zu wollen, und ihr Selbstwertgefühl wuchs mit jeder Minute, in der er diese Entscheidung verlängerte. Andererseits musste sie sich von ihrer besten Seite zeigen, um ihn nicht zu vergraulen.

Sie hatte ihn lange nicht mehr gesehen, das letzte Mal irgendwann zwischen Thanksgiving und Weihnachten in der sechsten Klasse. Er hatte sie ins LT Burger zum Essen eingeladen, und sie hatte die ganze Zeit gegen den Zwang angekämpft, das Besteck anders anzuordnen oder sechsmal von ihrem Getränk zu nippen, das Glas abzustellen und nach einer Weile aufs Neue sechs kleine Schlucke zu nehmen. Sie war richtig gut gewesen – ihr Dad hatte nicht den geringsten Verdacht geschöpft. Und trotzdem hatte er sich jahrelang nicht mehr blicken lassen.

Heute würde ihr ihre Zwangsstörung keinen Strich durch die Rechnung machen. Sie würde sie bekämpfen, und wenn es das Letzte war, was sie tat.

Sie breiteten ihre Decken nahe am Wasser aus, aber nicht so nahe, dass sie nass werden konnten. Ihr Dad zog eine Baseballkappe aus seiner Sporttasche und gab sie ihr. »Hier, setz die auf. Deine Mutter wird nicht begeistert sein, wenn du mit einem Sonnenbrand nach Hause kommst.«

»Lass nur. Ich war vor ein paar Tagen hier und hab auch keine Mütze aufgehabt.«

»Deine Mom geht wohl oft mit dir hierher.«

»Eigentlich nicht.«

»Nein? Warum denn nicht?«

»Na ja, sie muss die ganze Zeit arbeiten. Und dann ist sie müde, und sie muss auch noch einkaufen und all so was.«

»Tut mir echt leid, Kleines.«

Penny schüttelte den Kopf. Sie wollte ihre Mom nicht in ein schlechtes Licht rücken. Es war einfach die Wahrheit. »Alles gut. Ich war neulich mit meinen Freunden hier. Wir hatten eine Menge Spaß.«

»Deine Freunde dürfen schon Auto fahren?«

»Äh, einer hat einen älteren Bruder.«

»Und deine Mom war damit einverstanden?«

So viele Fragen! Wahrscheinlich hatte er ein Nachholbedürfnis, weil sie sich so lange nicht gesehen hatten. »Ähm, nicht direkt. Sie hat nichts davon gewusst.«

»Wieso nicht?«

Penny zuckte mit den Schultern. »Ich erzähle ihr nicht immer, wo ich bin oder was ich mache. Aber sag ihr bitte nichts davon, okay?« Wieso hatte sie ihm das anvertraut? Damit er sie nicht für ein kleines Kind hielt, sondern sah, wie erwachsen sie schon war? Vielleicht mochte er Teenager mehr als kleine Kinder, vielleicht war das der Grund, warum er dieses Mal eine Weile hierbleiben wollte.

»Ich möchte nicht, dass du in Schwierigkeiten gerätst, weißt du? Dass dir etwas passiert.«

»Ach, komm, Dad. Was soll mir denn passieren? Schau dich doch um. Hier passiert nie etwas.« Ein Gedanke durchzuckte sie. Ob ihre Mutter ihm von dem Haus erzählt hatte? Hoffentlich nicht. Sie wollte es ihm selbst erzählen. »Hast du das mit dem Haus schon gehört?«

Ihr Dad blickte aufs Wasser hinaus. »Was für ein Haus?«

»Ich hab ein Haus geerbt. Ein riesengroßes, tolles, superschickes Haus am Strand. Das Furchtbare daran ist, dass mein Freund gestorben ist. Aber dann passierte die Sache mit dem Haus, und dadurch ist es irgendwie so, als ob er immer noch hier wäre. Oder als ob er sich um mich kümmern würde. Ich weiß auch nicht.«

Sie erzählte ihm alles, selbst das mit der verrückten alten Frau und dass ihre Mom deswegen ziemlich nervös sei.

»Wow«, sagte ihr Dad, als sie geendet hatte. »Das ist ja eine unglaubliche Geschichte.«

»Du musst es dir unbedingt ansehen!«

»Sehr gern. Das würde ich wirklich gern, Kleines.«

Emma sorgte dafür, dass sie zum Abendessen zu Hause war. Sie hatte andauernd an Penny gedacht, die mit Mark unterwegs war, und das hatte sie ganz kribbelig gemacht. Eigentlich sollte sie sich darüber freuen, dass er Zeit mit seiner Tochter verbrachte, aber es gelang ihr nicht. Lag es an ihrer eigenen angespannten Beziehung zu Penny? Oder daran, dass Mark ihr im Lauf der Jahre eine Menge Gründe geliefert hatte, ihm mit Misstrauen zu begegnen?

Sie hätte gern mit Angus darüber gesprochen, aber als sie letzte Nacht nach Hause gekommen war, hatte er schon geschlafen. Heute Morgen dann, beim Frühstück, hatte er Emma einen vielsagenden Blick zugeworfen, als Penny völlig aufgeregt gewesen war wegen des bevorstehenden Tages mit ihrem Vater. Angus teilte ihre Besorgnis, das war offensichtlich. Aber zum Reden war keine Zeit gewesen, das Einzige, was sie gesagt hatte, war: »Ich bring uns was zum Essen von Cavaniola's mit. Ich bin um sechs wieder da.«

Als sie jetzt zusammen am Tisch saßen und gegrilltes Zitronenhähnchen mit zartem Grünkohlsalat und Gouda aßen (Cavaniola's war berühmt für seinen Käse), ging es Emma nicht besser. Penny redete ununterbrochen von Mark: Dad wird ein Stück produzieren, Dad wird irgendwann mit mir nach New York gehen, Dad wird sich hier was zur Miete suchen, damit er mehr Zeit mit mir verbringen kann.

Woher rührte Marks plötzliches Interesse für Penny?

»Darf ich aufstehen?«, fragte sie, als sie aufgegessen hatte. Ihr Handy zeigte vibrierend den Eingang einer SMS an, und Penny lief nach oben in ihr Zimmer.

Emma begann, den Tisch abzuräumen. Angus trat zu ihr an die Spüle, als sie mit dem Abwasch anfing, und sagte leise: »Es geht nur um das Haus, weißt du?«

Emma stellte das Wasser ab. »Wie meinst du das?«

»Penny erbt ein Haus im Wert von mehreren Millionen, und ausgerechnet jetzt taucht ihr Vater auf, nachdem er jahrelang nichts von sich hat hören lassen? Das ist doch kein Zufall.«

Der Gedanke war ihr auch schon gekommen, aber sie bezweifelte, dass Mark etwas von dem Haus gewusst hatte. Die Geschichte war nur von lokalem Interesse. Ihr Ex lebte an der Westküste und war ohnehin nicht der Typ, der sich regelmäßig über das aktuelle Geschehen informierte. Andererseits hatte Penny ihm inzwischen bestimmt davon erzählt.

»Glaub mir, ich bin die Erste, die Mark niedrige Beweggründe unterstellen würde, aber ich denke, das Timing ist wirklich Zufall.«

»Sei vorsichtig«, mahnte Angus.

»Ich versuch's.« Sie war so verunsichert, dass sie sich den nächsten Tag freinehmen wollte, um ihn mit ihrer Tochter zu verbringen. Ihr war nicht entgangen, dass Pennys Bestrafung in Form von Hausarrest gründlich in die Hose gegangen war. »Ich hab alles unter Kontrolle«, fügte sie hinzu.

Angus nahm ihr einen Teller aus der Hand. »Lass mich das machen. Geh und rede mit ihr.«

Emma ging nach oben. Sie zögerte einen Moment, bevor sie kurz und kräftig anklopfte.

»Herein«, rief Penny.

Sie saß im Schneidersitz auf dem Bett und war über ihr Telefon gebeugt.

»Wem schreibst du denn?«, wollte Emma wissen.

»Meinen Freunden.«

»Leg das Handy bitte weg.«

Penny tat es, stieß aber einen gereizten Seufzer aus.

»Du bist um den Hausarrest herumgekommen, weil

dein Vater aufgetaucht ist. Aber glaub nicht, dass die Sache damit vom Tisch ist. Was du neulich getan hast, ist unentschuldbar, Penny. Gib mir dein Telefon. Du kriegst es in ein paar Tagen zurück.«

»Das kannst du nicht machen! Ich habe ein Recht darauf, mit anderen Leuten zu reden! Ohne Handy bin ich von der Außenwelt abgeschnitten!«

»Wir haben einen Festnetzanschluss. Du kannst von dem aus telefonieren.«

»Und was mach ich bei einem Notfall? Ich kann morgen nicht ohne Handy aus dem Haus.«

»Ich hab früher auch keins gehabt, und ich hab's überlebt. Außerdem werden wir den morgigen Tag zusammen verbringen. Und jetzt gib es mir bitte.«

»Und wenn Dad mir eine Nachricht schickt? Und ich nicht darauf reagiere? Was soll er dann denken?«

Emma hätte schreien können. Jetzt auf einmal sollten sie sich ganz nach Mark richten? »Ich werde ihm sagen, dass er dich auf dem Festnetz anrufen kann.«

»Das ist nicht fair!«

»Sieh's doch mal von der positiven Seite. Wir werden morgen zusammen sein. Du musst nicht zur Historical Society. Wir werden etwas gemeinsam unternehmen und Spaß haben.«

»Ich will aber nicht den Tag mit dir verbringen!«

»Penny, ich geb mir wirklich Mühe. Aber du musst mir schon entgegenkommen. Also? Was würdest du gern machen?«

Penny sah zu ihr auf. »Ich will zum Haus. Und ich will dort einziehen.«

Bea lag auf dem Bett und schob den *New Yorker* und ihre Brille ungeduldig zur Seite. Sie konnte sich nicht aufs Lesen konzentrieren. Sie musste ständig an die Zeichnungen denken.

Warum hatte Henry sie in der ganzen Stadt verteilt? Er musste doch gewusst haben, dass sie nach seinem Tod nach Sag Harbor kommen und die Zeichnungen sehen würde. Es musste ihm doch klar gewesen sein, dass sie nicht ruhen würde, bis sie alle gefunden hatte.

Die ersten Zeichnungen waren harmlos gewesen. Aber die von jener unbehaglichen Nacht? Eine Provokation. Vielleicht eine Erinnerung daran, dass sie ihn zurückgewiesen und seinen Wegzug aus New York missbilligt hatte und sich deshalb keine Hoffnungen auf eine Erbschaft zu machen brauchte? Oder war das Gegenteil der Fall? Dokumentierte die Zeichnung seine Absicht, ihr sein Haus und sein Werk zu hinterlassen? Hatte er sie, zu der er stets ein rein berufliches Verhältnis gehabt hatte, zur Hüterin seines Vermächtnisses ernannt?

Es war zum Verrücktwerden.

Irgendwo in diesem Haus musste es doch noch mehr Hinweise geben. Sie stand auf. Ihre nackten Füße fühlten sich auf dem harten Parkettboden gebrechlich an, und sie schlüpfte in ihre Hausschuhe.

Alle hielten sie für verrückt. Sogar Kyle hatte wegen dieser Geschichte mit dem Haus gekündigt. Aber keiner hatte Henry gekannt, wie sie ihn gekannt hatte. Sonst wüssten sie, dass Henry Wyatt nicht der Mann war, der sein Lebenswerk einer praktisch Fremden hinterließ.

Es musste doch etwas geben, das ihren Anspruch untermauerte. Aber was? Und wo könnte es sein? Seinen Schreibtisch hatte sie bereits durchsucht. So etwas Gewöhnliches wie einen Aktenschrank besaß Henry nicht, der eine Vorliebe für das Minimale und ästhetisch Ansprechende gehabt hatte. Sein Papierkram beschränkte sich auf das Nötigste. Alle Dokumente der letzten Jahrzehnte, die in irgendeinem Zusammenhang mit seinem Werk standen, lagerte Bea in ihrem Büro in Manhattan. Henry hatte nie Wert auf eigene Kopien gelegt. Und dieses verdammte Testament hatte Victor für ihn aufbewahrt.

Sie ging noch einmal in sein Büro, obwohl sie dort bereits gründlich nachgeforscht hatte. Sie fand nichts Neues.

Unten schlenderte sie ziellos durch die Räume. Es war schon merkwürdig: Immer hieß es, Henry Wyatt habe seine Karriere Bea Winstead zu verdanken, aber niemand ahnte, dass es in Wirklichkeit Henry war, der bestimmt hatte, wo es langging. Daran hatte sich bis heute nichts geändert.

Die Regale im Wohnzimmer waren in die Steinwände eingelassen und hinter nahezu unsichtbaren Türen verborgen, die federbetrieben waren und sich bei der leisesten Berührung öffneten. Sie hatte sie gleich zu Beginn durchstöbert, aber vielleicht nicht so sorgfältig wie das Büro und die Schlafzimmer. Sie sah alles noch einmal durch. Nichts.

Frustriert kehrte sie ins Schlafzimmer zurück, setzte sich aufs Bett und versuchte, sich in Henry hineinzudenken. Wie lauteten seine Designprinzipien? Minimalismus. Die Form folgt der Funktion.

In Windsong waren gläserne Wände in Wirklichkeit Fenster, steinerne Wände entpuppten sich als Schränke, schwebende Gebilde waren Treppen. Aber halt – das hieß doch, dass sich aus der Form eine Funktion ableitete, oder? Diese ganze Geschichte war zum Wahnsinnigwerden! Jeder andere hätte vermutlich schon längst die Flinte ins Korn geworfen. Sie nicht. Sie hatte Henry nie abgeschrieben.

Sie stand auf, ging im Zimmer auf und ab und blieb dann am Fußende des Bettes stehen. Nichts war, was es zu sein schien …

Das wuchtige, massive Bettgestell aus Holz hatte eine Höhe von über dreißig Zentimetern. Ohne auf ihren protestierenden Rücken zu achten, ließ sich Bea langsam auf Hände und Knie sinken und betrachtete den Rahmen genauer. Und tatsächlich: An der Unterseite entdeckte sie zwei lange, schmale Leisten. Sie tastete sie ab und fuhr erschrocken zurück, als sie auf das Holz drückte, das sie einfassten, und eine Schublade herausglitt.

Sie war nicht tief, bot aber ausreichend Platz für ein paar alte Terminplaner, leere Zeichenblöcke und etliche Grafitstifte. Ganz hinten fand sie ein dickes Comicbuch, *The Unbeatable Squirrel Girl*, Band eins. Merkwürdig.

Sie zog das Buch heraus und blätterte darin. Wieso hatte er das hier aufbewahrt und nicht in der Bibliothek? Und seit wann las er so etwas? Das war doch etwas für Kinder und Jugendliche.

Zwischen den letzten beiden Seiten steckte ein Blatt

Papier. Sie faltete es auseinander und legte es auf den Boden. Und da, verfasst in Henrys fein säuberlicher, fließender Handschrift, standen die Worte, die sie gesucht hatte: *Letzter Wille und Testament von Henry Wyatt.*

Ich, Henry Joseph Wyatt, im Vollbesitz meiner geistigen Kräfte, setze Bea Winstead, wohnhaft in 720 Park Avenue, New York City, New York, als Erbin meiner Kunstwerke und meines Hauses in der Actors Colony Road, Sag Harbor, New York, ein. Es ist mein Wunsch, dass das Haus in der Actors Colony Road in ein öffentlich zugängliches Museum mit einer Dauerausstellung meiner Arbeiten umgewandelt wird. Ausgenommen hiervon sind die unten aufgeführten Werke, die dem Ellen Noel Art Museum in meiner Heimatstadt Odessa, Texas, gestiftet werden sollen. Ferner bestimme ich Bea Winstead zur Vollstreckerin meines Testaments.

Bea wagte kaum zu atmen. Das Dokument trug das Datum vom Mai 2000. Es war alt, aber es war immerhin etwas! Sie schloss die Augen, presste das Blatt an ihre Brust und flüsterte: »Ich danke dir!«

Kapitel vierundzwanzig

Während Penny sich anzog, saß Emma bei Angus in der Küche und schaute zu, wie er dicke Speckscheiben mit Rohzucker bestreute. Dann legte er sie nebeneinander auf Backpapier und schob das Blech in den Backofen.

»Von diesem Haus wird nichts Gutes kommen«, sagte er und warf einen Blick durch das Sichtfenster des Ofens.

»Sag das bitte nicht zu Penny. Sie ist ganz aufgeregt, was das Haus betrifft.«

Emma hatte lange darüber nachgedacht, wie ihre Tochter das Haus »haben« konnte, ohne dass ihrer beider Leben dadurch völlig auf den Kopf gestellt wurde. Schließlich hatte sie beschlossen, dass sie es wie eine Art Ferienhaus nutzen würden.

»Au ja!«, hatte Penny begeistert zugestimmt. »Kann ich ein paar Sachen mitnehmen und dort lassen?«

»Meinetwegen«, sagte Emma nach einem Augenblick. »Aber nur so viel, wie du für ein paar Tage brauchst. Wir werden mal ein Wochenende dort verbringen oder abends zum Schwimmen hinfahren. Aber unser richtiges Zuhause bleibt das Haus, in dem wir wohnen.«

Sie erzählte Angus, was sie zu ihrer Tochter gesagt hatte, und er nickte zustimmend.

Als Penny schließlich zum Frühstück auftauchte, fragte sie ihn:

»Und du willst wirklich nicht mitkommen?«

»Ich geh zur Arbeit, junge Dame.«

Während der viertelstündigen Fahrt redete Penny mehr, als sie im ganzen letzten Monat mit Emma geredet hatte. So merkwürdig die Situation war, es tat Emma gut, Penny so glücklich und lebhaft zu sehen. Daran änderten nicht einmal Angus' Befürchtungen oder ihre eigenen Bedenken etwas.

Sie war seit jener spontanen nächtlichen Fahrt mit dem Wassertaxi nicht mehr im Haus gewesen, aber als sie die Küche betrat, merkte sie sofort, dass etwas anders war.

In der Spüle standen zwei benutzte Kaffeebecher.

»Warte kurz, Penny. Ich will mich erst mal umschauen. Jemand ist hier gewesen.«

Und sie war ziemlich sicher, wer dieser Jemand war.

Sie ging in den hellen Frühstücksraum hinüber, von wo aus gläserne Schiebetüren auf die Terrasse und eine scheinbar schwebende Treppe in den Nordflügel des Hauses führten. In ihm befand sich das Schlafzimmer. Sie stieg vorsichtig die Treppe hinauf.

»Hallo?« Niemand antwortete.

Sie ging an der Bibliothek und am Büro vorbei und weiter zum Schlafzimmer. Die Tür stand offen. Der Raum war tadellos aufgeräumt, nur auf dem Nachttisch lag eine Brille und auf der Kommode eine gefaltete Kaschmirstola.

Emma schob die Tür des Wandschranks auf. Die Garderobe darin war von Chanel, St. John und Lilly Pulitzer. Sie kannte nur eine Frau, der diese Sachen gehören konnten.

»Die hat vielleicht Nerven!«

Sie lief wieder nach unten. Penny wartete draußen auf der Veranda.

»Alles klar. Wir werden uns in den Gästezimmern einrichten.«

Emma wusste von ihrem nächtlichen Besuch, dass es drei Gästezimmer im dem Nordflügel entgegengesetzten Teil des Hauses gab. Verbunden wurden die beiden Abschnitte durch den zentralen Wohnbereich, der Küche, Ess- und Wohnzimmer umfasste. Die Gästezimmer lagen im ersten Stock, jedes verfügte über ein eigenes Bad.

Wütend riss sie die Tür zum ersten Raum auf. Am Fuß des ordentlich gemachten Bettes standen Sneakers. Auf dem Nachttischchen entdeckte sie eine leere Bierflasche.

Sie schlug die Tür wieder zu.

»Was ist denn?«, fragte Penny verwundert.

»Die ist hier eingezogen. Diese alte Frau.«

»Aber warum?«

Emma seufzte. »Weil sie eine sture alte Nervensäge ist, darum. Komm, wir bringen unsere Sachen in die anderen Gästezimmer. Das hier regele ich später. Davon lassen wir uns den Tag nicht verderben.«

Das zweite Gästezimmer war mit einem Himmelbett aus dunklem Holz und einem Nachttisch aus Glas und Chrom eingerichtet. Auf dem gestärkten weißen Bettzeug lagen verteilt weiße Kissen. An jeder Wand hing ein Gemälde von Henry Wyatt.

Das letzte Zimmer verströmte eine heimeligere Atmosphäre: eine blaue Keramiklampe, eine Tagesdecke mit einem Blockdruck, eine Bank am Fußende des Bettes mit

Acrylglasfüßen und blauem Steppbezug. An einer Wand ein vergoldeter Spiegel und daneben eine Metallskulptur.

Penny durfte sich aussuchen, welches Zimmer sie haben wollte.

»Ich nehm das andere«, sagte sie. »So ein riesiges Bett!«

»Na dann los.« Emma setzte sich auf die blaue Bank und ließ ihre Tasche auf den Boden fallen. »Wir treffen uns am Pool, sobald du ausgepackt hast.«

Emma schlüpfte in ihren Badeanzug, einen weißen Zweiteiler, den sie letztes Jahr im Sommerschlussverkauf gekauft hatte. Sie war erleichtert, dass sie immer noch hineinpasste und eine gute Figur darin machte. Außer zur Arbeit zu radeln und im Hotel die Treppen hinauf- und hinunterzusteigen, trieb sie keinen Sport. Aber anscheinend genügte das im Moment noch. Trotzdem fragte sie sich, ob sie nicht etwas verpasste, wenn sie die Frauen sah, die jeden Morgen in Yogahosen, eine zusammengerollte Yogamatte unter dem Arm, über die Main Street schlenderten. Allerdings hatte sie das Gefühl, in fast allen Lebensbereichen etwas zu verpassen.

Und wie käsig sie aussah! Als ob es erst Februar wäre und nicht schon seit Wochen Sommer.

Penny saß am Rand des Pools und ließ die Beine ins Wasser baumeln. »Das ist eiskalt!«

»Ich weiß noch nicht, wie die Heizung funktioniert.« Aber dann dachte Emma an die Stromrechnung und entschied, dass Penny entweder im kalten Wasser schwimmen oder aber warten musste, bis die Sonne es aufheizte. Oder würde sie das Geld für die Poolheizung von dem Konto für Instandhaltungskosten nehmen können, das der Anwalt erwähnt hatte? Himmel, das war alles so kompliziert!

Sie setzte sich in einen der vier Liegestühle am Rand des Pools mit Blick auf die Bucht und zog ein Taschenbuch aus ihrer Tragetasche. Irgendetwas fühlte sich komisch an. Richtig – sie war tatsächlich im Begriff, ein paar freie Stunden zu genießen!

Penny tauchte quietschend in das kalte Wasser ein.

Emma schlug das Buch auf, merkte aber schon bald, dass sie gar nicht wusste, was sie gelesen hatte. Die merkwürdige Situation hatte eine paradoxe Wirkung: Nicht nur, dass sie nicht abschalten konnte, ihre innere Anspannung wuchs mit jeder Minute.

Wieso war das alles passiert? Und warum? Auch wenn sie sich noch so oft ermahnte, die Situation doch einfach zu akzeptieren, hatte sie immer das Gefühl, sich rechtfertigen zu müssen. Letzte Woche hatte sie einen Anruf von einer alten Highschool-Freundin bekommen, die in East Hampton als Mietköchin für einen wohlhabenden Banker und seine Frau arbeitete und von der Sache mit dem geerbten Haus gehört hatte. Emma hatte sich praktisch dafür entschuldigt. »Ich habe keine Ahnung, aus welchem Grund er Penny das Haus hinterlassen hat. Reiche sind exzentrisch, das weißt du genauso gut wie ich.«

Emma glaubte das bis zu einem gewissen Grad auch. Nicht alles, was im Leben geschah, ergab einen Sinn, und oft brachten diese Ereignisse nichts Gutes mit sich. Aber das hier war definitiv etwas Positives. Etwas, das Pennys Leben – und ihr eigenes – verändern konnte, zum Besseren hin, sofern sie es einfach nur genießen würde, anstatt es ständig zu analysieren.

Dann war da natürlich noch die Sache mit Mark. Hatte ihn tatsächlich nur das Haus hierhergelockt, wie Angus so zynisch vermutete? Penny hatte ihr gestanden, ihrem Vater von dem Haus erzählt zu haben und dass er »aus allen Wolken gefallen« sei. »Dein Vater ist *Schauspieler*!«, hätte Emma am liebsten erwidert. Aber sie beherrschte sich. Trotz aller Enttäuschung und Verbitterung hatte sie sich geschworen, vor Penny nicht schlecht über Mark zu reden. Es war einfach nicht richtig, und es war vor allem nicht in Ordnung für ihre Tochter, wenn sie hörte, dass ihre Mutter kein gutes Haar an ihrem Vater ließ.

Selbst wenn ihn die Neugier hierhergetrieben hatte – entscheidend war, dass er da war und Zeit mit seiner Tochter verbrachte. Sicher, es war frustrierend, wie sie in den höchsten Tönen von ihm schwärmte, während sie sich Emma gegenüber abweisend oder aggressiv verhielt. Doch das war ja kein Wettbewerb. Der einzig wirkliche Elternteil, jener, der tagein, tagaus die schwere Arbeit leistete, war sie. Auch wenn Penny es ihr manchmal übelnahm, später, wenn sie älter war, würde sie es verstehen. Sollte sie ruhig Spaß haben mit ihrem Vater. Das war bestimmt harmlos.

Sie schaute ihrer Tochter beim Rückenschwimmen zu. Penny war eine gute Schwimmerin, aber Emma behielt sie immer noch im Auge, als wäre sie ein Kleinkind mit Schwimmflügeln an den Armen. Dann, nach ein paar Minuten, traute sie sich endlich, die Augen zu schließen. Wann hatte sie sich das letzte Mal so richtig entspannt?

Eine halbe Stunde lang einfach nichts gemacht? Sie hörte das leise Plätschern der Wellen, den Schrei einer Möwe.

Und ein lautes, knirschendes, sirrendes Geräusch in der Ferne.

Was war das denn?

Es kam aus Richtung der Bucht.

»Ich bin gleich wieder da«, rief sie Penny zu. Sie stand auf, schlüpfte in ihre Flip-Flops und ging den mit Steinplatten angelegten Weg zum Strand hinunter. Als die Anlegestelle sichtbar wurde, war ihr klar, woher das seltsame Geräusch kam. An der Spitze des Stegs lag ein marodes Neun-Meter-Kajütboot aus Holz vertäut, und am Ruder stand ein verschwitzter Kyle Dunlap und hantierte mit einer Schleifmaschine. Er trug ein T-Shirt mit einem Wal darauf, Cargo-Shorts und Schuhe, die ein Mittelding zwischen Sneakers und Stiefeln waren. Emma hätte ihn ohne seine Stadtblässe fast nicht erkannt. Sein braunes Haar hatte durch die Sonne einen Goldton angenommen, der seine tiefe Bräune noch betonte.

An Brettern und Werkzeugen vorbei lief sie auf den Steg hinaus.

Die Hände in die Seiten gestemmt rief sie: »Können Sie mir sagen, was das hier ist?«

Kyle schaltete die Schleifmaschine ab, betrachtete die Bretter vor ihren Füßen und antwortete: »Das ist Teakholz.«

»Nein, ich meine, *das alles hier*! Was tun Sie da?«

Er wischte sich mit dem Unterarm den Schweiß von der Stirn. »Ich will das Boot wiederherrichten.«

»Und was tun Sie *hier*?«

Kyle legte die Maschine weg und machte ein paar Schritte auf sie zu. »Kommen Sie doch einen Moment an Bord, dann müssen wir nicht so schreien.«

Na schön. Sie stieg auf das Boot. Als er sie am Arm fassen wollte, um ihr Halt zu geben, machte sie sich energisch los. »Nicht nötig.« Der Bootsboden war aufgerissen, zackige Holzstücke ragten nach oben. Wunderbar. Schreien mussten sie jetzt nicht mehr, aber sie würde sich bestimmt Schrammen holen. »Kyle, was tun Sie hier?«

Er warf einen flüchtigen Blick zum Haus hinauf. »Es tut mir leid, Emma, aber Bea ist überzeugt, dass das Testament ungültig ist. Sie wird nicht aufgeben.«

Emma schüttelte den Kopf. »Ich hab keine Lust, mich ständig im Kreis zu drehen. Beas Meinung interessiert mich nicht. Das ist Hausfriedensbruch.«

Das Boot schaukelte auf den Wellen, und ein kleiner Metallspachtel rutschte in Richtung ihrer Füße.

»Sie haben recht«, erwiderte Kyle. »Sie könnten die Polizei rufen.«

Ja, sie könnte Jim DiMartino anrufen, und dann würde er … Ja, was würde er dann tun? Bea verhaften, wenn sie hier aufkreuzte? Emma konnte schon die Schlagzeilen sehen. Und das Letzte, was sie brauchte, war noch mehr Aufmerksamkeit. Nein, das musste diskret geregelt werden. Mithilfe eines Anwalts. Was das wohl kosten würde? Zu viel.

Sie verschränkte die Arme über der Brust und blickte sich um. »Aber es kommt alles im Leben zurück, wie ich sehe. Da hat man Ihnen einen schönen Schrotthaufen angedreht. Das tröstet mich ein bisschen.«

Kyle lachte. »Der Schein trügt. Dieses Boot ist eine Schönheit, glauben Sie mir.«

»Wenn Sie das sagen. Interessiert mich nicht.«

»Kommen Sie, werfen Sie mal einen Blick in die Kombüse.«

»Nein danke.«

»Jetzt kommen Sie schon! Das wird Ihnen ein sadistisches Vergnügen bereiten, wenn Sie sehen, wie viel Arbeit ich noch vor mir habe.«

Emma war hin- und hergerissen. Es würde sie schon interessieren, was sich dieser New Yorker Glücksritter da aufgehalst hatte. Dann hätten sie, Sean und Alexis bei ihrem nächsten Kneipentreffen wenigstens etwas zu lachen.

Die Neugier siegte. Sie folgte Kyle die kurze Leiter in die Kajüte hinunter. Sie musste unwillkürlich an ihren Vater denken, der alte Boote geliebt und ganze Nachmittage auf See beim Angeln verbracht hatte. Ihr hatte stets vor solchen Tagen gegraut, weil sie wusste, was es dann zum Abendessen geben würde: Flunder. Oder Butt. Oder was immer er gefangen hatte. Erst viel später hatte sie frisch gefangenen Fisch zu schätzen gelernt.

»Wenn sie erst einmal sieht, wie viel Arbeit dahintersteckt, wird sie zu würdigen wissen, was auf den Tisch kommt«, hatte ihre Mutter zu ihrem Vater gesagt.

In der Woche darauf fuhr Emma mit ihrem Vater hinaus aufs Meer. Er zeigte ihr, wie man einen Köder am Angelhaken befestigte. Dann stellte er sich hinter sie und half ihr, die Rute zu halten. Sie erinnerte sich bis heute an das aufregende Gefühl, als ein Fisch anbiss und ihr Vater den Fang einholte. Aber als der Fisch auf dem Bootsdeck lag und hilflos am Haken zappelte, brach sie in Tränen aus. Ihr Vater entfernte den Haken und warf den Fisch ins Meer zurück.

»Es ist ihm doch nichts passiert, oder?«, schluchzte sie. Ihr Vater beruhigte sie: Dem Fisch gehe es gut. Und wenn er ihr das sagte, dann glaubte sie ihm auch.

Die Kajüte auf Kyles Boot befand sich in einem noch desolateren Zustand als das Deck. Das Holz war weitgehend verfault und zerfressen, Drähte ragten aus den Seitenplanken heraus, und der Fußboden war praktisch nicht vorhanden. Überall lagen Rollen mit Küchentüchern und Isolierband herum.

»Ich seh Ihnen an, was Sie denken«, sagte Kyle. »Aber Sie würden sich wundern, was man mit ein bisschen Lack und Farbe erreichen kann.«

»Mit ein bisschen Lack und Farbe werden Sie da nicht viel erreichen«, erwiderte sie. Und dennoch musste sie unwillkürlich an Jack und seine Geschichten über den heruntergekommenen Zustand des Hotels denken, als er es gekauft hatte. Und die Arbeit, die er hineingesteckt hatte, hatte sich ausgezahlt: Heute war das American Hotel das Schmuckstück in der Main Street.

Kyle schüttelte den Kopf. »Ihnen fehlt der Glaube. Ich werde eine neue Kombüse, eine neue Toilette und hier ein paar Schränke einbauen, damit man auf dem Boot wohnen kann.«

»Na, dann viel Glück.« Sie kletterte die Leiter hinauf und drehte sich oben noch einmal zu ihm um. »Nur seien Sie nicht so laut, okay?«

Auf halbem Weg zum Haus hörte sie hinter sich schon wieder das sirrende Knirschen der Schleifmaschine.

Penny kletterte aus dem Pool und wickelte sich in eines von Henrys plüschigen Handtüchern. Er hatte lauter schöne Sachen. Und alles schien neu zu sein. Wie in den Villen der Promis in einer dieser Shows im Fernsehen.

Nur dass es dort keine Hausbesetzer gab. Was dachten sich die alte Lady und Kyle dabei? So nannte sie die beiden im Stillen: die alte Lady und Kyle. Noch zwei Erwachsene, die alles nur komplizierter machten. Als wären ihre Mutter und Angus nicht schon genug. Als sie ihrem Vater von der alten Lady erzählte, war er überrascht gewesen und hatte eine Menge Fragen gestellt, auf die sie keine Antwort wusste, zum Beispiel, ob ihre Mutter einen Anwalt hatte. »Nie im Leben. Glaubst du im Ernst, sie würde Geld für einen Anwalt ausgeben?«

Sie wollte unbedingt, dass ihr Dad das Haus sah. Und Mindy und Robin wollte sie es auch zeigen. Um Pluspunkte bei ihnen zu sammeln nach dem verkorksten Tag am Strand.

Die Tragetasche ihrer Mutter lag neben ihrem Liegestuhl. Penny warf einen raschen Blick zum Haus hinauf und durchwühlte dann die Tasche, bis sie das iPhone ihrer Mom gefunden hatte. Nachdem sie sich mit einem weiteren verstohlenen Blick in die Runde davon überzeugt hatte, dass sie allein war, schoss sie Fotos vom Pool und dem Haus und dem Blick auf die Bucht. Dann kramte sie ihr eigenes schäbiges Motorola aus ihrer Strandtasche (ihre Mutter hatte es doch nicht konfisziert) und suchte die Nummern von Mindy und Robin. Sie schickte ihnen Fotos von ihrem neuen Haus zusammen mit der Warnung: Keine Antwort an diese Nummer – nicht mein Handy. Sie löschte die Threads und steckte das Telefon zurück in die Tasche.

Sie verstand nicht, warum ihre Mutter so streng auf ein zeitliches Limit bei der Benutzung ihres Handys achtete. Wie sonst sollte sie mit ihren Freundinnen kommunizieren? Es war schon schwer genug, mit ihnen mitzuhalten, auch ohne technisch hinterm Mond zu leben.

Als sie zum Pool zurückging, war sie sich auf einmal nicht mehr sicher, dass sie das Handy auch wirklich an seinen Platz zurückgelegt hatte. Sie machte kehrt, um sich zu vergewissern. Und dann noch einmal. Und noch einmal.

»Penny! Was suchst du denn in meiner Tasche?«

Erwischt! »Sonnencreme«, schwindelte sie.

Sie wusste nicht, wer von beiden der strengere Aufpasser war – ihre Mutter oder ihr eigener Verstand.

Kapitel fünfundzwanzig

Beas Anwalt rief genau in dem Augenblick zurück, als sie im Salon Xavier in der Bay Street für das wöchentliche Aufföhnen ihrer Frisur Platz nahm. Ein Glück, dass sie einen Ersatz für ihren geliebten John-Barrett-Salon gefunden hatte!

Sie wölbte die Hand um ihr Handy und sagte leise: »Richard, nur ganz kurz, weil ich im Moment nicht reden kann. Du hast meine Nachricht bekommen?«

»Ja. Eine interessante Entwicklung. Und die Antwort auf deine Frage lautet Ja, damit bist du rechtlich in der Lage, das neuere Testament anzufechten. Aber es wird dadurch nicht automatisch ungültig, verstehst du?«

»Ich weiß, ich weiß. Außerdem ist es achtzehn Jahre alt. Aber du hast gesagt, wenn ich in einem früheren Testament als Erbin eingesetzt worden bin …«

»Schick es mir. Ich werde die nötigen Schritte veranlassen. Aber die Aussichten auf Erfolg sind minimal, Bea. Das aktuelle Testament kann nicht wegen eines Formfehlers angefochten werden, das haben wir bereits abgeklärt. Bleiben drei weitere Möglichkeiten. Der Erblasser war testierunfähig. Der Erblasser wurde bedroht oder gezwungen, das Testament abzufassen. Oder die Erben haben sich das Testament durch Betrug beschafft. In allen drei Fällen ist der Nachweis äußerst schwierig.«

»Nun, dann weißt du ja, was du zu tun hast. An die Arbeit! Wir wollen keine Zeit mit Plaudern vergeuden.« Sie beendete das Telefonat und lächelte dem Stylisten hinter ihr im Spiegel zu. Ihr Handy summte schon wieder. Kyle. Sie wartete, bis ihr schneeweißes, knapp kinnlanges Haar ganz glatt frisiert war, und las dann erst seine Nachricht.

Emma Mapson im Haus. Mit Tochter. Nur zu deiner Information. Keine Szene, okay?

Noch vor vierundzwanzig Stunden wäre das eine schlechte Nachricht gewesen. Jetzt war sie überaus willkommen.

Sie sagte den Termin für die Maniküre ab und rief ein Taxi. Das Wassertaxi wäre schneller, aber mit ihren frisch gestylten Haaren wollte sie sich nicht dem Fahrtwind aussetzen. Stattdessen ließ sie sich durch den dichten Stadtverkehr chauffieren, über die Brücke und durch die kurvenreichen, stillen Straßen nach Windsong. Sie hatte viel Zeit sich zurechtzulegen, was sie zu Emma Mapson sagen würde.

Emma saß im Esszimmer, löffelte Joghurteis aus einem großen Becher von BuddhaBerry und schaute Penny beim Schwimmen im Pool zu. Sie ärgerte sich immer noch über Kyle und sein Boot, aber etwas an diesem Haus übte eine beruhigende Wirkung auf sie aus. Lag es an dem natürlichen Licht, das reichlich vorhanden war, oder an der blitzblanken Ordnung überall? Es fühlte sich jedenfalls an wie ein tiefes, befreiendes Durchatmen. Nur eines an diesem Haus gefiel ihr nicht so: dass einige Zimmer zu nüchtern und unpersönlich waren. Aber das ließe sich mit ein paar großen, gut platzierten Rosensträußen beheben.

Die vordere Haustür fiel krachend ins Schloss.

Emma sprang auf. »Hallo?«

Bea Winstead rauschte herein, als gehöre das Haus ihr. Trotz der fast siebenundzwanzig Grad draußen trug sie ein leichtes Kaschmircape. Sie ließ ihre Schlüssel auf den Tisch fallen und sagte: »Wie ich sehe, haben Sie sich schon häuslich eingerichtet.«

Sie war nicht überrascht, Emma hier anzutreffen. Kyle musste ihr einen Tipp gegeben haben. Dieser Idiot!

»Das Gleiche könnte ich zu Ihnen sagen.« Emma steckte ihren Löffel in den Plastikbecher. »Das ist Hausfriedensbruch. Ich könnte die Polizei rufen und das ein für alle Mal klären.«

»Dann tun Sie's doch. Warum haben Sie es nicht längst gemacht?«

»Weil ich erst vor ein paar Stunden gesehen habe, dass Sie hier eingezogen sind.«

»Ach ja? Oder weil Sie wissen, dass *Sie* sich unrechtmäßig hier aufhalten?«

Ach du lieber Himmel! Nicht schon wieder! »Ms Winstead, ich will keine Szene machen. Das ist eine kleine Stadt, ich will nicht noch einmal in der Zeitung stehen. Vor allem aber möchte ich die Privatsphäre meiner Tochter schützen. Deshalb möchte ich Sie höflich bitten zu gehen. Wir werden bestimmt eine Lösung finden, wenn Sie ein paar Tage brauchen.«

»Wie großzügig von Ihnen«, höhnte Bea. »Aber wenn *ich* gehen muss, gehen *Sie* auch.«

Emma presste ihre Hände an die Schläfen. »Ich habe nicht die Energie für solche Spielchen.«

»Ich spiele nicht, meine Liebe.« Bea stellte ihre Hermès-Handtasche auf den Tisch, öffnete sie, nahm ein Blatt heraus und wedelte Emma damit vor dem Gesicht herum.

»Henrys ursprüngliches Testament, in dem er mich zu seiner Testamentsvollstreckerin bestimmt hat. Und ausdrücklich wünscht, dass dieses Haus in ein Museum umgewandelt wird und nicht in einen Spielplatz für die Rezeptionschefin eines Hotels und ihre Tochter.«

Emma streckte die Hand nach dem Papier aus, aber Bea war schneller. »Henry hat nichts dem Zufall überlassen. Nie. Er würde niemals die willkürliche Entscheidung treffen, mir nichts, dir nichts seinen Besitz einer Fremden zu hinterlassen.«

»Aber genau das hat er getan.«

»Darüber werden die Gerichte entscheiden. Ich werde das Testament anfechten. Und Sie dürfen mir glauben, dass ich die besten Anwälte habe, die für Geld zu kriegen sind. Richten Sie sich also nicht zu häuslich hier ein. Und ich an Ihrer Stelle würde nicht auf eine Lösung der Frage drängen, wer hier wohnen darf und wer nicht – es ist sonst gut möglich, dass wir beide bis zur Klärung der Lage das Haus räumen müssen.«

Emma schaute hinaus. Penny planschte fröhlich im Pool.

»Haben Sie mich verstanden, Ms Mapson?«

Emma nickte, den Blick immer noch auf ihre Tochter gerichtet.

Sie würde nicht drum herumkommen, sich einen Anwalt zu nehmen. Das »geschenkte« Haus kostete jetzt schon eine ganze Menge.

Ihre Mutter war ziemlich wortkarg auf der Rückfahrt. Sie hatte schlechte Laune, Penny merkte es ihr an, deshalb hielt sie den Mund. Aber sie war bitter enttäuscht, weil sie schon wieder nach Hause fuhren. Eigentlich hatten sie in Henrys Haus zu Abend essen und vielleicht das erste Mal dort übernachten wollen. Aber dann war die alte Lady aufgekreuzt.

Warum gab ihre Mutter immer klein bei? Sie wollte alles richtig machen, aber sie war übervorsichtig, und deshalb war ihr Leben auch so furchtbar langweilig. Und das Schlimmste: Sie wollte, dass Penny genauso sein sollte wie sie. Aber was noch viel frustrierender war: Jedes Mal, wenn Penny mutig sein und etwas riskieren wollte, machte ihr ihre Zwangserkrankung einen Strich durch die Rechnung.

»Sollen wir unterwegs was essen?«, fragte Emma, als sie über die Brücke fuhren.

»Klar, warum nicht?«

»LT Burger?«

Penny nickte. Ihre Mom versuchte es wiedergutzumachen. LT Burger mit seinen Waffelpommes und den leckeren Milchshakes war ihr Lieblingsimbiss. Ihr Handy summte in ihrer Hand. Eine Nachricht von ihrem Vater.

»Dad will morgen mit mir an den Strand.«

Emma streifte sie mit einem flüchtigen Blick. »Und die Historical Society? Du hast Angus versprochen, dass du ihm helfen würdest, Penny. Du kannst ihn jetzt nicht einfach abservieren.«

Penny fand es lustig, wenn ihre Mutter Ausdrücke wie »abservieren« gebrauchte. Das erinnerte sie daran, dass ihre Mom einmal jung gewesen war. Ob sie auch den einen oder anderen abserviert hatte? Ob sie noch wusste, wie sich das anfühlte?

»Mom, ich hab nur gesagt, dass ich dort aushelfe, weil man mit vierzehn keinen richtigen Job kriegt.«

»Hast du es überhaupt versucht?«

»Natürlich! Bei einigen. Ich hätte wirklich gern im BuddhaBerry gejobbt, aber der Inhaber hat gemeint, nächsten Sommer. Ich weiß, du hast gesagt, ich kann nicht den ganzen Tag allein zu Hause herumhocken. Aber jetzt ist Dad da, das ändert alles. Wer weiß, wie viel Zeit ich noch mit ihm verbringen kann. Die Historical Society läuft nicht weg.«

Emma fand einen Parkplatz, stellte den Wagen ab. Schweigend stiegen sie aus und gingen zum Eingang des Lokals.

Pennys Handy summte erneut. Diesmal bekam sie eine Nachricht von Mindy als Reaktion auf die geschickten Fotos.

Die Bude ist einfach irre!

Penny überlegte, was sie antworten sollte. »Danke«? Klang merkwürdig. »Ist mir klar«? Hörte sich fies und arrogant an. Himmel, sie hasste es, wenn sie so angestrengt überlegen und alles tausendmal hin und her drehen musste. Aber das Erlebnis neulich am Strand wirkte immer noch nach. Sie musste es endlich abhaken.

Die Wände von LT Burger waren mit weißen Fliesen verkleidet, dazu flippige Lampen, Deckenventilatoren, die Speisekarte war auf Schiefertafeln geschrieben. Sie setzten sich an einen Tisch unweit der umlaufenden Theke mit der orangeroten Oberfläche. Penny brauchte keine Karte, sie bestellte immer das Gleiche: den Standardhamburger, die Waffelpommes und zum Nachtisch den Death-by-Oreo-Milchshake.

»Penny«, sagte ihre Mutter, »dieser zermürbende Kleinkrieg muss ein Ende haben. Glaubst du, es gefällt mir, ständig die Böse zu sein? Ich will doch nur dein Bestes, auch wenn du das anders siehst und dich über mich ärgerst. Das Richtige zu tun, nur darauf kommt es an, selbst wenn es schwer ist. Vor allem, wenn es schwer ist. Verstehst du?«

Penny nickte. Sie glaubte schon, dass sie es verstand. Ihre Mom war es im Grunde leid, permanent wegen allem und jedem mit ihr zu streiten. Ihr ging es ja genauso. Und sie wollte ihrer Mom nicht noch zusätzliche Sorgen bereiten.

»Tut mir leid«, murmelte sie.

Emma schüttelte den Kopf. »Ich beklage mich nicht. Ich hab dich lieb. Du darfst nicht denken, dass ich dich unglücklich machen möchte. Aber ich bin die Erwachsene, und ich sehe das große Ganze, wie du es noch nicht kannst. Du musst mir vertrauen und darfst nicht jede Entscheidung als einen Versuch werten, dir etwas wegnehmen zu wollen.«

»Aber wenn ich bei der Historical Society arbeiten soll, anstatt den Tag mit meinem Dad zu verbringen, nimmst du mir etwas weg!«

Ihre Mutter lehnte sich zurück und seufzte. »Weißt du was? Wir schließen einen Kompromiss. Du arbeitest bis zum frühen Nachmittag ein paar Stunden bei der Historical Society, und anschließend gehst du mit deinem Dad an den Strand und zum Essen.«

Penny strahlte. »Abgemacht.«

Die Kellnerin nahm ihre Bestellung entgegen. Anscheinend ging es ihrer Mom jetzt besser – sie bestellte die Milchshakes nicht als Nachtisch, sondern als Appetizer.

Das Handy in Pennys Schoß summte ein weiteres Mal. Eine SMS von Mindy.

Freitagabend Party bei mir.

Penny warf ihrer Mutter einen flüchtigen Blick zu.

Na ja, was sie nicht weiß, macht sie nicht heiß, dachte sie. Sie musste ja nicht jede Kleinigkeit mit ihr durchdiskutieren, oder?

Sie durfte sich nur nicht erwischen lassen.

Kapitel sechsundzwanzig

Die Entdeckung von Henrys Testament hatte Bea Mut gemacht, aber ihr war klar, dass die Angelegenheit damit längst noch nicht zu ihren Gunsten entschieden war. Da sie keine Lust hatte, sich zurückzulehnen und auf Nachricht von ihren Anwälten zu warten, machte sie sich an diesem Nachmittag wieder auf die Jagd nach Henrys Zeichnungen. Ihr Ziel war das Walfangmuseum.

Das weiße Gebäude im neoklassizistischen Greek-Revival-Stil hatte einen Säulenvorbau, auf dem in goldenen Lettern MASONIC TEMPLE stand. Zwei riesige Walkiefer rahmten den Eingang ein.

Drinnen trugen die doppelte Raumhöhe und ein prächtiges ovales Treppenhaus zu dem gediegenen Ambiente bei, in das nur der Geschenkartikeltresen nicht passen wollte. Und hinter dem Tresen stand Angus und tippte Souvenirs für eine Familie mit kleinen Kindern in die Kasse ein. Bea wartete, bis er fertig war.

»Arbeiten Sie eigentlich in jedem Museum in dieser Stadt?«

»Ah, Ms Winstead! So trifft man sich wieder.« Seine Stimme hatte etwas unglaublich Beruhigendes. Bea fand ihn sympathisch, auch wenn seine Verbindung zu Emma Mapson sie wurmte.

Sie und Mr Sinclair stammten aus einer Zeit, als auf gute Manieren geachtet wurde. Natürlich hatte sie diese abgelegt wie eine zweite Haut, als sie in den Sechzigerjahren nach Greenwich Village gezogen war. Mit zunehmendem Alter besann sie sich jedoch instinktiv wieder auf ihre konventionelle Erziehung. Doch jetzt entschied sie, dass es an der Zeit war, sich von den Förmlichkeiten zu verabschieden.

»Sagen Sie bitte Bea zu mir.«

»Bea. Nun, was führt Sie hierher? Das Interesse an der langen Walfanggeschichte der Stadt? Ich führe Sie gern herum.«

Er nahm sie natürlich auf die Schippe. »Klingt verlockend, aber ich denke, Sie wissen, dass ich auf der Suche nach Artefakten aus der jüngeren Zeit bin.«

»Sie sind äußerst zielgerichtet, nicht wahr? Hat Ihnen schon mal jemand gesagt, dass man hin und wieder innehalten und das Leben genießen sollte?«

»Ich bin nicht in Stimmung, Mr Sinclair.«

»Angus.« Er ging um den Tresen und die Souvenirvitrine herum. »Kommen Sie, ich bringe Sie zum Archiv. Erlauben Sie mir, Ihnen auf dem Weg dorthin ein paar Kostbarkeiten zu zeigen.«

Sie folgte ihm zu einem Raum rechts von der Eingangshalle und der rundgeführten Treppe.

»Sehen Sie sich dieses Prachtstück an.« Er blieb vor einem Buch in einem Glaskasten stehen. »Eine illustrierte Ausgabe von *Moby Dick*, erschienen in limitierter Auflage. Das Vorwort stammt von Jacques-Yves Cousteau, und er hat das Buch auch signiert.«

Bea warf einen Blick auf das aufgeschlagene Werk.

»Ja, sehr nett«, sagte sie ungeduldig.

»Lesen Sie mal, was auf der kleinen Tafel steht.«

Sie überflog die Informationen – Einzelheiten zu den lithografierten Illustrationen von LeRoy Neiman und einige Zitate von Cousteau. Und dann las sie: *Dem Sag Harbor Walfangmuseum gestiftet von Henry Wyatt.*

Sie schaute überrascht auf, und Angus lächelte.

Oh Henry! Seine Bücher hatte er immer geliebt. Sie nahm sich vor, seine Bibliothek noch einmal genauer durchzusehen. Falls sie Bücher entdeckte, die für eines der hiesigen Museen von Interesse sein könnten, würde sie sie Angus zeigen. Aber dann fiel ihr ein, dass sie nicht über seinen Nachlass verfügen konnte. Deshalb war sie ja hier – um einen Hinweis zu finden und dieses Testament ad absurdum zu führen.

Sie durchquerten weitere Räume und gingen in den hinteren Teil des Gebäudes. Bea schenkte der Architektur – Kranzprofile, stuckverzierte Decken, korinthische Säulen – mehr Aufmerksamkeit als den Exponaten. »Und das war einmal ein Privathaus?«

»Ganz recht. Benjamin Huntting II. hat es 1845 für sich und seine Familie bauen lassen. Er hat mit Waltran ein Vermögen verdient.«

»Wer hat das Haus entworfen? Jemand, den man kennt?«

»Ein im neunzehnten Jahrhundert sehr bekannter Architekt. Minard Lafever.«

»Ja, der Name ist mir geläufig. Was hat es mit dem Hinweis auf die Freimaurer über dem Haupteingang auf sich?«

»Nach Hunttings Tod 1867 hat das Haus ein paarmal den Besitzer gewechselt. Bis 1907 stand es leer. Dann wurde es von Mrs Russell Sage erworben, einer bekannten Philanthropin. Es war bis zu ihrem Tod 1918 ihr Sommerhaus. Zwei Jahre später kauften die Freimaurer das Gebäude. Nicht lange danach begann die Historical Society damit, im Erdgeschoss Objekte auszustellen. Damit begann die Nutzung des Gebäudes als Museum. Offiziell wurde es allerdings erst 1936 eröffnet.«

»Sie verfügen über ein unglaubliches Wissen«, bemerkte Bea.

»Ich habe Geschichte an der Highschool unterrichtet.«

»Und seit wann sind Sie im Ruhestand?«

»Seit zehn Jahren.«

»Und Sie vermissen Ihren Beruf.«

»Jeden Tag.«

»Nun, betrachten Sie sich doch einfach als Lehrer für Erwachsene.«

Sie gelangten in einen Raum, in dem ein langer Tisch und schwere Holzschränke standen. Angus machte eine weit ausholende Handbewegung. »Da wären wir.«

Pennys Dad fuhr dieses Mal ein anderes Auto, ein schwarzes Cabrio, als er sie abholte.

»Ein traumhafter Tag, was?«, sagte er, als er auf den Parkplatz von Coopers Beach einbog.

Es war heiß, aber nicht zu heiß. Gelegentlich wurde die Sonne für Sekunden von einer Wolke verdeckt. Der Strand war voll wie an einem Wochenende.

Penny folgte ihrem Vater über die lange Gummimatte,

die wie ein Steg über den heißen Sand führte, zum Meer hinunter. Sie wäre am liebsten sofort ins Wasser gesprungen, aber sie hatten unterwegs Sandwiches bei Bagel Buoy gekauft, und wenn sie die nicht gleich aßen, würden sie verderben. Ihr Dad hatte nicht an eine Kühltasche gedacht. Ihre Mom vergaß das nie.

»Danke, dass du mir einen Grund geliefert hast, den Rest des Tages blauzumachen«, sagte Penny.

»Ich finde, es sollte gesetzlich verboten werden, an so einem Tag arbeiten zu müssen«, meinte er und reichte ihr eine Flasche Mineralwasser.

Penny war immer noch nicht ganz klar, womit ihr Dad eigentlich seinen Lebensunterhalt verdiente. Die Schauspielerei bringe nichts ein, hatte er gesagt und ihr zu erklären versucht, was ein Produzent machte. Aber für sie hatte es sich angehört wie der Versuch, Geld aufzutreiben, und wie konnte man etwas verdienen, indem man andere Leute um Geld bat?

»Und wo wohnst du jetzt?«, fragte sie. Auch da hatte er sich bisher nicht festgelegt.

»Ich hab was Tolles zur Miete gefunden, nicht weit weg von der Division Street.«

»Und wie lange willst du bleiben?«

Er sah sie lächelnd an. »Du bist für klare Antworten, was?«

»Mom sagt immer, ich hätte eine extrem niedrige Toleranzschwelle für Grauzonen.«

Deshalb war ihr auch nicht wohl bei dem Gedanken, sich später davonzustehlen, um auf diese Party zu gehen. Aber sie würde es durchziehen, selbst wenn sie dadurch in einen inneren Zwiespalt geriet. Denn einerseits wollte sie mit ihren Freunden mithalten können, andererseits waren da aber die Regeln ihrer Mutter, die es zu befolgen galt. Sie hätte gern mit ihrem Dad über diesen Konflikt geredet, doch das kam ihr ihrer Mutter gegenüber noch illoyaler vor, als sie anzulügen.

Nachdem sie ihre Sandwiches aufgegessen hatten, gingen sie ans Wasser. Ihr Dad watete bis zur Taille hinein, aber sie stand da und schaute zu, wie die Wellen über ihre Füße spülten.

Nicht daran denken, sagte eine Stimme in ihrem Kopf. Aber ein anderer Teil ihres Gehirns, der stärkere Teil, fing an zu zählen.

Ihr Vater war schon ziemlich weit draußen. Er winkte ihr, sie solle zu ihm schwimmen. Sie hob die Hand, den Zeigefinger ausgestreckt: *Eine Sekunde noch.* Und fing wieder an zu zählen.

Nach ungefähr einer Minute watete ihr Vater zurück an den Strand. Penny war den Tränen nahe.

»Hey, was ist los? Willst du nicht ins Wasser kommen?«

»Doch, aber ich kann nicht!« Sie konnte die Tränen nicht mehr zurückhalten, sie strömten ihr nur so übers Gesicht. Schluchzend wie ein kleines Kind stand sie da. Verblüfft und sichtlich verwirrt legte ihr Dad einen Arm um sie und führte sie zu ihren Strandtüchern zurück.

»Was ist denn los? Was hast du denn?« Er gab ihr eine Papierserviette von ihren Sandwiches. Als sie sich damit die Nase putzte, merkte sie, dass Frischkäse an der Serviette klebte, und schluchzte noch heftiger. Ihr Dad sah sie bestürzt an. Sie wusste, dass sie ihm eine Erklärung schuldig war, auch wenn es ihr noch so schwerfiel. Den Rest des Nachmittags heulend dazusitzen war definitiv keine Option.

»Ich leide an OCD«, sagte sie stockend.

Ihr Dad dachte darüber nach. »Du meinst, du musst dir andauernd die Hände waschen? So was in der Art?«

Sie nickte. »Ja, aber nicht nur das.«

»Was noch?«

Sie zögerte, weil sie ihn nicht vergraulen wollte. Sie zu besuchen sollte ihm doch Spaß machen. Doch dann fiel ihr Blick auf die durchgeweichte Serviette in ihrem Schoß, und sie wusste, dass ihr Gesicht vom Weinen gerötet und verquollen und dass es jetzt sowieso schon zu spät war. Und so erzählte sie ihm von dem Zählzwang, dem Kontrollzwang, der Angst vor Keimen.

Ihr Dad nickte, und sie konnte ihm ansehen, dass er sich bemühte so zu tun, als ob das keine große Sache wäre. Aber seine Stimme klang unüberhörbar angespannt, als er fragte: »Und deine Mutter? Was sagt sie dazu? Hat sie dich zu einem Arzt geschickt? Einem Therapeuten oder so?«

»Ja, ich geh zu Dr. Wang. Sie zeigt mir, wie ich meine Gedanken unter Kontrolle bringen kann. Das nennt sich kognitive Verhaltenstherapie.«

»Aber es hilft dir nicht.«

Penny zuckte mit den Schultern. »Eine Zeit lang hat es schon geholfen. Letztes Jahr ging es mir besser. Da habe ich viel gezeichnet. Mit dem Künstler, der mir das Haus hinterlassen hat. Ich weiß auch nicht, aber beim Zeichnen ging es mir ein bisschen besser. Meine Therapeutin sagt, das braucht eben seine Zeit und ich müsse Geduld haben. Aber manchmal glaube ich, dass das nie weggeht. Sie hat gemeint, ich könne es ja mal mit Prozac versuchen.«

»Okay, hört sich gut an. Klingt nach einem Plan.«

»Nicht direkt. Mom hat kein gutes Gefühl dabei. Sie will, dass ich noch warte.«

»Aber wenn deine Ärztin es empfohlen hat! Deine Mutter ist keine Ärztin!«

Oh-oh. »Es war nur ein Vorschlag«, sagte sie schnell. »Meistens geht es mir ja gut.«

»Anscheinend nicht«, entgegnete er in einem ärgerlichen Ton, der neu an ihm war. Er ließ seine Blicke über den Strand wandern, sah dann wieder sie an. »Vielleicht sollten wir woandershin. Etwas anderes machen. Wo gehst du sonst noch gern hin?«

Könnte sie die Zeit doch nur um eine Viertelstunde zurückdrehen, am Wasser stehen und ihren Zählzwang niederkämpfen! Jetzt wollte ihr Dad weg von hier, damit er sie so schnell wie möglich zu Hause absetzen konnte. Sie hatte alles kaputtgemacht. Sie überlegte fieberhaft, wie sie den Tag retten konnte.

»Möchtest du dir mein neues Haus ansehen?«

Kapitel siebenundzwanzig

Der Archivraum im Walfangmuseum hatte keine Fenster. Bea hatte jegliches Zeitgefühl verloren, aber nachdem sie eine Mappe mit Zeichnungen von Henry gefunden hatte, spielte Zeit auch keine Rolle mehr.

Die Sammlung enthielt Baupläne für Windsong aus dem Jahr 1989 sowie zwei Zeichnungen, die einen Barkeeper darstellten. Die Bar war ohne Zweifel die vom American Hotel. Bea studierte die kantigen Züge des Mannes, der ihr irgendwie bekannt vorkam. Und plötzlich fiel es ihr wieder ein: Der Mann hatte im Frühjahr 1988, als sie und Henry das erste Mal in Sag Harbor gewesen waren, hinter der Bar gestanden. Sie erinnerte sich an die Zeichnung von der Party, die sie in der Kunstgalerie in der Washington Street gesehen hatte: Das war nicht irgendeine Party, sondern die Dinnerparty, die sie am selben Wochenende besucht hatten.

Es war seinerzeit ein großes gesellschaftliches Ereignis gewesen. Der Gastgeber, ein bedeutender Kunstsammler, war Vorstandsmitglied vom MoMA und vom Guggenheim Museum. Henry, der von solchen Events generell wenig hielt, hatte sich geweigert, die Party zu besuchen, obwohl er Ehrengast war.

Als seine Agentin bestand Bea darauf, dass sie hingingen. »Vergiss die berufliche Verpflichtung. Sieh es als gute

Gelegenheit, eine neue Stadt kennenzulernen.« Das half. Henry betonte nämlich immer, wie aufgeschlossen und neugierig er war. Und obwohl sie früher bereits Ausflüge in die Hamptons unternommen hatten, waren sie bisher nie so weit nach Norden gefahren.

Das American Hotel war ihnen empfohlen worden, und sie wurden nicht enttäuscht: Sein altmodischer Charme zog sie sofort in den Bann. Sie checkten ein, kleideten sich für die Party um und gingen dann auf einen Drink in die Bar.

»Man hat das Gefühl, dass die Zeit hier stehen geblieben ist«, sagte Henry zum Barkeeper, der etwa in den Dreißigern war, leuchtend grüne Augen und rostrote Haare hatte.

Er nickte. »Ja, so soll es auch sein.«

Bea war sich bewusst, dass Henry alles andere als glücklich war über die Richtung, die die Dinge nahmen. Die Achtzigerjahre hatten Ronald Reagan gebracht, in der Musik New Wave und in der Kunst den Neoexpressionismus.

Der Barkeeper war zu jung, um den Sechzigerjahren nachzutrauern, aber er und Henry verstanden sich trotzdem auf Anhieb. Er erzählte dem Gast, dass er in seiner Freizeit angelte und schon viele Preise gewonnen hätte.

»Das sollte ich vielleicht auch machen«, sagte Henry zu Bea. »Angeln statt malen. Von dem leben, was das Meer hergibt.«

»Haha«, erwiderte Bea, die das gar nicht lustig fand. Eine Stunde lang unterhielten sich die beiden Männer über Boote. Dann ermahnte sie Henry, dass sie endlich aufbrechen müssten, sonst kämen sie zu spät.

»Geh ohne mich.«

»Sei nicht albern, Henry!«, erwiderte sie mit einem Anflug von Panik. »Wir sind nur wegen dieser Party hergekommen. Und du bist der Ehrengast!« Sie hätte ihm am liebsten unter die Nase gerieben, er solle sich glücklich schätzen, dass er der Ehrengast war und nicht der neue Liebling der Kunstwelt, Jean-Michel Basquiat. Aber diese provozierende Bemerkung würde sie nicht weiterbringen.

Henry, stur wie immer, weigerte sich, das Hotel zu verlassen. Bea ging allein zu der Party. Als er zwei Stunden später dann doch noch aufkreuzte, war er betrunken. Den Gastgeber störte das nicht: Er war einfach nur entzückt, dass Henry doch noch gekommen war, aber Bea schäumte vor Wut.

Als Bea am nächsten Morgen ihren Zimmerschlüssel an der Rezeption abgab, saß Henry schon wieder an der Bar, diesmal allerdings vor einer Tasse Kaffee.

»Bist du so weit?«, fragte sie ihn.

Der Barkeeper – es war derselbe wie am Abend zuvor – lächelte ihr freundlich zu. »Eine Bloody Mary?«

»Ganz sicher nicht«, fauchte sie. Der Barkeeper konnte zwar nichts dafür, dass Henry am Abend aus der Rolle gefallen war, aber sie wollte eine Wiederholung im Keim ersticken. Das Beste war, sie machten sich unverzüglich auf die Heimreise.

»Bea, Toms Familie kann ihre Wurzeln in dieser Stadt bis zum Unabhängigkeitskrieg zurückverfolgen!«

»Was du nicht sagst.« Sie warf einen Blick auf ihre Uhr.

»Ja!« Henry war so aufgeregt und lebhaft wie lange nicht mehr. »Sein Urur… na egal, wie viele, jedenfalls hat einer seiner Urgroßväter im Ost-Regiment von 1776 in der Schlacht um Long Island gekämpft. Erzählen Sie es ihr, Tom!«

»Nicht nötig, danke. Ich interessiere mich nicht sonderlich für Geschichte«, sagte Bea.

»Wie Sie vermutlich wissen, war die Schlacht nicht erfolgreich«, begann Tom. Henry nickte lebhaft. *Wie Sie vermutlich wissen?* Wer in aller Welt hatte schon von der Schlacht um Long Island gehört? »Nach diesem Verlust sank die Moral ziemlich schnell. Die Briten nahmen die Insel ein und hielten sie über sechs Jahre. Die Einwohner von Sag Harbor mussten den Soldaten Unterkunft und Verpflegung stellen. Wer König Georg III. nicht die Treue gelobte, wurde als Kriegsgefangener behandelt.«

»Stell dir das vor!«, warf Henry ein. »Und das genau hier!«

»Ich bezweifle, dass sie an dieser Bar saßen, Henry.«

»Aber so war es«, sagte Tom. »Zumindest hielten sie sich genau an diesem Ort auf. Die Briten verhinderten mit einer Seeblockade, dass die amerikanische Armee über den Hafen von Sag Harbor mit Nachschub versorgt werden konnte. Die Offiziere nutzten dieses Gebäude als ihre Unterkunft und ihre Schenke. In den Außenmauern befinden sich heute noch Originalbacksteine.«

»Stell dir das vor!« Henry schlug mit der flachen Hand auf die Theke. »Stell dir das bloß mal vor!«

»Henry, ich hol das Auto. Wir müssen uns langsam auf den Weg machen.«

Henry schüttelte den Kopf, trank seinen Kaffee aus und setzte die Tasse schwungvoll ab. »Ich werde noch ein paar Tage bleiben.«

»Was? Wieso?«

»Tom wird mir die Stadt zeigen. Was erwartet mich denn in New York? Die Banalität der Gegenwart?«

Die Banalität der Gegenwart? Bea wusste aus Erfahrung, dass es sinnlos war zu argumentieren. Im Lauf von zwanzig Jahren hatte sie gelernt, seine zuweilen ärgerlichen Launen zu akzeptieren. Er war Künstler und impulsiv. Und dennoch überkam sie eine tiefe innere Unruhe, als sie ihn in dieser Hotelbar allein zurückließ.

Drei Tage lang ließ er nichts von sich hören. Da schluckte sie ihren Stolz hinunter, rief im Hotel an und hinterließ eine Nachricht für ihn. Erst zwei Tage später rief er zurück.

»Ich werde mir über den Sommer ein Haus hier mieten«, sagte er.

Schön. Sollte er sein Sag-Harbor-Abenteuer haben. Vielleicht würde ihn das anspornen, sich wieder an die Arbeit zu machen. Er hatte seit Monaten nichts Nennenswertes mehr gemalt. Er würde mit neuem Schwung in die Spring Street zurückkehren.

Wie hätte sie ahnen können, dass er New York nie wieder sein Zuhause nennen würde?

In dem fensterlosen Raum des Walfangmuseums blickte Bea von den Zeichnungen auf. An der Wand hing eine Harpune. Daneben Bilder mit maritimen Themen.

Sie dachte an das Buch im Schaukasten, *Moby Dick*. Die größte Walfanggeschichte aller Zeiten.

Was für eine Geschichte willst du mir erzählen, Henry?

»Das nenn ich leben!«

Penny planschte im Pool, und ihr Dad saß im selben Liegestuhl, in dem gestern ihre Mutter gesessen hatte. Aber das Haus fühlte sich anders an mit ihrem Dad. Mehr wie ihr eigenes.

»Ein Pool und ein Blick auf die Bucht. Was will man mehr?«, sagte er.

Als sie das Haus betraten, hatte er einen leisen, bewundernden Pfiff ausgestoßen. »Die Bude muss ein Vermögen wert sein! Und wie hast du den Knaben gleich noch mal kennengelernt?«

Penny erzählte ihm von ihrer Begegnung mit Henry in der Hotellobby und wie sich daraus ein wöchentlicher Kunstunterricht entwickelt hatte. Sie hatte ihn mit Graphic Novels vertraut gemacht, und dann hatten sie beschlossen, eine eigene Geschichte zu erfinden. »Aber seit er gestorben ist, habe ich nicht mehr daran gearbeitet«, fügte sie hinzu. »Ich kann mich einfach nicht konzentrieren. Und es ist auch nicht mehr das Gleiche. Ich meine, wozu denn noch? Es ist keiner mehr da, dem ich es zeigen kann, wenn ich fertig bin.«

Aber da hörte ihr Vater schon gar nicht mehr zu. Er ging von Zimmer zu Zimmer und betrachtete prüfend die Kunstwerke und das Mobiliar. Im Esszimmer blieb er stehen und schaute auf den Pool hinaus. Penny trat neben ihn.

»Und, was meinst du?«, fragte sie. Er war sehr still geworden.

Nach einer kleinen Weile drehte er sich zu ihr hin und sagte: »Wir sollten schwimmen gehen.«

Während sie im kalten Wasser des Pools darauf wartete, dass ihr warm wurde, tippte ihr Dad eifrig Nachrichten in sein Handy. Sie drehte sich auf den Rücken und beobachtete eine Wolke, die an der Sonne vorbeisegelte. Dann machte sie die Augen zu und versuchte, an nichts zu denken und einfach nur zu genießen. Aber etwas trübte die Vollkommenheit dieses Augenblicks, und als sie diesem Gefühl nachspürte, erkannte sie, dass es etwas mit ihrer Mom zu tun hatte – ihre Mom wäre gar nicht glücklich, wenn sie wüsste, dass sie mit ihrem Dad im Haus war. Sie würde sich schrecklich darüber aufregen, auch wenn Penny nicht genau wusste, warum. Das war ein weiteres Beispiel für etwas, das sie tat, etwas im Grunde Harmloses, das zu Reibereien mit ihrer Mutter führen würde, wüsste sie davon.

Sie schwamm zum Rand des Pools, hielt sich daran fest und rief: »Dad!«

»Komme gleich!«

»Dad, ich muss dir was sagen.«

Er blickte von seinem Handy auf. »Was denn?«

»Sag Mom bitte nichts davon, dass wir heute hier waren, okay?«

Ihr Dad lächelte. »Okay. Das bleibt unser kleines Geheimnis.«

Fühlte sie sich jetzt besser oder schlechter? Sie wusste es selbst nicht. Sie versuchte, nicht mehr daran zu denken, aber ihr Verstand biss sich förmlich daran fest, bis ihr Dad nach einer Weile fragte: »Ist das Wasser warm?«

»Nicht besonders, aber man gewöhnt sich dran.«

Er stand auf und trat zum Pool. Während ihre Mom erst die Zehen ins Wasser tauchte und dann langsam, schaudernd, hineinwatete, bis es ihr zum Hals reichte, sprang ihr Dad mit einem Kopfsprung hinein.

»Wow! Da wird man wenigstens wach«, meinte er.

Er drehte eine Runde, dann hatte er genug. Penny planschte noch ein wenig herum, aber allein war es langweilig. Sinn und Zweck dieses Nachmittags war ja, dass sie Zeit mit ihrem Dad verbrachte, oder? Sie stieg aus dem Wasser und ging zu den Liegestühlen. Ihr Dad war so sehr mit seinem Handy beschäftigt, dass er sie erst wahrnahm, als Wasser von ihr auf ihn und seinen Liegestuhl tropfte.

»Geh weg, Penny, ich will trocken werden.«

Die Worte versetzten ihr einen Stich. Sie wickelte sich in ein Handtuch, setzte sich auf einen Liegestuhl und beobachtete ihren Vater, der, die Kiefer fest zusammengepresst, noch mehr Nachrichten in sein Handy tippte. Da geschah etwas Merkwürdiges: Das Gefühl von Vertrautheit, diese besondere Verbindung, die keiner Worte bedurfte, verschwand auf einmal. Es war, als sähe sie einen vollkommen Fremden vor sich.

Sie zog ihren alten iPod touch aus ihrer Strandtasche. Er war so veraltet, dass sie nicht einmal Snapchat oder andere Social-Media-Apps herunterladen konnte, aber sie konnte Musik damit hören.

Sie stöpselte sich die Kopfhörer in die Ohren, schloss

die Augen und döste vor sich hin. Sie war fast eingenickt, als ihr Vater ihren Arm tätschelte und fragte:

»Wer zum Teufel ist das denn?« Er zeigte auf die Stufen, die zum Strand hinunterführten.

Penny blinzelte und erkannte Kyle. Er nahm seine Fliegerbrille ab, winkte und überquerte dann die breite Terrasse zwischen dem Pool und dem Hang, der zum Strand hin von einer Hecke begrenzt wurde.

»Ach, das ist Kyle.«

»Ist er … ist das der Freund deiner Mom?«

»Was? Nein, nein. Ich hab dir doch von der alten Lady erzählt. Er arbeitet für sie.«

»Hey.« Kyle war auf der anderen Seite des Pools stehen geblieben. »Wie geht's, Penny?«

Ihr Dad war aufgestanden, und Kyle ging um den Pool herum auf ihn zu.

»Kyle Dunlap. Und Sie sind?«

»Ich bin Pennys Vater.«

Kyle sah Penny an. »Weiß deine Mom, dass du hier bist?«

»Ich wüsste nicht, was Sie das angeht«, erwiderte ihr Dad, bevor sie antworten konnte. »Was haben Sie auf diesem Grundstück zu suchen?«

Kyle grinste, ein klein wenig spöttisch, wie es schien. »Das Gleiche könnte ich Sie auch fragen.«

»Das Haus gehört meiner Tochter.«

Kyle nickte. »Allem Anschein nach. Aber sicher ist das nicht.« Er ging weiter zum Haus.

Ihr Dad starrte ihm nach, die Arme vor der Brust verschränkt. Dann wandte er sich Penny zu. Er war stinksauer, sie konnte es ihm ansehen. »Was zum Teufel geht hier vor?«

»Die alte Frau, für die er arbeitet, ist hier eingezogen.«

»Und deine Mutter lässt das zu? Dass Fremde hier bei euch wohnen?«

»Na ja, wir wohnen ja noch nicht hier. Es ist nicht ihre Schuld. Die wollen einfach nicht gehen.«

Ein seltsamer Ausdruck huschte über das Gesicht ihres Vaters, und sie bereute ihre Worte sofort. Irgendwie kam alles, was sie sagte, falsch heraus.

»Zieh dich an«, sagte er. »Wir gehen.«

Kapitel achtundzwanzig

Morgens erwachte das Hotel immer zum Leben. Gäste strömten in den luftigen Frühstücksraum, um sich am kontinentalen Büfett zu bedienen. Chris deckte die Tische in der Bar für das Mittagessen ein, und in der Lobby saß ein Paar und spielte Backgammon. Die Sonne spähte zwischen den Wolken hindurch.

Emma stellte einen Eimer mit Rosen aus ihrem Garten auf einen Tisch im Klavierzimmer, füllte frisches Wasser in ein paar Silbervasen und gab ein paar Spritzer Zitronensaft, ein bisschen Zucker und ein, zwei Tropfen Bleichmittel dazu – ein weiterer kleiner Trick, den sie sich von ihrer Mutter abgeschaut hatte, um die Blumen länger frisch zu halten. Dann stellte sie abwechselnd gelbe und weiße Rosen in die Vasen, wobei sie alle Blätter unterhalb der Wasserlinie entfernte.

Ein Kellner steckte den Kopf herein. »Emma, da ist jemand an der Rezeption, er hat nach dir gefragt.«

Sie stellte die Rosen, die sie gerade in der Hand hatte, in den Eimer zurück, streifte die Handschuhe ab und schlüpfte durch den schmalen Flur in die Lobby. Auf der Couch saß Mark.

»Was willst du hier?«, fragte sie mit einem raschen Blick in die Runde.

»Ich möchte mit dir über Penny reden.«

Ihr Magen verkrampfte sich. »Ist was passiert?«

»Sag du es mir. Die Kleine hatte einen Nervenzusammenbruch, als ich mit ihr am Strand war. Dann hat sie mir von ihren Zwangsstörungen erzählt.«

Emma seufzte, halb erleichtert, halb verärgert. »Himmel, Mark, du hast mir einen ganz schönen Schrecken eingejagt! Ich hab dir schon vor Jahren von ihren Angstzuständen und diesen Dingen erzählt. Wir arbeiten daran. Sie hat gute Tage und schlechte.«

»Sie hat gesagt, der Seelenklempner will sie mit Medikamenten behandeln, aber du lehnst das ab.«

»Sie macht eine kognitive Verhaltenstherapie, damit sie Techniken erlernt, um ihre Ängste unter Kontrolle zu bekommen, anstatt sich auf irgendwelche Pillen zu verlassen.«

»Du weißt es also besser als ein Arzt.«

»Wenn es um meine Tochter geht, ja.«

»*Unsere* Tochter«, verbesserte er.

»Ach, jetzt auf einmal ist es unsere Tochter? Wo warst du denn die letzten fünf Jahre, als ich zweimal die Woche mit ihr zur Therapie ging?« Und wo sie später auch wieder hingehen würde, obwohl sie eigentlich arbeiten müsste. »Wo warst du, als sie am Waschbecken stand und schluchzte, weil sie sich zwanzig Minuten lang wie verrückt die Hände gewaschen hatte, und ich sie förmlich wegzerren musste? Es geht ihr heute schon viel besser.«

»Und wo warst *du*, als sie neulich mit ein paar älteren Jungs zum Strand gefahren ist?«

Emma spürte, wie sie rot anlief. Da waren Jungs dabei gewesen? Penny war mit Jungs befreundet?

»Ich war hier und habe gearbeitet! Glaubst du, das alles ist so einfach für mich? Wer bist du, dass du hier hereinstolzierst und mich verurteilst?«

»Ich bin ihr Vater.«

»Wie schön, dass dir das nach so langer Zeit einfällt. Und was für ein interessantes Timing.«

»Was willst du damit sagen?«

Sie zögerte nur kurz. »Ich will damit sagen, dass deine Tochter ein Haus geerbt hat, das ein Vermögen wert ist, und plötzlich tauchst du auf und spielst dich als Vater des Jahres auf.«

Mark schüttelte den Kopf. »Das ist äußerst zynisch und unfair, Emma.«

»Genau wie deine Ansichten über meine Leistung als Mutter.«

Er ging nicht darauf ein. Stattdessen sagte er: »Aber wo wir schon beim Thema sind – warum lässt du zu, dass Fremde in diesem Haus wohnen? Penny hat offenbar das Gefühl, dass sie es ihr wegnehmen wollen. Du musst auf der Hut sein, Emma. Hier geht's um verdammt viel Kohle.«

»Ich glaub's nicht! Es geht also tatsächlich um das Haus!«

»Nein, es geht darum, dass du ganz offensichtlich überfordert bist. Das ist keine Kritik, Emma. Ich versuche nur zu helfen.«

»Schau mir in die Augen und sag mir, dass du nichts von dem Haus gewusst hast, als du letzte Woche hier aufgekreuzt bist.«

»Ich hatte keine Ahnung. Ich glaube, du willst nur von

der Tatsache ablenken, dass ich recht habe, was Penny betrifft. Wie gesagt, ich möchte nur helfen.«

»Ich pfeife auf deine Hilfe! Nachdem ich praktisch jahrelang nichts von dir gehört habe, brauche ich sie jetzt auch nicht mehr!« Sie war laut geworden.

»Es geht nicht darum, was *du* brauchst. Es geht darum, was *Penny* braucht. Und ich habe ein Recht darauf, auf dem Laufenden gehalten zu werden.«

Man muss vorsichtig sein mit dem, was man sich wünscht, dachte Emma fröstelnd. Es könnte in Erfüllung gehen. Wie oft hatte sie sich beklagt, dass alles an ihr hängen blieb, weil sie alleinerziehend war? Und jetzt war der Vater ihres Kindes da, und es fühlte sich total falsch an.

»Okay, Mark«, sagte sie ruhig. »Ich werde dich auf dem Laufenden halten.« *Aber jetzt geh bitte. Verschwinde aus diesem Hotel und aus dieser Stadt.*

Sein Lächeln brachte sie noch mehr in Rage. »Das freut mich, Emma. Wir reden in ein paar Tagen noch mal.« Er stand auf, ging zur Tür, drehte sich um und fügte hinzu: »Du weißt, dass ich nur das Beste für Penny will, nicht wahr?«

Sie nickte zwar, aber sicher war sie sich nicht. Nein, sie war sich keineswegs sicher, dass er nur das Beste für Penny wollte.

***

Penny reichte Dr. Wang ihr Arbeitsblatt. In die vier Spalten sollte sie den jeweiligen Auslöser der Krise eintragen, die sich daraus ergebenden Zwangshandlungen und

Zwangsgedanken und welchen Wert ihre Ängste auf der Skala von eins bis zehn erreichten.

»Der Lichtschalter im Bad ist also immer noch ein Problem«, sagte Dr. Wang nach einem Blick auf die Einträge. Die Gläser ihrer Lesebrille waren goldgerahmte schmale Rechtecke. Dr. Wang war eine Stilikone. Und trotzdem eine Nervensäge.

»Ja«, erwiderte Penny achselzuckend. Das stand ganz oben auf ihrer Liste. Wenn sie den Lichtschalter im Bad vor dem Essen berühren musste (Auslöser), bekam sie Angst, sie könnte krank werden (Zwangsgedanke), und musste sich dann mindestens fünf Minuten lang die Hände waschen (Zwangshandlung). Ihr Angstlevel erreichte eine Zehn.

»Aber das hier ist neu«, sagte Dr. Wang, die weitergelesen hatte. »Was ist am Strand passiert?«

Penny hatte versucht, den Zählzwang an dem Tag, als sie mit ihren Freunden am Strand gewesen war, zu vergessen. Aber als ihr das Gleiche danach wieder passiert war, wusste sie, dass das nicht einfach so weggehen würde.

»Ich weiß auch nicht. Ich hatte irgendwie das Gefühl, dass es Pech bringen würde, wenn die Wellen meine Füße nicht auf eine ganz bestimmte Weise und in einem ganz bestimmten zeitlichen Abstand berühren würden.«

»Okay. Konntest du dich in dieser Situation an einige unserer Techniken erinnern, mit denen du gegen deine zwanghaften Gedanken angehen kannst?«

»Ich hab mir gesagt, dass ich der Boss bin, dass ich nicht auf diese Gedanken hören muss, weil sie mich anlügen. Dass ich Vertrauen zu mir haben muss. Dass es keinen Zusammenhang gibt zwischen den Wellen und etwas Schlimmem, das vielleicht passieren könnte. Aber es hat nichts genützt.« Penny brach in Tränen aus. Das war so frustrierend!

Dr. Wang schob ihr eine Schachtel Papiertaschentücher hin. »Mir ist klar, dass es schwer ist, Penny. Du wirst immer gute und schlechte Tage haben. Denk auch an die andere Bewältigungsstrategie – das Vorbeiziehenlassen. Grüble nicht zu lange, wenn es zu schwierig wird. Versuch nicht, den Gedanken abzuschalten. Lass ihn vorbeiziehen wie eine Wolke am Himmel, ohne Einfluss darauf zu nehmen.«

Penny nickte. Sie spürte, wie ihr Handy in ihrer Gesäßtasche vibrierte. Jemand hatte ihr eine SMS geschickt. »Ich muss mal aufs Klo.«

Sie ging, schloss die Tür hinter sich ab und lehnte sich mit klopfendem Herzen dagegen. Keine Seife. Dr. Wang vergaß nie, sie vor ihr zu verstecken.

Sie zog ihr Handy heraus.

Kommst du heut Abend?

Die Party bei Mindy.

Ja. Werde meiner Mom sagen, dass ich bei dir übernachte.

Mindys Haus mit den kleinen weißen Pillen.

Penny steckte ihr Handy wieder in die Gesäßtasche, kramte dann aus einer anderen Tasche das kleine Notfallfläschchen mit Desinfektionsmittel hervor und rieb sich damit die Hände ein, bis ihre Haut brannte.

Kapitel neunundzwanzig

Die Fotos von Henrys Zeichnungen auf ihrem Handy auszudrucken war erstaunlich leicht gewesen. Bea hatte dem jungen Mann bei Walgreens nur ein gutes Trinkgeld geben müssen, und schon hatte er die Sache für sie erledigt. Kaum zu glauben, was moderne Technik und ein bisschen Geld zu bewerkstelligen vermochten. Natürlich würde sie irgendwann die Originale erwerben. Aber das war ein völlig anderes Projekt. Sie musste Prioritäten setzen.

Sie breitete die Ausdrucke auf dem Esstisch aus. Die Zeichnungen, insgesamt über ein Dutzend, stammten aus dem American Hotel, der öffentlichen Bibliothek, der Kunstgalerie und dem Walfangmuseum. Die Kunst bestand nun darin, sie in eine Art narrative Ordnung zu bringen. Aber wo sollte sie beginnen?

Sie stand auf und ging unruhig auf und ab. Vor einem geometrischen Würfel in einer Ecke des Zimmers blieb sie stehen. Es war eine von Henrys frühesten Plastiken, entstanden in jenem ersten Sommer in Sag Harbor. Nach ihrer Rückkehr nach Manhattan war sie felsenfest davon überzeugt gewesen, dass er sich nach kürzester Zeit in der Provinz zu Tode langweilen und eines Morgens in der Spring Street aufkreuzen würde, als wäre nichts gewesen. Doch sie hatte sich geirrt.

Und weil Henry nicht zurückkam, sorgte sie dafür,

dass ihr Terminkalender ständig voll war. Sie besuchte die kleineren Galerien und die Ausstellungen von Undergroundkünstlern, wie sie es schon seit Jahren nicht mehr gemacht hatte. Jede Saison wollte eine neue Generation von jungen Künstlern die Stadt erobern. Wenn Henry es also vorzog, sich in der Provinz von Long Island zu verkriechen, dann sollte er das ruhig tun. Es gab genug ehrgeizige junge Leute, die versessen darauf waren, seinen Platz einzunehmen. Das war allerdings kein Trost. Henry Wyatt war ein Ausnahmetalent.

Als er schließlich anrief und sie zu sich einlud, war es ihr Stolz, der antwortete: »Ich habe schrecklich viel zu tun.«

Aber Henry wusste, wie er sie ködern konnte: »Du musst dir unbedingt ein paar von meinen Arbeiten ansehen.«

Na schön. Wenn das so war …

Das Haus, das Henry gemietet hatte, war von einem ungepflegten Rasen und von Bäumen umgeben. Es ähnelte eher der Hütte eines Einsiedlers als einem Ferienhaus.

»Was machst du denn hier draußen?«

»Ich habe angefangen zu angeln«, sagte er ganz aufgeregt. Er war braun gebrannt und sehnig und strahlte eine gewisse Unbeschwertheit aus.

»Aber dieses Haus … Hast du denn nichts Besseres gefunden?«

»Es ist absolut perfekt! Komm mit nach hinten.«

Sie folgte ihm durch hohes Gras und über einen Kiesweg zum rückwärtigen Teil des Grundstücks, wo ein großer Schuppen stand. Ringsherum lagen Bleche und Holzblöcke wild durcheinander. Die Hauseigentümer hätten das aber auch wegräumen können, war ihr erster Gedanke. Sie stellte keine Verbindung zu Henrys Arbeit her, nicht einmal dann, als er die Tür des Schuppens öffnete und sie die drei Metallwürfel sah, jeder einen Meter fünfzig auf einen Meter fünfzig, innen hohl und mit einer Metallstange in der Mitte.

»Na, was sagst du?«

»Ich finde, du solltest eine Mietminderung geltend machen.«

»Was sagst du zu meiner *Arbeit*?«

Oh.

Sie ging langsam um die Würfel herum, versuchte sich zu konzentrieren und sich von ihrer Verwirrung über diesen Wechsel des Mediums nicht in ihrem Urteil beeinflussen zu lassen.

»Interessant«, sagte sie schließlich. »Ausdrucksstark. Ich hatte keine Ahnung, dass du dich für Bildhauerei interessierst. Warum hast du mir nie etwas davon gesagt?«

»Ich weiß doch, wie du über meine Malerei denkst. Du kannst es nicht leiden, wenn ich mich etwas anderem widme. Aber ich bin fertig mit der Malerei, Bea.«

Sie sah ihn scharf an. »Das kann ich mir nicht vorstellen, Henry.«

Er lachte laut, ganz ungekünstelt. »Ach, Bea! Wenn du doch nur den Blick fürs Ganze hättest, wenigstens eine Minute lang!«

»Und wenn du doch nur aufhören würdest, voreilige Entscheidungen zu treffen!«, konterte sie.

»Das ist keine rationale Entscheidung. Das ist der Ausdruck dessen, was ich fühle. Es geht um das große Bild, Bea, nicht um einzelne Facetten. Nachdem ich in den letzten Wochen viel mit Tom zusammen war und segeln und angeln gelernt habe und wie man sich über dem offenen Feuer etwas zu essen macht, ist mir klar geworden, dass es das Leben bereichern kann, sich die Hände schmutzig zu machen, und zwar nicht nur mit Farbe und Lack. Wenn man in die physische Welt eintaucht, in die natürliche Welt, wird einem klar, dass man in einer Beziehung steht zu allen Dingen um einen herum. Ich befinde mich in einer Phase meines Lebens, wo das sehr wichtig für mich ist. Dieses Gefühl, Teil des Ganzen zu sein.«

»Das bist du doch schon«, erwiderte sie gedehnt. »Du bist einer der bedeutendsten Künstler deiner Zeit. Vielleicht einer der bedeutendsten überhaupt. Wir haben uns etwas zusammen aufgebaut, besitzen eine Galerie. Das ist doch etwas, oder nicht?«

Er schüttelte lächelnd den Kopf, als wäre sie ein Kind, das noch zu klein war, um die weisen Worte eines lebenserfahrenen Älteren zu verstehen. Ihre Kehle war wie zugeschnürt, als sie versuchte, die Unterhaltung in sichere Gewässer zu steuern. Mechanisch bewertete sie die Plastiken, stellte sie in einen Kontext, hob ihre Stärken hervor und überlegte laut, wie er sie als Ausgangspunkt für ein zusammenhängendes Werk nutzen könnte.

»Wir werden sie zur Galerie transportieren, wenn du so weit bist«, sagte sie abschließend.

»Ich werde sie nicht verkaufen«, erwiderte er.

Bea wagte aufzuatmen. Es konnte ihm nicht so ernst damit sein, wenn er die Plastiken hier herumliegen ließ wie die Überbleibsel eines Garagenflohmarkts.

Sie verließen den Schuppen und blieben einen Moment draußen stehen, umgeben vom Summen und Sirren der Insekten im hohen Gras.

»Worauf läuft das alles hinaus, Henry?«

Er schüttelte den Kopf. »Zielorientiert wie immer, nicht wahr?« Die gleißende Helle der Sonne ließ alle Farben blass und verwaschen aussehen. »Aber wo du schon fragst – ich werde mir ein Haus hier bauen. Nach meinen eigenen Plänen. Es soll ein permanenter Ausstellungsraum für mein Werk werden.« Sein Gesicht war gerötet vor Aufregung.

Bea blieb gelassen. *Auch das wird vorbeigehen.*

Dennoch brachte sie es nicht fertig, wie geplant in Sag Harbor zu übernachten. Was auch immer mit Henry vor sich ging – für sie war da kein Platz mehr. Sie wollte so schnell wie möglich zurück in ihre geliebte Spring Street, auch wenn Henry sich von ihrem gemeinsamen Zuhause abwandte. Handelte es sich nur um einen kleinen Akt der Rebellion? Oder um etwas Tiefergehendes? Die Angst vor der Bedeutungslosigkeit? Oder vor dem Tod? Nein, ausgeschlossen – auf seinem Gesicht spiegelte sich unverkennbar Freude wider.

Um Weihnachten herum ließ er sich alle seine Sachen aus der Spring Street nach Sag Harbor bringen. Vier Monate später, ein Jahr nach ihrer ersten Reise in die kleine Stadt, verkündete er in einem Interview mit der *New York Times* seinen Abschied von der Kunst.

Danach kamen Bea jene bekannten Gerüchte zu Ohren: Er entwerfe die Pläne für ein Gebäude, er male, er sei vom Staat Texas mit der Gestaltung einer Skulptur für einen öffentlichen Platz beauftragt worden. Nichts davon stimmte. Wenn sie einmal, was selten vorkam, miteinander telefonierten, redeten sie immer über die Vergangenheit – als ob die Gegenwart nicht existiere und es keine Pläne für die Zukunft gebe.

Bea war an den Esstisch zurückgekehrt und versuchte, die Zeichnungen in eine sinnvolle Reihenfolge zu bringen, als es an der Tür klingelte. Wer zum Teufel wagte es?

Als sie die Eingangshalle durchquerte, fröstelte sie bei dem Gedanken an den Tag, als Victor hier aufgetaucht war und ihr die unfassbare Nachricht überbracht hatte. Es kam ihr so vor, als wären Monate seitdem vergangen, nicht bloß wenige Wochen. Wochen, in denen sie kaum weitergekommen war.

Durch die Glasscheiben zu beiden Seiten der Tür sah sie einen hochgewachsenen Mann mit dunklen, leicht ergrauten Haaren. Er trug eine Khakihose, ein Polohemd und eine dieser grässlichen verspiegelten Sonnenbrillen.

Sie öffnete die Tür. »Was kann ich für Sie tun?«, fragte sie in einem Ton, der, wie sie hoffte, dem Mann zu verstehen gab, dass sein Besuch unerwünscht war.

»Hi, Ms Winstead. Ich bin Mark Mapson, Pennys Vater. Ich würde mich gern einen Moment mit Ihnen unterhalten.«

Ach du lieber Himmel! Wer würde wohl als Nächstes unter dem Stein hervorgekrochen kommen?

Mark Mapson hatte etwas Aalglattes an sich. Einzeln genommen waren seine Züge ansprechend, aber sie wollten irgendwie nicht so recht zusammenpassen, sodass er nicht wirklich attraktiv war.

»Ich habe keine Zeit. Ihre Tochter hat mich schon genug Zeit und Energie gekostet, und sofern Sie nicht gekommen sind, um mir mitzuteilen, dass Sie Ihren widerrechtlichen Anspruch auf dieses Haus aufgeben werden, haben wir nichts zu bereden.«

Er nickte und nahm seine Sonnenbrille ab. Seine dunklen, scharfen Augen blickten geradewegs in ihre.

»Ich verstehe, Ms Winstead. Aber ich versichere Ihnen, wir *haben* etwas zu bereden.«

Etwas an seinem Ton ließ sie aufhorchen.

Sie öffnete die Tür ein Stück weiter.

»Ich hoffe, Sie kommen schnell zur Sache, Mr Mapson. Geduld ist nicht meine Stärke.«

Emma musste sich beherrschen, um sich nicht hupend einen Weg durch den dichten Verkehr zu bahnen. Dieser verdammte Trubel jeden Sommer!

Wie immer hatte Dr. Wang nach dem Termin mit Penny allein mit Emma gesprochen, aber dieses Mal hatte es länger als sonst gedauert. Obwohl sich Emma zu konzentrieren versuchte, blickte sie andauernd auf die Uhr. Sie war Dr. Wang dankbar dafür, dass sie sie auf dem Laufenden hielt und ihr erklärte, welche Übungen Penny in dieser Woche machen sollte, aber sie musste in einem fort an die Arbeit denken: Es war kurz vor drei, bald würden die Happy-Hour-Gäste eintreffen.

Sie setzte Penny daheim ab.

»Darf ich bei Robin übernachten?«, fragte Penny.

Emma, die es eilig hatte und mit den Gedanken woanders war, antwortete: »Ja, meinetwegen.«

Als sie im Hotel ankam, klebten im Reservierungsbuch lauter Post-it-Zettel mit Nachrichten, und die Lobby war voller Leute, die auf einen freien Platz an der Bar warteten. Chris hatte ihr eine Liste hingelegt, auf denen die Weine standen, die sie aus dem Weinkeller holen sollte. Hinter einen hatte er »schnellstmöglich!« geschrieben.

Das Telefon klingelte. »The American Hotel, Sie sprechen mit Emma«, meldete sie sich und verzog das Gesicht, als sie hörte, wie atemlos sie klang.

»Emma, Jack. Kommst du bitte kurz in mein Büro?«

Sie wusste, dass der Termin bei Dr. Wang viel zu lange gedauert hatte.

Als sie in den ersten Stock hinaufging, sann sie fieberhaft über Entschuldigungen nach. Am ganzen Körper zitternd nahm sie Jack gegenüber Platz.

»Entschuldige, dass ich so lange weg war. Ich musste mit Penny zu ihrer Therapeutin, normalerweise lege ich den Termin auf meinen freien Tag, aber durch den kurzen Zwangsurlaub letzte Woche ist alles durcheinandergeraten, das ist einfach blöd gelaufen. Aber jetzt bin ich da und werde mich um alles kümmern.«

Jack drückte seine Delta-Marine-Baseballkappe mit beiden Händen fest zusammen und stieß einen tiefen Seufzer aus. *Das tut mir mehr weh als dir*, las sie in seiner Miene, und da wusste sie, dass sie in ernsthaften Schwierigkeiten steckte.

»Ich habe dich nicht kommen lassen, weil du deinen Arbeitsplatz verlassen hast, sondern weil sich Leute wegen einer lautstarken Auseinandersetzung heute Morgen in der Halle beschwert haben.«

Ihre Unterhaltung mit Mark? Waren sie so laut gewesen? Sie hatte sich doch vergewissert, dass die Halle leer war. Hatten Gäste es in ihren Zimmern gehört? Oder in der Bar?

»Oh, Jack, das tut mir furchtbar leid. Mein Exmann ist plötzlich aufgekreuzt, ich habe versucht, ihn so schnell wie möglich wieder loszuwerden.«

Jack schüttelte den Kopf. »Die Leute entscheiden sich für dieses Hotel, um zu entspannen, sich verwöhnen zu lassen und eine gewisse Privatsphäre zu genießen. Ich arbeite sehr hart, um meinen Gästen all das bieten zu können. Ich schätze dich als Mensch, Emma, aber meine Priorität ist mein Geschäft. Du erscheinst ganze Tage nicht zur Arbeit, du kommst zu spät, du wirst ständig in irgendein Drama verwickelt. Und da du offenbar nicht imstande bist, diese Dramen vom Hotel fernzuhalten, muss ich dich leider bitten zu gehen.«

»Du meinst, für heute?«

»Nein, Emma. Die Veränderungen in deinem Privatleben führen zu Problemen bei deiner Arbeit, sodass du deinen Verpflichtungen hier nicht mehr nachkommen kannst. Ich muss mich leider von dir trennen.«

Bea fühlte sich in ihrem ersten Eindruck bestätigt: Mark Mapson war tatsächlich ein aalglatter, raffinierter Typ, der nicht vor Schmeicheleien, Kriecherei und Anbiederung zurückschreckte. Sie hätte ihn zu gern hinausgeworfen, aber ihre Neugier war stärker. Sie wollte unbedingt hören, was er ihr zu sagen hatte.

Sie saß am Küchentisch und schenkte sich von dem grünen Eistee nach. Sie hatte Mark Mapson etwas angeboten, aber er hatte abgelehnt.

»Ich wäre definitiv ein effizienterer Verwalter des Vermögens meiner Tochter als meine Exfrau, die, machen wir uns nichts vor, eine überbewertete Hostess ist. Das hier ist etwas für Profis, und sie ist damit völlig überfordert. Andererseits bin ich im Gegensatz zu Ihnen kein Kenner von Henry Wyatts Kunst.«

»Kommen Sie zur Sache.«

»Ich habe mir überlegt, was man gegen diese Situation tun könnte. Als Erstes brauche ich eine rechtliche Handhabe. Sowie ich als gesetzlicher Vertreter meiner Tochter legitimiert bin, kann ich die Erbschaft verwalten, und wenn Penny volljährig ist, können wir beide uns gern über den Verkauf dieses Hauses und der Kunstwerke unterhalten. Abzüglich einer Provision für mich, versteht sich.«

»Wenn Penny volljährig ist, kann sie allein über das Erbe verfügen. Ich verstehe nicht, wie Sie da große Versprechungen machen können.«

»Eine Achtzehnjährige hat keine Lust, in einem Riesenhaus irgendwo in der Pampa zu hocken. Sie will raus aus der Kleinstadtenge. Was erleben. Da kann die Bude noch so schick sein. Und finanzielle Sicherheit für den Rest ihres Lebens wird ein zusätzlicher Anreiz für den Verkauf sein. Meine Tochter ist nicht dumm.«

»Das bin ich auch nicht. Wieso kommen Sie damit jetzt zu mir? Vier Jahre vor dem Verkauf. Sofern es überhaupt dazu kommt.«

»Ich brauche Geld für Anwälte.«

»Sie meinen, Geld von mir?«

Er nickte.

»Mr Mapson, ich bezahle meine eigenen Anwälte, und im Moment sind sie damit beschäftigt abzuklären, ob dieses Testament überhaupt gültig ist.«

»Dann betrachten Sie es doch als eine Art Versicherung. Falls das Testament ungültig ist, sind Ihre Anwälte an dem Fall dran. Falls es gültig ist, wird sich *mein* Anwalt der Sache annehmen. Sie gewinnen so oder so.«

Was für ein raffinierter Kerl! Bea erkannte, dass sich ihr eine ganz neue Möglichkeit bot, in die Schlacht einzugreifen.

»Ich werde darüber nachdenken«, sagte sie und stand auf. »Ich bringe Sie zur Tür.«

Kapitel dreißig

Die Party bei Mindy war noch einmal so groß wie die am Memorial-Day-Wochenende, und Penny wusste, dass sie die richtige Entscheidung getroffen hatte. Nicht zu kommen, wäre gesellschaftlicher Selbstmord gewesen.

Sie sah, dass die üblichen Verdächtigen da waren: Robin, Jess und die anderen wichtigen Leute aus ihrer Klasse; dazu Mindys Schwester Jordan und deren Freunde, die in die höheren Klassen gingen, dann Mateo und seine Freunde und Mateos älterer Bruder.

»Du bist also die, die das Haus von diesem Künstler geerbt hat.«

Penny warf einen flüchtigen Blick in die Runde, um sich zu vergewissern, dass dieser brandheiße Typ – wahrscheinlich der attraktivste, den sie je zu Gesicht bekommen hatte – mit *ihr* redete.

Ja, tatsächlich.

»Ich finde Kunst klasse«, fuhr der Junge fort. »Henry Wyatt war eine Berühmtheit. Bist du mit ihm verwandt?«

»Äh, nein.« Als sie merkte, dass er auf mehr wartete, fuhr sie fort: »Ich finde Kunst auch toll, und da hat er mir Unterricht gegeben. Wir waren Freunde.«

Er wollte noch etwas sagen, doch da schlängelte sich Jordan Banks heran und schob ihren Arm unter seinem durch. Dann schrie sie Mindy an, sie solle ihre Freunde gefälligst nach oben oder nach draußen schaffen. »Hauptsache, mir aus den Augen!«

Mindy scheuchte Penny, Robin und Jess die Treppe hinauf ins Schlafzimmer ihrer Eltern.

»Ganz schön was los hier«, staunte Penny.

»Was glaubst du, was erst am Unabhängigkeitstag abgeht«, sagte Mindy. »Das wird geil!«

Noch eine Party! Ein Sommer voller Partys!

»Wann zeigst du uns endlich mal dein Haus?«, wollte Mindy wissen.

Oje. »Bald«, versprach Penny, fragte sich allerdings, wie sie das hinkriegen sollte.

»Warum schmeißt *du* nicht eine Party am vierten Juli«, schlug Mindy vor. »Dann wären wir ganz unter uns, und Jordan würde uns nicht alles vermiesen, bloß weil sie so ein Miststück ist.«

Das Elternschlafzimmer hatte einen großen Balkon, auf dem ein professionell aussehendes Teleskop stand. Der Fernseher an der Wand hatte fast die Größe einer Kinoleinwand, und im Bad gab es einen Whirlpool. Mindy ging geradewegs zum Spiegelschrank.

Sie reichte ein verschreibungspflichtiges Fläschchen mit Percocet-Tabletten herum und sagte: »Für die Gäste. Kommt, gehen wir auf die Veranda, wenn Jordan uns nicht im Haus haben will.«

Penny spülte eine der Pillen mit einem Schluck Diät-Cola hinunter und folgte Mindy, Jess und Robin wieder nach unten und auf die hintere Veranda. Sie machte es sich in einem Liegestuhl bequem und wartete darauf, dass das starke, drogenähnliche Schmerzmittel seine

Wirkung entfaltete. Irgendwann blickte sie auf und sah Robin, die sich im Dunkeln über sie beugte.

»Los komm, wir gehen aufs Boot.«

»Ich bleib da, mir gefällt's hier«, murmelte Penny. Lag es an der Musik (Rihanna sang »Hate That I Love You«), an der Brise, die von der Bucht herüberwehte, oder an den funkelnden Lichtern der Partyschiffe draußen auf dem Wasser? Jedenfalls hatte Penny das Gefühl, dass das die beste Nacht ihres Lebens war.

»Du bist bloß high. Jetzt komm schon!«

Robin packte sie an der Hand und zog sie auf die Füße. »Los jetzt! Beeil dich! Sonst fahren sie noch ohne uns ab.«

Penny rannte neben ihr her zu dem kurzen Steg, an dem das Rennboot der Banks vertäut war. Es war weiß mit einem marineblauen Segeltuchdach über dem Steuer. Am Heck stand in marineblauen Lettern *The Adventurer*. Auf den beiden Plätzen vor dem Armaturenbrett saßen Jordan und ihr Freund. Dahinter eine halbrunde gepolsterte Bank für vielleicht acht Personen. In der Mitte ein kleiner, weißer Tisch mit einem Getränkehalter an jeder Ecke.

»Geniales Design«, sagte jemand und stellte eine Bierflasche in eine der Halterungen.

An der Seite befand sich ein kleines Spülbecken. Dort war auch genug Platz, dass noch ein paar Leute stehen konnten.

»Mindy, sag deinen abgefuckten Freunden, sie sollen verschwinden! Das Boot ist überladen.«

»Wer hat dich denn zum Boss ernannt?«, rief Mindy von ihrer Ecke der Sitzbank.

»Der Schiffsführer ist immer der Boss! Darum heißt er Schiffsführer! Schon mal was vom Scheißseerecht gehört?«

Penny lachte. Alles war lustig. Alles war perfekt. Sie blickte nach oben und sah Millionen Sterne am Himmel. Das Universum lächelte ihr zu.

Der Motor erwachte dröhnend zum Leben. Jemand machte die Anlegeleinen los. Das Boot schoss nach vorn. Wasser spritzte Penny ins Gesicht. Sie hielt sich an der Reling fest und kicherte übermütig.

Ein paar von den anderen, die um den Tisch saßen, grölten und unterhielten sich lautstark. Penny kannte niemand außer Mindy und Robin und natürlich Jordan und deren Freund. Jess hatte sich anscheinend nicht für den Trip qualifiziert, Penny dagegen schon. Hatte Robin dafür gesorgt oder Mindy? War das überhaupt wichtig? Nein. Sie war hier auf diesem Boot und genoss diesen wundervollen Augenblick. Sie hätte sich gern alles genau eingeprägt, gleichsam im Geist abfotografiert, damit sie den Schnappschuss hervorkramen und die glücklichen Momente heraufbeschwören konnte, wenn sie zu Hause saß und sich wieder einmal elend fühlte. War es das, was Dr. Wang meinte, wenn sie sagte, sie müsse lernen, ihre Gedanken zu kontrollieren? Jetzt ergab alles einen Sinn. Wenn es ihr schlecht ging, konnte sie an diese Augenblicke zurückdenken und diese positiven Gefühle quasi über ihre negativen kopieren. Als würde sie Emotionen ausschneiden und einfügen. So einfach war das. Warum hatte sie das nicht schon viel früher begriffen?

Auf irgendeinem Smartphone lief Musik, aber das

Röhren des Motors übertönte sie fast vollständig. Jemand drückte Jordan ein Bier in die Hand, und Penny fragte sich, ob Trinken am Steuer eines Boots genauso gefährlich war wie am Steuer eines Autos. Der Gedanke verflüchtigte sich jedoch sofort wieder. Warum sich Sorgen machen? Sie war frei!

»Okay, wir drehen um. Deine Freunde steigen aus, die anderen wollen auch mal mitfahren. Die nächste Tour ist bloß für die Älteren!«, rief Jordan ihrer Schwester zu. Die beiden fingen erneut an sich zu kabbeln. Das Boot kurvte hin und her und nahm Kurs Richtung Ufer. Die Anlegestelle kam in Sicht, aber das Boot verlangsamte seine Fahrt nicht, im Gegenteil: Es wurde noch schneller.

»Langsamer!«, schrie jemand.

Penny spürte, wie ihr die Angst über den Rücken rieselte. Sie unterdrückte die aufsteigende Panik und sagte sich, dass es noch ein ganzes Stück bis zur Anlegestelle sei und Jordan genug Zeit bliebe, das Tempo zu drosseln.

Doch dann war die Anlegestelle schneller da als gedacht.

Emma saß auf einer Bank am Kai und starrte auf die Boote in der Ferne. Alexis aß ihr Joghurteis auf und warf einen Blick auf ihr Handy.

»Sean schreibt, dass er gleich da ist«, sagte sie.

Emma nickte mürrisch. Alexis streckte den Arm aus, und das halbe Dutzend Silberarmreifen an ihrem Handgelenk klirrte leise. Sie trug ein weites, gebatiktes Sommerkleid und einen Strohhut. Die langen blonden Haare waren pink gefärbt. Alexis pflegte einen Look der

Millennials-Blumenkinder, er war beneidenswert unangestrengt und wunderschön. Und sie hatte eine dazu passende Persönlichkeit. Sie war an die zehn Jahre jünger als Emma, war aber im Lauf der letzten Monate eine enge Freundin geworden. Emma hatte von ihr erfahren, dass Penny viel Zeit in der Buchhandlung verbrachte und zu Alexis aufschaute. Jetzt, wo Henry nicht mehr da war, hatte sie wenigstens noch Alexis, mit der sie sich über Bücher und Kunst unterhalten konnte.

Alexis hob die Papiertüte mit dem Sixpack Bier vom Boden auf die Bank. Sie zog eine Dose heraus. »Willst du auch eines?«

»Ich wünschte, das würde helfen«, murmelte Emma.

»Erzähl – was genau hat Jack gesagt?«

»Deine Arbeit im Hotel lässt sich mit deinem Privatleben nicht mehr vereinbaren. Ich muss mich leider von dir trennen. So was in der Art.«

Alexis legte den Arm um sie. »Das hat er bestimmt nicht so gemeint. Nach so vielen Jahren? Und alles bloß, weil du ein paarmal zu spät gekommen bist und dich mit deinem Ex in der Lobby gestritten hast? Jack hat bestimmt einen schlechten Tag gehabt.«

Emma schüttelte den Kopf. »Nein. Du kennst ihn doch. In der Hochsaison darf man sich keine Fehler leisten. Und er hasst die Presse. Er ist so stolz darauf, dass in seinem Hotel auf Diskretion und Privatsphäre geachtet wird. Ich lenke die falsche Art von Aufmerksamkeit auf sein Haus. Ich bin eine Belastung geworden.«

»Na ja, aber irgendwann legt sich der ganze Rummel wieder.«

»Der Schaden ist schon da. Er hat kein Vertrauen mehr zu mir.«

Draußen auf dem Wasser tauchte der helle Scheinwerfer von Seans Barkasse auf und kam rasch näher. Ein Paar mittleren Alters stieg aus, als das Boot angelegt hatte. Dann gingen Emma und Alexis an Bord.

»Musst du die beiden später irgendwohin zurückfahren?«, fragte Alexis ihren Mann.

»Nein, sie bleiben in der Stadt. Ich mach Schluss für heute.«

»In dem Fall …« Alexis reichte Sean ein Bier.

Emma riss ihre Bierdose auf, setzte sich hin und schaute zu den Sternen hinauf.

»Wir müssen noch auf Kyle warten«, sagte Sean.

Emmas Kopf fuhr herum. »Kyle?«

»Ja. Er tischlert irgendwas für einen Typ, der ihm den Bootsmotor reparieren will. Ich hab gesagt, ich werde ihn zu seinem Kahn zurückfahren.«

Emma gab einen angewiderten Laut von sich. »Der hat mir gerade noch gefehlt!«

»Was hast du für ein Problem mit ihm? Er ist ein anständiger Bursche.«

»Ja, findest du? Du weißt aber schon, dass er und Bea Winstead quasi mein Haus besetzen, oder?«

»Der Typ ist nicht an deinem Haus interessiert, glaub mir. Alles, was den interessiert, ist das Wasser.«

»Na toll, dann soll er doch bei dir wohnen«, erwiderte Emma und setzte die Bierdose an die Lippen.

Sean warf Alexis einen Blick zu, der besagen wollte: Was für eine Laus ist der denn über die Leber gelaufen?

Emma, der es leidtat, dass sie ihre schlechte Laune an ihm ausließ, wollte ihm gerade von der Kündigung erzählen, als jemand laut rufend über den Kai auf sie zugelaufen kam. Es war der Hafenmeister.

»Sean! Ich wollte dich gerade anfunken. Es hat einen Unfall gegeben. Komm, fahr mit mir rüber.«

Der Hafenmeister war ein großer, breitschultriger Mann mit Glatze und einem exakt gestutzten weißen Bart. Er verströmte Autorität und einen schwachen Zigarrengeruch.

»Was ist denn passiert?«, wollte Sean wissen.

»Ein paar Leute haben eine Spritztour unternommen und sind in eine private Anlegestelle gekracht.«

Sean sah Alexis bedauernd an.

»Schon gut, Schatz, geh nur«, sagte sie. »Ich nehm mir ein Taxi.«

Sean und der Hafenmeister sprangen in ein Schnellboot, das in der Dunkelheit verschwand. Alexis, die Tragetasche mit den restlichen Dosen in einer Hand, und Emma standen auf dem Kai und schauten ihnen nach.

»Sommergäste sind einfach verantwortungslos«, bemerkte Alexis. »Sean kriegt jeden Tag Anrufe, weil er irgendeinem Idioten helfen soll, der sein Boot auf die Felsen gesetzt hat.«

»Unglaublich.« Emma schüttelte den Kopf. »Es ist noch früh. Wollen wir uns bei Murf's noch einen genehmigen?«

Alexis warf einen Blick auf ihr Handy. »Ich glaub, ich geh lieber nach Hause und warte, bis Sean kommt. Kann ich dich allein lassen?«

»Aber ja, mir geht's gut«, erwiderte Emma.

Alexis' Blick richtete sich auf etwas hinter Emma. Dann winkte sie und flüsterte: »Da ist dein Lieblingstyp!«

Kyle, in der Hand einen Werkzeugkasten und einen Rucksack über der Schulter, kam über den Kai auf sie zu. Er trug verwaschene Jeans und ein enges T-Shirt.

»Hey«, grüßte er Alexis und nickte Emma kurz zu. »Ist Sean unterwegs? Ich hab ihm eine SMS geschickt, aber keine Antwort erhalten.«

»Er war eben hier, aber der Hafenmeister braucht gerade seine Hilfe. Tut mir leid.«

Alexis umarmte Emma und verabschiedete sich dann. Es herrschte verlegenes Schweigen, als Emma und Kyle allein auf dem Kai standen. Ein Kajütboot legte auf der anderen Seite der Kaimauer an; aus Lautsprechern dröhnte Katy Perrys »California Gurls«, was den Augenblick irgendwie noch peinlicher machte.

»Gehen Sie nach Hause?«, fragte Kyle.

»Nein.«

»Wie wär's mit einem Drink?«

»Mit Ihnen? Nein danke.«

Kapitel einunddreißig

Im Murf's herrschte Hochbetrieb. Emma kletterte auf einen Barhocker in der Ecke. Eine Kette mit pinkfarbenen und roten Weihnachtslämpchen spannte sich direkt über ihr. Am anderen Ende der Theke schenkte Katie Cleary drei Jägermeister für drei Männer ein und einen vierten für sich selbst.

»Was trinken Sie?«, fragte Kyle, der neben ihr saß. Emma hatte es nicht fertiggebracht, nach Hause zu gehen und der Tatsache ins Auge zu blicken, dass sie arbeitslos war. Sie brauchte Gesellschaft, selbst wenn es sich dabei um den lästigen Kyle Dunlap handelte. Alles war besser, als allein zu sein. Und außerdem brauchte sie definitiv etwas Stärkeres als Bier.

»Tito's«, antwortete sie.

»Wodka? So was Hochprozentiges? Ziemlich harter Stoff.«

»Es war auch ein harter Tag.«

»Tut mir leid. Hat Ihre miese Laune zufällig etwas damit zu tun, dass Ihr Ex in der Stadt ist?«

Sie sah ihn überrascht an. »Woher wissen Sie das?«

»Er war neulich im Haus. Mit Penny.«

Sagte er die Wahrheit? Und Penny hatte ihr das verheimlicht?

»Verdammt«, brummte sie.

»Scheint mir ein ziemlicher Trottel zu sein, wenn Sie mich fragen.«

»Ich frage Sie aber nicht.«

Katie schob Emmas Wodka und Kyles Bier über den Tresen.

»Schenk mir gleich noch einen ein, Katie«, bat Emma. »Danke.«

»Äh, das nächste Mal vielleicht lieber Sodawasser?«, fragte Kyle.

»Verschonen Sie mich damit. Ich hab alles im Griff.« Emma schaute Katie zu, wie sie die Flaschen herumwirbelte oder mit einer Bewegung aus dem Handgelenk heraus das Einschenken abschloss. Das alles erinnerte sie an ihre eigene Zeit hinter der Bar. »Ich habe die Barkeeperin schon gekannt, da war sie jünger als meine Tochter.«

»Oh, sie ist älter als Ihre Tochter?«, witzelte Kyle.

Emma verzog keine Miene. »Ich habe hinter der Bar gestanden, als ich so alt war wie sie. Hier hat sich nicht das Geringste verändert. Und in zehn Jahren steht Penny vielleicht hier.« Sie schüttelte den Kopf. »Penny hat ganz recht. Es ist schwer von hier wegzugehen, und es ist schwer dazubleiben.«

»Das ist doch ein wunderbarer Ort, um ein Kind großzuziehen.« Er nahm ihre Getränke, nickte in Richtung eines Tischs an der Tür und sagte: »Setzen wir uns dorthin.«

»Warum?«

»Mir ist danach, jemand beim Darts zu schlagen.«

»O bitte! Ich spiele hier schon so lange Darts, dass ich das Bullseye mit verbundenen Augen treffe!« Dann fiel ihr plötzlich jene erste Nacht ein, als er in der Kneipe aufgetaucht war und seinen Dartpfeil ganz lässig genau in die Mitte warf, während sie so gut wie keine Punkte erzielt hatte.

»Ich nehme die Herausforderung an«, erwiderte er.

Emmas Handy klingelte. Sie starrte blinzelnd und mit gerunzelter Stirn auf die angezeigte Nummer und nahm das Gespräch an.

»Hallo?«

»Emma, hier ist Jim DiMartino. Erschrecken Sie nicht, aber Penny hat einen Unfall gehabt.«

Sie sprang so schnell auf, dass sie fast das Gleichgewicht verloren hätte.

Kyle packte sie am Arm. »Hey, alles in Ordnung?«

Sie riss sich ungeduldig los und lief nach draußen, damit sie Jim besser verstehen konnte. Ihr vom Alkohol benebelter Verstand hatte Mühe, die Einzelheiten aufzunehmen: eine Party. Ein Boot. Alkohol.

»Ich bin gleich da«, stieß sie hervor und beendete das Telefonat.

»Was ist denn passiert?«

Sie erschrak, sie hatte nicht gemerkt, dass Kyle ihr gefolgt war.

»Oh mein Gott«, stammelte sie. »Meine Schlüssel! Wo sind meine Schlüssel? Ich muss … Verdammt, ich habe getrunken, ich kann nicht fahren!«

»Ich fahre Sie«, bot Kyle an. »Wo müssen Sie denn hin?«

»Ins Southampton Hospital.«

Es herrschte kaum Verkehr um diese Zeit. Trotzdem kamen Emma die fünfundzwanzig Minuten bis zum Krankenhaus wie zwei Stunden vor. Sie war dankbar, dass Kyle sie in Ruhe ließ. Er tätschelte ihr lediglich das Bein in einem unbeholfenen Versuch, sie zu trösten, als sie vor sich hin schluchzte.

»Das wird schon wieder. Penny wird wieder gesund«, sagte er. Er hatte ja recht. Pennys Verletzungen seien nicht lebensgefährlich, hatte Jim gemeint, möglicherweise ein paar Knochenbrüche. »Sie hat großes Glück gehabt.«

Möglicherweise ein paar Knochenbrüche!

Kyle hielt vor dem Eingang zum Krankenhaus. »Ich komme nach, sowie ich einen Parkplatz gefunden habe.«

»Nein, nein, nicht nötig. Den Rest schaffe ich schon. Fahren Sie zurück. Bitte.« Er protestierte, aber Emma schloss die Wagentür.

Sie eilte hinein. An der Rezeption wurde sie zur Notaufnahme geschickt, wo eine Schwester sie bat, im Warteraum Platz zu nehmen.

»Der Arzt wird so schnell wie möglich zu Ihnen kommen.«

Glasfronten trennten den Wartebereich zum Flur. Es war ein großer Raum voller Sofas und Tische mit Zeitschriften. Unter den Wartenden entdeckte Emma die Eltern von Robin McMaster. Sie suchte sich einen Platz möglichst weit weg von ihnen und schnappte sich eine Ausgabe vom *Time Magazine*, um sich dahinter zu verstecken. Sie hatte keine Lust auf irgendwelche Unterhaltungen.

Plötzlich kam ihr der Gedanke, dass es allerdings einen Menschen gab, mit dem sie reden musste: Sie musste Mark anrufen und ihn informieren. Er war immerhin Pennys Vater, wie er ja selbst betont hatte. Sie hatte versprochen, ihn auf dem Laufenden zu halten, und jetzt musste sie dieses Versprechen auch halten.

Sie ging wieder in den Flur hinaus, suchte sich eine ruhige Ecke und wählte Marks Nummer. Seine Mailbox sprang an.

»Mark, ich hasse es, dir das aufs Band zu sprechen, aber Penny hatte einen Unfall. Mit einem Boot. Sie ist nicht schwer verletzt, aber sie ist im Southampton Hospital. Sobald ich mit ihr gesprochen habe, melde ich mich wieder. Okay, bis dann.« Als sie aufschaute, sah sie Kyle auf sich zukommen.

»Was machen Sie denn hier?«

»Ich will Sie jetzt nicht allein lassen. Außerdem müssen Sie irgendwie wieder nach Hause kommen. Wir sind mit Ihrem Auto da, wissen Sie noch?«

Ausgerechnet heute hatte sie beschlossen, sich zu betrinken.

Kyle folgte ihr in den Warteraum, wo sie sich auf den Platz niederließ, auf dem sie schon gesessen hatte. Er werde versuchen, irgendwo einen Kaffee aufzutreiben, sagte er.

Emma sah ihn dankbar an. »Das wäre wunderbar.«

Sie behielt die Tür im Auge. Eine Frau in einem weißen Kittel erschien und rief einen Namen. Ein Paar sprang auf und folgte der Ärztin in den Flur hinaus.

Kyle kehrte zurück, in jeder Hand einen Plastikbecher mit dünnem Kaffee.

»Diese Warterei macht mich noch wahnsinnig«, seufzte Emma.

»Soll ich mal nachfragen, ob es was Neues gibt?«

Sie schüttelte den Kopf. »Hab ich schon gemacht.«

»Dann fragen Sie eben noch mal. Steter Tropfen höhlt den Stein und so weiter.«

Vielleicht hatte er recht. Aber nach so vielen Jahren an der Hotelrezeption wusste Emma, wie es war, wenn man andauernd von irgendwelchen Leuten wegen irgendetwas genervt wurde, während man einfach nur versuchte, seinen Job zu erledigen. Doch hier ging es um Penny, und sie konnte keine Zeit mit Höflichkeiten vergeuden.

Sie stand auf, ging zum Schwesternzimmer und sagte: »Entschuldigen Sie, aber ich wollte fragen, was mit meiner Tochter ist. Penny Mapson. Gibt es etwas Neues?«

Die Schwester blickte sie müde an. »Wir tun unser Bestes«, erwiderte sie. »Aber es sind über ein halbes Dutzend junge Leute eingeliefert worden, die bei diesem Unfall verletzt wurden. Bitte haben Sie Geduld. Die Ärzte werden so bald wie möglich mit Ihnen sprechen.«

Vielleicht war das ja ein gutes Zeichen. Vielleicht bedeutete das Warten, dass es Penny gut ging und die Ärzte sich um dringendere Fälle kümmern mussten. Natürlich wünschte sie niemand etwas Schlimmes, aber sie musste sich irgendwie über die belastende Situation hinwegmogeln.

Sie kehrte in den Warteraum zurück. Die Zeit schlich dahin, bis endlich eine Schwester rief: »Mrs Mapson?«

Emma erschrak fast zu Tode. Sie sprang auf, Kyle stand ebenfalls auf.

»Bitte warten Sie hier«, bat sie.

Im Flur trat ein spindeldürrer Mann mit dunkelolivfarbener Haut und randloser Brille auf sie zu. Sein schmales Gesicht wirkte jung, aber sein Haar war grau meliert.

»Ich bin Dr. Saroyen.« Er gab Emma die Hand. »Ihre Tochter wird bald wieder gesund sein. Sie hat sich das Bein gebrochen, aber es ist ein glatter Bruch und zum Glück kein offener.«

»Okay.« Emma nickte. »Ein gebrochenes Bein.«

»Eine Schienbeinfraktur. Sie braucht nicht operiert zu werden. Die Orthopädin ist gerade bei ihr, sie bekommt eine Gipsschiene.«

»Emma!«

Mark, in Jeans und Sportjacke, eilte mit großen Schritten auf sie zu.

Emma stöhnte innerlich. *Und ich hab tatsächlich gedacht, es könnte nicht mehr schlimmer kommen.*

»Mark, das ist Dr. Saroyen. Doktor, das ist Pennys Vater.«

Der Arzt wiederholte, was er zu Emma gesagt hatte. Dann fragte sie, ob sie ihre Tochter sehen dürfe.

»Ja, aber da ist noch etwas. Zum Zeitpunkt des Unfalls standen einige der jungen Leute unter Alkohol- beziehungsweise Drogeneinfluss. Bevor ich Ihrer Tochter etwas gegen die Schmerzen gab, habe ich sie gefragt, ob sie Alkohol getrunken oder irgendwelche Drogen genommen hat. Sie gab zu, früher am Abend eine Percocet genommen zu haben.«

»Eine *was*?«, entfuhr es Emma. Es war eine rein rhetorische Frage, aber der Arzt erklärte ihr, dass es sich um die Kombination eines Schmerzmittels und eines Opioids handele. Als ob sie das nicht wüsste! Sie dachte sofort an ihre Mutter, schob den Gedanken aber wieder beiseite.

»Wo zum Teufel hat sie die her?« Mark sah Emma an.

»Nicht von mir! Du weißt, was ich von verschreibungspflichtigen Medikamenten halte.«

»Bitte!« Der Arzt hob beschwichtigend die Hand. »Klären Sie das zu einem anderen Zeitpunkt. Penny wartet schon sehnsüchtig auf Sie.«

Sie folgten ihm durch den hell erleuchteten Gang.

»Du hast eine Fahne«, sagte Mark und sah sie strafend an.

Emma presste die Lippen zusammen. Hätte sie ihn doch bloß nicht angerufen!

Dr. Saroyen öffnete eine Tür. Das Zimmer dahinter wurde von einem Vorhang geteilt. Penny saß im hinteren Bereich auf einem Tisch. Eine Frau, vermutlich die Orthopädin, umwickelte ihr Bein mit einem nassen, grell pinkfarbenen Verband. Pennys Haare standen wild und kraus vom Kopf ab, und auf der einen Wange hatte sie eine Schramme. Emma gab es einen Stich. Sie eilte zu ihr, umarmte sie fest, entschuldigte sich bei der Ärztin für die Störung und fing zu weinen an.

»Es geht mir gut, Mom«, sagte Penny.

Die Ärztin bat Emma zur Seite zu treten, damit sie weitermachen konnte.

Mark war ebenfalls hereingekommen. Emma warf ihm einen warnenden Blick zu: kein Wort über die Drogengeschichte! Nicht jetzt.

Als die Ärztin fertig war, meinte sie, sie werde in einer halben Stunde noch einmal nach ihr sehen.

»Und dann darf ich heim?«, fragte Penny.

»Ja, aber vorher müssen noch einige Formulare ausgefüllt werden.« Danach wandte sie sich an Emma: »Diese Gipsschiene ist ein Provisorium, der Gips kommt in ein paar Tagen drauf, wenn die Schwellung zurückgegangen ist. Danach keinen Puder und keine Lotion auf dem Bein auftragen und nichts in den Gips stecken, um zu kratzen, auch wenn es noch so juckt. Ich werde Ihnen aufschreiben, was beim Duschen zu beachten ist.«

»Wie lange muss der Gips dranbleiben?«, fragte Mark.

»Sechs bis acht Wochen. Bist du schon mal an Krücken gegangen?« Penny schüttelte den Kopf. »Das hast du schnell raus, du wirst sehen.« Die Ärztin wandte sich wieder an Emma und Mark. »Was ganz wichtig ist: kein Treppensteigen.«

»Und wie soll ich dann in mein Zimmer kommen?«, fragte Penny fassungslos.

Daran hättest du denken sollen, bevor du Drogen genommen hast und auf diese Bootstour gegangen bist, dachte Emma und wunderte sich selbst über diese plötzliche Anwandlung von Wut. Aber jetzt, wo die Lage unter Kontrolle und der anfängliche Schock überwunden waren, wurde sie von widerstreitenden Gefühlen übermannt. »Ich bin gleich wieder da, Schatz«, sagte sie. »Ich will nur schnell den Papierkram erledigen.«

Mark folgte ihr zum Schwesternzimmer.

Emmas Gedanken beschäftigten sich mit praktischen Dingen. Wie sollte sich Penny den Sommer über in der

Stadt bewegen? Was würde sie den ganzen Tag anfangen? Angus würde ihr bei den Stufen zur Historical Society helfen müssen. Sie würde nicht einmal allein das BuddhaBerry betreten können. Anstatt dass Penny Angus half, würde Angus auf Penny aufpassen müssen. Das war einfach nicht richtig.

Aber vielleicht war das alles nicht Pennys Schuld, sondern ihre. Und so, wie Mark sie ansah, war sie offenbar nicht die Einzige, die das dachte.

Sie ignorierte ihn. Sie nahm das Klemmbrett voller Formulare, das die Schwester ihr reichte, füllte alles aus und unterschrieb. Als sie aufschaute, sah sie Kyle auf sich zukommen. Er brachte ihr ihre Handtasche, die sie in der Aufregung völlig vergessen hatte.

»Was will der denn hier?«, knurrte Mark.

»Er ist ein Freund«, antwortete Emma.

Mark taxierte ihn mit einem abfälligen Blick. »Penny sollte bei mir wohnen, jedenfalls so lange, bis sie mit den Krücken umgehen kann«, sagte er dann. »Ich wohne im Erdgeschoss, da gibt es keine Treppen.«

Emma stockte eine Sekunde der Atem. »Kommt nicht infrage. Sie fährt mit mir nach Hause. Wir finden schon eine Lösung.«

»Sei doch nicht so besitzergreifend, Emma. Ich denke nur an Penny und daran, was das Beste für sie ist.«

»Ich weiß, was das Beste für sie ist«, konterte sie hitzig.

»Den Eindruck habe ich aber nicht.«

»Ich wüsste da was«, mischte sich Kyle ein und trat näher an Emma heran. »Windsong hat alles, was man braucht, im Erdgeschoss. Ich werde euch da hinbringen.«

Emma lächelte ihm dankbar zu. »Das ist eine prima Idee!« Sie war sich da zwar nicht so sicher, denn das Letzte, was sie in dieser Nacht noch brauchte, war eine Konfrontation mit Bea Winstead. Aber wenigstens stopfte es Mark den Mund. Und im Augenblick wollte sie einfach nur mit ihrer Tochter weg aus diesem Krankenhaus, weg vom vernichtenden Blick ihres Exmannes.

Und was konnte Bea Winstead ihr schon anhaben?

Kapitel zweiunddreißig

Bea schreckte aus dem Schlaf hoch. Stimmen.

Zuerst dachte sie, sie habe geträumt. Nein, da unterhielt sich jemand. Sie setzte sich auf, lauschte. War es tatsächlich das, wofür sie es hielt?

Kyle. Und eine Frau.

Hatte er den Verstand verloren? Was fiel ihm ein, seine Freundinnen hierherzubringen?

Sie setzte ihre Brille auf, schlüpfte in den seidenen Morgenmantel und die Hausschuhe und öffnete leise die Schlafzimmertür. Als sie oben an der Treppe stand und die Stimmen deutlicher hören konnte, erfasste sie eine grenzenlose Empörung. Ihr Puls raste, als sie die Treppe hinuntereilte und Kyle mit Emma Mapson in der Küche vorfand. Die Frau benahm sich wie in ihren eigenen vier Wänden! Sie hatte sich Tee aufgebrüht und schenkte sich gerade welchen in einen von Henrys Retrobechern ein.

»Was ist denn hier los?«, herrschte Bea sie an. »Es ist mitten in der Nacht!«

Emma warf Kyle einen flüchtigen Blick zu. »Entschuldigung, dass wir Sie geweckt haben. Wir werden jetzt schlafen gehen.«

»Schlafen gehen? Was haben Sie überhaupt hier zu suchen?«

»Komm schon, Bea«, sagte Kyle beschwichtigend. »Fang nicht wieder damit an.«

»Penny hatte einen Unfall«, erklärte Emma. »Sie hat sich das Bein gebrochen. Sie darf keine Treppen steigen, deshalb werden wir hierbleiben. Wie gesagt, ich wollte Sie nicht wecken. Aber das Haus hier gehört jetzt uns, und Sie sind es, die gehen sollte.«

Sie sollte gehen?

»Das mit dem Unfall Ihrer Tochter tut mir leid«, erwiderte Bea. »Aber das gibt Ihnen noch lange nicht das Recht, mitten in der Nacht hier hereinzuplatzen.«

Kyle funkelte sie böse an. »Es war ein langer Tag, Emma«, sagte er dann. »Versuchen Sie ein bisschen zu schlafen. Mein Zimmer ist am Ende des Flurs, falls Sie etwas brauchen sollten.«

»Das ist nett. Danke für alles.« Müde schlurfte sie aus der Küche.

Bea konnte es nicht fassen. Das war einfach unglaublich!

Kyle nahm sich ein Bier aus dem Kühlschrank. »Ich finde, es reicht jetzt, Bea.«

»Auf wessen Seite stehst du eigentlich? Das ist doch unerhört! Mir so in den Rücken zu fallen! Gibt es keine Loyalität mehr auf der Welt?«

Das Mädchen hatte einen Unfall gehabt, und das war bedauerlich. Aber Kindern passierten solche Dinge nun einmal – sie wusste schon, warum sie sich gegen welche entschieden hatte. Und sie würde ganz bestimmt nicht jetzt damit anfangen, sich um irgendein Kind zu kümmern. Ein Knochenbruch war in ein paar Wochen wieder verheilt. Henrys Erbe allerdings würde für immer verloren sein, wenn es ihr nicht gelang, ihre Ansprüche durchzusetzen.

»Ich falle dir nicht in den Rücken«, entgegnete Kyle. »Ich wollte dir ja in dieser Erbschaftssache helfen. Aber komm schon, Bea! Wie lange willst du dieses Spiel noch spielen? Das sind anständige Leute. Emma reibt sich auf zwischen ihrem Job und ihrer Tochter. Glaubst du wirklich, dass sie die Energie hat, einen Betrug im großen Stil zu planen? Das kann nicht dein Ernst sein!«

»Ich habe dir doch das Testament aus dem Jahr 2000 gezeigt. Das ist ein ganz entscheidender Durchbruch.«

Er schüttelte den Kopf. »Das sehe ich anders. Zwischen dem ersten und dem zweiten Testament liegen siebzehn Jahre. Er hat es sich einfach anders überlegt. So was passiert doch andauernd.«

Eine solche Äußerung hätte sie von einem Fremden erwartet, von jemandem aus dieser kurzsichtigen Stadt, für die ein abgebranntes Kino wichtiger war als die Zukunft eines Nachlasses von unermesslichem Wert. Aber doch nicht von Kyle! Und sei es nur, weil er auf ihrer Gehaltsliste stand. Der Verrat empörte sie zutiefst.

»Pack deine Sachen und verschwinde! Ich will dich morgen hier nicht mehr sehen.«

Die Überraschung auf seinem Gesicht verschaffte ihr ein klein wenig Genugtuung. Aber nicht genug. Nicht annähernd genug.

Sie drehte sich abrupt um und ging wieder nach oben. Durch ihre Adern schoss so viel Adrenalin, dass sie sich zehn Jahre jünger fühlte. In dieser Nacht würde sie kein Auge mehr zumachen.

Zitternd vor Wut ging sie in ihrem Schlafzimmer auf und ab. Dieser Kampf war noch nicht vorbei. Aber was konnte sie weiterhin unternehmen?

Als ihr Blick auf das Telefon auf dem Nachttischchen fiel, kam ihr eine Idee. Sie kramte in ihrer Handtasche und fand die Visitenkarte, die sie gesucht hatte.

Dann schrieb sie Mark Mapson eine Nachricht: Sie werde ihm gern einen Scheck für seine Anwaltskosten ausstellen.

Penny wachte auf, weil ihr Bein wehtat. Au, und wie das wehtat!

Es war noch dunkel. Sie tastete nach dem Lichtschalter und erschrak im ersten Moment, weil sie nicht wusste, wo sie war. Dann fiel ihr alles wieder ein: die Spritztour mit dem Boot, die ein abruptes Ende gefunden hatte; das Krankenhaus; ihr Dad, der gekommen war. Komisch, ihn nach so langer Zeit wieder um sich zu haben. Und jetzt war sie in Windsong.

Sie griff nach den Advil und dem Glas Wasser neben ihrem Bett und schluckte zwei Tabletten. Ihre Mutter hatte gesagt, sie solle ihr eine SMS schicken, falls sie in der Nacht etwas brauche, aber das wollte Penny nicht. Erstens, weil sie sich dann wie ein kleines Kind vorkäme, und zweitens, weil sie sowieso schon ein schlechtes Gewissen hatte.

Jetzt saß sie ganz schön in der Tinte. Wieso war sie gestern Abend nicht einfach zu Hause geblieben? Und warum hatte sie nicht Nein gesagt, als Robin sie überredet hatte, mit aufs Boot zu gehen?

Das Zimmer war sehr groß. Sie hatte Angst, das Stück bis zum Bad allein zurückzulegen, aber sie musste dringend aufs Klo. Sie seufzte. Ihr blieb nichts anderes übrig, als ihrer Mutter eine Nachricht zu schicken. Als sie ihr Handy einschaltete, piepste es, weil etliche Kurznachrichten eingegangen waren, alle von Jess: Mindy hatte eine Gehirnerschütterung, Robin hatte sich das Handgelenk und das Schlüsselbein gebrochen. Jess war nicht verletzt, hatte aber für den Rest des Sommers Hausarrest.

Penny rechnete damit, für den Rest ihres Lebens Hausarrest zu bekommen. Und sie hatte es verdient. Jedenfalls würde sie sechs bis acht Wochen an Krücken gehen müssen. Also bis mindestens Mitte August. Der Sommer war gelaufen.

Sie schüttelte den Kopf. So ein verdammter Mist! Sie kam sich wie der größte Loser der Welt vor, als sie ihrer Mom eine SMS schickte, weil sie nicht allein aufs Klo gehen konnte.

Emma trug die Sachen, die sie am Abend angehabt hatte. War sie so eingeschlafen? Hatte sie überhaupt geschlafen? Penny schämte sich, weil sie ihrer Mutter in letzter Zeit so viele Sorgen machte.

»Hast du Schmerzen?«, fragte Emma, als Penny, auf sie gestützt, ins Bad humpelte.

»Ja. Wie lange dauert es denn, bis die Tabletten wirken?«

»Vielleicht zwanzig Minuten.«

Als Penny wieder im Bett lag, setzte sich Emma zu ihr auf die Bettkante.

»Es tut mir so leid, Mom«, murmelte sie mit Tränen in den Augen.

Emma nahm sie in die Arme. »Alles gut, Schatz. Alles gut.« Sie löste sich von ihr, holte tief Luft und fragte dann: »Penny, woher hast du die Percocet? Und wie lange nimmst du sie schon?«

Nach kurzem Zögern sprudelte alles aus Penny heraus, als ob sie erleichtert wäre, ihrer Mutter alles beichten zu können. Am Memorial-Day-Wochenende habe es angefangen. Mindy habe gesagt, die Pillen seien harmlos, ihre Mutter werfe sie wie Pfefferminzdrops ein. Und sie selbst habe sich bloß glücklicher gefühlt und sei nicht ein einziges Mal in eine dieser endlosen Grübelschleifen geraten. »Ich hab sie bloß ein paarmal genommen«, sagte sie.

Emma war nachdenklich geworden. »Vielleicht hat Dr. Wang doch recht.«

»Nein! Das hat überhaupt nichts mit Dr. Wang zu tun. Ich versteh sowieso nicht, was diese Therapie bringen soll. Sie hilft mir nicht wirklich. Ich sag mir immer, dass ich bald wieder anfangen werde zu zeichnen. Beim Zeichnen hab ich mich viel besser gefühlt.«

Emma seufzte. »Du kannst doch nicht den ganzen Tag herumhocken und zeichnen.«

»Jetzt schon.« Penny grinste.

Emma musste lachen. »Ja, da hast du auch wieder recht.« Sie deckte Penny zu, gab ihr einen Kuss auf die Stirn und knipste das Licht aus. »Versuch noch ein bisschen zu schlafen.« Sie stand auf und ging zur Tür.

»Mom?«, sagte Penny in die Dunkelheit hinein.

»Ja?«

»Ich hab dich lieb.«

Kapitel dreiunddreißig

Die Krankenhausrechnung würde astronomisch ausfallen. Nicht die beste Zeit, um arbeitslos zu sein.

Emma blickte auf den Infinity Pool hinaus. Was für eine Ironie, von einem solchen Luxus umgeben zu sein, wenn man selbst in einer finanziell schwierigen Situation war. Jetzt konnte sie es definitiv vergessen, rechtliche Schritte gegen Bea Winstead einzuleiten. Wovon sollte sie einen Anwalt bezahlen? Sie dachte flüchtig daran, Jim anzurufen, damit er diese Frau zwang, das Haus zu verlassen. Immerhin beging sie Hausfriedensbruch. Das Gleiche galt natürlich auch für Kyle. Und der hatte sich letzte Nacht als Retter in der Not erwiesen. Deshalb konnte und wollte sie ihn nicht vor die Tür setzen.

Es klingelte. Sogar der zarte, melodische Klang der Türklingel passte in seiner Unverwechselbarkeit zum Rest des Hauses. Henry Wyatt hatte wirklich an alles gedacht. Einmal mehr fragte sie sich, warum er ausgerechnet Penny als seine Erbin eingesetzt hatte.

Angus stand vor der Haustür.

»Ich bringe euch gute Gaben«, sagte er und reichte Emma einen Strohkorb voller Leckereien von Schiavoni's und zwei Graphic Novels aus Pennys Buchregal. »Falls sie was lesen möchte. Wie geht es ihr?«

»Sie schläft. Das tut ihr gut. Oh, Angus! Es ist nicht zu fassen, nicht wahr?«

»Das wird schon wieder«, erwiderte er mit seiner tiefen Stimme in großer Entschiedenheit.

»Ja, sicher, aber ich weiß nicht, ob ich erleichtert sein soll, dass nicht mehr passiert ist, oder stinksauer, weil sie so eine Riesendummheit gemacht hat. Jetzt kann sie den ganzen Sommer auf Krücken laufen!«

»Ja, sie würde alles tun, damit sie um den Job bei der Historical Society herumkommt«, sagte er lächelnd.

Emma stellte den Korb auf den Küchentisch und entfernte das Zellophan und die Schleife. Penny hätte bestimmt nichts dagegen – so kam sie schneller an die Brownies und die Chocolate Chip Cookies. Sie öffnete eine Keksdose. »Das wäre wirklich nicht nötig gewesen, weißt du. Aber Penny wird sich riesig darüber freuen. Und ich bin am Verhungern! Ich habe im ganzen Haus nichts zu essen gefunden. Bea Winstead ernährt sich anscheinend von Mineralwasser und Bioblaubeeren.«

»Ist die Grande Dame da?«

»Nein, sie ist heute Morgen auf ihrem Besen davongeflogen.«

»Emma, du musst dir das nicht antun. Penny kann daheim auf dem Sofa schlafen. Und du sagst seit Monaten, dass du das untere Bad herrichten lassen willst.«

Emma nahm ein paar Flaschenbirnen aus dem Korb und wusch sie unter fließendem Wasser ab. »Das Bad muss warten, Angus. Es sieht finanziell nicht so rosig aus. Ich habe meinen Job verloren. Und wenn ich nicht bald einen neuen finde, muss ich das Haus am Mount Misery

Drive aufgeben, um die Miete zu sparen. Hier können wir wenigstens umsonst wohnen. Und wenn ich sage *wir*, meine ich uns drei.«

Angus zog sich einen der hohen Hocker von der Kücheninsel heran und setzte sich. »Da hast du recht – warum Miete zahlen, wenn du das Haus hier hast. Aber ich habe es dir schon einmal gesagt – ich fühle mich nicht wohl in diesem riesigen, seltsamen Haus. Es fühlt sich einfach nicht richtig an.«

»Angus …«

»Mach dir um mich keine Sorgen! Ich komme schon zurecht, ganz egal, wie du dich entscheidest.«

Sie hätte am liebsten entgegnet, dass *sie* aber nicht zurechtkommen würde. Doch sie sagte nichts, weil es egoistisch gewesen wäre. Aber es ging ja nicht nur um sie, sondern auch um …

»Und ich werde immer für Penny da sein«, fügte Angus da auch schon hinzu. Er kannte sie nur allzu gut.

»Lass dir Zeit mit deiner Entscheidung«, bat sie. Sie hielt die Keksdose umklammert wie das Lenkrad eines Autos, das ins Schleudern geraten war.

Angus angelte sich einen Brownie heraus, meinte, dass das süße Zeug Gift für ihn sei, und stopfte sich dann den ganzen Keks in den Mund.

»Angus, ich hoffe wirklich, du überlegst es dir noch mal.«

Er blickte nach oben, legte die Fingerspitzen aneinander und sagte langsam: »Weißt du, ich habe Celia damals sehr gern versprochen, dass ich zu dir und Penny ziehen würde, damit ich nicht allein bin. Ich hatte nämlich

Angst vor dem Alleinsein. Sie ist gestorben, aber ich hatte das Gefühl, dass auch mein Leben vorbei war. Sie wollte nicht nur, dass ich Gesellschaft habe, sondern dass ich mein Leben weiterlebe, das ist mir heute klar. Vor fünf Jahren war ich noch nicht so weit, und ich bin mir nicht einmal sicher, ob ich jetzt so weit bin. Aber es ist nicht gut, Angst vor Veränderungen zu haben. Nicht für mich und auch nicht für dich.«

Emma erwiderte nichts. Sie hatte ein Haus bekommen, aber es schien, als ob ihr dafür alles andere, was ihr wichtig war, genommen wurde. Und sie hatte nicht die leiseste Ahnung, was sie dagegen tun konnte.

Es war ein teurer Tag gewesen, und trotz ihres Reichtums verabscheute Bea teure Tage. Zuerst hatte sie diesem nichtsnutzigen Mark Mapson einen Scheck ausgestellt. Dann hatte sie in der Galerie in der Washington Street nach langen, zähen Verhandlungen Henrys Zeichnungen erworben. Diese Ausgabe hatte sich wenigstens gelohnt. Als sie jetzt die Zeichnungen vor sich auf der Glasplatte des Wohnzimmertischs ausbreitete, entdeckte sie auf der Rückseite jeder einzelnen eine Zahl.

»Wusste ich's doch!«

Die Zeichnungen erzählten eine Geschichte, wenn sie in einer bestimmten Reihenfolge betrachtet wurden. Sie würde in die Bibliothek und in die Museen zurückkehren und nachsehen müssen, ob die Zeichnungen dort auch nummeriert waren.

Ein Geräusch störte sie in ihren Überlegungen, unverkennbar die Krücken des Mädchens, die über den Holzboden schabten. Wieso war die Kleine nicht in ihrem Zimmer? Unerhört! Irgendwo waren Grenzen! Und das Wohnzimmer und der Essbereich gehörten nun einmal zu *ihrem* Territorium.

Noch mehr Schaben und Kratzen.

Himmel noch mal! Bea schob die Zeichnungen zusammen, um sich in ihr Zimmer zurückzuziehen. Auf dem Weg zur Treppe sah sie Penny in der Küche auf einem Fuß balancieren. Ihre Krücken hatte sie an den kleinen Frühstückstisch gelehnt. Plötzlich rutschte eine seitlich weg und fiel krachend um.

»Du wirst noch die Böden kaputtmachen mit diesen Dingern, wenn du nicht besser aufpasst!«, schimpfte Bea.

Penny hatte sich ein Buch unters Kinn geklemmt, weil sie ihre Hände ja für die Krücken brauchte. Als sie jetzt den Kopf hob, plumpste das Buch auf den Tisch.

»Du musst ein bisschen mehr Respekt für dieses Haus zeigen, junge Dame. Du kannst hier nicht herumpoltern und …«

Bea verstummte, als ihr Blick auf das Buch fiel. Es war das gleiche wie das, das sie in dem Geheimfach unter Henrys Bett gefunden hatte. Zufall?

»Hat Mr Wyatt dir das Buch gegeben?«

»Nein. Ich habe ihm von Graphic Novels erzählt, nicht umgekehrt.« Penny bugsierte sich auf einen Stuhl.

»*Du* hast ihm von Graphic Novels erzählt?«

»Ja. Ich hab andauernd welche gelesen, und das hat ihn interessiert, und da hab ich ihm meine Lieblingsbücher gezeigt.« Sie blickte auf und sah Bea an. »Er fand das total spannend.«

Bea spürte, wie ihr Puls sich beschleunigte. Vielleicht stellte es sich als Segen heraus, dass diese Göre unter ihrem Dach wohnte. Das Mädchen war möglicherweise die wichtigste Verbindung zu Henry.

»Penny, hat Mr Wyatt dir irgendwelche Zeichnungen gegeben?«

»Klar. Er hat ständig irgendwas für mich gezeichnet.«

»Darf ich sie sehen?«, fragte Bea und bemühte sich, ihre Stimme ruhig zu halten.

»Nein.«

»Nein? Und wieso nicht, wenn ich fragen darf?«

»Weil Sie sie mir wegnehmen würden, genau wie Sie versuchen, mir dieses Haus wegzunehmen.«

So schonungslos offen konnte nur ein Kind sein. »Ich verspreche dir, ich werde sie dir nicht wegnehmen. Ich möchte sie nur anschauen. Ich war fast mein ganzes Leben lang mit Mr Wyatt befreundet, länger, als du dir das wahrscheinlich vorstellen kannst. Sein Werk ist alles, was mir von ihm geblieben ist. Verstehst du das?«

»Natürlich«, antwortete Penny, die dunklen Augen unverwandt auf Bea gerichtet. »Es ist auch alles, was mir von ihm geblieben ist.«

Kapitel vierunddreißig

Emma schloss die Glasschiebetür hinter sich und ging mit ihrem Glas Wein zum Pool. Es war abends, die Luft wurde kühler. Und sie hatte Tag eins nach Pennys Beinbruch überlebt!

Sie setzte sich in einen Gartensessel, zündete eine Citronella-Kerze an, blickte aufs Wasser hinaus und versuchte, ihre aufgewühlten Nerven damit zu beruhigen, dass Penny hier allen Komfort hatte und ruhig schlafen würde. Im Großen und Ganzen schien sie guter Dinge zu sein. Emma wünschte, sie könnte das Gleiche von sich sagen.

»Hey. Sorry, ich wollte Sie nicht stören.« Kyle, einen Seesack über der Schulter, ging die Steinstufen hinunter.

»Was haben Sie vor?«

Er machte eine vage Handbewegung Richtung Bucht. Was meinte er damit? Wollte er schwimmen gehen?

»Wie geht's Penny?«

»Oh, ganz ordentlich.« Sie setzte sich gerade hin und zog den Reißverschluss der Sweatjacke über ihrem Tanktop zu. »Mit den Krücken laufen klappt schon ganz prima, und es scheint sie nicht zu stören, dass sie ans Haus gefesselt ist. Jedenfalls nicht an *dieses* Haus. Hier ist noch alles neu für sie.«

»Und Ihr ungebetener Gast?«, fragte er mit einem flüchtigen Blick zum Haus hin.

»Sie geben also zu, dass Penny die rechtmäßige Eigentümerin ist?«

»Ich habe nie das Gegenteil behauptet.«

Emma nickte. »Das stimmt allerdings.«

»Wie heißt es so schön – Hunde, die bellen, beißen nicht. Das gilt auch für Bea, denke ich. Sie ist kein schlechter Mensch. Ich glaube, im Grunde ist sie sehr einsam. Andererseits hat sie mich rausgeworfen. So einsam kann sie also auch wieder nicht sein.«

»Rausgeworfen? Das ist ja nicht mal ihr Haus!«

»Eine reine Formsache. Mit solchen Kleinigkeiten hält sie sich nicht auf.«

Emma sah ihn an. »Verstehen Sie mich nicht falsch, Kyle, aber was genau machen Sie eigentlich für sie?«

Er ließ den Seesack von der Schulter zu Boden gleiten und fuhr sich durchs Haar. »Das ist kompliziert. Es fing damit an, dass ich in ihrer Wohnung alles Mögliche repariert habe. Dann habe ich Kunstinstallationen für ihre Partys aufgebaut. Und so kam eins zum anderen.« Er grinste und schnippte mit den Fingern. »Wie in Ihrer Geschichte vom Frosch und dem kochenden Wasser.«

Emma lächelte.

»Aber dann passierte die Sache mit dem Haus hier, und mir ist klar geworden, dass es genug ist. Ich habe gekündigt. Na ja, wahrscheinlich ist es eher so, dass sie mich gefeuert hat. Wie auch immer, es ist an der Zeit weiterzuziehen.«

»Und wo werden Sie jetzt wohnen?«

»Auf meinem Boot.«

»Ist das nicht zu gefährlich?«

Er lachte. »Stimmt, Sie haben kein allzu großes Vertrauen in meine handwerklichen Fähigkeiten.«

Sie spürte, wie sie rot anlief. »Was ich da neulich gesagt habe, tut mir leid. Ich wollte Sie nicht kränken.«

»Und ob Sie das wollten! Schon gut, nichts passiert.«

»Hier kommen eine Menge Wochenendkrieger her. Die meisten haben keine Ahnung, worauf sie sich einlassen, und machen nach kürzester Zeit schlapp.«

Ihr Telefon klingelte. Mark. Zum zweiten Mal heute. Sie müssten »über Penny reden«, hatte er ihr auf die Mailbox gesprochen. Sie konnte sich schon denken, wie diese »Unterhaltung« verlaufen würde: Er würde ihr allein die Schuld an den Ereignissen geben. Auf dieses Gespräch konnte sie verzichten, zumal es in keiner Weise hilfreich wäre.

»Schlechte Nachrichten?«, fragte Kyle.

Waren ihre Gefühle so leicht von ihrem Gesicht abzulesen? »Mein Ex. Auch so ein Wochenendkrieger.«

Kyle zog sich einen Liegestuhl heran und setzte sich auf die Kante.

»Ich würde Sie gern was fragen. Wenn Sie nicht gerade arbeiten oder sich um Ihre Tochter kümmern oder etwas mit Ihrem Exmann ausfechten oder sich mit einer Society-Lady aus der Park Avenue um einen Nachlass streiten – was machen Sie eigentlich so zum Zeitvertreib, Emma Mapson?«

Ja, was machte sie zum Zeitvertreib? Emma dachte darüber nach und wurde nervös, weil ihr nichts einfiel. Doch dann kam es ihr plötzlich.

»Ich züchte Rosen«, antwortete sie so hocherfreut, als

hätte sie gerade die Antwort auf die Frage in einer Quizsendung gewusst.

»Cool. Klingt aber nach einem einsamen Zeitvertreib. Was unternehmen Sie, um mal rauszukommen, um Dampf abzulassen?«

Seine auf sie gerichtete Aufmerksamkeit wurde ihr unangenehm. Ihr wurde bewusst, wie unglaublich attraktiv er war, wie er so im Mondschein dasaß und sie mit seinen großen blauen Augen ansah. Sie erinnerte sich, dass ihr das gleich zu Beginn aufgefallen war, aber irgendwie war es über dem Konflikt mit Bea Winstead untergegangen.

»Hören Sie, Kyle, es geht mir gut, okay?«

Er lehnte sich zurück, fuhr sich durchs Haar und grinste.

»Als Teenager bin ich mit meinen Kumpels im Sommer manchmal nachts losgezogen, um bei irgendwelchen Leuten in den Pool zu springen.«

Sie lächelte. »Das haben wir auch gemacht. Meine Freunde sind einmal dabei erwischt worden. War nicht so lustig.«

»Ich hab mir immer gewünscht, meine Eltern hätten einen Pool.«

»Ja, ich auch. Tja, und jetzt hab ich einen!«

»Aber Sie nutzen ihn nicht.« Er stand auf. »Kommen Sie, wir schwimmen eine Runde.«

»Jetzt?« Sie schüttelte den Kopf. »Nein, ich mag nicht, ich bin müde.«

Er achtete nicht auf sie. Er zog sich das T-Shirt über den Kopf und hechtete in den Pool.

»Das ist doch bestimmt eiskalt!«

»Nein, perfekt! Bea hat die Heizung angestellt.«

Schön, solange sie Ansprüche auf das Haus geltend machte, sollte sie ruhig auch Ansprüche auf die Nebenkosten erheben.

»Worauf wartest du?«, rief Kyle ihr vom flachen Bereich aus zu. Ob ihm klar war, dass er sie geduzt hatte?

»Ich hab doch gesagt, ich mag nicht.«

»Muss ich dich holen kommen?«

»Das würde ich dir nicht raten!«

»Klingt nach einer Drohung.«

Er stemmte sich am Beckenrand aus dem Wasser und trat auf sie zu.

»Ich meine es ernst, Kyle!« Sie lachte nervös, als er vor ihr stand.

»Deine letzte Chance! Entweder du gehst freiwillig, oder ich helfe nach.« Er streckte die Hand nach ihr aus.

»Ich geh nicht ins Wasser!«

»Und ob du reingehst.« Er beugte sich über sie, schob ihr den einen Arm unter den Rücken und den anderen unter die Beine und hob sie hoch. Wasser tropfte auf ihre Jacke.

»Lass mich sofort runter!«, schrie sie.

»Nicht so laut, du weckst das ganze Haus auf«, tadelte er.

Stimmt. Sie konnte Bea Winstead schon vor sich sehen, wie sie in einem grotesk luxuriösen Negligé herausgelaufen kam und sie zur Rede stellte.

»Jetzt hör schon auf, das ist nicht lustig«, sagte sie, als er sie über das tiefe Ende des Beckens hielt.

»Warum grinst du dann so?«

Auch wenn sie es nicht zugeben wollte, aber das Wasser hatte tatsächlich etwas Verlockendes, und sie verspürte das plötzliche Bedürfnis, der Versuchung nachzugeben. »Okay, ein kleines bisschen lustig ist es vielleicht.«

Kyle ließ sie ins Wasser plumpsen und sprang hinterher.

Das Wasser hatte tatsächlich genau die richtige Temperatur: angenehm erfrischend. Emma tauchte mit klopfendem Herzen und angespannten Muskeln wieder auf. Sie hielt sich mit einer Hand am Beckenrand fest und wischte sich mit der anderen das Wasser von den Augen. »Bist du jetzt glücklich?«

»Und du?«

Sie sah ihn an. Er meinte es nicht ironisch, sondern im wortwörtlichen Sinn. Sie schaute zu den Sternen am wolkenlosen Nachthimmel hinauf. Dann tauchte sie erneut unter und erst im flachen Bereich wieder auf. Ihr Körper ächzte von der ungewohnten Anstrengung, aber es fühlte sich wunderbar an. Kyle schwamm zu ihr.

»Wer zuerst auf der anderen Seite ist!«

»Du hast keine Chance!«

Er paddelte los, und sie folgte ihm, energisch mit Armen und Beinen rudernd.

Ja, dachte sie, ich bin glücklich. In diesem Moment bin ich wirklich glücklich.

Penny hatte die Zeichnungen von Henry bei sich zu Hause. Bea konnte den ganzen Tag über an nichts anderes mehr denken. Sie sagte sich zwar, dass sie Penny bestimmt überreden könnte, sie ihr zu zeigen, aber als sie sich am Abend in ihr Schlafzimmer zurückzog, wusste sie, dass sie kein Auge schließen würde. Die nummerierten Zeichnungen aus der Kunstgalerie lagen nebeneinander auf der Kommode, und sie brannte darauf, die Lücken durch die fehlenden Blätter zu ergänzen.

Sie dachte an Angus und zögerte nur kurz, ehe sie ihn anrief. »Entschuldigen Sie, dass ich Sie so spät noch störe, aber es gibt da etwas, über das ich gern mit Ihnen reden würde.«

Sie störe keineswegs, erwiderte er und nannte ihr die Adresse. Mount Misery Drive? Wer in aller Welt kam denn auf die Idee, eine Straße »Elendsberg« zu nennen?

Nachdem sie Kyle gefeuert hatte, musste sie sich selbst hinters Steuer setzen. Bis zu der angegebenen Adresse waren es zwanzig Minuten. Das zweigeschossige Haus machte einen heruntergekommenen Eindruck. Die Holzverkleidung war verwittert, die Einfahrt nicht geteert, sondern lediglich gemulcht. Über der Haustür hing ein blauer Holzwal, der einzige Farbtupfer in der trostlosen Umgebung.

Angus erschien hinter der Fliegentür, noch bevor sie klingeln konnte.

»Ich habe das Auto gehört«, sagte er. Er hielt ihr die Tür auf. »Es ist doch hoffentlich nichts passiert?«, fragte er besorgt.

»Nein, nein. Ich wollte Sie nicht beunruhigen. Ich brauche Ihre Hilfe.«

Sie ging ins Wohnzimmer und ließ ihren Blick über das abgewetzte Sofa und die Lokalzeitungen auf der verschrammten Holztruhe daneben schweifen. Vasen mit

Rosen in einem auffallend lebhaften Gelbton setzten bezaubernde Akzente in dem düsteren kleinen Zimmer. Bea bemerkte die Fotos in handgefertigten Rahmen auf dem Kaminsims und trat neugierig näher. Einige Rahmen waren aus Muschelschalen gebastelt, einer aus Holzstäbchen. Auf den meisten Fotos war Penny zu sehen, von anderen blickte ihr ein seltsam vertrautes Gesicht entgegen: der Mann auf Henrys Zeichnungen.

Der Barkeeper.

Sie nahm eines der Fotos in die Hand und betrachtete es lange.

»Angus«, sagte sie langsam, »warum steht hier ein Foto vom früheren Barkeeper des American Hotel?«

»Das ist Tom Kirkland. Emmas Vater.«

Beas Kopf fuhr hoch. *Was?* War das etwa des Rätsels Lösung? Ging es um diesen verdammten Barkeeper, mit dem sich Henry vor Jahrzehnten angefreundet hatte?

Sie wollte schon fragen, ob sich der Mann noch in der Stadt aufhielt, doch dann fiel ihr ein, dass er bereits vor vielen Jahren gestorben war. Sie konnte sich noch genau erinnern, wie ein völlig niedergeschlagener Henry sie angerufen und ihr die traurige Nachricht mitgeteilt hatte.

Sie stellte das Foto auf den Kaminsims zurück und versuchte, ihre Gedanken zu ordnen. Was war geschehen? Henry hatte einen Freund gefunden, ihn bald danach verloren, und dann, nachdem er Jahrzehnte später dessen Enkelin kennengelernt hatte, beschlossen, ihr sein gesamtes Vermögen zu hinterlassen? Nein, ausgeschlossen. Unmöglich. Das war eine falsche Fährte. Sie war der Zeichnungen wegen hergekommen, und diese Spur würde sie weiterverfolgen.

Wenigstens wusste sie jetzt, dass sie hier richtig war. In diesem Haus würde sie Antworten finden.

»Wie Sie wissen, bin ich auf der Suche nach Zeichnungen, die Henry in den Monaten vor seinem Tod angefertigt hat. Penny hat mir heute erzählt, dass sie welche hier im Haus aufbewahrt. Ich muss sie sehen.«

»Hat sie Ihnen gesagt, wo sie sie aufbewahrt?«

»Nein, nicht direkt.«

»Nun, ich fürchte, dann kann ich Ihnen nicht weiterhelfen. Ich kann sie gern morgen früh anrufen und fragen. Bis dahin müssen Sie sich leider gedulden. Tut mir leid, dass Sie den Weg hierher umsonst gemacht haben.«

Bea legte ihm die Hand auf den Arm. »Penny ist nicht sehr kooperativ. Können Sie mir nicht einfach zeigen, wo ihr Zimmer ist? Ich bin sicher, ich werde die Zeichnungen finden.«

Angus' Miene verlor ihren freundlichen Ausdruck. »Das kann ich nicht machen, Bea.«

»Aber warum denn nicht? Sie ist doch noch ein Kind! Es geht hier um wirklich wichtige Dinge, nicht um irgendwelche Spielchen! Ich kann nicht glauben, dass Sie sie allen Ernstes in Schutz nehmen.«

»Das ist Emmas Haus, Bea. Ich werde nicht zulassen, dass Sie hier herumschnüffeln.«

»Und Windsong sollte *mein* Haus sein, aber das interessiert offenbar niemand«, erregte sie sich. »Wirklich, Angus. Ich dachte, wir … wären auf einer Linie.«

»Das sind wir auch, Bea. Ich versuche nur, in dieser Angelegenheit neutral zu bleiben.«

»Sie sind aber nicht neutral, Sie sind ein Quertreiber!« Sie ging zurück in den Flur und wollte zur Treppe in den oberen Stock. Angus versperrte ihr den Weg.

»Bea, ich muss Sie wirklich bitten zu gehen.«

Kapitel fünfunddreißig

Penny beobachtete Bea mit höchster Konzentration. Mit ihren protzigen Klunkern und ihrem hochnäsigen Gesichtsausdruck war sie ein fantastisches Sujet. Penny führte den Bleistift in langen Strichen über das Papier, um Beas Figur zu skizzieren; an den Gesichtszügen würde sie sich danach versuchen. Sie zwang sich, nicht auf die Stimme in ihrem Kopf zu hören, die ihr einzureden versuchte, sie müsse von vorn beginnen, weil der Entwurf schlecht sei.

»Hat dir deine Mutter nicht beigebracht, dass es unhöflich ist, jemand anzustarren?«, fragte Bea, die von Küchenschrank zu Küchenschrank ging und alle Türen öffnete und wieder schloss, als suche sie etwas.

»Ein Künstler muss schließlich beobachten.«

Bea sah sie an. Sie setzte zu einer Entgegnung an, zog es dann aber vor zu schweigen.

Die Idee, weiter an der Graphic Novel zu schreiben, die sie und Henry letzten Sommer begonnen hatten, war Penny mitten in der Nacht gekommen. Als ob Henry sich zu ihr aufs Bett gesetzt und ihr zugeflüstert hätte: *Tu es!* Doch als sie dann am Morgen ihre alten Zeichnungen durchgesehen hatte, waren sie ihr so kindlich vorgekommen. Mädchen mit Superkräften? Schwachsinn! Sie konnte jetzt eine *richtige* Geschichte erzählen, nämlich die Geschichte von Henry, von dem Haus und von Bea Winstead, die es ihr und ihrer Mutter wegnehmen wollte.

»Junge Dame, nur weil du das Glück hattest, den bedeutendsten Künstler der letzten fünfzig Jahre kennenzulernen, macht dich das nicht zu einer Künstlerin. Du bist ein Kind, nichts weiter.«

Penny legte ihren Bleistift weg und griff zu einem anderen. »Henry hat gesagt, dass er mit sechs Jahren angefangen hat zu zeichnen. Er hat immer gewusst, dass er ein Künstler war.«

»Was du nicht sagst.« Bea schnaubte verächtlich.

Kyle kam herein. Penny konnte förmlich spüren, wie sich die dunkle Wolke von Beas Aufmerksamkeit von ihr auf ihn verlagerte.

»Morgen, Bea.«

»Du bist ja immer noch da! Ich habe dir doch gesagt, du sollst verschwinden!«

Kyle griff nach der Kaffeekanne, und Penny überlegte, wie alt er wohl sein mochte. Ungefähr so alt wie ihre Mom? Oder jünger? Er trug ein verwaschenes graublaues T-Shirt mit einem Feuerwehrlogo und dunkelblaue Shorts. Sie würde ihn in ihre Geschichte mit einbeziehen müssen, sie wusste nur noch nicht genau, wie. Kyle war mit Bea in die Stadt gekommen und wohnte hier im Haus. Aber Bea schrie ihn an, er solle verschwinden.

»Ich hab auf dem Boot übernachtet. Genau genommen wohne ich nicht mehr hier. Aber offen gestanden brauche ich dringend einen Kaffee, und außerdem habe ich vermutlich das gleiche Recht, mich hier aufzuhalten, wie du.«

»Ah, bist du jetzt Anwalt? Was fällt dir ein, mir zu sagen, welche Rechte ich habe oder nicht habe!« Sie wandte sich abrupt zu Penny um. »Und das Gleiche gilt für dich und deine Mutter!«

Penny zeichnete eine Sprechblase auf ihren Zeichenblock und schrieb hinein: *Und das Gleiche gilt für dich und deine Mutter!*

O ja, das würde mit Sicherheit eine tolle Geschichte werden.

Sie wusste nur noch nicht, wie sie enden würde.

Emma war todmüde. Die Nacht war viel zu kurz gewesen, aber so wunderschön, dass sie die Müdigkeit gern in Kauf nahm.

Die spontane Poolparty war erst in den frühen Morgenstunden zu Ende gegangen. Nachdem sie das Wettschwimmen verloren hatte, war Kyle aus dem Pool geklettert und hatte ihnen in Henry Wyatts gut bestückter Bar zwei Whiskey Sour gemixt, die sie, bis zur Brust im Wasser stehend, getrunken und sich dabei unterhalten hatten.

Irgendwann war Emma der Gedanke gekommen, dass sie so langsam ins Bett sollte, sonst wäre sie am Morgen zu nichts zu gebrauchen. Andererseits, wäre das so schlimm? Penny hatte keine Termine, und sie selbst hatte keinen Job mehr. Sicher, irgendwann würde sie sich nach einem neuen umschauen müssen, aber im Moment hing sie noch zu sehr an ihrem alten. Ihre Arbeit im American Hotel war stets mehr für sie gewesen als ein reiner Broterwerb. Es musste doch eine Möglichkeit geben, Jacks

Vertrauen zurückzugewinnen, ihm zu beweisen, dass sie weiterhin die zuverlässige Frau war, die er zwölf Jahre zuvor eingestellt hatte. Als sie Sean von ihrer Entlassung erzählt hatte, hatte er gemeint, Jack sei ein loyaler Mensch, der aber auch leicht kopfscheu werde. »Du weißt doch, dass das Hotel für ihn immer an erster Stelle kommt.«

Da sie im Moment nichts tun konnte, würde sie sich anderen Aufgaben zuwenden. Windsong eine persönliche Note geben zum Beispiel, wenn es zukünftig ihr Zuhause sein sollte. Und sie wusste auch schon, wie.

Sie ging nach draußen, folgte aber nicht dem Plattenweg zum Pool, sondern ging um das Haus herum. Der Garten war bis ins Detail durchdacht angelegt worden, mit niedrigen Stauden und Blauem Kriechwacholder – der vielleicht das Wild abhalten sollte – rings um ein paar würfelförmige Metallplastiken. Sie würde den Platz für einen Rosengarten sorgfältig auswählen müssen, damit die Ausgewogenheit der ästhetisch gestalteten Anlage nicht gestört wurde. Und dann war da noch die Bodenbeschaffenheit. So nahe am Strand war die Erde sandig, und in sandigem Boden versickerte das Wasser, bevor die Rosenwurzeln sich richtig vollsaugen konnten.

»Emma?«

Sie drehte sich um und beschattete die Augen mit der Hand vor der Spätvormittagssonne. Kyle stand auf dem Gartenweg vor dem Haus und winkte sie zu sich. Ihr Magen machte einen komischen kleinen Hüpfer, als sie ihn sah, so wie er es schon sehr lange nicht mehr gemacht hatte. War das nun gut oder schlecht? Am besten nicht darüber nachdenken.

Sie ging zu ihm hinüber. »Hey! Wie war deine erste Nacht auf dem Boot?«

»Ich hab geschlafen wie ein Baby. Und du?«

»Ich war irgendwie unruhig.«

Sie sahen sich an, sehr lange, wie es schien, und dann machte er eine Kopfbewegung zum Haus hin. »Da hat jemand nach dir gefragt.«

»Wirklich? Wer denn?«

»Ein Mann. Macht einen sehr geschäftsmäßigen Eindruck.«

Wer konnte das sein? Es würde sie nicht wundern, wenn das Henry Wyatts Anwalt wäre, der gekommen war, um ihr mitzuteilen, dass alles nur ein Irrtum war.

Sie ging durch das Haus zur Vorderseite, warf einen Blick durch die Glasscheibe und sah, dass ein Fremder vor der Tür stand. Misstrauisch öffnete sie.

»Emma Mapson?«

»Ja. Was kann ich für Sie tun?«

Der Mann reichte ihr einen braunen Umschlag und ging. Merkwürdig. Emma schloss die Tür und besah sich den Umschlag genauer. In der linken oberen Ecke war ein Stempel: FAMILIENGERICHT SUFFOLK COUNTY.

Sie riss den Umschlag auf und zog ein Bündel Papiere heraus. Auf der ersten Seite ganz oben stand *Antrag auf Abänderung des Sorgerechts*. Sie lehnte sich an die Tür. Ihr Herz raste, als sie die Seiten überflog und versuchte, die Informationen zu verarbeiten. Das ergab doch keinen Sinn. Immer und immer wieder las sie die Worte *Antragssteller: Mark Mapson* und *Antragsgegnerin: Emma Mapson*. Dann der Name des Richters, der ihr dreizehn

Jahre zuvor das alleinige Sorgerecht für Penny zugesprochen hatte. Es folgte ein Abschnitt, der im Einzelnen darlegte, weshalb eine *Abänderung der bestehenden Sorgerechtsentscheidung im besten Interesse des Kindes* sei. Das Schreiben war mit juristischen Ausdrücken wie *wesentliche Veränderung der Lebensumstände* und *Gefährdung des Kindeswohls* gespickt. Und zum Schluss: *Der Antragssteller Mark Mapson beantragt das alleinige Sorgerecht für seine minderjährige Tochter Penelope Bay Mapson.*

Sie musste laut geschrien haben, weil Kyle angerannt kam und fragte, was los sei. Am ganzen Körper zitternd hielt sie ihm die Unterlagen hin.

Kyle warf einen Blick darauf. »Dieser Mistkerl«, knurrte er.

Emma begann zu schluchzen.

»Ich ruf gleich Angus an. Alles wird gut, du wirst sehen«, sagte er tröstend, legte seinen Arm um sie und führte sie ins Wohnzimmer.

Normalerweise übte das geräumige, lichtdurchflutete Zimmer mit dem Oberlicht, dem Kamin, der Glasfront und dem weißen Eichenparkett eine heitere, entspannende Wirkung aus. An einer Wand hing ein großes Gemälde von Henry Wyatt. Vor der Couch lag ein Flokati, und die scheinbar schwebenden Bücherborde waren mit Hardcover-Ausgaben gefüllt. Aber Emma war so durcheinander und verstört, dass nichts sie zu beruhigen vermochte – sie hätte genauso gut mitten auf einer vielbefahrenen Straße sitzen können.

»Das kann alles nicht wahr sein«, stammelte sie. Kyle hatte sich neben sie gesetzt. Zum Glück sagte er nicht, sie solle sich doch nicht so aufregen, sondern ließ sie einfach in Ruhe schluchzen. Jedes Mal, wenn sie versuchte, sich zusammenzureißen, blitzten vor ihrem inneren Auge die Worte auf, die sie gelesen hatte: *wesentliche Veränderung der Lebensumstände; Vernachlässigung der Erziehungspflichten; labiles häusliches Umfeld; Gefährdung der seelischen Gesundheit durch Missachtung ärztlicher Ratschläge.*

Bea kam herein.

»Ach, so ist das also! Jeder sitzt nur herum und verbringt den Tag mit süßem Nichtstun! Muss schön sein.«

»Nicht jetzt, Bea«, erwiderte Kyle ärgerlich.

Sie setzte sich ungerührt in einen der Sessel mit Strukturoptik neben dem asymmetrischen Couchtisch.

»Henry hat viele der Möbel im Haus selbst entworfen«, sagte sie. »Ich erwarte natürlich nicht, dass Sie das zu schätzen wissen.« Sie stand wieder auf und ging zu dem großen Gemälde in Grün und Schwarz. »Wussten Sie, dass dieses Werk – *Greene Street, 1972* – jahrelang im Guggenheim hing?«

»Das interessiert mich im Moment wirklich nicht«, fauchte Emma.

»Schön. Da wäre noch etwas. Ihre Tochter sollte lernen, gewisse Grenzen zu respektieren. Sie stellt mir nach, wo ich auch bin, und beobachtet mich mit Argusaugen, während sie in einem fort auf ihrem Zeichenblock herumkritzelt. Das nervt nicht nur, sondern ist auch in höchstem Maße unhöflich.«

Die Türklingel ertönte.

»Das ist bestimmt Angus«, sagte Kyle. »Ich geh schon.«

»Sie haben diesen unausstehlichen Menschen in mein Haus eingeladen?«

Emma achtete nicht auf sie. Sie wischte sich über die Augen und kämpfte gegen neue Tränen an. Da stürmte auch schon Angus herein, setzte sich neben sie und tätschelte ihr Knie.

»Das ist ja eine schöne Bescherung. Es tut mir ja so leid, Emma.« Seine tiefe Stimme spiegelte den Ernst der Lage wider.

»Ich kann es einfach nicht glauben«, stieß Emma hervor und wurde von einem neuerlichen Weinkrampf geschüttelt.

»Könnte mir mal jemand erklären, was hier eigentlich los ist?« Bea schaute von einem zum anderen.

Niemand antwortete ihr, aber sie verstand den Wink nicht und blieb. Schließlich sagte Kyle: »Ihr Exmann klagt, weil er das alleinige Sorgerecht für Penny will.«

Angus bat darum, das amtliche Schreiben sehen zu dürfen.

»Man ist erst jemand, wenn man verklagt wird«, bemerkte Bea spitz.

»Bea, bitte! Das ist nicht hilfreich.« Kyle wandte sich Emma zu. »Er wird nicht damit durchkommen. Keine seiner Anschuldigungen wird vor Gericht standhalten.«

Emma schüttelte den Kopf. »Das kannst du nicht wissen.«

»Das ist nur ein Vorwand«, meinte Angus. »Es geht ihm um das Haus und sonst gar nichts.«

»Das kann ich aber nicht beweisen.«

»Er hat sich seit vielen Jahren nicht blicken lassen, und kaum hat Penny ein Millionenvermögen geerbt, taucht er plötzlich aus der Versenkung auf! Das kann kein Zufall sein«, beharrte Angus.

»Das wird den Richter aber nicht interessieren. Du hast doch selber gelesen, welche Vorwürfe Mark gegen mich erhebt. Und nur das zählt!«

Bea seufzte dramatisch. »Ich weiß, wie es ist, von Reichtum umgeben zu sein. Geld zieht alle Arten von Tagedieben und Goldgräbern an. Das ist eine schreckliche Belastung!«

»Dieses elende Haus!« Emma griff sich mit beiden Händen an den Kopf. »Das Haus ist ein Fluch! Ich will es nicht mehr!« Sie schaute Bea an. »Sie können dieses verdammte Haus haben! Okay? Sind Sie jetzt zufrieden?«

»Nun, die Umstände sind alles andere als erfreulich, und das tut mir leid für Sie, aber ich bin froh, dass Sie endlich zur Vernunft kommen, Emma.«

»Das Haus gehört nicht dir, Emma«, gab Angus zu bedenken. »Du kannst es nicht hergeben.«

»Sie müssen natürlich wieder den Aufpasser spielen!«, giftete Bea.

Emma blickte von einem zum anderen. Angus hatte recht. Sie war lediglich die Verwalterin von Pennys Vermögen. Wer das Sorgerecht für Penny hatte, hatte die Verfügungsmacht über ihr Vermögen. Mark wusste das natürlich.

»Du brauchst einen Anwalt«, sagte Kyle mit Bestimmtheit und erntete einen irritierten Blick von Bea, weil er sie duzte. »Kennst du einen guten?«

Emma schüttelte den Kopf. »Den letzten habe ich vor Jahren bei meiner Scheidung gebraucht. Die Mutter einer meiner Highschool-Freundinnen war Anwältin. Sie war nicht einmal Scheidungsanwältin, aber sie hat mir geholfen, weil ich einen Anwalt brauchte und kein Geld hatte. Die Scheidung war nicht sonderlich kompliziert, weil Mark allem zugestimmt hat. Vielleicht sollte ich ihn anrufen und mit ihm reden …«

Kyle und Angus rieten ihr sofort davon ab. Das sei keine gute Idee, meinten beide.

»Was ist keine gute Idee?«

Alle blickten zur anderen Seite des Zimmers, wo Penny stand.

Beim Anblick ihrer Tochter schluchzte Emma wieder los. Sie sprang auf, lief zu ihr, nahm sie in die Arme und hielt sie ganz fest.

Kapitel sechsunddreißig

Angus war ja so ein selbstgerechter Mensch. Bea konnte es nicht fassen. Erst weigerte er sich, ihr die Zeichnungen zu zeigen, die die Kleine von Henry geschenkt bekommen hatte, und dann verhinderte er, dass Emma das Haus an sie, die rechtmäßige Erbin, zurückgab.

Er war ein Wolf im Schafspelz. Ja, genau das war er. Und der Wolf saß jetzt in *ihrer* Küche.

»Sie erwarten hoffentlich nicht, dass ich Ihnen etwas zu essen serviere«, sagte sie, während sie Grünkohl klein hackte. »Das ist nämlich kein Gasthaus hier. Auch wenn es vielleicht den Anschein hat.«

»Unsinn. Ich denke nach. Das ist eine wirklich schlimme Situation.«

»Von mir brauchen Sie keine Ratschläge zu erwarten.«

Sie könnte selbst den einen oder anderen Rat gut gebrauchen. Sie war noch immer nicht darüber hinweg, dass der Barkeeper aus dem Hotel – der Mann, mit dem sich Henry angefreundet, der ihn mit seinen Geschichten vom Angeln so begeistert hatte – Emma Mapsons Vater war, entschied aber, dass das nichts zu bedeuten hatte. Henry würde niemals sein gesamtes Vermögen der Enkelin eines Mannes hinterlassen, mit dem er vor über vierzig Jahren für kurze Zeit befreundet gewesen war. Komisch, dass Emma diese Verbindung nie erwähnt hatte.

Wusste sie womöglich gar nichts davon? Von Bea würde sie es jedenfalls nicht erfahren.

»Ich weiß, Sie sind wütend auf mich«, sagte Angus. »Ich will Sie nicht verärgern, das wollte ich auch gestern Abend nicht. Aber Emma ist für mich wie Familie, und ich muss auf sie achtgeben.«

Bea fragte sich unwillkürlich, wie es sein mochte, jemand zu haben, dem man so viel bedeutete. Kyle hätte sich einfach so aus dem Staub gemacht. Einen Partner oder Familie hatte sie nicht. Nicht einmal jemand, der »wie Familie« für sie war, wie Angus es ausdrückte. Sie stand ganz allein da. Diese Erkenntnis durchzuckte sie mit schmerzhafter Schärfe.

Wenn Angus wüsste, dass sie sich mit Emmas Exmann verbündet und mit ihrem Geld die heutige Katastrophe heraufbeschworen hatte, würde er nie wieder ein Wort mit ihr reden. Sie schüttelte ihr schlechtes Gewissen ab. Sie kämpfte um die Zukunft des künstlerischen Vermächtnisses ihres langjährigen Freundes. Es war nicht ihre Aufgabe, sich um die Frau zu kümmern, die es widerrechtlich für sich beanspruchte. Dennoch plagten sie Schuldgefühle beim Anblick von Angus' besorgter Miene.

»Nun, in dem Fall können Sie auch zum Lunch bleiben. Es gibt Grünkohlsalat mit Rotkohl und Mango.«

Angus schüttelte den Kopf. »Danke für das Angebot, aber ich bin Fleischfresser!«

Bea zog eine Braue hoch. »Ja, und Sie haben garantiert auch die entsprechenden Cholesterinwerte!«

Er lachte. »Laden Sie mich etwa zum Essen ein, um mich zu bestrafen?«

»Wo denken Sie hin! Ich würde meine Gesellschaft niemals als Strafe betrachten.«

Sie wandte sich wieder ihrem Sesamdressing zu und lächelte in sich hinein.

Die Erwachsenen in ihrem Leben hatten ganz offiziell den Verstand verloren.

Penny stand im Bad – ihrem eigenen Bad! – und wusch sich die Hände. Sie fing an, bis sechzig zu zählen, brachte es dann aber fertig, schon vorher mit dem Händewaschen aufzuhören. Je mehr Zeit sie im Bad vergeudete, desto weniger Zeit blieb ihr für ihr Buch. Und sie wollte vor dem Schlafengehen unbedingt noch ein Panel zeichnen.

Das heutige Drama ließe sich zu einer großartigen Szene verarbeiten, auch wenn sie nicht ganz verstand, worum es eigentlich gegangen war.

Das bisschen, das sie von der Diskussion im Wohnzimmer aufgeschnappt hatte, ergab nicht viel Sinn. Ihre Mutter war völlig durch den Wind. Vielleicht, weil ihr Dad zurückgekommen war und an ihrem Leben teilhaben wollte? Aber war das ein Grund, Kriegsrat zu halten? Jedenfalls war es ein äußerst merkwürdiger Anblick gewesen, wie ihre Mutter und Angus und Kyle wie die Helden der Justice League dasaßen und auf Bea einredeten. Die Justice League berief keine Versammlungen mit ihren Feinden ein. Wonder Woman traf sich nicht zum Kaffeekränzchen mit Lex Luthor.

Hieß eine der Erzfeindinnen der Justice League nicht Queen Bee?

Queen Bea. Ha!

Penny kletterte auf ihr Bett und zog sich ihren Zeichenblock auf den Schoß. Sie war unglücklich, weil ihre Mutter sich sorgte, aber wenn sie ihr nicht sagte, was los war, konnte Penny ihr auch nicht helfen. Im Grunde konnte sie nicht viel mehr tun als (a) versuchen, ihre Zwangserkrankung niederzuringen, (b) keinen Ärger machen (was jetzt, wo sie an Krücken ging, relativ einfach war) und (c) zeichnen. *Eines Tages wirst du deine eigenen Superkräfte entdecken.*

Im Sommer vor zwei Jahren, während einer ihrer ersten Begegnungen, hatte Henry ihr erzählt, in der Welt herrsche Chaos und Unordnung, aber ein Künstler könne innerhalb der Grenzen seines Werks Ordnung schaffen. Wenn er male oder an einer Skulptur arbeite, herrsche völlige Leere in seinem Kopf.

»Es ist wichtig, dass du in deinem Leben diese Art von Ruhe findest.«

»Mein Leben ist schon ruhig genug. Viel zu ruhig!«

»Das mag dir jetzt so vorkommen, aber eines Tages wirst du auf diese stille Zeit zurückblicken und sie fürchterlich vermissen.«

Sie bezweifelte das.

»Wenn du jung bist, kennt dein Leben, deine Perspektive nur eine Richtung: vorwärts, der Zukunft entgegen. Aber wenn du alt bist, hast du auch eine Vergangenheit.«

»Aber man bewegt sich nicht auf die Vergangenheit zu. Die Vergangenheit ist vorbei.«

Er zeigte auf sie und wackelte dann mit dem Finger.

»Die Vergangenheit ist nie vorbei! Die Vergangenheit prägt die Gegenwart und gestaltet deshalb die Zukunft.«

Als sie beschlossen, ihre eigenen Graphic Novels zu schreiben, sagte er, seine Geschichte werde von seiner Vergangenheit handeln. Penny, die nicht wusste, worüber sie schreiben sollte, riet er, einfach etwas zu erfinden. Das war leichter gesagt als getan. Das Zeichnen bereitete ihr keine Probleme, aber mit dem Erfinden einer Geschichte tat sie sich schwer. Deshalb hatte sie auch ihre Superheldenstory nie zu Ende gebracht. Aber jetzt, mit all den Dramen in ihrem wirklichen Leben, schrieb sich die Geschichte praktisch von allein.

Es war schon komisch, aber in gewisser Weise war der Bootsunfall das Beste, was ihr hatte passieren können. Klar, der Gips war lästig, und manchmal juckte es so sehr, dass sie fast wahnsinnig wurde. Aber die körperliche Einschränkung und die Tatsache, dass ihre Freunde nicht raus durften, hatten auch ihr Gutes: Der Druck, unbedingt mit ihnen abzuhängen und dazugehören zu wollen, war weg. Sie fühlte sich innerlich ruhiger. Und da sie sonst praktisch nichts zu tun hatte, konzentrierte sie sich aufs Zeichnen. Dadurch fühlte sie sich Henry näher, so als ob ein Teil ihrer Freundschaft immer noch weiterlebte. Sie wünschte, er könnte sehen, was sie schuf. Hatte er das damit gemeint, als er sagte, die Vergangenheit präge die Gegenwart? Zum ersten Mal konnte sie auf etwas zurückblicken: auf ihre Freundschaft mit Henry. Es machte sie traurig, aber irgendwie fühlte sie sich auch ein bisschen erwachsener.

Mit ein paar raschen Bleistiftstrichen zeichnete sie ihre Mutter in die Szene mit Queen Bea.

Das ist es, dachte sie aufgeregt und schrieb die Worte hin. Jetzt hatte sie den Titel für ihren Roman.

Sie klappte ihren Laptop auf und öffnete den Link, den sie Anfang der Woche gespeichert hatte. Ein Online-Kunstjournal namens *ArtHub* veranstaltete einen Graphic-Novel-Wettbewerb. Jetzt, wo ihre Geschichte Gestalt annahm, würde sie sich anmelden.

Es war erstaunlich, wie sich die Dinge zum Vorteil veränderten. Vielleicht hatte Dr. Wang doch recht mit ihrem Rat, positiv zu denken. Zum allerersten Mal in diesem Sommer hatte sie das Gefühl, dass noch alles gut werden würde.

Emma zündete sich eine Zigarette an – die erste seit ihrer Schwangerschaft – und wanderte in ihrem Schlafzimmer auf und ab.

Sie riss das Fenster auf, wedelte den Rauch hinaus, griff zum Handy und wählte mit zitternden Fingern Marks Nummer. Die anderen waren strikt dagegen, aber sie musste mit ihm reden. Ihr Anruf wurde auf die Mailbox umgeleitet. *Feigling!*

Seit zwei Stunden googelte sie die Sorgerechtsgesetze des Staates New York. Sie wusste, dass sie damit aufhören sollte. Das war so, wie wenn man im Internet die Symptome recherchierte, die man gerade an sich selbst feststellte, und die Ergebnisse nur einen Schluss zuließen: Krebs. Trotzdem konnte sie einfach nicht aufhören.

Es klopfte.

»Wer ist da?«

»Ich bin's.«

Kyle. »Einen Augenblick!« Sie spülte ihre Zigarette das Klo hinunter, wischte sich ihr tränenverschmiertes Gesicht ab und ließ ihn dann herein.

»Hey«, sagte er.

»Hey.«

»Wie geht es dir?«

»Okay.« Sie schloss die Tür hinter ihm.

Er setzte sich auf die Bettkante. »Du rauchst?«

»Nein«, antwortete sie, den Blick auf den Boden gerichtet.

»Emma, alles wird gut.«

»Woher willst du das wissen?«

»Du musst kämpfen, das ist das Einzige, was du tun kannst.«

Sie nickte. »Ich weiß. Ich habe herumtelefoniert. Sean hat mir einen Anwalt in der Stadt empfohlen. Ich habe übermorgen einen Termin bei ihm.« Sie presste die Fingerspitzen an die Schläfen. »Ich weiß, ich wiederhole mich, aber ich kann nicht glauben, dass das wirklich passiert.«

Ihr Handy meldete mit einem Surren den Eingang einer Nachricht.

Ich habe dir gesagt, dass ich nur das Beste für Penny will.

Sie hatte Herzklopfen, als sie antwortete: Blödsinn.

Hast du ihr gesagt, was los ist?

Nein, und ich werde ihr auch nichts sagen. Tu das nicht, Mark.

Seine Antwort bestand aus drei Punkten, die nach einer Sekunde verschwanden.

Sie ging wieder nervös auf und ab, überlegte, ob sie an Marks Anstand appellieren sollte. Aber sie wusste, es wäre sinnlos. Kyle hatte recht: Sie musste kämpfen. Eine andere Möglichkeit gab es nicht. Sie würde das Geld von ihren mageren Ersparnissen abzwacken. Sie könnte das Haus am Mount Misery Drive aufgeben und die eingesparte Miete für die Rechtsstreitigkeiten verwenden.

»Komm, setz dich zu mir.« Kyle griff nach ihrer Hand und zog sie neben sich aufs Bett. Sie saßen nur Zentimeter voneinander entfernt, und Emma spürte eine eigenartige, vibrierende Energie zwischen ihnen, eine Spannung, die nichts mit ihrer inneren Unruhe wegen des Sorgerechtsstreits zu tun hatte.

»Wenn du erst einmal mit dem Anwalt geredet hast, wird es dir besser gehen. Ich komme mit.«

»Das musst du doch nicht.«

»Ich möchte es aber.«

»Warum?«

»Ich glaube, du weißt, warum.«

Sein Blick war so fest auf sie gerichtet, dass sie wegschaute. Sie könnte sich verlieren im Blau seiner Augen. Er drückte zärtlich ihre Hand.

»Im Moment ist alles so kompliziert«, sagte sie leise. »Ich weiß nicht, ob das eine gute Zeit ist, um …«

Er nickte. »Ich versteh schon.«

»Freunde?«, sagte sie. Als er sie in die Arme nahm, kam ihr der Gedanke, dass sie vielleicht einen Fehler machte. Da erfuhr sie das, wonach sie sich gesehnt hatte, und sie machte es kaputt. Aber aus welchem Grund? Weil sie ihre Kräfte für den bevorstehenden Kampf aufsparen wollte?

Vernachlässigung der Erziehungspflichten. Labiles häusliches Umfeld.

Oder weil sie sich bestrafen wollte?

Kapitel siebenunddreißig

Dr. Wang lächelte Penny zu. »Ich freue mich, dass du wieder zeichnest. Es ist wichtig, ein Ventil zu haben. Deine Mutter hat mir übrigens von den Tabletten erzählt. Das macht mir Sorgen, Penny, nicht nur, weil es sich um gefährliche Partydrogen handelt, sondern weil du dich möglicherweise selbst zu behandeln versuchst, um deinen Grübelzwang in den Griff zu bekommen.«

Ihre Mutter auf der anderen Seite des Zimmers sah sie erwartungsvoll an. Penny schluckte kräftig.

»Ja, ich meine, das Zeug hat mir schon geholfen, dass sich meine Gedanken nicht andauernd im Kreis drehen. Aber ich weiß, dass das Mist war, und ich tu's auch nicht wieder.« Sie drehte sich zu ihrer Mutter um. »Ehrlich. Ich schwör's.«

Dr. Wang lehnte sich zurück und zupfte an ihrem Halstuch. »Ich möchte, dass du an deiner Einstellung arbeitest, Penny. Stell dir deine negative Sichtweise als Brille vor, die du abnehmen kannst, damit du die Dinge in einem anderen Licht siehst. Um dir zu helfen, deine Denkweise umzutrainieren, möchte ich, dass du eine Tafel in deinem Zimmer aufhängst, auf der du jeden Tag drei gute Dinge aufschreibst, die dir passiert sind. Das kann ein Kompliment sein, das du erhalten hast, oder etwas, was du geleistet hast …«

Ein Kompliment? Für sie? Wie kam Dr. Wang denn auf so eine Idee? Klar, wenn ihre Therapeutin die Straße entlangging, kriegte sie garantiert jeden Tag Komplimente. Sie schloss von sich auf andere.

»Und, Mom«, wandte sich Dr. Wang an Emma, »ich möchte, dass Sie jeder negativen Bemerkung von Penny eine positive entgegensetzen.«

Penny sah ihre Mutter an, die dasaß und vor sich hin starrte. Sie schien völlig weggetreten zu sein. Was zum Teufel …? »Mom?«

Emma fuhr zusammen, als hätte sie ganz vergessen, wo sie war. »Entschuldigung. Was haben Sie gesagt?«

»Ich sagte, wenn Penny zum Negativen neigt, müssen Sie ein Gegengewicht bilden. Damit sie lernt, dass alles auch seine guten Seiten hat.«

In diesem Moment geschah etwas Unfassbares: Ihre Mutter brach aus heiterem Himmel in Tränen aus.

Die Anwaltskanzlei von Andrew Port befand sich in einem schindelverkleideten zweigeschossigen Haus an der von Bäumen gesäumten Noyac Road. Nach dem Debakel bei Dr. Wang wäre Emma um ein Haar zu spät zu ihrem Termin gekommen. Sie konnte nicht glauben, dass sie derart die Kontrolle verloren hatte! Die Sitzung hatte zehn Minuten länger gedauert, weil die Therapeutin auf Emmas Zusammenbruch eingehen, die Situation beruhigen und danach den Fokus wieder auf Penny lenken musste.

Kyle hatte in dem kleinen Empfangsbereich des Gebäudes schon gewartet.

Eine Anwaltsgehilfin führte sie in ein sonnendurchflutetes Besprechungszimmer, bot ihnen Kaffee an und stellte Emma dann Fragen zu ihrer Person und zum Sachverhalt. Obwohl sie dem Anwalt bereits telefonisch die gewünschten Informationen gegeben hatte, wiederholte sie alles noch einmal geduldig. Ihr war klar, dass das erst der Anfang eines langen, belastenden Prozesses war.

Als Andrew Port schließlich hereinkam, hatte sich Emmas Magen vollständig verkrampft. Sie konnte nicht einmal mehr klar denken, deshalb war sie dankbar, dass Kyle darauf bestanden hatte sie zu begleiten.

»Freut mich sehr, Ms Mapson.«

»Sagen Sie bitte Emma. Das ist Kyle Dunlap, ein guter Freund.«

Andrew Port war jünger, als sie erwartet hatte. Lediglich an den Schläfen zeigte sein Haar erste Spuren von Grau. Er war braun gebrannt und trug einen marineblauen Blazer zu dunklen Jeans und einem weißen Hemd.

Er setzte sich, sah einen Stapel Unterlagen durch und blickte dann auf. Seine Miene war ernst, als er sagte: »Ich werde Ihnen jetzt einmal kurz beschreiben, was Sie in diesem Prozess erwartet. In ein paar Wochen werden wir einen Gerichtstermin haben. Der Richter wird Ihnen und Ihrem Exmann Gelegenheit geben, eine gütliche Einigung auszuhandeln. Ich werde mich mit dem Anwalt der Gegenseite in Verbindung setzen, um eine diesbezügliche Lösung anzustreben. Sollte es beim Gerichtstermin nicht zu einer Einigung kommen, wird das Gericht höchstwahrscheinlich ein psychologisches Gutachten in Auftrag geben, um Pennys Bedürfnisse einschätzen zu können. Die Kosten für ein solches Gutachten belaufen sich auf mehrere tausend Dollar und werden normalerweise vom Antragsteller übernommen. Die Bearbeitungsdauer liegt bei einigen Monaten, je nachdem, wie viele Ermittlungen, Gespräche mit den Beteiligten und so weiter durchgeführt werden. Liegt das Gutachten vor, setzt das Gericht einen Termin zur Verhandlung an.«

»Und dann wird das Urteil gefällt? Einfach so? Man könnte mir einfach so meine Tochter wegnehmen?«

»Emma, ich werde alles in meiner Macht Stehende tun, um das zu verhindern.«

»Okay.« Sie konnte nur mühsam die Tränen zurückhalten. Kyle tätschelte ihr tröstend das Bein.

»Ich habe mir die ursprünglichen Sorgerechtsvereinbarungen angesehen. Bei der Scheidung bekam Pennys Vater das übliche Umgangsrecht zugesprochen, also Besuche an jedem zweiten Wochenende, die Ferien abwechselnd bei Ihnen und bei ihm und so weiter. Aber Sie sagen, er hat kaum Kontakt zu ihr?«

Emma nickte. »Das ist richtig.« Anfangs habe Mark seine Tochter ziemlich oft besucht, erzählte sie, aber dann sei er immer seltener aufgekreuzt und irgendwann überhaupt nicht mehr.

»Und seine Unterhaltszahlungen?«

»Sporadisch. Er zahlt, dann kriege ich vier Monate nichts, dann überweist er wieder was. Meistens kommt er seinen Verpflichtungen nach, nur nicht regelmäßig und oft mit Verspätung.«

»Und Sie haben nie daran gedacht, ihn deswegen zu verklagen?«

»Das würde viel Geld kosten, deshalb warte ich lieber, auch wenn er im Rückstand ist.«

Der Anwalt nickte und machte sich ein paar Notizen. »Wann hat er den Kontakt zu Ihrer Tochter wieder aufgenommen?«

»Anfang dieses Sommers.«

»Und davor hat er sich über ein Jahr nicht gemeldet?«

Sie nickte.

»Du solltest erwähnen, dass Mark dich nicht ein einziges Mal angerufen hat«, warf Kyle ein. »Er stand eines Tages plötzlich vor der Tür.«

»Stimmt!« Emma erzählte dem Anwalt, wie Mark, ohne seinen Besuch vorher anzukündigen, bei ihr aufgetaucht war und mit Penny zum Strand wollte. Andrew Port machte sich abermals Notizen. »Wie ich Ihnen schon am Telefon sagte – Mark taucht zufällig dann auf, als Penny das Vermögen von Henry Wyatt erbt. Er behauptet zwar, nichts davon gewusst zu haben, und das habe nicht das Geringste damit zu tun, dass er mehr an Pennys Leben teilhaben wolle, aber ich glaube ihm kein Wort.«

»Wie dem auch sei, das ändert nichts an den Grundlagen seines Antrags. Es interessiert das Gericht nicht, *warum* er zurückgekommen ist, wenn es den Anschein hat, dass er im Sinne seines Kindes handelt. Sollte es zu einer Verhandlung kommen, werden wir Stellung nehmen müssen zu seinen Vorwürfen, Sie hätten Ihre Aufsichtspflicht vernachlässigt und diese Vernachlässigung hätte zu der

Verletzung geführt. Dann ist da noch die Frage, ob Sie sich ausreichend um die psychische Gesundheit Ihrer Tochter kümmern. Aber das wird teilweise durch das Gutachten geklärt werden, falls es so weit kommen sollte.«

»Mein Gott«, murmelte Emma.

»Ich weiß, das alles ist ziemlich frustrierend«, sagte der Anwalt. Die Untertreibung des Jahres! Emma sah Kyle an.

»Wie ist das eigentlich – muss Emma ihrem Ex den Umgang mit Penny erlauben, solange das Verfahren läuft?«, fragte er.

»Eine gute Frage, und die Antwort lautet Ja.« Der Anwalt sah Emma an. »Sie dürfen Ihren Exmann nicht dafür bestrafen, dass er diesen Antrag gestellt hat. Er sagt, er will nur das Beste für sein Kind, vergessen Sie das nicht. Das ist kein persönlicher Angriff gegen Sie.«

»Natürlich ist es das!«

Andrew nickte. »Mir ist vollkommen klar, dass es sich so anfühlen muss. Aber es ist wichtig, dass Sie nichts tun, was Ihnen als nachtragend oder rachsüchtig ausgelegt werden könnte. Wenn er zusätzliche Zeit mit Penny verlangt, ist es völlig in Ordnung, wenn Sie ablehnen. Aber an seinem Besuchsrecht an den Wochenenden ist nicht zu rütteln.«

»Spielt die Tatsache, dass er sich so lange nicht um seine Tochter gekümmert hat, denn überhaupt keine Rolle?«, fragte Kyle.

»Sie meinen, wenn es zu einer Verhandlung kommt?«

»Nein, ich meine jetzt. Wieso kann man ihm das Umgangsrecht nicht verweigern?«

Emma war gerührt, dass Kyle die Angelegenheit offenbar naheging. Die Antwort auf diese Frage interessierte sie auch. Sie sah den Anwalt gespannt an.

»Auch hier steht wieder das Kindeswohl im Vordergrund. Für die Entwicklung des Kindes ist es sehr wichtig, dass es Kontakt zu beiden Elternteilen hat, es sei denn, es geht eine Gefahr von einem Elternteil aus, oder dieser erweist sich als völlig ungeeignet. In Fällen wie diesem redet sich der Vater meistens damit heraus, dass er beruflich viel unterwegs war, dass er eine finanzielle Durststrecke hatte und so weiter.«

»Das heißt, alles wird zugunsten von Mark ausgelegt, und Emma wird diffamiert.«

»Ich spiele hier nur des Teufels Advokat, damit Sie eine Vorstellung davon bekommen, was uns erwartet.«

Emma nickte. »Ich verstehe.«

Nachdem sie weitere Punkte durchgegangen waren, fragte der Anwalt: »Und wie lange sind Sie beide schon zusammen? Ich frage nur, weil das manchmal eine Rolle spielt, wenn ein neuer Partner da ist.«

»Wir sind nur Freunde«, sagte Emma schnell und fügte nervös hinzu: »Ich habe keine Zeit für so was. Ich meine, ich habe seit Jahren keine feste Beziehung mehr gehabt. Und definitiv niemand, der irgendetwas mit Penny zu tun hätte.« Ausnahmsweise schien ihr klägliches Liebesleben ein Bonus zu sein.

Zum Schluss wollte der Anwalt wissen, ob sie noch irgendwelche Fragen habe.

»Ja. Wie geht es jetzt konkret weiter?«

»Sie unternehmen gar nichts. Leben Sie Ihr Leben wie

bisher auch. Ich melde mich, sobald wir einen Termin bei Gericht bekommen. Versuchen Sie, sich nicht allzu viele Gedanken zu machen. Denken Sie positiv.«

Diesen Rat hörte sie heute zum zweiten Mal. Ihr wurde klar, dass es stimmte, was Penny ihr schon seit Langem sagte: Das mit dem positiven Denken war gar nicht so leicht.

Kapitel achtunddreißig

Das Wetter ließ Bea normalerweise kalt, aber dieser Morgen war so einmalig schön, dass es ein Verbrechen wäre, nicht wenigstens ein paar Stunden draußen zu verbringen. Die Kleine jedoch blieb ungerührt am Esstisch sitzen, wo sie stundenlang über ihren Zeichenblock gebeugt saß.

»Woran arbeitest du denn so fleißig?«, fragte Bea auf dem Weg zum Pool.

»An meiner Graphic Novel«, antwortete Penny, ohne aufzublicken.

»Du schreibst selbst eine?«

Penny nickte.

Bea schaute ihr über die Schulter und sah zu ihrer Überraschung eine wunderbare Zeichnung von Emma mit sorgenvoller Miene, die Stirn bekümmert in Falten gelegt. Ihr Puls beschleunigte sich unwillkürlich, wie stets, wenn sie ein Talent entdeckte. *Okay, Henry – sie kann zeichnen. Aber hast du ihr deswegen gleich dein Haus schenken müssen?*

»Penny.« Bea zog sich den Stuhl neben ihr heran und setzte sich. »Ich finde es großartig, dass du jeden Morgen so früh aufstehst und zeichnest. Henry war genauso. Es gab nicht einen Tag in seinem Leben, an dem er nicht kreativ gewesen wäre …«

»Es fehlt mir, dass ich ihm meine Zeichnungen nicht mehr zeigen kann.« Penny wandte sich ihr zu. Sie biss sich auf die Unterlippe, und in ihren Augen konnte man Kummer und Trauer lesen. Bea gab es einen Stich. Merkwürdig, unfassbar eigentlich, dass sie und dieses Mädchen auch nur ansatzweise den gleichen Schmerz empfanden.

»Nun«, sagte sie zögernd, »vielleicht könntest du ja mir deine Arbeiten zeigen. Henry hat das auch immer gemacht, weißt du?« Zumindest eine Zeit lang.

Penny rümpfte die Nase, als hätte Bea vorgeschlagen, sie solle Abwasser trinken.

Na schön. Dann zurück zum Geschäft. »Wie gesagt, Henry war ein äußerst kreativer Mensch. Aber dann ist er hierhergezogen, und danach hat sich etwas verändert. Das war sehr schwierig für mich, weil seine Arbeit und meine über viele Jahre hinweg eng verflochten waren. Wir hatten eine Kunstgalerie zusammen. Hat er dir das erzählt?«

Penny schüttelte den Kopf. »Nein.«

»In SoHo. Das war damals ein aufregender Stadtteil, heute ist es leider zu einem Einkaufsviertel verkommen. Warst du schon mal in New York?«

Wieder schüttelte Penny den Kopf. »Aber ich möchte unbedingt mal hin. Vielleicht irgendwann sogar dort wohnen. Dann könnte ich mir Ihre Galerie ansehen.«

»Oh, die gibt's schon lange nicht mehr. Ich habe sie aufgegeben, nachdem Henry quasi in den Ruhestand ging, und das Haus verkauft.« Das war eine zwar pragmatische, aber schmerzliche Entscheidung gewesen, die sie in eine Art Depression gestürzt hatte.

Kurz darauf hatte Henry ebenfalls einen Verlust erlitten. Fast zwei Jahre nach seinem Umzug rief er sie eines späten Abends an. Sein guter Freund Tom, der Barkeeper aus dem Hotel, sei unerwartet gestorben, sagte er mit vor Kummer erstickter Stimme. Dieses Mal zögerte Bea keine Sekunde: Sie fuhr sofort nach Sag Harbor. Jetzt kam es ihr so albern vor, Windsong als Bedrohung, als Vorwurf aufzufassen. Das Leben war zu kurz für solche Animositäten. Ihr Freund brauchte sie.

»Ich bleibe, solange du mich brauchst«, versicherte sie ihm. Ganz uneigennützig war diese Geste allerdings nicht: Sie wollte wieder dort anknüpfen, wo sie aufgehört hatten, wollte die Beziehung, die sie einmal gehabt hatten.

Nach ein paar Wochen musste sie erkennen, dass es kein Zurück gab. Sie hatte es mit einem völlig neuen Henry Wyatt zu tun. Anstatt über die neueste *Artforum*-Ausgabe zu diskutieren oder über Künstler und Galerien zu tratschen, ließ er sich stundenlang über die Krabbenfischerei aus. Anstatt in der terpentingetränkten Luft seines Ateliers zu arbeiten, brachte er ganze Nachmittage mit der Zubereitung herzhafter Wildgerichte zu. Das Wild hatte ein einheimischer Jäger geschossen, mit dem er sich im Jachthafen angefreundet hatte.

Am letzten Abend vor Beas Abreise machte Henry ein Lagerfeuer. In Decken eingepackt saßen sie im flackernden Feuerschein und tranken Wein.

»Das ist also dein neues Leben«, bemerkte Bea.

»Nicht übel, oder?«

»Es ist nicht New York.«

»Dieses Gehetze, dieser gnadenlose Konkurrenzdruck, das war noch nie etwas für mich, Bea. Dir macht es Spaß, mit anderen zu wetteifern. Mir nicht. Aber ich habe deinen Kampfgeist stets bewundert.«

»Und ich deine Kreativität. Als du dieses Haus gebaut hast, ist viel darüber spekuliert worden, dass du dich in deiner nächsten Schaffensphase der Architektur widmen würdest. Ich habe das nie geglaubt. Ich denke, dein Herz gehört immer noch der Malerei.«

»Das Kapitel Malerei ist für mich abgeschlossen, das Kapitel Architektur aber auch. An diesem Ort konnte ich meine Inspirationen auf eine Weise ausleben, die einmalig ist.«

Er hatte das Haus wie im Rausch gebaut, wie besessen von dem Wunsch, der Stadt den Rücken zu kehren und ein neues Leben zu beginnen. Bea wusste, wie es sich anfühlte, sich einer Sache so leidenschaftlich zu widmen. Genauso hatte sie seine und ihre eigene Karriere aufgebaut. Und sie war nicht bereit, das alles aufzugeben.

»Komm mit mir zurück nach Manhattan. Du bist noch nicht am Ende deines Wegs. Und ich auch nicht. Wir können etwas Größeres und Besseres als die Galerie Winstead-Wyatt schaffen.«

Er schüttelte den Kopf. »Es gibt noch andere Möglichkeiten, sein Leben zu leben, Bea. Begreifst du das nicht? Ich bin glücklich hier. Ich wünschte, du würdest den Frieden finden, den ich gefunden habe.«

»Ich brauche keinen Frieden! Ich brauche Arbeit. Ich brauche einen Grund, um morgens aufzustehen. Du warst früher doch genauso. Ich werde nie verstehen, warum du das aufgegeben hast.«

»Und ich werde nie verstehen, warum du nicht einen Gang herunterschalten kannst. Dem Leben andere Seiten abgewinnen als nur Arbeit.« Er griff in seine Hosentasche, zog einen Schlüssel heraus und drückte ihn ihr in die Hand. »Ich hoffe, du wirst in Zukunft mehr Zeit hier verbringen. Du bist mir immer willkommen.«

»Das ist lieb von dir, Henry, aber ich habe mein Leben in der Stadt, und ich bin vollauf beschäftigt.«

»Du könntest doch auch hier arbeiten.«

»Was denn?«

»Eines Tages möchte ich ein Museum aus diesem Haus machen. Eine permanente Installation meines Werks.«

Ein Museum in einer kleinen Hafenstadt? *Das* war sein Vermächtnis? Sie konnte nicht glauben, dass ihre Visionen sich so sehr voneinander unterschieden.

Erst Monate später, als sie in ihrem Park-Avenue-Apartment darüber nachdachte, erwärmte sie sich für den Gedanken. Ein Henry-Wyatt-Museum in Sag Harbor – oder wie auch immer es heißen würde – war keine namhafte Galerie in SoHo, aber besser als gar nichts.

Also hatte sie Henry angerufen und gesagt: »Okay, ich bin dabei.« Aber dann hatte er seine Pläne nie wieder erwähnt.

Bea sah Penny an, die leise vor sich hin summend über ihren Zeichenblock gebeugt dasaß. »Penny, ich habe überall in der Stadt Zeichnungen von Henry gefunden. Ich frage mich, ob sie in einem Zusammenhang zu sehen sind, wie Hinweise für eine Art Schatzsuche. Deshalb wollte ich mir die Zeichnungen anschauen, die er dir geschenkt hat. Vielleicht würde ich dann verstehen, was es damit auf sich hat. Vielleicht würden sie, wenn man sie in eine Reihenfolge bringt, eine Geschichte erzählen.«

»So wie seine Graphic Novel?«

Beas Herz schlug schneller. »Was für eine Graphic Novel?«

»Die, die er letzten Sommer geschrieben hat. Ich wollte auch eine schreiben, aber mir ist nichts eingefallen.«

»Henry hat eine Graphic Novel geschrieben«, murmelte Bea.

»Ja.«

»Wovon handelt sie?«

»Weiß nicht genau. Ich hab immer nur die eine oder andere Seite gesehen, nie das Ganze. Das sei was für Erwachsene, hat er gemeint.«

Bea legte ihr die Hand auf die Schulter. »Wo ist das Buch, Penny?«

Das Mädchen sah sie an und zuckte mit den Schultern. »Keine Ahnung.«

Jetzt ergab das Ganze ein bisschen mehr Sinn. Penny hatte ihm von ihrer Begeisterung für Graphic Novels erzählt, und das hatte ihn inspiriert, wie die Bekanntschaft mit Bildhauern ihn zur Bildhauerei und die mit Fischern zum Angeln inspiriert hatte.

Aber wo zum Teufel war das Buch? Sie hatte das Haus durchsucht, die Museen, die öffentliche Bibliothek abgeklappert. Wo sonst konnte es sein?

Ich verstehe es immer noch nicht, Henry. Aber ich komme der Sache langsam näher.

Es war ein Uhr nachmittags. Emma kniete im Gras hinter dem Haus und grub in der Erde, als Penny herausgehumpelt kam und ihr von der Treppe aus zurief: »Da ist eine Dame, die dich sprechen möchte!«

»Wer ist es denn?« Sie rappelte sich hoch und folgte Penny mit einem mulmigen Gefühl ins Haus. Nach den Erfahrungen der letzten Wochen rechnete sie immer mit schlechten Nachrichten, deshalb wappnete sie sich, als sie zur Haustür ging.

»Cheryl?«

»Ich weiß, ich bin ein bisschen zu früh«, erwiderte Cheryl Meister fröhlich, marschierte ins Haus und spähte ganz ungeniert in jede Ecke. »Aber ich bin fast gestorben vor Neugier! Ich konnte es nicht erwarten, das Haus zu sehen.«

Zu früh? Zu früh wofür? Wovon redete sie denn? Und dann fiel es Emma schlagartig ein: das Treffen des Auktionskomitees.

Wenige Minuten später klingelte es wieder an der Haustür. Diane Knight rauschte an Emma vorbei, in der Hand ein MacBook, für das sie eine Steckdose suchte. »Und kann ich bitte einen Eistee haben?«

Nach und nach trafen ein Dutzend Frauen in ihren besten Lululemon-Sachen ein, und Emma fragte sich panisch, was sie tun sollte. Sie hatte nichts im Haus außer den Zutaten für Pennys Käsetoast, nicht einmal eine Flasche Mineralwasser, geschweige denn Lebensmittel, um ein Essen für diese Frauen zu zaubern, die aufgeregt von der Dinnerparty von gestern Abend schwärmten.

Sie bat alle ins Wohnzimmer und sagte: »Ich bin gleich

wieder da!« Sie flüchtete in die Küche, wo sie erst einmal Luft holte.

Dann öffnete sie den Kühlschrank, machte ihn wieder zu, öffnete ihn noch einmal, als hoffte sie, es wäre auf magische Weise ein Tablett mit Gemüsestäbchen samt Dips und kleinen Häppchen erschienen. Sie holte ihr Handy hervor und suchte einen Lieferdienst, der bis in diesen entlegenen Winkel fuhr, aber das Einzige, was sie fand, war ein Pizzaservice. Pizza würde bei den Damen vom Kunstauktionskomitee vermutlich nicht so gut ankommen.

»Würden Sie mir freundlicherweise verraten, was das für ein Auflauf im Wohnzimmer ist?«, fragte Bea spitz. »Sieht aus, als wäre die Besetzung von *The Real Housewives* hier einmarschiert.« Sie trug eine gestärkte Bluse und eine hellblaue Leinenhose. Enten zierten das marineblaue Band an ihrem Strohhut.

Emma rieb sich mit den Fingerspitzen über die Stirn. Als hätte sie nicht schon genug am Hals. »Das ist das Auktionskomitee. Ich weiß nicht, ob Sie von der Benefizveranstaltung zugunsten des Kinos gehört haben. Es wird eine Kunstauktion stattfinden und …«

»Ach so, ja, natürlich. Ich habe mit Cheryl Meister telefoniert und ihr eine Spende zugesichert.«

»Wirklich?« Emma war baff.

»Ich werde mich den Damen vorstellen. Ich wünschte, Sie hätten mir mitgeteilt, dass wir sie heute Nachmittag zu einer Besprechung empfangen.«

Wir?

Zum ersten Mal, seit Bea ins Hotel stolziert war und

ein Zimmer verlangt hatte, war Emma dankbar für ihre Existenz. »Genau das ist der Punkt, Bea – ich habe dieses Treffen vollkommen vergessen. Es ist nichts im Haus, nichts zu essen, nichts zu trinken. Nach dem letzten Treffen bei Cheryl habe ich offen gestanden keinen Gedanken mehr an diese Auktion verschwendet.«

»Warum haben Sie denn nichts gesagt? So etwas mache ich *andauernd*, Emma. Sie hätten gleich zu mir kommen sollen!«

Diese Frau versuchte, ihre Tochter um ihr Haus zu bringen. Welcher normale Mensch würde denn so jemanden um Hilfe bitten? Andererseits hielt sich ihr Leben schon lange nicht mehr an das, was als normal bezeichnet wurde.

»Okay, also wenn Sie mir helfen könnten, wäre das großartig. Ich muss etwas zu essen organisieren, aber ich finde niemand, der sofort und noch dazu hierher liefert. Hätte ich früher daran gedacht, hätte ich heute Morgen bei Schiavoni's eingekauft.«

»Alles nur eine Frage des Geldes. Ich werde im Handumdrehen etwas zu essen auftreiben, glauben Sie mir.« Und sie behielt recht. Der Lunch wurde prompt geliefert, und Bea, die von Cheryl als »lebende Legende der Kunstwelt« vorgestellt wurde, entzückte alle.

»Meine Eltern waren leidenschaftliche Kunstsammler«, säuselte Diane, die um sie herumscharwenzelte. »Als Teenager habe ich Ihre Galerie besucht. Das war ja so aufregend! Das werde ich nie vergessen.«

Sitzordnung, Auswahl der Caterer, Eintrittskarten. Bea hatte zu allem eine Meinung, und die Damen des Komitees saugten ihre Worte schneller auf, als sie die von Cavaniola's gelieferten farcierten Krabbenküchlein und den zarten Grünkohlsalat verspeisten. Emma, die sie in Aktion erlebte, bekam eine Vorstellung davon, mit was für einer Energie diese Frau ein Kunstimperium geschaffen hatte. Und ihr wurde klar, dass Henry Wyatt gewusst haben musste, dass Bea es nicht kampflos hinnehmen würde, wenn er Penny als Erbin einsetzte. Er hatte diese Frau gut genug gekannt, um zu wissen, dass sie nach Sag Harbor fahren würde.

Und genau wie an dem Tag, als sie von dem geerbten Haus erfahren hatte, fragte sich Emma auch jetzt wieder, was Henry Wyatt mit seinem Testament bezweckt hatte.

Kapitel neununddreißig

Normalerweise freute sich Penny auf den Unabhängigkeitstag am vierten Juli, aber dieses Jahr war es anders. Ihre Mutter wirkte furchtbar bedrückt – das hatte nichts mit negativem Denken zu tun, das war eine Tatsache. Damit sie nicht in den tödlichen Sog sorgenvoller Grübeleien geriet, griff sie zu dem Block mit den grellrosa Post-it-Zetteln für ihre Glücksmomente-Tafel und überlegte, was ihr an diesem Tag Gutes passiert war.

Ihr fiel nichts ein. Sie konnte an nichts anderes denken als an die Unterhaltung mit ihrer Mutter, als sie gestern vor dem Schlafengehen endlich den Mut gefasst und sie gefragt hatte, was eigentlich los sei.

Ihre Mutter schien nicht überrascht, dass sie das fragte. Sie setzte sich auf die Kante von Pennys Bett und runzelte die Stirn, wie sie es immer tat, wenn sie ihr nicht unbedingt die ganze Wahrheit sagte. So wie damals, vor vielen Jahren, als Penny wissen wollte, warum sie nie ihre Großeltern besuchten, und Emma erklärt hatte, die Mapsons hätten »schrecklich viel zu tun«. Später begriff Penny, was das in Wirklichkeit geheißen hatte: Die Eltern ihres Dad waren nicht sonderlich an ihrer Enkelin interessiert.

Ein Blick ins Gesicht ihrer Mutter und Penny wusste Bescheid: Sie würde bestenfalls eine ausweichende Antwort bekommen.

»Dein Vater und ich sind uns nicht so ganz einig, aber das kriegen wir schon hin.«

»Nicht so ganz einig worüber?«

»Na ja, wie viel Zeit du mit ihm verbringen sollst.«

»Oh.« Das hatte sie nun wirklich nicht erwartet. »Ist es dir nicht recht, dass ich ihn sehe? Ich meine, er kommt ja nicht so oft.«

»Doch, Schatz, natürlich ist mir das recht. Wir versuchen bloß, einen Terminplan aufzustellen, weißt du?«

»Und warum bist du dann so gestresst?«

»Bin ich doch gar nicht«, antwortete sie mit Tränen in den Augen.

»Mom!« Penny beugte sich zu ihr hinüber und nahm sie in die Arme. Ihre Mutter sank schlaff in sich zusammen wie eine welkende Blume.

»Ich bin nur müde«, murmelte sie. *Lüge.*

»Jetzt komm schon, Mom! Raus mit der Sprache!«

Ihre Mutter senkte den Kopf und rieb sich die Stirn. »Dein Vater meint, es wäre besser für dich, wenn du bei ihm wohnen würdest. Vielleicht sogar auf Dauer.«

Penny blinzelte und versuchte, die Information zu verarbeiten. »Okay, das ist verrückt. Er wohnt ja nicht mal hier.«

»Vielleicht zieht er hierher.«

»Ich will aber nicht bei ihm wohnen! Es ist okay, was mit ihm zu unternehmen, das macht Spaß, aber …«

»Ich weiß, dass es unvernünftig ist. Aber das ist im Moment das Thema bei uns. Ich versuche ihm begreiflich zu machen, dass das keine gute Idee ist, aber er sieht das wohl anders. Das belastet mich ein bisschen.«

Eine klare Untertreibung. Ihre Mutter war sichtlich angeschlagen. Plötzlich kam Penny ein schrecklicher Gedanke.

»Das ist wegen dem Bootsunfall, nicht wahr? Er gibt dir die Schuld daran.«

Ihre Mutter schüttelte den Kopf. »Nein, das hat nichts damit zu tun.«

Aber dieses Mal war sich Penny sicher, dass sie log.

Nach dieser Unterhaltung war ihr die Lust auf das Feuerwerk vergangen. Außerdem war sie mit ihren Krücken gehandicapt. Zu Hause oder auf dem Bürgersteig konnte sie sich gut damit fortbewegen, aber auf Gras inmitten einer Menschenmenge? Sie würde von Glück reden können, wenn sie zu einem Plätzchen zum Hinsetzen humpeln könnte.

Was die anderen dieses Jahr wohl machten? Seit dem Unfall hatte sie ein einziges Mal mit Robin gesprochen, und das reichte ihr. Sobald sie an Robin und Mindy dachte, meldete sich ihr schlechtes Gewissen, weil sie ihre Mutter belogen und sich in Schwierigkeiten gebracht hatte. Und jetzt, wo sie wusste, dass jene Nacht möglicherweise der Auslöser für die Spannungen zwischen ihren Eltern war, hatte sie noch weniger Interesse an einer Fortsetzung der Bekanntschaft mit diesen Mädchen.

Ihre Mutter klopfte an den Türrahmen. Sie hatte den Riemen einer gepackten Tasche über die Schulter geschlungen. Eine Stranddecke schaute heraus.

»Ich hab keine Lust auf das Feuerwerk«, sagte Penny.

»Ich auch nicht. Aber wir gehen trotzdem.«

»Und warum?«

»Weil es Tradition ist.«

Als die anderen alle beim Feuerwerk waren, beschloss Bea, ihre kostbare Einsamkeit zu nutzen, um ein bisschen herumzuschnüffeln.

Die Neugier brachte sie schier um. Was zeichnete das Mädchen nur die ganze Zeit? Sie hatte immer schon einen guten Riecher für Talente gehabt, sie konnte sie förmlich erschnüffeln wie eine Fliege den Honig. Sie *musste* einfach einen Blick auf diese Zeichnungen werfen.

Sie schlich durch den Flur, obwohl sie ganz allein im Haus war. Man kann nicht vorsichtig genug sein, sagte sie sich.

Die Tür zu Pennys Zimmer stand offen.

Es war erstaunlich sauber und aufgeräumt. Was hatte sie erwartet? Überall verstreute Kleidungsstücke? Leere Schokoriegelverpackungen? Sie hatte ihr Zuhause noch nie mit einem Kind geteilt. Woher sollte sie es also wissen? Das Zimmer sah fast so aus wie vor dem Einzug der Mapsons. Das Bett war ordentlich gemacht, auf dem Nachttischchen lagen ein paar persönliche Dinge: Haargummis, eine Miniflasche Desinfektionsmittel für die Hände, eine Tube Lipgloss, deren Drehverschluss wie ein Katzenkopf aussah, und ein Laptop.

Bea setzte sich aufs Bett. An der Wand hinter ihr hing eine Art Collage, ein Regenbogen aus Post-it-Zetteln mit gekritzelten Notizen wie *Bin mit meiner Graphic Novel weitergekommen! Mom hat was von BuddhaBerry mitgebracht!*

Bea hasste es, alt zu sein. Aber vierzehn? Auch kein Zuckerschlecken. Die ganze Welt stand einem *fast* offen. So viele faszinierende Möglichkeiten! So viele frustrierende Einschränkungen! Sie würde niemals jenen Abend auf dem Rasen vor dem Casino vergessen, als das Newport Jazz Festival stattgefunden hatte. Sie war kaum jünger als Penny gewesen, als sie beschlossen hatte, eines Tages nach New York zu ziehen. Komisch, dass Penny den gleichen Drang verspürte, ihrer Heimatstadt den Rücken zu kehren. Vielleicht fühlte Bea deshalb eine widerstrebende Zuneigung zu dem Mädchen. Und natürlich wegen ihres Talents.

Sie lehnte sich seufzend an einen Stapel Dekokissen. Etwas pikste sie im Kreuz. Sie griff hinter sich und zog einen Grafitstift aus der weißen Bettwäsche. So ordentlich war das Mädchen anscheinend doch nicht. Wie leichtsinnig, den Stift in der Bettwäsche liegen zu lassen! Er würde doch Flecken machen.

Sie stand auf und trug den Stift zu dem Acrylglasschreibtisch in der Ecke hinüber, wo sie ihn in eine offene Schachtel Faber-Castell-Stifte legte. Sie hob einen Spiralblock hoch. Lose Blätter voller Zeichnungen lagen darunter.

Die erste, in Schwarz und Weiß, stellte eine detaillierte, sehr genaue Ansicht von Windsong dar. Nun, das Haus würde jeden Künstler inspirieren, sogar einen sehr unerfahrenen. Mit den zwei schwungvoll geschriebenen Wörtern ganz oben auf der Seite konnte sie allerdings nichts anfangen: *Queen Bea.*

Das nächste Blatt war in Panels unterteilt. In der oberen linken Ecke noch einmal Windsong, dazu der Text: *Zuerst kam das Haus. Dann kam Bea.* Es folgte eine cartoonmäßige, aber unbestreitbar akkurate Darstellung von Penny und ihrer Mutter, wie sie in einem unbekannten Zimmer auf der Bettkante saßen. Über Emma schwebte eine Sprechblase: *Manchmal passiert auch etwas Gutes.* Dann wieder eine Zeichnung von Windsong, aus einem Autofenster heraus betrachtet.

Die unteren Panels zeigten das Innere des Hauses. Penny, Emma und Bea standen im Esszimmer, durch das Fenster konnte man den Infinity Pool sehen. Bea betrachtete kopfschüttelnd ihr gezeichnetes Ebenbild: die übertrieben aufgebauschte weiße Haarpracht, den Nadelstreifenhosenanzug, die grotesk großen Perlen. Penny hatte sie mit verschränkten Armen, vielen Falten und einem strengen Gesichtsausdruck gezeichnet. In der Sprechblase über ihrem Kopf stand: *Erbschleicherin!*

Bea sah die über zwanzig Zeichnungen durch, die mit spitzer Feder das Drama der vergangenen Wochen erzählten. Keiner kam ungeschoren davon: Da war Kyle und Angus und ihr Vater und eine Frau namens Dr. Wang.

Ich glaub's einfach nicht. Auf die Frage von Reportern, woran sie erkenne, dass ein Künstler das gewisse Etwas habe, antwortete sie stets: »Die Härchen auf meinen Armen richten sich auf.« Nun, genau das taten sie jetzt auch.

Es klingelte an der Haustür.

»Kann man denn in diesem Haus nicht einen Augenblick seine Ruhe haben?«, brummte sie ärgerlich vor sich hin. So viel zum idyllischen Landleben! Hier ging es ja zu wie in der Grand Central Station! Sie legte die Blätter zurück an ihren Platz und ging dann, um nachzusehen, wer der Störenfried war.

Angus stand vor der Tür. Aus irgendeinem Grund hellte das ihre Stimmung ein wenig auf. »Hallo, Angus. Sie kommen ungefähr eine Stunde zu spät. Emma und Penny sind schon fort.«

»Hab ich mir fast gedacht. Normalerweise gehe ich mit Penny zum Feuerwerk, weil Emma arbeiten muss. Aber dieses Jahr hat sie mich offensichtlich nicht gebraucht.« Seine Enttäuschung war fast greifbar.

Wie gedankenlos von Emma! Diese Person nahm nicht die geringste Rücksicht auf die Gefühle anderer. »Nun, seien Sie froh, es gibt angenehmere Arten, den Abend zu verbringen. Ich habe einen Tisch in einem ganz entzückenden Restaurant in der Stadt reserviert, und ich bestehe darauf, dass Sie mich begleiten. Sie sind selbstverständlich eingeladen.«

»Vielen Dank für die Einladung, aber …«

»Auf diese Weise kann ich mich ein wenig für Ihre lehrreichen Lektionen über die Stadt revanchieren.«

»Hm«, sagte er. »Und Sie betrachten das nicht als Kooperation mit dem Feind?«

Ein spöttisches Lächeln spielte um ihre Lippen. »Wie heißt es doch so schön: Halte deine Freunde nahe bei dir und deine Feinde noch näher.«

Der Marine Park schwirrte vor Glühwürmchen, die Lichtpunkte in der Dunkelheit bildeten. Emma zeigte auf sie.

»Ich seh sie, Mom«, sagte Penny, die, das eingegipste Bein lang ausgestreckt, neben ihr auf der Decke saß und hin und her rutschte, weil es unbequem war. »Ich hasse diesen Gips!«

»Denk dran, wenn du das nächste Mal zu Gleichaltrigen in ein Boot steigen willst. Oder in ein Auto.« Pennys Lehrerin aus der dritten Klasse saß ein paar Meter neben ihnen und winkte. »Schau, Penny – da ist Ms Lowen.«

Die ganze Stadt hatte sich zum Feuerwerk eingefunden. Neben ihrer Tochter zu sitzen, umgeben von Menschen, die sie ihr ganzes Leben lang kannte, hatte etwas Tröstliches. Nächte wie diese vermittelten ein Gefühl der Beständigkeit. Ungeachtet aller Veränderungen gab es Dinge, die sich nie änderten, und das war beruhigend.

Sie hatte überlegt, ob sie Angus oder sogar Kyle fragen sollte, ob sie nicht mitkommen wollten. Kyle war ihr eine große Stütze gewesen, als er sie zu dem Anwalt begleitet hatte. Aber zu guter Letzt hatte sie beschlossen, dass dieser Abend ausschließlich ihr und Penny gehören sollte.

»Mom? Ich habe über unsere Unterhaltung gestern Abend nachgedacht.«

Emma biss sich auf die Lippe. Darüber wollte sie im Moment am allerwenigsten reden. Aber Penny sollte wissen, dass sie jederzeit mit allem, was sie beschäftigte, zu ihr kommen konnte, und deshalb sagte sie: »So?«

»Ja. Vielleicht möchte Dad nur, dass ich ihn öfter besuche. In New York oder L.A. oder in irgendeiner anderen coolen Stadt. Das könnte doch funktionieren, meinst du nicht?«

Für Emma war das wie ein Schlag ins Gesicht. »Ich

dachte, du hättest gesagt, dass du *nicht* bei ihm wohnen willst.«

»Will ich ja auch nicht! Ich hab nur gesagt *besuchen*. Dann komm ich ab und zu aus dieser Stadt raus. Es ist so langweilig hier, Mom.« Sie schaute sich um. »Ich bin nicht wie du. Ich gehöre nicht hierher. Ich hab im Moment nicht mal Freunde hier!«

Die ersten Feuerwerkskörper explodierten am Nachthimmel und setzten der Unterhaltung ein Ende. Ein kollektives »Ah!« ging durch die Menge. Penny, der gar nicht bewusst war, wie sehr sie ihre Mutter aus der Fassung gebracht hatte, starrte verzückt zum Himmel hinauf.

Lass los, sagte sich Emma. Sie schloss die Augen und kramte eine Erinnerung hervor, während sich über ihr ein Kaleidoskop aus Farben entfaltete. Sie dachte an ein Feuerwerk vor vielen Jahren, als sie in genau diesem Park auf den Schultern ihres Vaters gesessen hatte, sicher gehalten von seinen großen Händen, und staunend nach oben schaute. Ihre Mutter war vermutlich auch da gewesen, aber in ihrer Erinnerung sah sie nur ihren Vater. Ein paar Monate später war er gestorben.

Sie hatte es an einem Sonntagmorgen erfahren. Sie konnte heute noch die dumpfe Stimme ihrer Mutter hören, als sie sie zu sich ins Schlafzimmer gerufen hatte. Obwohl sie erst acht Jahre alt war, hatte sie intuitiv gespürt, dass etwas Furchtbares geschehen sein musste. Die Worte hatten vage und viel zu schwach geklungen. *Plötzlicher Tod. Schmerzlos. Er hat nicht gelitten.* Später, als sie älter war, füllte der Begriff »Hirnaneurysma« einige der Lücken aus. Aber selbst heute, als erwachsene Frau und

Mutter, hatte sie Mühe zu verstehen, wie das geschehen konnte, wie sie ihn von jetzt auf gleich hatte verlieren können. Ein echtes Gefühl von Geborgenheit hatte sie seitdem nie mehr gekannt.

Pop!

Sie machte die Augen wieder auf und schüttelte die Traurigkeit ab. Sie wollte ins Licht zurückkehren, anstatt in der Dunkelheit zu verharren. Penny starrte unverwandt nach oben und strahlte übers ganze Gesicht. Emma rief sich ins Gedächtnis, dass das Universum nicht nur nahm, sondern auch gab.

»Em!«

Die Stimme kam von hinten. Sie drehte sich um, ließ ihren Blick suchend über die Menge schweifen und entdeckte Sean und Alexis und … Kyle? Bei seinem Anblick schlug ihr Herz schneller. Sie achtete nicht darauf. Sie hatte sich Gedanken gemacht, weil er den Feiertag allein verbrachte – das war der einzige Grund, weshalb sie überlegt hatte, ob sie ihn fragen sollte, ob er mit ihr zum Feuerwerk wollte. Sie hätte sich denken können, dass Sean ihn einladen würde. Bootsleute waren eine verschworene Gemeinschaft.

»Ich hab dir vor einer Stunde eine SMS geschickt«, sagte Alexis, die strandgerecht aussah in ihrem orangeroten Sommerkleid und den passenden Flip-Flops. Sie wirkte ganz entspannt. »Ein Glück, dass wir dich gefunden haben!«

Die drei quetschten sich um Emma und Penny. Seans Hund Melville sprang auf Pennys Schoß und leckte ihr das Gesicht ab. Penny rückte weg von ihrer Mutter und näher zu Alexis. Und Emma? Da saß sie nun, hatte einen lustigen Mutter-Tochter-Abend geplant, und ihrer Tochter war das vollkommen schnuppe.

Kyle setzte sich so nahe zu ihr, dass ihre Schultern sich berührten. Sie war sich seiner Nähe sehr bewusst.

»Wie geht's?«, fragte er. Sie lächelte nur und nickte. Der Krach des Feuerwerks ersparte es ihr, sich unterhalten zu müssen. Aber sie spürte seinen Blick auf ihr ruhen.

Sie drehte sich nicht zu ihm, sondern schaute die ganze Zeit nach oben, selbst dann noch, als die Farben und das Licht sich viel zu grell auf ihre Netzhaut brannten.

Kapitel vierzig

Das Restaurant Dockside Bar and Grill befand sich im Gebäude der American Legion in der Bay Street genau gegenüber vom Jachthafen. Bea hatte einen Tisch draußen reserviert, ohne daran zu denken, dass sie von dort einen ungetrübten Blick auf das Feuerwerk haben würde.

»Ich hätte nicht gedacht, dass ich das Feuerwerk doch noch zu sehen bekomme«, sagte Angus.

»Nun, ich muss zugeben, dass das nicht beabsichtigt war. Ich bin kein Fan von Knallerei und Lichtblitzen.«

Er schüttelte den Kopf. »Seien Sie doch nicht so negativ, wenigstens für ein paar Minuten.«

»Ich werde es versuchen.«

Sie bestellte eine Flasche Weißwein und als Vorspeise die Peconic-Bay-Austern mit gedämpften Artischocken. Als Hauptgericht nahm sie den Kabeljau in Kräuterkruste mit Zitronenbutter. Angus bestellte Pulled Pork mit Cheddar und schwarzen Bohnen.

»Ihnen ist schon klar, dass Sie sich das einzig Ungesunde auf der Speisekarte ausgesucht haben, oder?«, bemerkte Bea trocken.

Angus nickte. »Früher hat meine Frau darauf geachtet, was ich esse. Seit ihrem Tod vor fünf Jahren falle ich langsam, aber sicher in schlechte Gewohnheiten zurück.«

»Das mit dem Tod Ihrer Frau tut mir leid.«

»Ja, das war eine harte Zeit. Waren Sie mal verheiratet?«

»Nein, nie.«

»Ein Jammer. Darf ich fragen, warum nicht?«

»Ich bin mit meiner Arbeit verheiratet.«

»Hört sich einsam an.«

Bea zuckte mit den Schultern und nippte an ihrem Wein. Ein Kind vom Nebentisch rannte auf den Rasen vor der Terrasse. Beas Blick blieb an einer großen, sehr eigenwilligen Sammlung von Bojen hängen, die an den Holzschindeln eines Hauses aufgehängt waren.

»Das Haus gehört Billy Joel«, sagte Angus, der ihrem Blick gefolgt war.

»Wirklich? Komisch, dass er mitten in diesem Trubel wohnen will. Mir ist meine Privatsphäre wichtiger.«

»Es ist nur ein schmaler Grat zwischen Privatsphäre und Isolation, finden Sie nicht?«

»Nein, finde ich nicht.«

»Es ist die Gemeinschaft, die eine Stadt wie diese zu etwas Besonderem macht. In den Vierzigerjahren hat meine Familie zum ersten Mal Brooklyn verlassen, um den Sommer hier zu verbringen, und sie hat sehr viel mehr als nur ein Haus am Strand bekommen. Die Straßen waren unbefestigt, und eine Straßenbeleuchtung gab es erst in den Achtzigerjahren. Ich kann mich nicht erinnern, dass jemand einen Fernseher besessen hätte. Wir haben zusammen gefeiert und Picknicks mit Meeresfrüchten veranstaltet, und wir Kinder haben am Privatstrand gespielt und sind überall ein und aus gegangen, wie es uns gepasst hat. Ich glaube nicht, dass die Haustüren Schlösser hatten. Und wenn, sind sie nie benutzt worden.«

»Das klingt wunderbar.«

»O ja, das war es auch«, sagte er wehmütig.

Der Hauptgang kam. Die Speisen waren kunstvoll auf bunten Tellern arrangiert.

Sie aßen schweigend. Es war ein angenehmes Schweigen, ein zufriedenes. Die Gesellschaft eines Menschen, der sich in der gleichen Lebensphase befand, hatte eindeutig ihre Vorteile. Es gab Dinge, die nicht ausgesprochen werden mussten. Auch wenn sie keine gemeinsame Vorgeschichte hatten, so konnten sie sich doch dieser Illusion hingeben, denn sie waren verbunden durch die acht Lebensjahrzehnte, die sie auf dieser Erde zugebracht hatten. Und durch den erlittenen Verlust. Und – obwohl sie das nie zugeben würde – auch durch die Einsamkeit.

»Wie weit sind Sie denn mit Ihrer Schatzsuche?«, fragte Angus schließlich. »Haben Sie gefunden, wonach Sie suchten?«

»Ich weiß ehrlich gesagt nicht so genau, wonach ich suche. Das Ganze ist ziemlich mysteriös.«

»Haben Sie schon einmal daran gedacht, dass Sie vielleicht einem Phantom nachjagen? Dass Henry Wyatt Penny als seine Erbin eingesetzt hat, und das war's? Ende der Geschichte?«

»Das wäre praktisch für Sie, nicht wahr? Nein, nein, ausgeschlossen. Henry hat nie etwas dem Zufall überlassen. Alles, was er tat, geschah aus einer bestimmten Absicht heraus. Er würde niemals einfach so seine Arbeiten wahllos in der ganzen Stadt verteilen. Gegen Ende seiner Karriere wollte er sie nicht einmal mehr mir zeigen. Und ich weigere mich zu glauben, dass er bezüglich seines Nachlasses diese Entscheidung treffen würde. Irgendetwas entgeht mir. Aber ich werde schon noch dahinterkommen, was es ist.«

Angus griff seufzend nach seinem Weinglas. »Ich wünschte, das alles wäre nie passiert. Dieses Erbe bringt meiner Meinung nach kein Glück. Emmas Exmann würde niemals mit ihr um das Sorgerecht streiten, wenn dieses Haus nicht wäre. Jetzt verliert sie womöglich das, was ihr auf dieser Welt am meisten bedeutet. Das wäre eine Katastrophe.«

Bea brachte auf einmal keinen Bissen mehr herunter. Sie legte ihr Besteck auf ihren Teller und war dankbar, dass in diesem Moment das Feuerwerk begann und sie die Unterhaltung unterbrechen und Angus nicht mehr in die Augen sehen musste.

Am Himmel explodierten rote, weiße und blaue Herzen: das große Finale. Kyle griff nach Emmas Hand. Als sie ihn verdutzt ansah, lächelte er nur.

»Das war phänomenal!«, schwärmte Penny. Alexis und Sean behaupteten, das sei das beste Feuerwerk gewesen, das sie bisher erlebt hätten, gaben dann aber zu, dass sie das jedes Jahr sagten.

Emma faltete die Decke zusammen. Kyle bot an, ihre Tasche zu tragen.

Als sie sich mit dem Menschenstrom langsam Richtung Main Street bewegten, legte Emma vorsorglich den

Arm um Penny, damit sie nicht stürzte, falls sie angerempelt wurde.

»Gehen wir noch zu BuddhaBerry?«, fragte Penny.

»Ich weiß nicht«, sagte Emma zögernd. »Es ist schon spät, und da wird ganz schön was los sein.« Mit Penny an ihren Krücken und dem Betrieb auf den Straßen würden sie eine halbe Stunde brauchen, um hinzukommen.

»Wir könnten doch vorgehen und uns schon mal anstellen«, sagte Kyle zu Emma.

»Ja, das ist eine gute Idee. Geht ihr schon mal vor, wir kommen nach«, meinte Alexis augenzwinkernd.

Bevor Emma widersprechen konnte, hatte Kyle ihre Hand geschnappt und führte sie durch das Gedränge der Menschen, die zu den Geschäften und Restaurants strömten. Das Händchenhalten war irgendwie seltsam, aber Emma konnte sich nicht entscheiden, was sie dagegen tun sollte. Also ließ sie es geschehen. Einen Augenblick lang war ihre Welt in Ordnung. Und dann kamen sie zum Hotel.

Alle Tische draußen auf der Straße waren besetzt, und aus der Eingangshalle quollen die Gäste auf die Terrasse heraus. Emma konnte sich lebhaft vorstellen, wie es in der Bar zuging. Der vierte Juli war einer der umsatzstärksten Tage im Jahr. Wie sie ihre Kollegen vermisste!

»Willst du einen Blick reinwerfen?«, fragte Kyle.

»Ach, ich weiß nicht. Auf der einen Seite, ja, aber …«

In diesem Moment trat Jack Blake aus dem Hotel. Ihre Blicke trafen sich. An Flucht war nicht mehr zu denken.

»Happy Fourth of July!«, rief er leutselig.

Emma stellte die beiden Männer einander vor, und sie

führten Small Talk. Emma musste sich beherrschen, um nicht herauszuplatzen: Ich will meinen Job wiederhaben! Aber jetzt, wo Penny sie brauchte und wo ihr ein Rechtsstreit bevorstand, konnte sie nicht garantieren, dass sie vollen Einsatz bringen würde. Schlimm genug, dass sie Jack einmal im Stich gelassen hatte. Sie wollte keine Versprechungen machen, die sie nicht halten konnte. Eines Tages, so hoffte sie, würde ihr Leben wieder seinen gewohnten Gang nehmen. Und sie selbst wieder eine ganz normale Frau sein. Was sie sich im Moment allerdings nicht vorzustellen vermochte.

»Kommt rein und trinkt was«, sagte Jack.

»Oh, danke, aber wir …«

Kyle berührte ihren Arm. »Ich werde Sean eine Nachricht schicken. Alles gut.« Er nickte ihr aufmunternd zu.

In der Eingangshalle herrschte eine überschäumende Stimmung wie sonst nur an Weihnachten und Silvester. An der Rezeption – *ihrer* Rezeption! – stand der stellvertretende Geschäftsführer und winkte ihr freundlich zu. Emma gab es einen schmerzhaften Stich. Sie überließ Kyle ihre Hand, als sie sich durch die Menge zur Bar schoben. Oder es zumindest versuchten: Unter dem Elchkopf, dem jemand eine kleine amerikanische Flagge ins Maul gesteckt hatte, war Endstation.

»Was trinkst du?«, fragte Kyle.

»Äh, einen Dirty Martini. Mit Tito's. Danke.«

Sie checkte ihr Handy nach Nachrichten. Penny geht's gut. Entspann dich.

Sie hätte selbst zur Bar gehen und die Drinks bestellen sollen. Für sie wäre es leichter gewesen, Chris auf sich aufmerksam zu machen. Sie reckte den Hals und blickte sich suchend nach Kyle um, konnte ihn aber nirgends entdecken.

»Emma?«, sagte jemand und zupfte an ihrer Handtasche.

Es war Diane Knight. Bevor Emma etwas erwidern konnte, ergoss sich auch schon ein gewaltiger Redeschwall über sie: Was für eine großartige Frau Bea Winstead doch sei und was für ein Segen für die Auktion! »Sie hat uns der Himmel geschickt«, schwärmte Diane.

Nun, das war Ansichtssache.

»Emma, Sie kennen doch …«

Das Stimmengewirr ringsum verstummte, stattdessen ein Rauschen in ihren Ohren. Irgendwie stand plötzlich Mark vor ihr. Und Diane Knight hielt seine Hand.

»Hey«, sagte Mark schnell.

»Ich *liebe* diese Stadt«, sagte Diane. »Die Welt ist wirklich klein, nicht wahr?«

»Woher … woher kennt ihr euch?«, stammelte Emma.

»Wir haben uns letzte Woche auf der Bay-Street-Theater-Party kennengelernt. Mark ist da einen Sommer lang aufgetreten. Oh, aber natürlich wissen Sie das …«

»Mark, kann ich dich einen Augenblick allein sprechen?« Emma bemühte sich um einen ruhigen Ton.

Er war drauf und dran abzulehnen, aber wahrscheinlich wollte er vor seiner neuen Freundin keine Szene riskieren, und so nickte er.

Das Herz schlug ihr bis zum Hals, als sie sich ungeduldig einen Weg durch das Gedränge bahnte und gelegentlich einen Blick über die Schulter warf, ob er ihr auch folgte. Draußen sagte er: »Das ist weder die Zeit noch der Ort, Emma.«

»Ich kann nicht glauben, dass du mir Penny wegnehmen willst!«

»Ich werde jetzt nicht mit dir darüber diskutieren. Du kannst mir über deinen Anwalt mitteilen lassen, was du mir zu sagen hast.«

»Hast du überhaupt eine Ahnung, was es heißt, ein Kind großzuziehen? Glaubst du, du bist dafür qualifiziert, bloß weil du sie ein einziges Mal an den Strand mitgenommen hast? Du hast sie ja nicht mehr alle!«

»Ist irgendetwas von dem, was ich vorgebracht habe, unwahr? Also wirklich, Emma. Betrachte die Sache doch mal nüchtern, und sag mir dann, dass ich der Böse bin.«

»Das bist du auch!«, schrie sie. Leute drehten sich nach ihnen um.

Mark schüttelte den Kopf. »Wir sehen uns vor Gericht, Emma.« Damit ließ er sie stehen.

Irgendwo in der Ferne explodierte ein einzelner Feuerwerkskörper. Emma fuhr zusammen und begann zu zittern.

Kapitel einundvierzig

Einen Schlussstrich zu ziehen war zuweilen schwer.

Ein Monat war vergangen, seit Bea die Party anlässlich der Ausstellung von Frank Cubans Werken in ihrer Wohnung Knall auf Fall abgesagt hatte. Joyce Carrier-Jones drängte sie immer noch, einen neuen Termin anzusetzen.

»Was machst du denn so lange dort draußen?«, wollte sie wissen. »Nimmst du dir etwa den ganzen Sommer frei?«

»Natürlich nicht.« Bea fühlte sich in der Defensive. Wie sollte sie ihr selbst gewähltes Exil in Sag Harbor erklären? Zugeben, dass sie in ihrem Streit über Henry Wyatts Erbe keinen Schritt weitergekommen war? Ausgeschlossen. Von ihrem Anwalt hatte sie seit der Entdeckung des Testaments zu ihren Gunsten nichts mehr gehört. Sie selbst tappte immer noch im Dunkeln, was die von Henry veranstaltete Schnitzeljagd anging. Was bezweckte er damit? Und es war fraglich, ob und wann sich ihr fast schon verzweifelter Versuch, Pennys Vater für sich einzuspannen, bezahlt machen würde. Das einzig Positive, das sie ihrer Situation abgewinnen konnte, war: »Ich organisiere eine große Kunstauktion, weißt du? Sie wird in Henrys Villa stattfinden.«

»Großartig! Dann hast du die verworrene Geschichte

mit dieser Hotelfrau geklärt? Worum genau ging es da eigentlich?«

Oh, wie sie diesen Artikel in der Klatschspalte der *Post* bereute! Er hatte ihr rein gar nichts eingebracht, außer geheuchelten Sympathiebekundungen von Leuten aus ihrem beruflichen Umfeld, die sich entrüstet gaben, weil Henry Wyatt sie übergangen hatte.

»Das ist kompliziert«, erwiderte Bea. Um abzulenken, fügte sie hinzu: »Warum schickst du mir nicht eins von Franks Werken für die Versteigerung? Das wäre eine tolle Publicity für ihn.«

»Schicken? Ich werde es dir persönlich bringen!«

Bea überlegte, wie sie sich herausreden könnte, entschied aber schließlich, dass Joyce' Besuch vielleicht gar nicht so schlecht war. Sie vermisste ihr Leben in Manhattan, und wenn sie nicht in New York sein konnte, warum sollte New York nicht für einen Nachmittag zu ihr kommen?

Doch als Joyce dann kam, hatte Bea schlechte Laune. Emma hielt sich in ihrem Haus am Mount Misery Drive auf, um ihre Sachen zu packen, was bedeutete, dass sie sich demnächst dauerhaft in Windsong niederlassen würde.

»Du siehst bezaubernd aus«, sagte Joyce und gab ihr ein Luftküsschen auf jede Wange. Doch kaum hatte sie Windsong betreten, hatte sie nur noch Augen für das Haus. Ich hätte es wissen müssen, dachte Bea. Sie würde nicht zweieinhalb Stunden Fahrt im samstäglichen Verkehr auf sich nehmen, nur um mich zu besuchen.

Sie führte sie durch das Haus.

»Diese Skulpturen sind genial«, sagte Joyce. »Ein Jammer, dass er sie nie ausgestellt hat.«

»Ja, das war unglaublich frustrierend.«

»Kann ich mir vorstellen. Und dann die Sache mit seinem Nachlass! Ich freue mich, Bea, dass du dieses Haus zum Schluss doch noch bekommen hast.«

Bea erwiderte nichts darauf. Der Caterer traf ein. Es war zu heiß, um draußen zu essen, und so setzten sie sich zum Lunch ins Esszimmer mit Blick auf den Pool.

»Nochmals danke, dass du Franks Arbeit in die Versteigerung aufnimmst. Das ist sehr werbewirksam. Selbst nach so vielen Jahren packt es mich immer noch, wenn ich ein wahres Talent sehe, weißt du? Du verstehst, was ich meine.«

Bea dachte sofort an die Graphic Novel in Pennys Zimmer. Endlich hatte sie jemand, mit dem sie darüber reden konnte.

»Ich würde dir gern etwas zeigen«, sagte sie. »Ich bin gleich wieder da.«

Sonderbarerweise hatte sie dieses Mal sehr viel stärker das Gefühl, etwas Verbotenes zu tun, als sie in Pennys Zimmer ging. Aber ihre lästigen Gewissensbisse hielten sie nicht von ihrem Vorhaben ab.

Die Zeichnungen lagen am gleichen Platz auf dem Schreibtisch. Bea suchte einige Seiten heraus, auf denen sie nicht zu sehen war – Joyce musste ja nicht unbedingt die ganze Geschichte kennen –, und kehrte ins Esszimmer zurück.

Sie schob Joyce die Blätter hin. »Was hältst du davon?« Als für die Zulassungen zuständige Dekanin an der New

York Academy of Art, als jemand, der Jahr für Jahr die künstlerischen Arbeiten junger Menschen begutachtete, würde Joyce imstande sein, Pennys Zeichnungen einzuordnen – nicht dass Bea an ihrem eigenen Urteil gezweifelt hätte.

Joyce setzte ihre Brille auf und besah sich die Darstellungen sehr genau. Ein paarmal musste sie über die Texte in den Sprechblasen lachen. Schließlich blickte sie auf und schaute Bea an. »Wer hat das gezeichnet?«

»Eine Vierzehnjährige.«

»Vierzehn? Das ist unglaublich. Wo geht sie zur Schule?«

»Hier. Sie ist aus der Stadt.«

Joyce wandte sich wieder den Zeichnungen zu. »Schade. Sehr schade. Ich hätte sie gern an der Akademie. Wenn sie so weitermacht, möchte ich nicht wissen, wie sie zeichnen wird, wenn sie erst mal auf der Highschool ist.« Sie blickte Bea über den Rand ihrer Brille hinweg an. »Ich überlasse es dir, die nächste Alison Bechdel zu entdecken. Und alle dachten, du hättest dich hier verkrochen, um deine Wunden zu lecken.«

»Was für ein Glück, dass du jetzt zurückfahren und die Sache richtigstellen kannst«, erwiderte Bea bissig.

Coopers Beach war gerammelt voll an diesem Samstagnachmittag. Pennys Gipsbein war mit wasserdichter Folie umwickelt, die ihre Mom im Internet bestellt hatte, und jetzt sah sie aus, als trüge sie eine blaue Plane am Bein. Es war heiß, sie war schlecht gelaunt, und ihr Dad redete mit ihr, als ob sie drei und nicht vierzehn wäre.

»Überlass die Einzelheiten den Erwachsenen, Penny«, sagte ihr Dad.

»Ich versteh nicht, warum du dich mit Mom deswegen streiten musst. Außerdem ist es *mein* Leben, und ich will nicht, dass sich irgendwas ändert.«

»Manchmal bringt eine Veränderung aber etwas Gutes. Denk doch nur an das Haus.«

»Das ist was anderes. Und außerdem, wann hast du denn das letzte Mal in Sag Harbor gewohnt?«

Er hörte ihr nicht mehr zu, weil er jemand sah und winkte. Penny folgte seinem Blick und entdeckte eine großgewachsene Frau mit kurzen braunen Haaren. Sie trug einen schwarzen Einteiler, einen Sarong und eine goldene Halskette aus großen, schweren Gliedern, die am Strand völlig fehl am Platz war.

»Entschuldige die Verspätung«, sagte die Frau und küsste ihren Dad auf die Wange.

Es war irgendwie komisch, dazusitzen und die beiden standen über ihr und lächelten, aber aufzustehen war viel zu anstrengend.

»Penny, das ist meine Freundin Diane. Diane, meine Tochter Penny.«

»Freut mich sehr, Penny. Ich habe schon viel von dir gehört.«

Wer war diese Frau? Ihr Dad hatte nichts davon gesagt, dass noch jemand kommen würde. Und überhaupt – er war erst seit ein paar Wochen in der Stadt und hatte bereits eine Freundin, die er ihr vorstellen musste? Wäre sie doch bloß nicht mitgekommen! Sie hatte ja daheim bleiben wollen, aber ihre Mom hatte gemeint, dann würde er denken, dass sie sie beeinflusse. Hätte sie allerdings gewusst, dass ihr Dad mit seiner neuen Freundin Diane verabredet war, hätte sie sich strikt geweigert mitzugehen.

Er half Diane, den zusammenklappbaren Strandstuhl aufzustellen, und richtete den Sonnenschirm so aus, dass sie vollständig im Schatten sitzen konnte. »Diane ist über den Sommer in der Stadt, um bei der Benefizaktion für das Kino mitzuhelfen. Ist das nicht toll?«

»Ja, klasse«, grummelte Penny. Sie langte nach ihren Krücken und vergewisserte sich, dass die speziellen Stützaufsätze für den weichen Sandboden befestigt waren. Auch die hatte ihre Mom im Internet bestellt.

Ihr Dad half ihr beim Aufstehen. Danach kam sie allein zurecht.

»Aber nicht ins Wasser!«, mahnte er.

»Nein, nein.«

Sie humpelte bis zum Rand des Meeres. Nur ein paar Meter weg von den Liegeplätzen wehte die Brise stärker.

Die Wellen wuschen über ihren gesunden Fuß. Sie schaute zu, wie sich das Wasser zurückzog, und als die Wellen wieder heranrollten, überkam sie der Drang zu zählen. Die Stimme in ihrem Kopf übertönte sogar das Rauschen des Wassers. *Ich werde nicht auf dich hören! Ich hab's satt, auf dich zu hören! Ich hab euch alle satt!* Es tat unendlich gut, wütend zu sein. Wut war besser als Hilflosigkeit. Die Wellen spülten über ihre Füße, und sie leierte ihr Mantra herunter: *Ich werde nicht auf dich hören, ich werde nicht auf dich hören …* Es schien zu funktionieren. Nur ihr Gipsbein hinderte sie daran, ins Wasser zu stürmen. Sie zeigte ihren Zwangsgedanken, wer der Boss war, und steckte dennoch fest. Wie üblich.

Sie drehte sich um und winkte, um ihren Vater auf sich aufmerksam zu machen. »Ich will nach Hause!«, schrie sie. Der Wind trug ihre Stimme davon.

Der Rosenstock war ein kleiner Sieg.

Emma wusste, es war ein Risiko, einen Rosenstock mitten im Sommer umzusetzen, aber sie wollte es versuchen. Sie hatte eine Woche vor der geplanten Aktion begonnen, den Rosenstock im Garten am Mount Misery Drive mit einem nährstoffreichen Dünger zu gießen, der das Wurzelwachstum fördern sollte. Dann hatte sie im Rasen hinter Henrys Villa ein großzügiges Pflanzloch ausgehoben, nachdem sie sich vorher vergewissert hatte, dass der Boden eine ausreichende Dränage hatte.

Es war ein besonders heißer Tag und das Ausgraben des Wurzelstocks eine Herausforderung. Aber die schweißtreibende körperliche Arbeit lenkte sie davon ab, darüber nachzugrübeln, dass Penny mit Mark unterwegs war. Sie stach mit einem Spaten rings um den Rosenstock in die Erde, ließ ihren Frust an ihr aus und lockerte sie, bis sie die Pflanze herausziehen konnte. Sie setzte sie auf eine Plane, die sie für den Transport bereitgelegt hatte.

»Entschuldige«, sagte sie zu dem Rosenstock, der, wie ihr bewusst war, vom Ausgraben gestresst war. Hoffentlich nahm er ihr das Umpflanzen nicht übel. Zum Glück dauerte die Fahrt nicht allzu lange.

In der Actors Colony Road angekommen stellte sie den Wagen seitlich am Haus ab, um keine Zeit zu verlieren. Sie stieß die Autotür auf und wäre beim Aussteigen beinah mit Bea und einer Fremden zusammengeprallt.

»Emma, ich würde Ihnen gern jemanden vorstellen …«

Sie hatte keine Zeit für Höflichkeiten. Sie packte den in die Plane eingewickelten Rosenstock und eilte an den beiden Frauen vorbei, als würde sie ein dringend benötigtes Spenderorgan transportieren.

Neben dem frischen Pflanzloch setzte sie ihn ab, gab getrockneten Kuhmist, einen Becher Knochenmehl und ein wenig Torf hinein. Dann setzte sie den Rosenstock hinein, sodass der Wurzelballen bis zur Veredelungsstelle mit Erde bedeckt war, und wässerte ihn gründlich mit der bereitgestellten Gießkanne. Als sie die Pflanze an ihrem neuen Platz sah, war sie zuversichtlich, dass sie es schaffen würde. Sie würde anwachsen und gedeihen. Wenn das kein Erfolg war! Deshalb liebte sie das Gärtnern so: Ein klein wenig Planung und ein klein wenig Mühe zahlten sich immer aus. Was auf alles andere im Leben nicht unbedingt zutraf.

Aus der Ferne wehte schwach Musik herüber. Sie kam von Kyle, der immer Musik hörte, wenn er an seinem Boot arbeitete. Emma bürstete sich mit den Händen die Erde von ihren Jeans, wischte sich über die Stirn und hockte sich auf die Fersen.

Vielleicht war es an der Zeit, mit sich selbst so sorgsam umzugehen wie mit ihren Rosen.

Kapitel zweiundvierzig

Auf der Rückfahrt vom Strand sprach Penny kein Wort mit ihrem Vater. Als er in der Einfahrt von Windsong hielt, stellte er den Motor ab.

»Penny, ich weiß, im Moment ist alles ein bisschen viel für dich, und du bist durcheinander. Aber ich bin nicht dein Feind.«

»Ein Vater bist du auch nicht unbedingt«, konterte sie und knallte die Autotür zu, so fest sie konnte, ohne das Gleichgewicht zu verlieren.

Drinnen musste sie sich an die Haustür lehnen, weil sie am ganzen Körper zitterte. Ihr Vater hatte kaum ein Wort mit ihr gewechselt, so sehr war er mit dieser Frau beschäftigt gewesen. Irgendwann hatte sie es aufgegeben, ihre Sonnenbrille aufgesetzt und die Kopfhörer in die Ohren gestöpselt. Allerdings hatte sie nicht Musik gehört, sondern heimlich ihren Vater und Diane belauscht. Diane redete wie ein Wasserfall und fast ausschließlich darüber, wie sie das – offensichtlich reichlich vorhandene – Geld ihres Exmannes unter die Leute brachte. »Du solltest dieses Stück mit mir zusammen produzieren«, sagte ihr Dad. »Wir würden ein Vermögen damit verdienen.«

»Ich habe schon ein Vermögen«, erwiderte sie lachend.

Und als sie sich nicht mehr unterhalten hatten, hatten sie geknutscht. Ekelhaft.

Penny bekam Kopfschmerzen bei dem Gedanken daran.

»Hast du dich gut amüsiert auf deinem Ausflug an den Strand? Was für ein herrlicher Tag, nicht wahr?«

Bea. Sie lauerte immer irgendwo. Wenn sie es nicht besser wüsste, würde sie denken, ihre Mutter hätte Bea gebeten zu bleiben, damit sie ein Auge auf ihre Tochter hatte.

»Nein, ich habe mich *nicht* gut amüsiert auf meinem Ausflug an den Strand«, erwiderte Penny bissig. Bea drückte sich manchmal fürchterlich gestelzt aus, und Penny konnte es sich nicht verkneifen, ihre Formulierungen aufzugreifen und zurückzugeben. Das war so eine Art Spiel. Bea schien es irgendwie zu mögen, sie lächelte dann nämlich. Aber heute war Penny nicht nach neckischen Spielchen zumute, heute nervte sie es nur.

»Das tut mir leid. Ich nehme an, es lag an der Gesellschaft?«

Das war noch so etwas: Bea sagte laut heraus, was sie dachte. Ganz ungeniert.

»Die Gesellschaft hat es jedenfalls nicht besser gemacht.« Auf ihre Krücken gestützt humpelte Penny in ihr Zimmer.

Bea folgte ihr, und Penny überlegte, wie sie sie loswerden konnte. Sie warf ihre Krücken gegen das Bett und ließ ihre Tasche auf den Fußboden fallen. Bea kam herbeigeeilt und wischte ein bisschen Sand von der Bettdecke. »Willst du die Krücken nicht im Bad sauber machen, anstatt sie einfach hinzuwerfen?«

Sie setzte sich auf die Bettkante. Das war jetzt wirklich komisch. Was wollte sie bloß von ihr?

»Ich bin müde«, sagte Penny.

Bea räusperte sich. »Ich habe deine Graphic Novel gelesen.«

Wie bitte? Penny glaubte sich verhört zu haben. »Sie haben hier drin rumgeschnüffelt?« Sie konnte es nicht fassen. Nicht einmal ihre Mutter stöberte in ihren Sachen herum, obwohl sie sonst so sehr nerven konnte.

»Nun, das ist ein höchst unschöner Ausdruck dafür.«

»Sie haben meine Privatsphäre verletzt! Das ist unentschuldbar!«

»Penny, komm, setz dich einen Moment zu mir.« Bea klopfte mit der flachen Hand aufs Bett. »Dein Buch ist … ganz hervorragend.«

Penny sah sie an. »Im Ernst?«

»Ich entschuldige mich für die Verletzung deiner Privatsphäre, wie du es nennst. Aber weißt du, ich liebe die Kunst. Ich liebe sie, wie Henry sie geliebt hat. Ich habe kein künstlerisches Talent, habe nie welches besessen. Deshalb interessiere ich mich so brennend für die Arbeiten von Künstlern. Ich muss sie mir einfach ansehen, das ist wie ein Zwang. Mir kommt die Rolle derjenigen zu, die Talente fördert und unterstützt. Und du bist ein großes Talent.«

Penny konnte es nicht glauben. Meinte sie das wirklich ernst? Wie auch immer, das Kompliment tat ihr gut. Es war fast so, als würde sie sich mit Henry unterhalten. »Ich wünschte, Henry wäre noch hier.« Ihre Stimme versagte, und sie fing zu weinen an.

Sichtlich verdutzt tätschelte Bea unbeholfen ihre Schulter. »Weißt du, ich glaube, Henry hat erkannt, wie talentiert du bist. Deshalb war er so gern mit dir zusammen.«

»Und hat mir deshalb das Haus hinterlassen?«

Beas Hand zuckte zurück, als hätte sie sich verbrannt. »Lassen wir das Thema lieber, Penny.«

»Als Henry gestorben ist, war es für mich, als hätte er meine Kunst mitgenommen. Ich habe Angst, dass ich vergesse, was er mir beigebracht hat, und ich weiß nicht, ob das, was ich mache, auch gut ist. Klar, ich kann es meiner Mom zeigen, aber sie wird sagen, es ist gut, weil sie meine Mom ist. Sie versteht nicht wirklich etwas davon.«

»Penny, du bist eine Künstlerin. Das kann dir keiner nehmen, daran ändern kein Lob und keine Kritik etwas. Und es hängt auch nicht davon ab, ob jemand da ist oder nicht.«

Penny dachte darüber nach. »Aber als Henry noch da war, hatte ich das Gefühl, dass das Zeichnen wichtig war. Dass es vielleicht meine Zukunft werden könnte. Henry hat es hier gefallen, das weiß ich, aber er hatte ja auch schon in New York gelebt und alles gemacht, was er hatte machen wollen.«

»Es ist schwer geduldig zu sein, wenn man jung ist und darauf wartet, dass das Leben endlich anfängt. Ich kenne das aus eigener Erfahrung.«

»Wirklich?«

»O ja. Mir ging es wie dir, und dann bin ich unmittelbar nach meinem achtzehnten Geburtstag nach New York gezogen.«

»Das sind noch vier Jahre!«, stöhnte Penny. »So lange kann ich nicht warten.«

Sie klemmte sich ihre Krücken unter die Arme, ging zum Schreibtisch und zog den Comicroman unter ihrem Zeichenblock hervor. Als sie die Seiten durchblätterte, verzog sie das Gesicht beim Anblick der wenig schmeichelhaften Darstellungen von Bea. So hatte sie sie zu Beginn des Sommers gesehen. Die Bea, die jetzt auf ihrem Bett saß und über das Leben und die Kunst und über Henry plauderte, war eine ganz andere. Diese Bea würde sie anders zeichnen und in einer anderen Geschichte verpacken. Vielleicht in ihrem nächsten Buch. Aber zuerst der Wettbewerb.

»Darf ich Sie was fragen?« Sie drehte sich zu Bea um.

»Aber sicher.« Bea saß stocksteif da, als wappnete sie sich innerlich.

»Ich möchte an einem Wettbewerb teilnehmen, aber für die erste Runde kann ich nicht den ganzen Roman einsenden, sondern nur zwei Zeichnungen, und ich kann mich nicht entscheiden. Vielleicht könnten Sie einen Blick darauf werfen und mir sagen, welche Ihrer Meinung nach die besten sind.«

Bea machte ein völlig verdattertes Gesicht. Und dann lächelte sie hocherfreut. Es war ein ungewohnter Gesichtsausdruck an ihr.

»Aber gern.«

Penny reichte ihr das Manuskript. »Ich bin noch nicht ganz fertig. Einsendeschluss ist schon nächste Woche.«

»Und was gibt es zu gewinnen?«

»Der erste Preis sind zweihundert Dollar. Wenn ich

gewinne, werde ich mit dem Geld mein Buch im Eigenverlag herausgeben.« Sie hatte sich alles genau überlegt: Sie würde ein paar Kopien drucken lassen und Alexis bitten, sie in ihrer Buchhandlung anzubieten.

»Und wenn nicht?«

»Ich weiß noch nicht genau. Vielleicht gebe ich es Pauline für die Abteilung Regionales/Selbstverleger hinten in der Bücherei.«

»Was ist das für eine Abteilung?«

»Ach, da wird alles aufbewahrt, was die Leute aus der Gegend schreiben, was aber nie richtig veröffentlicht wird. Also wenn man zum Beispiel ein Buch schreibt und bloß ein paar Kopien für Freunde drucken lässt. Ich könnte das Manuskript auch fotokopieren und binden lassen. So was in der Art.«

»Was die Leute aus der Gegend schreiben, was aber nie veröffentlicht wird?«, echote Bea.

Penny nickte. »Ja, so was wie …«

Bea stand auf, ein bisschen zu schnell, wie es schien, denn sie klammerte sich an einen der Bettpfosten, als wäre ihr schwindlig geworden und sie müsste sich festhalten. Dann eilte sie ohne ein weiteres Wort aus dem Zimmer. Pennys Manuskript nahm sie mit.

Beim Anblick des Boots musste Emma zugeben, dass Kyle beachtliche Fortschritte gemacht hatte. Die Dollborde waren abgeschliffen und neu lackiert worden und glänzten in der Sonne. Die Bodenbretter waren ausgebessert und lasiert. Man konnte sich kaum noch vorstellen, in was für einem desolaten Zustand sich das Boot einst befunden hatte.

»Es sieht fantastisch aus«, lobte sie, als sie sich auf eine schmale Bank neben dem Steuer setzte.

»Danke. Aber es wartet noch eine Menge Arbeit auf mich.«

»Und du bist sicher, dass das Ding seetüchtig ist?«, fragte Emma halb im Spaß, als er den Motor anließ.

»Seans Mechaniker hat den Motor komplett auseinandergenommen. Als Gegenleistung habe ich einige Tischlerarbeiten für ihn gemacht. Und die nächste große Aufgabe wird sein, einen passenden Namen zu finden.«

»Ah ja, der große Seefahreraberglaube!«

»Seefahrertradition«, verbesserte Kyle und machte die Leinen los.

»Einer der Stammgäste in der Bar, Pete Hasting, hat sein Boot nach seiner Frau genannt. Sie haben sich scheiden lassen, es war eine hässliche, schmutzige Scheidung. Aber er hat gemeint, er könne den Namen nicht ändern, weil das Unglück bringe.«

Kyle lachte. »Tja, das ist schon ein Problem. Auf dem Wasser ist es nur ein schmaler Grat zwischen Tradition und Aberglaube, das stimmt wohl. Aber mir gefällt das. Regeln, Rituale, Kameradschaft. Das ist wie Religion ohne die ganzen Schuldgefühle.«

Emma lächelte. Sie blickte zum Himmel hinauf, als sich das Boot von der Anlegestelle entfernte. Eine Möwe segelte über ihnen, und einen Augenblick lang fühlte sie sich fast so frei wie der Vogel.

Es war ein herrlicher Tag. Die Bucht war übersät mit Schiffen aller Art. Ein paar Segeljachten kannte sie vom Hafen, aber die meisten Wasserfahrzeuge waren Boote von Tagesausflüglern aus Connecticut oder Rhode Island. In ein paar Stunden würden viele von ihnen Sean anrufen, damit er sie mit seiner Barkasse zur Stadt brachte und sie in der Main Street zu Abend essen konnten. Noch vor vier Wochen wäre sie es gewesen, die den Gästen einen Platz im hoteleigenen Speisesaal zugewiesen hätte.

Sie sah die vertraute Landschaft vorüberziehen. Sie atmete tief durch. Nachdem sie die Wellenbrecher hinter sich gelassen hatten, gab Kyle Gas.

»Das sollten wir bei Sonnenuntergang machen«, meinte er.

»Findest du? Hm. Klingt sehr romantisch. Vielleicht zu romantisch für zwei, die bloß Freunde sind.«

»Bloß Freunde? Du würdest staunen, was man nicht alles darunter verstehen kann.«

Emma lächelte. »Warum überrascht mich das nicht?«

Kyle griff nach ihrer Hand. In diesem Moment klingelte ihr Handy.

»Sorry.« Sie zog es aus ihrer Handtasche. »Ich will nur rasch gucken, wer es ist …«

Andrew Port.

»Können Sie reden, Emma?«, fragte er.

Sie drückte das Telefon fester ans Ohr. »Äh, ja, klar. Alles in Ordnung?« Natürlich war nicht alles in Ordnung. Sonst bräuchte sie keinen Anwalt.

»Wir haben einen ersten Gerichtstermin. Am achtundzwanzigsten Juli.«

Alles in ihr spannte sich an. Auf einmal kam es ihr absurd vor, sich hier draußen auf dem Boot zu amüsieren, wenn so viel auf dem Spiel stand. »Und was passiert da?«

»Das ist diese Sorgerechtsbesprechung, von der ich Ihnen bei unserem ersten Termin erzählt habe. Im Idealfall werden Sie und Mark einen Kompromiss schließen oder irgendeine Vereinbarung treffen, die uns weitere Rechtsstreitigkeiten erspart. Sollte das nicht der Fall sein, wird es eine Verhandlung geben.«

»Verstehe.« Ihre Stimme klang fremd in ihren Ohren.

»Wir werden das vorher noch besprechen. Aber etwas anderes, wo ich Sie gerade am Telefon habe – der gegnerische Anwalt behauptet, dass Sie mit Ihrem neuen Freund und einer Frau, die Sie diesen Sommer erst kennengelernt haben, zusammenwohnen?«

»Was? Nein, nein, er ist nicht mein fester Freund.« Sie streifte Kyle mit einem flüchtigen Blick. Kyle, mit dem sie mitten am Nachmittag ganz allein auf dem Wasser war. »Wir sind nur befreundet. Ich darf doch wohl noch Freunde haben, oder?«

»Natürlich. Ich möchte Sie nur bitten, sich bis zum Gerichtstermin zurückzuhalten. Nicht aufzufallen. In diesem Stadium ist jede Kleinigkeit ein gefundenes Fressen für die Gegenseite, Sie verstehen, was ich meine?«

Und ob sie ihn verstand.

Als sie ihr Telefon zurück in ihre Tasche gesteckt hatte, fragte Kyle: »Wer war das?«

»Andrew Port. Der Gerichtstermin ist für Ende nächster Woche angesetzt worden.« Kyle wollte etwas sagen, aber sie ließ ihn nicht zu Wort kommen. »Es tut mir leid, aber wir müssen umkehren.«

»Okay, aber …«

»Jetzt sofort!«, schnauzte sie, bereute ihren Ton aber sofort.

»Ich will nur helfen, Emma. Stoß mich doch nicht immer wieder weg.«

Sie schüttelte den Kopf. »Ich brauche ein bisschen Freiraum. Und ich möchte, dass wir augenblicklich umkehren. Ich muss nach Hause.«

Die Frau an der Ausleihtheke sah Bea verwirrt an.

Es war dieselbe wie bei ihrem ersten Besuch in der Bibliothek, die mit den langen rötlich blonden Haaren und den großen Creolen. Die, die ihr nicht erlaubt hatte, die Zeichnungen auszuleihen. Die, die vergessen hatte zu erwähnen, dass zu der Sammlung auch eine Graphic Novel von Henry Wyatt gehörte!

»Doch, Ma'am, ich erinnere mich an Sie und dass Sie nach den Zeichnungen von Henry Wyatt gefragt haben. Ich habe Ihnen alle herausgesucht.«

»Und Sie sind nicht auf die Idee gekommen mir zu sagen, dass es hier eine *komplette* Graphic Novel von ihm gibt?«

Die Frau tippte etwas in ihren Computer ein, wartete, sah dann wieder Bea an.

»Die ist hier unter Sachbüchern aufgeführt, ohne Angabe eines Formats.«

»Ach du meine Güte, vergessen Sie's! Zeigen Sie mir einfach, wo ich sie finden kann.«

Bea folgte der Frau die rundgeführte marmorne Treppe hinauf in die Rotunde und weiter in denselben Raum, in dem die Zeichnungen aufbewahrt wurden. Dort warf die

Bibliothekarin einen Blick auf einen Post-it-Zettel und ließ ihren Blick dann suchend über die Buchrücken in einem der oberen Regale gleiten. Schließlich zog sie ein schmales Taschenbuch heraus.

»Hier, bitte schön.« Sie reichte es Bea. »Möchten Sie es ausleihen?«

Bea starrte auf den Einband. Eine Darstellung von Windsong, genau wie auf der ersten Seite von Pennys Manuskript. Das Haus war so detailgetreu gezeichnet, dass sie glaubte, die Struktur des Steins ertasten zu können. Am unteren Rand Henrys Initialen. Kein Titel.

»Ja, ich werde es ausleihen. Aber erst will ich es lesen. Entschuldigen Sie mich bitte.«

Es war ganz still in der Rotunde. Wer verbrachte einen so makellosen Julinachmittag schon in der Bücherei? Bea setzte sich an einen der Tische und schaltete die Tiffany-Lampe ein, obwohl die Sonne hereinschien. Sie wollte nicht, dass ihr auch nur das kleinste Detail, nicht der zarteste Bleistiftstrich entging.

Warum hast du es mir so schwer gemacht, Henry? Wolltest du, dass wir ein letztes gemeinsames Abenteuer erleben?

Sie blätterte die Seiten eifrig um. Henrys letzte Arbeit. Wer hätte gedacht, dass sie die Form eines Comicromans annehmen würde? Das Leben war eine sonderbare Straße, und keine verlief eigenartiger als die eines Künstlers. Eigentlich hätte sie, die sie sich immer mit Künstlern umgeben hatte, inzwischen wissen müssen, wie unberechenbar in seinen Launen ein kreativer Mensch war.

Die ersten Zeichnungen stellten Vertrautes dar: die alte Galerie in der Spring Street, seine Wohnung im obersten Stock, aber auch er selbst und Bea. Sie kam sehr viel besser weg als auf Pennys Zeichnungen. Er hatte sie in der Blüte ihrer Jahre gezeichnet. Wie viele Leute waren noch da, die sich an diese Bea erinnern konnten? Jetzt hatte Henry jene Zeit für immer in Schwarz und Weiß festgehalten. Es kam ihr wie eine Liebeserklärung vor.

Auf die geschäftigen Straßen von SoHo in den Achtzigerjahren folgte die beschauliche ländliche Gegend der South Fork von Long Island, durch die sie beide fuhren. Ein Panel zeigte das American Hotel von außen. Auf der nächsten Seite eine Kopie einer Zeichnung, die sie im Walfangmuseum gesehen hatte: Sie stellte den Barkeeper des Hotels dar, den Mann, der, wie Bea jetzt wusste, Emma Mapsons Vater war.

Die nächsten Seiten beschrieben Henrys junge Liebe zum Landleben: Henry im Wald, Henry und der Barkeeper beim Angeln, Henry in irgendeinem Garten beim Grillen über offenem Feuer. In einem anderen Panel Henrys Begegnung mit einem kleinen Mädchen mit Rattenschwänzchen, das zu Besuch ins Hotel kommt. Emma Mapson. Emma *Kirkland.*

Tom Kirkland. Emma. Penny. Eine Familie, drei Generationen. Für Henry vielleicht die Verkörperung eines Ideals? Jedenfalls ließ er keinen Zweifel daran, wie viel ihm jener Abschnitt seines Lebens bedeutet hatte, denn im Gegensatz zu den in Schwarz, Weiß und Grau gehaltenen Zeichnungen im ersten Teil des Buchs waren diese hier farbig.

Bea klappte den Band zu. Wie hatte sie nur so dämlich, so sentimental sein können, auch nur einen Augenblick zu hoffen, das Buch sei eine Hommage an ihre Freundschaft! Sie war schlussendlich nichts weiter als eine Arbeitskollegin, eine Geschäftspartnerin für ihn gewesen. Und dann hatte er in der Mitte seines Lebens beschlossen, dass ihm die Arbeit nichts mehr bedeutete.

Natürlich hatte er ihr nicht das Haus hinterlassen. Sie hatte ihn zurückgewiesen, und es spielte keine Rolle, dass sie es getan hatte, um ihre Arbeitsbeziehung und somit sein künstlerisches Schaffen nicht zu gefährden. Zu guter Letzt war er selbst es gewesen, der sich von seiner Arbeit distanziert hatte. Das größte Glück im Leben hatte er nicht mit ihr, sondern in der Zeit ohne sie gefunden.

Beas Kehle schnürte sich zu. Sie glaubte, ersticken zu müssen. Nie zuvor hatte sie sich so einsam gefühlt. Hatte sie die letzten Jahrzehnte sinnlos verschwendet? Denn was war die Kunst, wenn sie im wirklichen Leben nicht Ausdruck in etwas Schönem fand?

Am liebsten hätte sie das Buch quer durch die Rotunde geschleudert. Das würde sie vielleicht auch noch tun, aber erst musste sie es zu Ende lesen, und wenn es noch so sehr schmerzte.

Sie schlug es wieder auf. Im letzten Viertel kehrte Henry zu Schwarz-Weiß-Bildern zurück. Tom Kirkland starb; seine Beerdigung wurde in düsteren, knappen Bleistiftstrichen umrissen. Und dann Beas Besuch in Windsong.

Sie bekam Herzklopfen. Er hatte sich an das Ralph-

Lauren-Kleid erinnert, das sie getragen hatte, und es exakt wiedergegeben. Ob er sich auch an ihre Unterhaltung am Lagerfeuer erinnert hatte? Die Antwort lautete Ja, wie der Text in den Sprechblasen bewies.

Er gab fast wortwörtlich – jedenfalls soweit sie sich erinnerte – ihre Diskussion über ein künftiges Henry-Wyatt-Museum wieder. Das war der Beweis für seine Pläne mit dem Haus und seiner Arbeit.

Zu ihrer Enttäuschung war das ihr letzter Auftritt in dem Buch. Es folgten Zeichnungen eines Henry in völliger Einsamkeit, an der Hotelbar sitzend, wo er auf Servietten kritzelte. Einem Wegwerfartikel. Wertlos, wie seine Arbeit für ihn wertlos geworden war. Und dann seine Begegnung mit Penny: *Emmas Tochter. Die Ähnlichkeit ist unverkennbar.* Ihre Zeichenstunden: *Ein leeres Blatt Papier ist nichts anderes als eine Zeichnung, die noch angefertigt werden muss.*

Sie konnte nur noch an die Unterhaltung über das geplante Museum denken. Ungeduldig blätterte sie bis zum Ende. Doch anstatt der erhofften Bestätigung, dass er sie zu seiner Nachlassverwalterin bestimmt hatte, fand sie nichts weiter als ein halbes Dutzend leere Seiten. Bei genauerem Hinsehen stellte sie fest, dass es sich um Räume in Windsong handelte, aber ohne Möbel oder Menschen darin. Und dann eine leere Seite.

Sie saß ganz still da, mit klopfendem Herzen und verkrampftem Magen. Dann blätterte sie langsam zurück zu der Szene, wo Henry und Penny sich über einen Zeichenblock beugten. *Ein leeres Blatt Papier ist nichts anderes als eine Zeichnung, die noch angefertigt werden muss.*

War das Buch fertig? Oder sollte jemand anderes die leeren Seiten ausfüllen?

Bea stand auf und steckte den Band in ihre Handtasche. Er fühlte sich schwer wie Blei an. Langsam ging sie die Treppe hinunter und zur Ausleihtheke.

Kapitel dreiundvierzig

Die Vorbereitungen für die Auktion waren für Emma eine willkommene Ablenkung angesichts des drohenden Gerichtstermins. Sie hätte alles für eine Zwölf-Stunden-Schicht im Hotel gegeben, aber sie war immerhin so beschäftigt, dass sie nicht durchdrehte. Bea hätte ihre Hilfe allerdings gar nicht gebraucht: Ihr Einfallsreichtum und ihr Organisationstalent kannten keine Grenzen. Sie hätte die Veranstaltung im Alleingang organisieren können, und Emma musste sie regelrecht zwingen, ihr eine Aufgabe zu übertragen.

»Na schön«, willigte sie schließlich ein. »Sie besorgen die Partyjacht. Mir ist es egal, wie die Gäste hierherkommen. Ich sorge nur dafür, dass alles reibungslos klappt, sobald sie hier sind.«

Nachdem Emma nach einigem Hin und Her die logistischen Probleme mit dem Hafenmeister geklärt hatte, charterte sie Cole Hopkins' dreiundvierzig Meter langes Partyschiff, die *Great Blue*, für den Transport der Gäste vom Hafen nach Windsong. Cheryl Meister war es dank eines großzügigen Schecks gelungen, die Gesellschaft, die das Boot für diesen Tag gebucht hatte, zu überreden, ihren Termin zu verschieben.

Emma unternahm einen kleinen Rundgang mit Cole, um sich die Jacht anzusehen.

»Wunderschön!«, sagte sie, als sie auf dem Sonnendeck vor einem verglasten Atrium stand. »Die Gäste werden das Schiff gar nicht mehr verlassen und zur Auktion kommen wollen.« Sie folgte Cole zum unteren Deck, wo sich am Heck eine Schwimmplattform befand und der Maschinenraum sowie die Quartiere für die Crew untergebracht waren. Auf dem Hauptdeck gelangte man von einem geschützten Außenbereich in den Speiseraum und die Kombüse. Das Oberdeck verfügte über einen Essplatz im Freien und eine Skylounge.

»Mit wie viel Personen rechnest du?«, fragte Cole. »Ich frage wegen der Besatzung.«

»Ich denke, wir sind ausgebucht. Hundertfünfzig.«

Er nickte. »Zusätzlich zu Louise werde ich einen Maschinisten und eine kleine Deckmannschaft an Bord holen. Um das Cateringpersonal musst du dich kümmern.«

»Bin schon dabei. Ich werde dafür sorgen, dass genug Helfer da sind.«

Sie gingen wieder nach oben. Emma legte fest, wo die Gäste Drinks und Vorspeisen bekommen würden. Sie zog ihr Smartphone heraus und überschlug ein paar Kostenpunkte, unterschrieb die letzten Charterverträge und ging mit einem guten Gefühl wieder von Bord.

Am Kai blieb sie einen Moment stehen, blinzelte in der grellen Sonne und schaute sich nach Sean um, ob er zufällig in der Nähe war, damit er sie nach Windsong fahren könnte. Sean sah sie nicht, aber dafür Kyle, der mit einer großen Schleifmaschine auf einem fremden Boot arbeitete. Sein T-Shirt war schweißnass. Da er sich ganz auf seine Arbeit konzentrierte, bemerkte er Emma erst, als sie zu ihm aufs Bootsdeck sprang.

»Hey! Wie geht's?«, rief sie, um den Lärm der Maschine zu übertönen.

Er schaute auf, nickte, arbeitete weiter.

Okay, alles klar. Seine Reaktion kränkte sie, aber sie bemühte sich, dieses Gefühl zu unterdrücken. Sie hatte ihm ja gesagt, dass sie Freiraum brauche.

Und warum tat es dann so weh?

Es war kurz nach zwei Uhr nachmittags, als Angus, der sich telefonisch angemeldet hatte, vor Windsong stand und klingelte. Er brachte die letzten gepackten Kartons aus dem Haus am Mount Misery Drive.

Bea ertappte sich dabei, wie sie ihre Garderobe mit großer Sorgfalt zusammenstellte. Sie wollte gut, aber nicht »aufgedonnert« aussehen. Aber sosehr sie sich auch bemühte – die in der Stadt übliche Lässigkeit würde sie niemals erreichen. Sie würde sterben, ohne auch nur ein einziges Mal eine Yogahose oder ein Sweatshirt getragen zu haben. Zu guter Letzt entschied sie sich für eine marineblaue, mit Vögeln bedruckte legere Hose aus Carolina Herreras Resort Collection, dazu ein weißes, leichtes Stricktop und ein duftiger Schal. Lässiger konnte sie nicht sein.

Sie versuchte sich einzureden, dass sie das nur tat, um ihr Leben zu vereinfachen – nach so vielen Wochen war es schließlich an der Zeit, in den Landstilmodus zu schalten –, und dass der Besucher, den sie an diesem Nachmittag erwartete, nicht das Geringste damit zu tun hatte.

»Hallo, Bea«, grüßte Angus und bugsierte einen großen Karton durch die Haustür. »Wo sollen die alle hin?«

Am liebsten dahin zurück, wo sie hergekommen sind. Sie bemühte sich, nicht ganz so negativ zu sein. Sie bemühte sich *wirklich*. »Soll ich mal nachsehen, ob Kyle in der Nähe ist, damit er Ihnen hilft? Sie sollten nicht so schwer tragen.«

Im gleichen Moment fiel ihr ein, dass sie Kyle gefeuert hatte. Ihn weggeekelt hatte. So war sie nun einmal. Bedauerlicherweise.

»Ich lasse sie einfach hier stehen, dann kann Emma sie selbst an den Ort räumen, wo sie hinsollen«, sagte Angus.

Wunderbar. Jetzt sah der Eingangsbereich wie ein unordentlicher Lagerraum aus. »Sehr schön.«

»Ist Penny da? Ich habe sie schon eine Weile nicht mehr gesehen.«

»Sie ist mit Emma in die Stadt gefahren. Sie wollte in die Buchhandlung, während ihre Mutter Besorgungen macht.« Bea wollte nicht, dass er schon ging. Sie konnte sich dieses starke Bedürfnis nach seiner Gesellschaft zwar nicht erklären, aber sie gab ihm nach. »Ich habe Pfirsichtee aufgebrüht, er sollte jetzt abgekühlt sein, sodass man ihn trinken kann. Ich habe ihn in diesem Bioladen Ecke Bay Street gekauft. Möchten Sie nicht ein Glas?«

»Ich will mich nicht aufdrängen …«

»Angus, bitte! Seien Sie nicht so schrecklich höflich. Ich sehe uns als Freunde.«

Er lächelte, und da begann etwas in ihrem Inneren zu tauen. Sie konnte es spüren, es war wie ein verkrampfter Muskel, der sich entspannte. Da fiel ihr plötzlich ein, dass Angus bald kein Dach mehr über dem Kopf haben würde.

»Darf ich fragen, wo Sie wohnen werden, wenn Sie aus Ihrem derzeitigen Haus ausziehen müssen?«

»Ich gehe ein paar Optionen durch. Bis ich eine dauerhafte Lösung gefunden habe, werde ich mich in einem der oberen Räume im Walfangmuseum einquartieren.«

Sie gingen in die Küche. Bea fiel auf, dass er sich an genau den gleichen Platz setzte wie an dem Tag, an dem Emma den Brief vom Familiengericht bekommen hatte. Sie fröstelte. Nicht auszudenken, wenn Angus herausfinden sollte, welche Rolle *sie* dabei gespielt hatte …

Sie schüttelte den Gedanken ab. Sie nahm zwei Gläser aus dem Schrank und schnitt dann eine Zitrone, eine Limette und eine Orange auf. Als sie den Krug Tee und die Schale mit den Früchten vor ihn hinstellte, meinte er: »Das sind aber viele Zitrusfrüchte.«

»Das habe ich vom Golden Pear übernommen. Ich mag es, wie sie dort den Tee servieren.«

»Ja, ich auch.«

Sie schwiegen ein Weilchen. Bea wusste selbst nicht, warum, aber sie legte großen Wert darauf, dass er sie für eine nette Person hielt, deshalb sagte sie: »Angus, warum ziehen Sie nicht hier ein? Kyle ist fort – wir haben jede Menge Platz. Und Emma würde sich bestimmt freuen.«

Er schüttelte den Kopf. »Sie würde sich freuen, wenn *Sie* ausziehen würden.«

»Tja, ich habe Neuigkeiten für Sie: Es gibt jemand, der nichts gegen meine Anwesenheit hat. Penny. Ich habe mich als sehr nützlich erwiesen für ihre Kunst.«

Als er sie fragend ansah, fuhr sie fort: »Haben Sie gewusst, dass sie eine Graphic Novel schreibt?«

Der Ausdruck auf seinem Gesicht sagte ihr alles. »Warten Sie, ich bin gleich wieder da.«

Sie ging in ihr Zimmer hinauf. Am Abend zuvor hatte sie Pennys Zeichnungen eingehend betrachtet und ein paar Seiten herausgesucht, die sie bei dem Wettbewerb einreichen konnte. Doch anstatt das Manuskript an seinen Platz zurückzulegen, hatte sie es neben Henrys Buch gelegt. Sie übersah etwas, da war sie sich sicher. Der Gedanke quälte sie die ganze Nacht hindurch. Um vier Uhr morgens war sie aufgestanden und beide Bücher Seite für Seite durchgegangen, bis es draußen hell wurde.

Sie ging wieder nach unten. Ihr tat alles weh, aber geistig fühlte sie sich frisch und wach. Was für eine Erleichterung, mit jemandem über dieses Rätsel sprechen zu können!

Sie stellte den Teekrug weg und wischte die Feuchtigkeit von der Marmorplatte, bevor sie die beiden Manuskripte darauflegte. »An dem da arbeitet Penny, seit sie hier wohnt. Vorsicht, es sind lose Blätter.«

»*Queen Bea*«, las er und zog eine Braue hoch.

»Ja, sie beweist großes Einfühlungsvermögen.«

»Ich weiß, dass sie ständig diese Comicromane liest, aber ich habe nicht gewusst, dass sie selbst einen schreibt.«

»Ich nehme an, Henry hat sie dazu ermutigt. Sie haben letzten Sommer daran gearbeitet. Er hat seinen Roman fertig. Ich habe ihn in der Bibliothek gefunden. Ich möchte Ihnen etwas zeigen.« Sie blätterte bis zu der Stelle, wo Henry ihre Unterhaltung über seinen Wunsch, Windsong in ein Museum umzugestalten, festgehalten hatte. »Hier, sehen Sie? Ich habe das nicht erfunden. Ich bin nicht die böse Hexe.« *Außer in Pennys Roman natürlich.*

Angus' Miene wurde weicher. »Bea, ich habe Sie nie für eine böse Hexe gehalten. Aber ich wusste, dass Emma keine Schuld trifft. Wenn jemand unnötig Verwirrung gestiftet hat, dann Henry. Er hätte Sie über seine Entscheidung informieren sollen.«

Richtig. Aber es war keine Nachlässigkeit, dass er das nicht getan hatte.

Sie blätterte weiter bis zu den letzten Seiten, wo das leere Esszimmer und jenseits der Glasfront der Pool zu sehen waren.

Angus las Pennys Roman und schmunzelte. Ein Blatt legte er beiseite. Es zeigte Bea auf der einen Seite des Esstischs und Emma, Penny und ihn auf der anderen. Das war ihr erstes Aufeinandertreffen in Henrys Haus gewesen.

»Henry kannte Sie sehr lange, nicht wahr?«

Bea nickte. »Über fünfzig Jahre.«

»Dann muss er gewusst haben, dass Sie nicht so schnell aufgeben, sondern herkommen und Anspruch auf das Haus erheben würden. Er hätte diesen ganzen Schlamassel verhindern können, wenn er Sie rechtzeitig informiert hätte, entweder in einem Gespräch oder aber, wenn er vor einer Diskussion zurückscheute, in einem Brief. Und dann wäre es niemals zu dieser Szene gekommen.« Er tippte auf das Blatt Papier und schob es ihr hin. »Sie haben einmal gesagt, dass er nichts dem Zufall überlassen habe.«

Bea nahm das Blatt in die Hand. *Ein leeres Blatt Papier ist nichts anderes als eine Zeichnung, die noch angefertigt werden muss.*

»Was wollen Sie damit sagen?«, fragte sie langsam.

Angus zuckte mit den Schultern. »Ich habe den Mann nur flüchtig gekannt, ich habe ihn ein paarmal getroffen, als ich Penny vom Hotel abholte. Aber als meine Frau krank wurde, sorgte sie sich mehr um mich als um sich selbst. Das ist Liebe. Sie wusste, dass sie sterben würde, und weil sie nicht wollte, dass ich dann allein war, musste ich ihr versprechen, zu den Mapsons zu ziehen. Sie sagte, sie könne nicht in Frieden ruhen, wenn sie mich nicht gut aufgehoben wisse.«

Bea schlug den hinteren Teil des Buchs auf und schob die Seite aus Pennys Manuskript über das letzte leere Blatt. Sie starrte eine Weile darauf und schüttelte dann den Kopf.

»Henry hätte gewusst, dass ich niemals hier draußen würde wohnen wollen, noch dazu mit einer fremden Frau und ihrer Tochter. So eine Frau bin ich nicht! Nein, es muss eine andere Antwort geben.«

Dennoch zitterte ihre Hand, als sie das Buch zuklappte.

Kapitel vierundvierzig

Ihre Mutter hatte sich am Morgen davongestohlen, ohne sich zu verabschieden. Sie dachte wohl, Penny wisse nichts von dem Gerichtstermin, aber sie wusste Bescheid. Über alles. Ihre Mom redete viel, und Windsong bestand letztlich aus einem einzigen großen Raum. In dem Haus am Mount Misery Drive war es viel leichter gewesen, ein Geheimnis zu haben. Nicht zuletzt deshalb war Penny überhaupt erst in Schwierigkeiten geraten.

Zu Dr. Wang sagte sie nichts von alledem.

»Ist deine Mutter nicht mitgekommen?«

Penny schüttelte den Kopf. »Nein.«

Angus saß draußen im Wartezimmer. Auf der Fahrt hierher hatte er gemeint, ihre Mutter habe eine »Besprechung«. Diese Geheimnistuerei! Diese Lügen! Es war echt beschissen, ein Kind zu sein. Schließlich betraf das ja auch *ihr* Leben. Aber das interessierte anscheinend niemand. Der bloße Gedanke brachte sie innerlich so in Aufruhr, dass sie unruhig auf ihrem Stuhl hin und her rutschte.

Sie überlegte, ob sie aufs Klo gehen sollte, aber dann fiel ihr ein, dass sie das Fläschchen mit dem Desinfektionsmittel für ihre Hände daheim gelassen hatte, weil sie sich wirklich alle Mühe gab, gegen ihre Zwangsstörungen anzukämpfen.

»Wie läuft's mit deiner Glücksmomente-Tafel?«

»Die hab ich ein bisschen vernachlässigt«, antwortete Penny.

»Und warum?«

»Ich hab eine Menge zu tun.«

»Penny, wenn du deine Übungen nicht machst und meine Anweisungen nicht befolgst, kann ich dir nicht helfen.«

Sie vielleicht nicht, aber es gab etwas, das ihr definitiv half. Sie dachte an jenen Nachmittag am Strand, als sie am Wasser gestanden und ihren Zählzwang niedergerungen hatte. Sie dachte an ihre Graphic Novel, die sie geschrieben hatte, ohne auch nur eine einzige Zeichnung wegzuwerfen, um wieder ganz von vorn zu beginnen. Sie schaute auf ihre Hände. Die Haut war trocken und wies keine blutigen Schrunden auf. Fiel das Dr. Wang denn gar nicht auf?

Die Kunst war ihre Glücksmomente-Tafel. Aber das würde Dr. Wang nie verstehen.

Emma hatte geglaubt, seelisch auf den Gerichtstermin vorbereitet zu sein. Doch als sie jetzt auf der langen Holzbank im Flur des Gerichtsgebäudes saß, wurde ihr klar, dass sie nur verdrängt hatte. Hätte sie die ganze Schwere der Situation akzeptiert, wäre sie unter der Last zusammengebrochen. Als sie Andrew Port in Anzug und mit Aktenkoffer hereinkommen sah, gab es kein Leugnen mehr, kein Schönreden. Sie begriff, was auf dem Spiel stand. Sie hatte das Gefühl, ihr Inneres habe sich aufgelöst und würde nur noch durch die äußere Hülle zusammengehalten. Und selbst die drohte jeden Augenblick zu reißen.

»Ich bin gleich wieder da, bleiben Sie ruhig sitzen«, sagte Andrew. Er ging den Flur hinunter auf Marks Anwalt zu. Carter Shift war ein älterer, stämmiger Mann in einem Seersucker-Anzug, zu dem er einen Schlips in Rosarot und Silber trug. Mark hatte sie bisher nicht gesehen. Sein Anblick würde ihr vermutlich den Rest geben.

Sie kramte in ihrer Handtasche nach dem Taschenbuch, das sie mitgenommen hatte. Sie hatte es schon gelesen, aber im Moment konnte sie sich nicht auf etwas Neues konzentrieren. Sie schlug es auf, aber die Wörter verschwammen ihr vor den Augen. Der Text ergab so wenig einen Sinn, als wäre er in einer Fremdsprache verfasst.

Jemand setzte sich neben sie. Sie wappnete sich innerlich auf das Update ihres Anwalts und wandte den Kopf. Aber nicht ihr Anwalt, sondern Kyle saß da.

»Oh, hi! Was machst du denn hier?«

Sie hatte ihn seit jenem Nachmittag auf dem Long Wharf, als er ihr nur kurz zugenickt hatte, nicht mehr gesehen. Sie war jeden Abend zur Anlegestelle hinuntergegangen, aber er war nie da gewesen. Sean hätte sicher gewusst, wo sie ihn finden konnte, doch sie hatte ihn nicht gefragt. Sie hätte den ersten Schritt machen, auf ihn zugehen müssen, aber die Situation war die gleiche wie mit ihrem Job: Es hatte sich nichts geändert, sie hatte nicht mehr zu bieten als vorher, und so unternahm sie nichts.

»Ich möchte dich moralisch unterstützen.«

»Danke, das ist nett von dir. Du hast mir so viel geholfen, es tut mir wirklich leid, dass ich so patzig war. Das ist dir bestimmt undankbar vorgekommen.«

Er griff nach ihrer Hand und drückte sie. »Alles gut, Emma. Wir sind doch Freunde.«

Sie erwiderte den Druck seiner Hand.

»Wo ist eigentlich Andrew?«

»Er wollte mit Marks Anwalt reden.«

Kyle beugte sich vor und blickte den Flur entlang. »Ich seh ihn. Da kommt er.«

Andrews Gang war flott und energiegeladen. Emma spürte, dass er aufgeputscht war wie ein Sportler vor einem großen Wettkampf. Er nickte Kyle zu und setzte sich neben Emma.

»Wir warten nur noch auf Mark«, sagte er. »Sein Anwalt und ich werden versuchen, einen Kompromiss auszuhandeln. Der Richter möchte, dass wir zu einer gütlichen Einigung gelangen, und glauben Sie mir, es ist immer besser, wenn es nicht zu einer Verhandlung kommt.«

Sie schluckte schwer. »Ich kann mir nur nicht vorstellen, wie dieser Kompromiss aussehen soll. Ich will mir nicht einmal das Sorgerecht mit ihm teilen.«

»Ich weiß. Aber ein gemeinsames Sorgerecht wäre auf jeden Fall besser als die Alternative.«

Kyle legte tröstend den Arm um sie. Andrew zog einen Stapel Unterlagen unter seinem Arm hervor.

Die Minuten verstrichen. Carter Shift kam auf sie zumarschiert und gab Andrew ein Zeichen. Der stand auf, und die beiden Männer entfernten sich, wobei sie sich leise unterhielten.

»Was ist da los?«, fragte Emma eine Spur panisch.

»Reg dich nicht auf«, sagte Kyle beschwichtigend. »Das wird ein langer Tag, du musst darauf vertrauen, dass Andrew seinen Job macht. Dafür bezahlst du ihn schließlich.«

Kyle griff wieder nach ihrer Hand, was sie ein wenig beruhigte. Aber nicht lange. Das Warten ging weiter. Als Andrew endlich zurückkehrte, sprang sie auf.

»Gibt's was Neues?«

»Mark ist da. Ich habe mit seinem Anwalt gesprochen, aber wir kommen nicht weiter.«

»Und was heißt das?«

In diesem Moment trat Carter Shift zu ihnen. Er würdigte Emma keines Blickes, was sie als entwürdigend empfand. Vielleicht bezweckte er genau das. Schließlich war es sein Job, ihr ihr Kind wegzunehmen.

»Stimmt Ihre Mandantin einer Konfrontation zu?«

Andrew bejahte, und ehe sie sich versah, folgte sie ihm den scheinbar endlosen Gang hinunter. Ihre Absätze klapperten viel zu laut auf den Fliesen. Es waren unbequeme Schuhe, sie hatte sie das letzte Mal anlässlich einer Beerdigung getragen. Carter Shift ging ein paar Schritte vor ihnen. Keiner sagte etwas.

Mark wartete bereits im Besprechungszimmer. Bei seinem Anblick war es Emma, als würde ihr jemand in den Magen boxen.

Er war braun gebrannt und trug ein Sportjackett zu einer Khakihose. Er sah nicht aus wie ein arbeitsloser Schauspieler, sondern wie die Idealbesetzung für einen attraktiven, charmanten Daddy.

In dem schmucklosen, kargen Raum standen mehrere Stühle an einem langen, rechteckigen Tisch. Die Klimaanlage sorgte leise sirrend für kalte Luft. Emma setzte sich neben Andrew auf die Seite des Tischs, die der Tür am nächsten war. Mark ihr genau gegenüber. Sie funkelte ihn grimmig an. *Ich kann nicht glauben, dass du mir das antust.* Er wich ihrem Blick aus. *Feigling.*

»Möchten Sie anfangen, Andrew?«, fragte Carter.

Andrew warf einen Blick in seine Unterlagen. »Ich stelle noch einmal fest: Meine Mandantin hat seit dreizehn Jahren das alleinige Sorgerecht. Ihre persönlichen Lebensumstände haben sich nicht geändert, und es gibt keinen Grund, ihr das Sorgerecht zu entziehen. Sie ist bereit, eine Erweiterung des Umgangsrechts in Betracht zu ziehen.«

Carter schüttelte den Kopf, als hätten sie das alles schon ein Dutzend Mal durchdiskutiert – was vermutlich auch der Fall war. Er nahm seine Brille ab und sah Emma an.

»Das reicht nicht, Andrew. Mein Mandant kann es nicht hinnehmen, dass sein minderjähriges Kind zwölf Stunden am Tag unbeaufsichtigt ist. Diese mangelnde elterliche Aufsicht führte zu einem Unfall, bei dem sich das Mädchen ein Bein brach. Darüber hinaus ignoriert Ihre Mandantin die Empfehlung der Therapeutin des Kindes, seine Zwangsstörung medikamentös zu behandeln, wodurch das Kind unnötig leidet. Ihre Mandantin zeigt eine rücksichtslose Missachtung der Sicherheit und des Wohlergehens des Kindes.«

Emma wandte sich Andrew zu. Eine rücksichtslose Missachtung? Meinte er das im Ernst?

Es klopfte an der Tür. Ein Justizbeamter streckte den Kopf herein.

»Wenn ich kurz mit den Anwälten sprechen könnte?«

Die drei Männer unterhielten sich in der Tür. Emma warf Mark einen kurzen Blick zu. Er machte ein gekränktes Gesicht, als könnte er nicht begreifen, was *sie ihm* antat. Unfassbar, dass sie diesen Mann einmal geliebt hatte! Er hatte ihr bei Pennys Geburt die Hand gehalten, und jetzt versuchte er, ihr Leben zu zerstören. Genau das würde nämlich passieren, wenn sie Penny verlieren würde. Wie hatte es nur so weit kommen können? Wie hatten die Dinge derart aus dem Ruder laufen können?

Das Haus.

Sie hätte es wissen müssen. An dem Tag, als Henry Wyatts Anwalt vor der Tür gestanden hatte, hätte sie wissen müssen, dass diese Erbschaft zu schön war, um wahr zu sein. Sie war Aschenputtel, und die Uhr schlug Mitternacht.

Die Anwälte kehrten an den Tisch zurück und packten ihre Sachen zusammen.

»Der Richter will uns sehen«, erklärte Andrew.

Sie verließen das Zimmer, gefolgt von Mark und seinem Anwalt. Wieder der lange Weg über den Flur, das Klacken ihrer Absätze. Andrew blieb vor einem Lift stehen. Mark nahm die Treppe.

»Was hat das zu bedeuten?«, fragte sie Andrew leise.

»Der Richter will vermutlich sichergehen, dass beiden Parteien klar ist, was passiert, wenn es heute nicht zu einer Einigung kommt. Es wäre für alle Beteiligten, nicht zuletzt für das Kind, äußerst vorteilhaft, die Angelegenheit gütlich zu regeln.«

»Und, kriegen wir das hin?«

»Ihr Ex beharrt auf seinen Forderungen. Falls Sie also nicht nachgeben – und das wollen Sie offensichtlich nicht –, sehe ich keine Chance für eine einvernehmliche Regelung.«

Saal B befand sich im zweiten Stock. Neben der Tür hing eine Liste mit den Fällen, die an diesem Tag verhandelt wurden, darunter auch *Mapson gegen Mapson*, wie Emma sah.

Der Raum war kleiner, als sie erwartet hatte, sah aber ansonsten genauso aus wie die Gerichtssäle, die sie aus dem Fernsehen kannte. Holzverkleidete Wände, lange hölzerne Sitzbänke. Hinter einer niedrigen Trennwand mit einer Schwingtür das Podium mit dem Richterpult. Außer einem Justizbeamten und einer Protokollführerin war niemand da.

Emma folgte Andrew durch den Mittelgang bis zur zweiten Reihe und setzte sich neben ihn. Mark und sein Anwalt nahmen auf der anderen Seite des Mittelgangs Platz.

Andrew checkte sein Smartphone auf Nachrichten. Emma war geschockt. Wie konnte er jetzt an irgendetwas anderes denken? Sie rieb ihre Hände aneinander. Sie waren eiskalt.

Der Justizbeamte kündigte den Ehrenwerten Gerald K. Walker an. Der Richter, ein rotgesichtiger Mann, dessen braunes Haar leicht ergraut war, ging zu seinem Platz, wechselte ein paar Worte mit dem Justizbeamten und rief dann die beiden Anwälte zu sich. Das Gespräch dauerte höchstens fünf Minuten, aber Emma kam es sehr viel länger vor. Sie fühlte sich sicherer mit Andrew an ihrer Seite und war froh, als er sich wieder neben ihr niederließ.

»Ms Mapson, Mr Mapson. Ihre Anwälte haben mich darüber informiert, dass Sie keine Einigung erzielt haben. Ich möchte Ihnen dringend raten, sich noch einmal zusammenzusetzen und einen letzten Versuch zu unternehmen. Andernfalls werde ich einen Termin für eine Verhandlung in etwa sechs Monaten anberaumen. Bis dahin wird ein Gerichtspsychologe ein Gutachten erstellen, er wird das Kind, um das es hier geht, befragen, und Mitarbeiter des Jugendamts werden sich das häusliche Umfeld des Kindes ansehen. Des Weiteren …«

Der Richter unterbrach sich und blickte unwillig über die Köpfe der Anwesenden hinweg nach hinten.

»Ma'am, das ist eine nicht öffentliche Verhandlung!«

Alle drehten sich um. Emma schnappte unwillkürlich nach Luft, als sie Bea durch den Mittelgang schreiten sah wie eine Königin bei Hofe. In ihrem Chanel-Hosenanzug in Rot, Schwarz und Weiß, um den Hals unzählige Perlenketten, glich sie einem Pfau unter lauter Tauben.

»Ich bitte um Entschuldigung, Euer Ehren, aber ich muss eine Aussage machen.«

»Warten Sie draußen und reden Sie mit den Anwälten.« Er machte sich eine Notiz, und dann war die Verhandlung geschlossen. Bea machte auf dem Absatz kehrt. Mark und sein Anwalt folgten ihr aus dem Saal.

»Wer war das?«, fragte Andrew.

»Bea Winstead, eine langjährige Freundin des Mannes, der meiner Tochter das Haus hinterlassen hat. Sie wohnt jetzt dort.«

»Und was will sie hier?«

Emma schüttelte den Kopf. »Ich habe nicht die geringste Ahnung.«

Sie sollten es gleich erfahren.

Mark, sein Anwalt und Bea standen am Ende des Korridors nahe beieinander. Was auch immer Bea hierhergeführt haben mochte – Emma wollte nicht in Gegenwart von Mark, Carter Shift oder ihres eigenen Anwalts darüber diskutieren.

Als Kyle auf die kleine Gruppe zukam, wollte Marks Anwalt ihn wegscheuchen, aber Emma sagte: »Er gehört zu mir. Ich will, dass er bleibt.«

Kyle warf ihr einen fragenden Blick zu. Sie zuckte mit den Schultern.

»Andrew Port, Ms Mapsons Anwalt«, stellte er sich Bea vor. »Kann ich Ihnen irgendwie helfen?«

»Entzückt, Ihre Bekanntschaft zu machen, Mr Port.« Sie fächelte sich mit einem Seidenschal Luft zu. »Ich habe Mr Shift gerade gefragt, ob er von der Abmachung zwischen seinem Mandanten und mir weiß.«

Emma sah Mark an, der Bea mit einem Ausdruck anstarrte, den sie nicht deuten konnte. Überraschung? Nein, es war mehr als nur das. Nackte Angst stand ihm ins Gesicht geschrieben.

»Gehen wir doch in ein Besprechungszimmer«, schlug Carter vor, dem Marks Unbehagen nicht entging.

»Ich will nicht noch einmal in so ein grässliches,

düsteres Zimmer«, sagte Bea. »Ich verstehe nicht, warum Justizgebäude so schrecklich sein müssen. Man braucht nur einzutreten, und schon fühlt man sich schuldig!«

»Was soll das Ganze, Bea?«, fragte Kyle.

Ohne ihn zu beachten, wandte sie sich an die beiden Anwälte. »Ich werde Ihnen den Sachverhalt kurz umreißen – in der Hoffnung, diesen grauenvollen Ort schnellstmöglich wieder verlassen zu können. Mark Mapson kam letzten Monat zu mir und sicherte mir zu, dass er mir das von seiner Tochter geerbte Haus so bald als möglich verkaufen werde. Als Gegenleistung verlangte er eine kleine Vorauszahlung und eine Provision von der exorbitanten Summe, die ich für das Haus bezahlen würde. Der Handel konnte natürlich nur stattfinden, wenn er das Sorgerecht für seine Tochter erhielt und damit Zugriff auf ihr Erbe hatte.« Sie lächelte. »Er bat mich um einen Scheck für seine Anwaltskosten, den er auch von mir erhalten hat. Und da kommen Sie ins Spiel, Mr Shift.«

Einen Augenblick herrschte Totenstille. Sagte Bea die Wahrheit? Sie und Mark hatten diese Intrige gegen sie angezettelt? Und die ganze Zeit hatte diese Person unter ihrem Dach gewohnt? Emma war drauf und dran loszuschreien.

Der Anwalt räusperte sich und streifte Andrew mit einem Seitenblick. »Nun, Ms Winstead, das ist allerhand, was Sie da vorbringen, und ich bin sicher, mein Mandant ist ganz und gar nicht einverstanden mit Ihrer Interpretation einer Unterhaltung, die möglicherweise zwischen Ihnen beiden stattgefunden hat.«

Emma starrte Mark an. Er konnte ihr nicht in die Augen schauen, stattdessen blickte er zu Boden.

Bea sagte die Wahrheit.

»Ich möchte mich mit meinem Mandanten beraten«, sagte Carter Shift. »Ich schlage vor, wir vertagen das Ganze. Ich melde mich bei Ihnen, Andrew.«

Andrew gab Emma ein Zeichen, und sie folgte ihm ein Stück den Korridor hinunter. Als sie sich umdrehte, war Bea bereits gegangen.

»Das ist einfach unglaublich«, sagte Emma fassungslos.

»Ich gebe zu, so etwas habe ich auch noch nicht erlebt.« Andrew rieb sich das Kinn.

»Heißt das, es ist vorbei?«

»Nein, aber wir haben eine wesentlich bessere Verhandlungsposition für eine Einigung. Ich denke, Mark ist jetzt so nervös, dass er sich einem Kompromiss nicht mehr verschließen wird.«

»Aber jetzt liegt doch auf der Hand, dass es ihm nicht um Pennys Wohl geht, sondern einzig und allein um Geld und um das Haus!«, flüsterte sie erregt. Sie musste sich beherrschen, um nicht laut zu werden.

»Trotzdem. Wenn möglich, sollten wir vermeiden, dass es zu einer Verhandlung kommt. Man weiß nie, was passieren könnte.«

Wie recht er doch hatte.

Kapitel fünfundvierzig

Penny starrte auf den Pool und wünschte sich zum tausendsten Mal, sie wäre nicht auf die Party gegangen und hätte sich das Bein gebrochen. Schwimmen hätte ihr nämlich geholfen, ihre innere Unruhe abzubauen. Es war inzwischen Nachmittag, ihre Mutter war immer noch nicht zurück, und Angus hüllte sich in Schweigen, was die geheimnisvolle »Besprechung« betraf. Das ganze Ausmaß dessen, was das alles möglicherweise zu bedeuten hatte, lastete mit jeder Stunde schwerer auf ihr. Und Bea, die sie mit ihrer herrschsüchtigen Art und ihren Nörgeleien hätte ablenken können, war auch nicht da.

Sie skizzierte die Umrisse des Pools auf dem Zeichenblock, der auf ihrem Schoß lag, und schaute dann auf das Wasser. Henry hatte immer gesagt, man müsse wirklich *sehen*, was man akkurat zeichnen wolle. Was machte das Wasser? Bewegte es sich ein klein wenig, oder war es glatt wie ein Spiegel? Sogar Henry hatte zugegeben, dass reflektierende Oberflächen eine Herausforderung darstellten.

»Ein einfacher Trick ist, dem Licht die ganze Arbeit zu überlassen.« Sie hatte erst nicht verstanden, was er damit meinte, aber sie hatte es nach und nach von ihm abgeschaut, während sie stundenlang nebeneinandersaßen und zeichneten. Von wem sollte sie jetzt, wo er nicht mehr da war, etwas lernen? Sicher, sie könnte einen Zeichenkurs besuchen, aber das war nicht das Gleiche.

Die Glasschiebetür hinter ihr glitt auf. Sie drehte sich um und dachte, es sei Angus, der wieder nach ihr sehen wollte, aber es war ihre Mom, die, ganz schick in Rock und Bluse und High Heels, aus dem Haus trat. Sie streifte ihre Schuhe ab, ging barfuß über den Weg zum Pool und legte ihre Arme um Penny.

»Entschuldige, dass ich heute Morgen ohne ein Wort gegangen bin. Wie war es in der Therapie?« Emma setzte ihre Sonnenbrille auf und rollte ihre Ärmel hoch.

Therapie? Wen zum Teufel interessierte das? Sollten sie jetzt so tun, als hätte ihre Mom den Tag nicht mit Anwälten verbracht? Sie hätte sie zu gern mit Fragen gelöchert, sie brannte darauf zu erfahren, wie es gelaufen war, aber irgendetwas hielt sie zurück. Sie wollte nicht, dass ihre Mom sich aufregte.

»Äh, ganz okay. Das Übliche.«

Sie sah ihre Mutter an, versuchte, ihre Miene zu lesen. Vergeblich. Und ihre Augen waren hinter der Sonnenbrille verborgen.

»Dr. Wang hat mir eine Nachricht hinterlassen. Du hättest deine Glücksmomente-Tafel und deine Arbeitsblätter vernachlässigt, und das sei nicht gut.«

Penny seufzte und hielt ihren Zeichenblock hoch. »*Das* ist meine Glücksmomente-Tafel.«

Ihre Mutter warf ihr einen skeptischen Blick zu. »Penny, es ist wirklich wichtig, dass du …«

»Ich meine es ernst, Mom. Ich schreibe eine Graphic Novel, ich bin fast fertig. Du weißt doch, wie schwer es mir fällt, mich zu konzentrieren, an einer Sache dranzubleiben. Aber ich hab's geschafft, und ich fühle mich richtig gut, wenn ich arbeite. Und ich habe auch durchgehalten, wenn ich nicht gezeichnet habe. Schau!«

Sie streckte ihr ihre Hände hin. Ihre Mutter betrachtete sie und nahm sie dann in ihre eigenen Hände.

»Mom.« Penny schluckte schwer. »Was hast du heute gemacht?«

Ihre Mutter nickte, als hätte sie die Frage erwartet. »Ich habe mich wegen der Sorgerechtssache mit Anwälten und deinem Vater getroffen.«

»Und?«

»Und … ich arbeite daran. Wir werden sehen. Mach dir keine Sorgen.«

So wie sie die Zähne aufeinandergebissen hatte, machte sie sich offensichtlich sehr große Sorgen.

»Es wird alles gut, Mom.«

»Ich weiß«, erwiderte sie ruhig. »Ich tue alles, was in meiner Macht steht, damit alles so bleibt wie bisher. Eines allerdings wird sich ändern. Bea wird nicht länger hier wohnen.«

Penny sah sie überrascht an. »Hat sie das gesagt?«

»*Ich* sage das«, gab ihre Mutter bissig zurück.

Penny fragte sich, was vorgefallen sein mochte, dass ihre Mutter in diesem Moment überhaupt nur einen Gedanken daran verschwendete, wie sie Bea loswerden könnte. Die Geschichte mit ihrem Dad war schließlich wichtiger. Hing alles mit diesem Haus zusammen?

»Ich hab gehört, wie du gesagt hast, Dad würde sich nur wegen dem Haus um mich kümmern.«

»Du hast gelauscht, Penny. Das tut man nicht.«

»Das ganze Haus ist ein einziger offener Raum, Mom!«

Ihre Mutter seufzte. »Ich weiß nicht, was im Kopf deines Vaters vorgeht.«

Penny schaute auf den Pool. Die Sonne tanzte auf dem Wasser. *Überlass dem Licht die ganze Arbeit.*

»Wo will Bea hin? Zurück nach New York?«

»Keine Ahnung. Und ehrlich gesagt interessiert es mich auch nicht, Penny.«

Penny hatte viel darüber nachgedacht, was Bea Winstead ihr erzählt hatte – dass sie mit achtzehn von zu Hause weggegangen war. Im Gegensatz zu ihrer Mutter konnte Bea Pennys Wunsch, von hier fortzugehen, verstehen.

»Sie kann sich glücklich schätzen, dass sie zurück nach New York kann«, sagte sie.

Ihre Mutter sah sie scharf an. »Jetzt wohnen wir in diesem wunderschönen Haus, und du bist immer noch unzufrieden?«

Penny schüttelte den Kopf. »Nein, nein. Das Haus gefällt mir, es ist einfach klasse. Aber ich weiß nicht … Irgendwann wohne ich vielleicht nicht mehr hier. Weißt du, was ich meine?«

»Ja, ich weiß, was du meinst«, sagte Emma zögernd.

»Du hättest also nichts dagegen?«

»Penny, selbst wenn du auf dem Mond leben würdest, wäre ich immer noch deine Mutter. Es würde sich nichts daran ändern, dass ich dich mehr liebe als alles auf der Welt. Aber im Moment bin ich einfach nur froh, dass du hier bei mir bist.«

Penny bemerkte die Tränen, die unter ihrer Sonnenbrille hervorrollten und eine feuchte Spur auf ihrer Wange hinterließen. Sie beugte sich vor und legte die Arme fest um ihre Mutter. Und Emma drückte sie an sich, als wollte sie sie nie wieder loslassen.

Emma hatte eine unglaubliche Wut im Bauch. Es gab Momente, da dachte sie, dieser ohnmächtige Zorn auf Bea sei zumindest teilweise fehl am Platz, dann wieder fand sie, dass sie noch lange nicht wütend genug war.

Sie musste andauernd daran denken, wie Bea sich hingesetzt und Mark einen Scheck ausgestellt hatte. Wie hatte es dazu kommen können? Am liebsten hätte sie die Schlösser ausgewechselt, aber sie wollte Bea zur Rede stellen, sie musste die ganze Geschichte erfahren.

Erregt ging sie in der Küche auf und ab. Im Kühlschrank stand ein Krug Pfirsicheistee. Sie schenkte sich ein Glas ein und widerstand der Versuchung, das Getränk mit einem Schuss Hochprozentigem in einen Long Island Iced Tea zu verwandeln. Endlich hörte sie, wie die Haustür geöffnet wurde. Sie lief in die Diele hinaus.

Beas Gesicht glänzte vom Schweiß, ihre Haare kräuselten sich ein wenig an den Spitzen. Sie ließ ihre Strohtasche von Chanel mit ungewohnter Mattigkeit auf das Tischchen im Eingangsbereich fallen.

»Ich muss mit Ihnen reden«, sagte Emma.

»Das dachte ich mir schon. Wollen wir nicht nach draußen gehen, damit wir ungestört sind?«

»Sie wollen wohl nicht, dass jemand hört, was ich Ihnen zu sagen habe. Das kann ich mir vorstellen. Aber Sie haben Glück: Angus ist schon fort, und Penny sitzt am Pool.«

»Na schön. Können wir uns wenigstens hinsetzen?«

Sie ging in die Küche. Emma folgte ihr mit vor Wut geballten Fäusten. Unglaublich, dass diese Person sich aufführte, als wäre sie hier immer noch der Boss!

Bea schenkte sich ein Glas Eistee ein und setzte sich an die Kücheninsel. Emma stellte sich auf der anderen Seite direkt vor sie hin.

»Wie konnten Sie Mark Geld geben, damit er mir mein Kind wegnimmt? Das heißt, Moment mal – wie haben Sie beide sich überhaupt kennengelernt?«

»Er stand eines Tages hier vor der Tür.« Bea spielte nervös mit einer ihrer Perlenketten.

Emma verschlug es eine Sekunde lang die Sprache. Dann hatte er das alles geplant gehabt! Was für eine unglaubliche Unverfrorenheit! »Wann war das?«

»Vor Pennys Unfall. Es tut mir aufrichtig leid, Emma. Zu meiner Verteidigung möchte ich sagen, dass ich ihm das Geld nicht gegeben habe, damit er Ihnen Penny wegnimmt. Ich wollte ihm lediglich dabei helfen, die Verfügungsgewalt über den Nachlass zu bekommen. Es war eine rein geschäftliche Abmachung.«

»Die Familie ist wichtiger als irgendeine geschäftliche Abmachung! Und *meine* Familie hätten Sie fast zerstört! Das kann immer noch passieren.«

Bea schüttelte so heftig den Kopf, dass ihre großen Perlenohrringe wackelten. »Mark hat keine Chance mehr vor Gericht.«

»Da irren Sie sich aber ganz gewaltig! Wir müssen

immer noch eine Einigung erzielen. Und Sie kennen ihn nicht. Er ist wie ein Hund, der seinen Knochen verteidigt. Jetzt, wo Sie ihm diesen Weg aufgezeigt haben, wird er nicht so schnell aufgeben.«

Es war nicht allein Beas Schuld, dass er vor Gericht gegangen war, das wusste sie. Mark hätte sein Ding so oder so durchgezogen. Aber Bea hatte es ihm leichter gemacht.

»Ich gebe Ihnen Geld! Ich werde für alles aufkommen, damit Sie diese Sache …«

»Ich will Ihr Geld nicht!«, erwiderte Emma heftig. »Ist Ihnen nie der Gedanke gekommen, dass Henry Ihnen das Haus deshalb nicht hinterlassen hat, weil Sie ein schlechter Mensch sind? Sie interessieren sich nur für Geld und Materielles. Sie haben keine Ahnung, was wirklich zählt im Leben.«

Bea machte ein bestürztes Gesicht und griff sich an den Hals. »Es tut mir aufrichtig leid, dass ich Sie verletzt habe, Emma. Bitte, glauben Sie mir!«

»Sie werden dieses Haus verlassen.«

»Ich verstehe Ihre Reaktion, aber …«

»Nein, Bea. Es ist vorbei. Gehen Sie. Heute noch.«

»Ich mache Ihnen einen Vorschlag: Ich würde gern bis nach der Auktion nächste Woche bleiben. Es gibt noch einiges zu tun, das könnte ich Ihnen abnehmen, damit Sie sich nicht auch noch damit belasten müssen.«

Emma war psychisch so erschöpft, dass sie sich nicht vorstellen konnte, die Auktion zu besuchen, geschweige denn die letzten Vorbereitungen dafür zu treffen. »Also gut. Aber am Tag nach der Auktion will ich Sie hier nicht mehr sehen. Und damit meine ich nicht, dass Sie dann erst anfangen zu packen. Entweder Sie sind dann verschwunden, oder ich zeige Sie an wegen Hausfriedensbruch.«

Bea war nicht die Frau, die Problemen aus dem Weg ging, aber Leuten, die sauer auf sie waren, ging sie schon aus dem Weg.

Sie flüchtete ins Wölffer Kitchen, wo sie ein frühes, einsames Abendessen zu sich nahm und dabei ihre Unterhaltung mit Emma im Geist immer und immer wieder abspulte. Sie nippte an ihrem Rosé, stocherte lustlos in ihrem Kabeljau herum und kam irgendwann zu der Erkenntnis, dass nicht nur Emma, sondern auch Angus schlecht von ihr denken musste.

Sie schob ihren Teller von sich. In ihrem Magen rumorte es. Sie musste unbedingt mit Angus reden.

Ungeduldig winkte sie der Kellnerin. »Die Rechnung, bitte, junge Dame.«

»Soll ich Ihnen den Rest zum Mitnehmen einpacken?«

»Nein danke.« Aber das brachte sie auf eine Idee.

Sie verließ das Restaurant und ging um die Ecke zum Dockside Bar and Grill. Eine Brise wehte vom Meer her und trug würzige Luft heran. Die Möwen kreischten, Pärchen schlenderten Händchen haltend vorbei, und Bea kam sich wie eine Kriminelle vor. Sie hatte einen Fehler gemacht. Und jetzt musste sie einen Weg finden, das wiedergutzumachen.

Die Tische vor dem Lokal waren alle besetzt. Es gab ihr einen Stich, als sie daran dachte, dass sie vor noch nicht allzu langer Zeit mit Angus hier gesessen und einen wunderschönen Abend mit ihm verbracht hatte.

Sie trat ein und bestellte das Pulled Pork mit Cheddar und schwarzen Bohnen zum Mitnehmen. Während sie auf das Essen wartete, überlegte sie, ob sie Angus anrufen sollte, entschied sich dann aber dagegen. Sie wollte ihm keine Gelegenheit geben, sie abzuwimmeln.

Sie musste lange warten, fast hätte sie kalte Füße bekommen. Doch als sie dann die Tüte mit dem Essen in den Händen hielt, war der Gedanke, nach Windsong zurückzukehren und den Karton in den Kühlschrank zu stellen, wo er sie an ihre kläglich gescheiterte Mission erinnern würde, genauso frustrierend. Und den Gang zu Angus, um sich zu entschuldigen, hätte sie dann immer noch vor sich.

Sie rief sich ein Taxi zum Mount Misery Drive. Obwohl die Sonne langsam unterging, war es noch fast zweiunddreißig Grad warm. Der Taxifahrer hatte die Klimaanlage nicht eingeschaltet, und die unerfreuliche Diskussion mit ihm zerrte zusätzlich an ihren Nerven. In New York hätte sie wenigstens wieder ihren Fahrer. Sie würde sich allerdings nach einem neuen Assistenten umsehen müssen. Ihr früherer Assistent gehörte zum Kreis jener, die wütend auf sie waren. Entschuldigen würde sie sich bei ihm aber nicht. Sie hatte vielleicht einen Fehler gemacht, aber einem Kyle Dunlap war sie deswegen noch lange keine Rechenschaft schuldig.

Das alte Haus am Mount Misery Drive sah anders aus. Die Dekoration fehlte – hatte nicht ein Wal über der Haustür gehangen? Ob Angus schon ausgezogen war?

Die Tüte mit dem Essen in der Armbeuge drückte sie auf den Klingelknopf. Einige Minuten verstrichen, dann öffnete Angus die Tür.

»Oh, gut, ich dachte schon, Sie sind vielleicht gar nicht mehr da!«

»Was wollen Sie hier?«, fragte er durch die Fliegentür.

»Ich möchte mich entschuldigen.«

Er zögerte. Die Möglichkeit, dass er ihr die Tür vor der Nase zuschlagen könnte, hatte sie gar nicht in Betracht gezogen.

»Ich weiß, es ist unhöflich, unangemeldet zur Essenszeit vorbeizukommen, aber ich habe Ihnen etwas vom Dockside mitgebracht. Es wäre doch schade, wenn es kalt werden würde.«

Angus schüttelte den Kopf, stieß dann aber die Fliegentür auf und trat zur Seite.

Das Haus war fast leer. Im Wohnzimmer standen nur noch die Couch und ein Beistelltisch. Die Fotos, Vasen, Magazine, der ganze Nippes auf jeder noch so kleinen freien Fläche, alles war verschwunden.

»Wissen Sie schon, wo Sie wohnen werden?«

»Hören Sie auf mit dieser ›Wir-sind-doch-Freunde‹-Masche, Bea. Das ist vorbei.«

Die Bemerkung tat weh. Sehr weh sogar. »Das ist keine Masche«, erwiderte sie ruhig. Sie reichte ihm die Tüte aus dem Dockside, und er nahm sie mit versteinerter Miene entgegen. Sie folgte ihm zur Küche, blieb verlegen in der Tür stehen, während er das Essen in den Kühlschrank packte. Dann drehte er sich zu ihr um und schüttelte abermals den Kopf.

»Glauben Sie im Ernst, Sie könnten einfach hier aufkreuzen und so tun, als ob nichts gewesen wäre?«

»Nein, natürlich nicht. Ich möchte mich entschuldigen. Deshalb bin ich hier.«

»Wissen Sie, worüber ich nicht hinwegkomme? Dass Sie während all unserer Gespräche, während all der Zeit, die wir zusammen verbracht haben, mit Emmas Exmann unter einer Decke steckten. Wie konnten Sie mir überhaupt in die Augen sehen?«

Sie schluckte heftig. »Manchmal konnte ich es nicht. Es hat mich belastet. Wirklich! Aber ich habe den Handel mit Mark als eine geschäftliche Entscheidung betrachtet. Erst nach einer Weile wurde mir klar, was ich getan hatte, und dann habe ich sofort versucht, alles wieder geradezubiegen.«

»Ist Ihnen nie der Gedanke gekommen, dass es zu wenig und zu spät sein könnte?«

»Nein, weil es nicht so ist! Das wird sich wieder einrenken. Ich werde alles dafür tun. Alles!«

Angus schien sie nicht gehört zu haben. Er zog sich einen Stuhl heran und setzte sich an den Tisch. Den Blick auf das geflochtene Platzdeckchen gerichtet sagte er schließlich:

»Das Schlimmste ist, dass ich mich in Ihrer Gesellschaft so wohlgefühlt habe. So wohl wie schon lange nicht mehr. Ich hatte sogar gedacht, dass …«

»Angus …«

»Ich bin maßlos enttäuscht.« Er schaute auf, ihre Blicke trafen sich. »Ich möchte, dass Sie jetzt gehen.«

Kapitel sechsundvierzig

Bea wachte vor Sonnenaufgang auf. Sie stand auf und wanderte durch das Haus wie ein Geist.

Normalerweise liebte sie die Morgenstunden, diese herrliche Ruhe, aber heute empfand sie nur eine tiefe Niedergeschlagenheit. Seit dem Gerichtstermin waren einige Tage vergangen, Tage, in denen sie sich so einsam wie nie zuvor gefühlt hatte. Sie ging langsam von Zimmer zu Zimmer, betrachtete die Kunstwerke, hoffte, beim Anblick der Überreste ihrer Vergangenheit inneren Frieden zu finden.

Sie kehrte ins Schlafzimmer zurück, wo sie sich aufs Bett setzte und Henrys Buch durchblätterte. Doch die gezeichneten Momentaufnahmen ihrer gemeinsamen Zeit vermochten sie nicht zu trösten. Alles erschien ihr fad und schal.

Sie schaute auf der Innenseite des Einbands nach dem Rückgabedatum. Es kam gar nicht infrage, dass sie es zurückgeben würde, damit es im Archiv in der Versenkung verschwand. Sie beschloss, der Bibliothek eine stattliche Summe zu spenden, quasi als Entschädigung dafür, dass sie das Buch behalten würde.

Als sie es zu den Sachen legte, die sie im Lauf des Tages in ihre Koffer packen würde, bemerkte sie Pennys Zeichnung, die zwischen zwei Buchseiten hervorlugte.

Sie nahm das Buch wieder zur Hand, und ein unbequemer Gedanke stieg in ihr hoch: Es gab noch jemand, der das Buch sehen, ja, der es vielleicht sogar *bekommen* sollte.

Sie kniete sich hin, öffnete die geheime Schublade unter dem Bettgestell, nahm einen Stift heraus, riss einen Zettel von einem der Blöcke ab und begann zu schreiben.

Liebe Emma,
ich weiß, dass ich Sie und Ihre Familie verletzt habe, deshalb möchte ich versuchen, meinen Fehler wenigstens ein klein wenig wiedergutzumachen. Ich weiß nicht, ob Sie von der Freundschaft zwischen Ihrem Vater und Henry wussten. Ich habe selbst erst vor Kurzem davon erfahren. In seinem Buch erinnert sich Henry an Ihren Vater. Ich dachte, Sie und Penny würden es vielleicht haben wollen.
Herzlichst,
Bea

Sie legte den Zettel vorne in das Buch und hielt es dann eine Weile unschlüssig in den Händen. Alles in ihr sträubte sich, es herzugeben. Doch zu guter Letzt entschied sie, dass die versöhnliche Geste Emma gegenüber wichtiger war. Sie hoffte inständig, die Dinge damit wieder ins Lot zu bringen.

Schließlich stand sie auf und zog sich an: Leinenhosenanzug, Perlen, Strohhut. Schwierige Situationen waren leichter zu meistern, wenn man gut gekleidet war.

Das Buch in der Hand ging sie nach unten. Es war

immer noch still im Haus, aber ein rascher Blick in den Gästeflügel zeigte, dass Emma schon fort sein musste. Wo konnte sie so früh hin sein? Plötzlich fielen ihr die Blumen ein. Wahrscheinlich war sie im Garten. Die Frau wühlte immer bis zu den Ellbogen in der Erde.

Die Luft draußen war feucht. Eine Wespe surrte heran, und Bea schlug nach ihr. Die Natur ging ihr gewaltig auf die Nerven. Unten am Wasser entdeckte sie noch einen aus Manhattan hierher Verpflanzten – ihren ehemaligen Assistenten. Er stand am Bug seines Boots und winkte. Sie ignorierte es. Doch dann rief er ihren Namen. Du meine Güte! Sie schaute sich nach Emma um, konnte sie aber nirgends sehen. Seufzend ging sie zum Wasser hinunter.

»Ich werde keinen Fuß auf dieses Ding setzen. Wenn du mit mir reden willst, musst du schon an Land kommen«, rief sie ihm von der Anlegestelle aus zu. Ungeduldig wartete sie, bis er vom Boot geklettert war.

»Du bist doch auch mit dem Wassertaxi gefahren.« Er war braun gebrannt, und die Sonne hatte seine Haare einige Nuancen heller gebleicht. Er sah überhaupt nicht mehr wie der Mann aus, der sie vor zwei Monaten hergefahren hatte.

»Das war auch ein Profi.«

»Das bin ich auch.«

»Ein Profi in was?«

Er nickte zu dem Boot hin. »Das habe ich restauriert. Ich wohne darauf. Und jetzt repariere ich Boote für andere Leute.«

»Schön für dich. Und, was willst du von mir, Kyle? Ich habe viel zu tun.«

»Du warst doch sowieso draußen.«

»Ich suche Emma.«

»Ich glaube nicht, dass sie mit dir reden möchte.«

»Jetzt fang du nicht auch noch an! Ich weiß, dass ich einen Fehler gemacht habe, aber ich werde es wiedergutmachen.«

Er bückte sich nach einem Tau, das von der Anlegestelle baumelte. »Das glaube ich dir sogar.«

»Endlich jemand, der mich nicht unterschätzt.«

»Ich habe dich nie unterschätzt, Bea. Ich glaube eher, dass ich mich selbst die letzten Jahre unterschätzt habe.« Er richtete sich auf und blickte aufs Wasser hinaus. »Es war Zeit für eine Veränderung.«

»Tja, nun, ich sage immer, jeder muss der Architekt seines eigenen Lebens sein. Falls ich also jemals ein Boot restaurieren lassen möchte, weiß ich jetzt ja, an wen ich mich wenden kann. Wir müssen alle nach vorne blicken.« Sie spürte, wie sie zu schwitzen anfing, vor allem am Hals. Schweiß war sehr schlecht für ihre Perlen. »Ich muss ins Haus zurück.«

Sie war nur ein paar Schritte weit gegangen, als sie Kyle rufen hörte:

»Bea!«

Sie drehte sich wieder um, mit einer Hand ihre Augen beschattend. »Ja?«

»Sieh zu, dass für Emma alles wieder ins Lot kommt, okay?«

Das hatte sie doch gerade gesagt, oder etwa nicht? Sie schüttelte ärgerlich den Kopf und schritt weiter Richtung Haus.

Sie sah überall nach, konnte aber weder Emma noch Penny finden. Anscheinend war sie nicht die Einzige, die den Wunsch hatte, allein zu sein. Es würde für alle eine lange Woche werden.

Die Tür zu Emmas Zimmer stand offen. Bea warf einen Blick hinein, und als sie sah, dass niemand da war, legte sie Henrys Buch auf das Bett.

Ja, sie mussten alle nach vorne schauen. Sie hatte sich von Henrys Zeichnungen einen Hinweis darauf erhofft, wie es für sie weitergehen solle, aber sie hatte mehr Fragen als Antworten gefunden.

Sie zog Pennys Zeichnung aus dem Buch, damit sie sie in den losen Blättern ihrer Graphic Novel wieder einordnen konnte. Penny, die angehende Künstlerin.

In diesem Moment wurde ihr schlagartig klar, was Henry bezweckt hatte.

Pennys Zeichnung in der Hand stand sie da wie versteinert. Die Szene – die, die Penny, Emma, Angus und sie selbst im Esszimmer von Windsong zeigte – stellte ihr erstes Aufeinandertreffen dar, und zwar an dem Tag, an dem sie erfahren hatte, dass Henry sein Haus einem fremden Kind hinterlassen hatte.

Irgendwo hämmerte ein Specht auf einen Baum ein. Bea zwang sich zu atmen.

Okay, Henry, endlich habe ich verstanden, was du willst.

Sie hoffte nur, dass es noch nicht zu spät war.

Emma hatte eine neue Routine: Penny Gute Nacht sagen, sich ein Glas Wein einschenken und sich dann an den Pool setzen, bis sie müde wurde, so müde, dass sie vielleicht sogar, mit ein wenig Glück, einschlafen konnte. Heute Abend allerdings war etwas anders: Als sie es sich im Liegestuhl gemütlich machte, hatte sie Henry Wyatts Buch an ihre angezogenen Beine gelehnt.

Nach Pennys Termin bei Dr. Wang war sie nach Hause gefahren, um sich etwas Leichteres anzuziehen, bevor sie für ein paar Besorgungen wieder in die Stadt fuhr. Doch dann hatte sie das Buch auf ihrer weißen Bettdecke gesehen. Zuerst hatte sie gedacht, Penny habe es aus Versehen liegen lassen, doch als sie es in die Hand nahm, fiel ihr der Zettel auf, der darin steckte. Und als sie Beas Nachricht las, waren ihre Besorgungen vergessen.

Ihr erster Impuls war, das Buch in Beas Zimmer zurückzubringen, ohne auch nur einen Blick hineinzuwerfen. Sie wollte sich nicht manipulieren, sich dazu nötigen lassen, Bea ihr unglaubliches Verhalten zu verzeihen. Doch sie konnte der Versuchung nicht widerstehen, sich Henrys Erinnerungen an ihren Vater anzusehen. Sie hatte nichts von der Freundschaft der beiden Männer gewusst. Und als sie das Buch gelesen hatte, war sie froh, dass sie es nicht einfach wieder zurückgelegt hatte.

Diese einzigartigen Zeichnungen! Sie zeigten Henry und ihren Vater beim Angeln, beim Bootfahren, beim Trinken an der Hotelbar, und sie sah eine Seite ihres Vaters, die sie nie kennengelernt hatte. Das Talent eines Künstlers manifestierte sich darin, dass er Dinge sah, die sonst niemand sah, ja, die nicht einmal eine Kamera einzufangen vermochte. Ihr wurde ganz warm ums Herz, als sie einen Eindruck davon bekam, wie glücklich ihr Vater in diesem letzten Jahr seines Lebens gewesen sein musste, als er mit einem Zugereisten so viel in seiner geliebten Stadt unternahm. Sie hatte ihren Vater immer für einen jener typischen Alteingesessenen gehalten, der auf Distanz ging zu den Fremden, die über den Sommer herkamen. Aber dann war ein Mann aus Manhattan in seine Bar marschiert und hatte den Grundstein für eine tiefe Freundschaft gelegt. Das bewies, wie aufgeschlossen und großherzig ihr Vater gewesen war. Die Narben, die sein Tod hinterlassen hatte, brachen wieder auf. Das schmerzte, stimmte sie aber auch nachdenklich: Wie hätte er sich seine Tochter als erwachsene Frau wohl gewünscht?

Sie dachte an ihre eigene Tochter, daran, dass sie Pennys Zeichnungen mit ganz anderen Augen sehen musste. Zeichnen war nicht nur ein Zeitvertreib oder eine Art Therapie für sie. Sie war begabt, sie würde eines Tages mit ihren Arbeiten Emotionen in anderen Menschen wecken, nicht anders, als Henry es mit seiner Kunst getan hatte. Ihr Talent – und die Verantwortung dafür – gewann auf einmal eine ganz neue Bedeutung.

Sie hörte das Brummen des Motors von Kyles Boot und schaute auf. Es war schwer zu sagen, ob er kam oder ging. Erst das Rascheln des hohen, unkrautartigen Grases, das in einem Streifen zwischen Pool und Strand wuchs, gab ihr einen Hinweis darauf, dass ein Besucher sich näherte.

»Hey«, sagte er, als er aus dem Schatten trat. »Ich hoffe, ich störe dich nicht.«

»Überhaupt nicht.« Sie legte das Buch beiseite, über ihren Gedanken war es Abend geworden. Sie hatte ein paarmal an ihn gedacht. Seit dem Gerichtstermin hatten sie sich nicht mehr gesehen. Lag es daran, dass sie ständig unterwegs war, um die letzten Vorbereitungen für die Party anlässlich der Auktion zu treffen? Oder daran, dass er so viel Arbeit hatte? Oder hatte er jetzt, wo geklärt war, dass sie nur Freunde waren, einfach keine Lust, mehr Zeit mit ihr zu verbringen?

Wie dem auch sei, sie hatte jedenfalls Schmetterlinge im Bauch, als er näher kam.

»Setz dich doch.«

»Eigentlich bin ich hier, weil ich deine Hilfe brauche.«

»Meine Hilfe?«

»Ja. Ich will das Boot taufen, und es bringt Unglück, wenn man es allein macht.«

»Ihr Seeleute und euer Aberglaube! Ist Sean denn nicht da?« Warum musste sie so zickig sein? Sie freute sich doch, dass er sie gefragt hatte. Ob sie jemals aufhören würde, ihn vor den Kopf zu stoßen? Eines Tages würde sie es übertreiben, und dann würde er nicht mehr zurückkommen.

»Sean ist daheim bei Alexis. Außerdem muss eine Frau diese ehrenvolle Aufgabe übernehmen.«

Stimmte das? Wichtiger noch – sollte sie sich geschmeichelt fühlen?

Sie schlüpfte in ihre Turnschuhe und ging neben ihm den Plattenweg hinunter und weiter zum grobkörnigen Sandstrand. Der Boden war noch nass vom Regen in der vergangenen Nacht und so aufgeweicht, dass sie mit den Füßen einsank. An der Anlegestelle blieb sie stehen und streifte sich nacheinander die Schuhe ab, um den

Sand herauszuschütteln. Kyle knipste seine Taschenlampe an.

»Lass nur, es geht schon«, sagte sie. Der fast volle Mond spiegelte sich auf dem Wasser, und es sah aus, als würde die Bucht von unten beleuchtet. Kyle streckte die Hand aus und half ihr aufs Boot. Es war ganz still und friedlich. Außer den Wellen, die gegen den Bootsrumpf plätscherten, war nichts zu hören.

Der renovierte Boden glänzte im Mondlicht. »Ich kann nachvollziehen, dass man hier gut einschlafen kann. Obwohl ich nicht glaube, dass ich das könnte«, sagte sie hastig. Komisch, wie nervös sie auf einmal war!

»Bin gleich wieder da.« Kyle ging in die Kombüse und kam mit einer Flasche Krug Grande Cuvée zurück, die er ihr reichte. Der Jahrgangschampagner stammte aus Jack Blakes Sammlung, wie sie sofort sah.

»Ein so teurer Champagner, um ihn über ein Boot zu leeren?«

»Das ist ein bedeutender Anlass. Komm, wir müssen an die richtige Stelle.« Abermals nahm er sie bei der Hand und führte sie zum Bug. Das Boot schaukelte nur ganz leicht unter ihren Füßen. »So, und jetzt beugst du dich da rüber und schlägst die Flasche an den Rumpf. Sie muss kaputtgehen, sonst bringt es wirklich Unglück.«

»Ich sag doch, ich glaube nicht an so was. Das ist doch Humbug!«

»Die *Titanic* ist auch nicht getauft worden. Ich sage ja nur …«

»Okay, okay, kapiert. Sie soll kaputtgehen.« Die Flasche in der Hand holte sie aus.

»Halt! Du musst erst was sagen.«

»Ich will ja kein Spielverderber sein, aber das ist jetzt wirklich lächerlich!«

»Wir müssen Neptun besänftigen.«

»Neptun? Ich dachte, der Gott des Meeres heißt Poseidon.«

»Neptun heißt er bei den Römern. Ist der gleiche Gott. Okay, pass auf, ich mach's dir leicht. Sag einfach: ›Ich, Emma Mapson, taufe dich auf den Namen …‹«

»Na schön, meinetwegen. Es ist deine Party. Und wie soll das Boot heißen?«

»*Lucky Penny.*«

Wie bitte? »Du willst es *Lucky Penny* nennen?«

»Ja.«

»Penny wie der Name meiner Tochter?« Sie stellte die Flasche ab. »Das ist aber eine sehr noble Geste, Kyle.«

»Ein *lucky penny* ist ja auch ein Glückspfennig, und wie wir bereits festgestellt haben, gibt es keinen Aberglauben, an den ich nicht glaube. Aber ich bin davon überzeugt, dass deine Penny mir Glück gebracht hat. Wäre sie nicht gewesen und das Haus, das sie geerbt hat, wären wir beide uns nie begegnet.«

Sie lächelte, und eine wunderbare, wohlige Wärme breitete sich in ihrer Brust aus. Kyle bückte sich nach der Flasche und gab sie ihr. Ihre Hände berührten sich. Obwohl das Boot ganz still auf dem Wasser lag, hätte Emma schwören können, dass der Boden unter ihren Füßen schwankte.

Kapitel siebenundvierzig

Penny kam nicht darüber hinweg, wie komisch ihr Bein ohne den Gips aussah. Es war dürr und schuppig und, was am schlimmsten war, mit dunklen Haaren bedeckt.

»Deine Haut ist noch sehr empfindlich. Warte mit dem Rasieren noch ein paar Tage«, riet ihre Mutter.

Sie saß am Pool und hoffte, ein bisschen Sonne würde zumindest teilweise Abhilfe schaffen, damit ihr Bein nicht mehr ganz so eklig aussah. Iiihhh!

Es war merkwürdig, aber sie war nicht so froh darüber, dass sie ihren Gips los war, wie sie gedacht hatte. Der Gips hatte als eine Art Anker fungiert, er hatte sie zum Stillhalten gezwungen und sie davor bewahrt, unheilvollen spontanen Einfällen nachzugeben. Sie konnte sich darauf konzentrieren, ihrer Zwangsstörung die Stirn zu bieten und jeden Tag an *Queen Bea* zu arbeiten. Sie liebte das Zeichnen so sehr, dass sie wünschte, die Graphic Novel wäre nie zu Ende, aber jetzt lag das letzte Blatt auf ihrem Schoß.

Ihr Handy zeigte piepsend den Eingang einer Nachricht an. Ihre Freunde hatten anscheinend ihre alten Gewohnheiten schon wieder aufgenommen. Die Strafen waren vorüber, blaue Flecken und Knochenbrüche abgeheilt. Es war, als hätte jene verhängnisvolle Party nie stattgefunden. Eines allerdings hatte sich geändert:

Penny fand Mindy und Mateo und all die anderen auf einmal nicht mehr so interessant.

Sie ignorierte ihr Telefon und konzentrierte sich stattdessen auf das letzte Panel, dessen Hintergrund sie schraffierte. Das Grau war ihr zu blass, weil die Unterlage für das Blatt zu weich war. Sie dachte an Henry und das Zeichenbrett, das er ihr fast zu Beginn ihrer Freundschaft geschenkt hatte.

»Hey!« Ihre Mutter kam in Shorts und Badeanzug aus dem Haus, den Riemen einer Leinentasche über die Schulter geschlungen. »Hast du nicht Lust, an den Strand zu gehen?«

»Mit diesem Bein? Ausgeschlossen. Ich warte lieber noch ein paar Tage.«

Ihre Mutter zog sich einen Stuhl heran.

»Mom, ich will das hier fertig machen.«

»Oh. Was ist das?«

»Meine Graphic Novel. Sitze über dem Schluss.«

Die Geschichte endete anders, als Penny gedacht hatte. Die Abreise von Queen Bea fühlte sich nicht wie der Sieg über eine Schurkin an, sondern wie ein schmerzlicher Verlust. Die letzte Zeichnung zeigte Beas Gesicht hinter dem Fenster eines Shuttlebusses, der von der Main Street wegfuhr. Penny kamen fast die Tränen. Sie hatte einige Male in diesem Sommer das Gefühl gehabt, dass ihr Leben endlich anfing, dass dieses Haus die Dinge ins Rollen brachte. Jetzt würde alles wieder so werden, wie es einmal gewesen war, nur dass sie in einem schickeren Haus wohnte.

Ihrem Vater hatte sie keinen Platz in ihrer Geschichte

eingeräumt. Das war viel zu verwirrend. Seit dem Gerichtstermin hatte sie praktisch nichts mehr von ihm gehört, höchstens mal eine SMS, um kurz nachzufragen, wie es ihr ging. Sie wusste nicht einmal, ob er überhaupt noch in der Stadt war. Sie versuchte so zu tun, als sei es ihr gleichgültig.

»Weißt du«, sagte sie, »als Dad plötzlich vor der Tür stand, hab ich gedacht, okay, jetzt werde ich einen Vater haben, der für mich da ist. Aber je mehr Zeit ich mit ihm verbrachte, desto weniger kam er mir wie ein solcher vor.«

Ihre Mutter stieß einen lauten Seufzer aus. »Das tut mir wirklich leid, Schatz. Sieh es einmal so: Es gibt die Familie, in die du hineingeboren wirst, und es gibt die Familie, die du dir im Lauf deines Lebens selber zusammensuchst. Manchmal ist die zweite Familie die bessere.«

»So wie Angus?«

»Ja, genau. So wie Angus. Du wirst bestimmt noch andere Menschen kennenlernen, die eine wichtige Rolle in deinem Leben spielen werden. Natürlich wäre es schön, die perfekte Familie zu haben, aber es ist auch schön, Platz für andere Menschen zu haben.«

So hatte es Penny noch nie betrachtet, aber es stimmte – manchmal wünschte sie sich die perfekte Familie. Oder wenigstens eine normale Familie. Es war das gleiche bohrende Gefühl wie in der Therapie: *Warum kann ich nicht normal sein?* Und dann war die Sache mit dem Haus passiert, und sie hatte gedacht: *Okay, normal geht nicht, aber dafür außergewöhnlich!* Jetzt begriff sie, dass es doch etwas komplizierter war.

»Und wann darf ich das lesen?«, fragte ihre Mom lächelnd.

»Meine Graphic Novel? Wann du willst. Das ist bloß der Schluss. Den Rest hat Bea.«

Ihre Mutter sah sie verdutzt an. »Wieso? Was hat sie damit vor?«

Penny erzählte ihr von dem Wettbewerb und dass sie Bea gebeten habe, ihr bei der Auswahl der Zeichnungen zu helfen. Und dann hatte Bea das ganze Manuskript sehen wollen. »Sie muss es mir jetzt aber sowieso zurückgeben, damit ich den letzten Teil einfügen kann.«

»Ich bin wirklich stolz auf dich. So ein großes Projekt anzufangen und bis zum Schluss durchzuziehen! Am Anfang des Sommers ist es dir schwergefallen, auch nur eine einzige Zeichnung anzufertigen, weißt du noch? Nach Henrys Tod hast du geglaubt, nie wieder zeichnen zu können, und jetzt sieh dich an!«

Penny nickte und versuchte, die gleiche Begeisterung wie ihre Mutter aufzubringen. Es gelang ihr nicht.

»Freust du dich denn gar nicht?«

Penny zuckte mit den Schultern. »Ich hab gedacht, das Haus zu bekommen und Beas Abreise würden das Happy End sein. Aber jetzt, wo es so weit ist, fühlt es sich nicht so an.«

***

Emma ging nach oben zum großen Hauptschlafzimmer, das Bea zu Beginn des Sommers mit der größten Selbstverständlichkeit für sich beansprucht hatte. Aber wenn sie ehrlich war, hätte sie sich hier oben sowieso nicht wohlgefühlt, nachdem sie und Penny so viele Jahre nur wenige Meter voneinander entfernt geschlafen hatten.

Sie hatte bisher praktisch keinen Fuß in diesen Teil des Hauses gesetzt. Neugierig warf sie einen Blick in das Büro und die Bibliothek und dachte bei sich, dass diese Räume perfekt für Angus wären, wenn er sich dazu durchringen könnte einzuziehen. »Das Haus ist nicht der Feind«, hatte sie zu ihm gesagt. Doch allmählich hatte sie den Verdacht, dass das Haus nur ein Vorwand war. Vielleicht war Angus bereit für einen neuen Abschnitt seines Lebens.

Die Tür stand halb offen. Bea hatte einen Kleiderständer neben das Bett gerollt, der komplett vollhing mit Kleidungsstücken. Emma klopfte an den Türstock.

»Bea? Ich muss kurz mit Ihnen reden.«

Ohne auf Antwort zu warten, trat sie ins Zimmer. Bea saß auf dem Bett und faltete ihre Halstuchsammlung zusammen. Als Emma um den Rollständer herumging, sah sie die halb gepackten Koffer auf dem Fußboden. »Ich hatte noch gar keine Gelegenheit, mich bei Ihnen für Henrys Buch zu bedanken«, sagte sie. Die Gelegenheit hätte sie schon gehabt, aber ihr Zorn über die Sache mit Mark hatte sie daran gehindert. »Die Zeichnungen von meinem Vater sind grandios.«

»Ja. Wissen Sie, für mich sind alle Arbeiten von Henry einzigartig. Aber ich dachte mir, dass Sie sich bestimmt über diese Bilder freuen.«

Emma hatte in den vergangenen Wochen oft über Henry Wyatt nachgedacht. Sie konnte die Sache mit der

Erbschaft immer noch nicht begreifen. Und sein Buch hatte kein Licht ins Dunkel gebracht, sondern eher noch mehr Verwirrung gestiftet. Sie hatte keine Ahnung gehabt, dass er schon in Sag Harbor gewohnt hatte, als sie noch ein Kind gewesen war. Warum hatte er ihr nie von seiner Freundschaft zu ihrem Vater erzählt? Warum hatte er ihr nie diese Zeichnungen gezeigt? Oder wenigstens Penny? Hatte er nicht gern über seine Gefühle gesprochen? Dem Buch nach zu urteilen musste ihm die Freundschaft mit ihrem Vater viel bedeutet haben. Vielleicht hatte er seine Emotionen nur in seiner Kunst auszudrücken vermocht.

»Warum hat er *mir* nie diese Zeichnungen gezeigt, was meinen Sie? Oder wenigstens gesagt: ›Hey, ich kannte Ihren Dad‹? Oder Penny erzählt, dass er ihren Großvater kannte?«

»Meine Liebe, ich habe den ganzen Sommer damit zugebracht, Klarheit in Henrys Verwirrspiel zu bringen. Er hat es mir nicht leicht gemacht, und warum sollte es Ihnen besser gehen?«

Da hatte sie allerdings recht.

»Ich habe gesehen, dass er Sie bat, das Haus in ein Museum umzugestalten. Jetzt ist mir auch klar, weshalb Sie so verstört sind über seine Entscheidung, es Penny zu hinterlassen.« Sie hatte nach der Lektüre des Buchs tatsächlich ein gewisses Mitgefühl für Bea empfunden. Doch das entschuldigte nicht ihr Verhalten.

»Ich war verstört, ja. Aber jetzt nicht mehr. Jetzt sehe ich alles klar.«

Emma hakte nicht nach, weil Beas Erkenntnisse sie

nicht sonderlich interessierten. »Weswegen ich eigentlich gekommen bin – ich hätte gern Pennys Graphic Novel. Sie braucht das Manuskript, damit sie den Schluss einfügen kann.«

»Ah ja, der Schluss fehlt noch.« Ein nachdenklicher Ausdruck lag auf Beas Gesicht.

»Ich habe nicht gewusst, dass sie Sie um Hilfe gebeten hat. Sie hatte mir nur einmal von dem Wettbewerb erzählt.«

Bea lächelte. »Sie bat mich, ein paar Zeichnungen auszusuchen. Das war äußerst schwierig, weil sie sehr begabt ist und alle Skizzen hervorragend sind.«

Emma trat unbehaglich von einem Fuß auf den anderen. Nach der üblen Sache mit Mark fiel es ihr schwer, auf eine versöhnliche Geste von Bea nicht mit Zynismus zu reagieren, aber sie spürte, dass am Verhältnis zwischen Bea und Penny nichts Unechtes oder Verlogenes war.

»Tja, danke, dass Sie ihr geholfen haben. Das war sehr nett von Ihnen. Ich weiß, wie sehr es ihr fehlt, sich nicht mehr mit Henry über Kunst unterhalten zu können, und es scheint, als wären Sie genau zur rechten Zeit gekommen.« Noch während sie die Worte aussprach, streifte sie ein seltsamer Gedanke. Behauptete Bea nicht, Henry habe nie etwas dem Zufall überlassen, sondern immer zielorientiert gehandelt? Sie schüttelte den Gedanken energisch ab.

»Emma, da ist etwas, das Sie wissen sollten. Ich habe Ihnen bisher nichts davon gesagt, weil Sie böse auf mich sind.« Bea machte eine kleine Pause. »Ich habe einer Freundin von mir eine Kopie von Pennys Graphic Novel gezeigt. Sie ist die für die Zulassungen zuständige Dekanin an einer der renommiertesten Kunstschulen in Manhattan. Sie war begeistert von Pennys Arbeit und wollte wissen, ob Penny eventuell Interesse an einem Studienplatz in der nächsten Anfängerklasse hätte.«

Emma traute ihren Ohren nicht. »Bea, das ist unmöglich! Ich kann doch hier nicht einfach alles stehen und liegen lassen und nach New York ziehen!«

Bea schob den Stapel Seiden- und Chiffontücher zur Seite und klopfte neben sich auf das Bett. Emma kam ihrer Aufforderung zögernd nach und setzte sich auf die äußerste Bettkante.

»Ich dachte mir schon, dass Sie das sagen würden. Deshalb möchte ich Ihnen einen Vorschlag machen: Ich nehme Penny mit, wenn ich zurückfahre.«

Emma starrte sie an. Die Frau war nicht nur exzentrisch, sondern schlichtweg irre.

»Bea, ich weiß Ihr Interesse an meiner Tochter zu schätzen. Das meine ich ehrlich. Aber unser Leben ist hier.«

»*Ihr* Leben ist hier. Penny sieht ihre Zukunft vielleicht woanders.«

»Entschuldigung, aber das ist wirklich verrückt!« Emma versuchte, die Ruhelosigkeit ihrer Tochter zu verdrängen, nicht an die vielen Male zu denken, wenn Penny davon sprach, von hier fortgehen zu wollen. Sie wollte auch nicht an Katie Cleary denken, die im Murf's arbeitete, genau wie Emma in ihrem Alter. Und wie Penny das hoffentlich nie tun müsste. »Sie braucht ihre Mutter. Sie geht hier zur Schule! Und sie macht eine Therapie, das ist sehr wichtig für sie.« Genug Gründe, die gegen Beas Vorschlag sprachen, nicht wahr?

»Nun, meine Liebe, Therapeuten gibt es mehr als genug in New York. Ich würde sogar so weit gehen zu behaupten, dass New York *die* Psychiatriestadt ist. Lassen Sie mich noch etwas hinzufügen, bevor Sie antworten. Ich habe vorhin gesagt, dass ich jetzt alles ganz klarsehe. Als ich hierherkam, war ich davon überzeugt, dass Henry mich als seine Erbin eingesetzt hatte. Jetzt weiß ich, was er von mir wollte: dass ich Zeit hier verbringe und Penny näher kennenlerne. Ich denke, er wusste, dass ich jemanden in meinem Leben brauche. Ich sollte nicht allein sein. Aber ich denke, er wusste auch, dass Penny mich braucht.«

Emma stand auf, verschränkte die Arme vor der Brust. Die Frau hatte vielleicht Nerven! »Ich hätte jetzt gern den Roman meiner Tochter, bitte.«

Bea seufzte und stemmte sich mühsam vom Bett hoch. Als sie sich langsam aufgerichtet hatte, hielt sie sich das Kreuz.

»Sie müssen mir helfen. Mein Ischias plagt mich. Drücken Sie auf den unteren Teil des Bettgestells. Dahinter verbirgt sich eine geheime Schublade. Da, sehen Sie die Fugen?«

Emma bückte sich, drückte auf die angegebene Stelle. Nichts geschah.

»Sie müssen kurz und kräftig drücken«, wies Bea sie an. Und tatsächlich: Eine Schublade glitt heraus. Ein Stapel Zeichnungen befand sich darin. Emma nahm alle heraus und richtete sich wieder auf, das Manuskript an sich gedrückt.

»Danke«, sagte sie schroff und wandte sich zum Gehen.

»Emma!« Emma blieb stehen, drehte sich aber nicht um. »Denken Sie doch noch einmal in Ruhe darüber nach.«

Emma ging weiter und verließ das Zimmer.

Kapitel achtundvierzig

Emma saß auf Pennys Bett und zog ihr den Reißverschluss an ihrem Kleid zu, einem zartrosa Sommerkleid aus Georgette mit einem ausgestellten, knapp knielangen Rock.

Penny hatte die Farbe überhaupt nicht gefallen, als sie vor ein paar Tagen mit ihrer Mutter einkaufen gegangen war, aber Emma hatte sie überredet, es doch wenigstens einmal anzuprobieren. Und als sie sich dann vor der Umkleidekabine in dem großen Spiegel betrachtet hatte, musste sie unwillkürlich lächeln, so wunderbar passte der zarte Pastellton zu ihren dunklen Haaren und Augen.

»Du hast recht gehabt«, hatte sie zugegeben. Gab es für eine Mutter etwas Schöneres, als diese Worte aus dem Mund ihres Kindes zu hören?

Emma hatte sich bei Calypso ein weißes Seidenetuikleid geleistet. Ihre Rolle als Gastgeberin erfüllte sie immer noch mit leisem Unbehagen. Doch es wurde höchste Zeit, dass sie dieses Gefühl ablegte, denn in einer Stunde würden auf Cole Hopkins' Jacht hundertfünfzig Gäste für die Auktion eintreffen.

Sie war froh, dass sie Bea erlaubt hatte, noch diese eine Woche zu bleiben. Ihre streitsüchtige Mitbewohnerin war ein Organisationstalent, und so brauchte sich Emma weder um den Partyservice zu kümmern noch um das Zelt auf dem Rasen hinter dem Haus, wo nach der Versteigerung Cocktails gereicht würden. Genauso wenig um die Angestellten für den Parkservice für jene Gäste, die mit dem Auto kamen, oder um den Auktionator und seine Mitarbeiter. Der Einzige, der an diesem Abend ihrer direkten Aufsicht unterstand, war Chris, der hinter der Pop-up-Martinibar stehen würde. Die Bar war Emmas Idee gewesen.

»Wir wollen Spenden sammeln, um eine Institution der Stadt wiederaufzubauen. Deshalb möchte ich, dass die Veranstaltung an eine andere Institution der Stadt erinnert. Die American-Hotel-Martinibar soll allen bewusst machen, was auf dem Spiel steht, wenn wir den Charakter der Main Street nicht bewahren«, hatte sie Jack erklärt, als sie ihm ihre Idee vorstellte.

Nach seiner versöhnlichen Geste am Unabhängigkeitstag, als er sie auf einen Drink ins Hotel eingeladen hatte, hatte sie den Mut aufgebracht, ihn anzusprechen. Jack hatte seine Unterstützung sofort zugesagt. Während einer Besprechung, bei der auch Bea anwesend war, hatte Chris Emma beiseitegenommen und gemeint: »Ich will mit dieser Frau nichts zu tun haben!« Sie hatte ihm versprochen, dafür zu sorgen, dass Bea ihn nicht herumkommandieren werde.

Abgesehen von Chris und ob er alles hatte, was er brauchte, musste sich Emma im Grunde nur um ihre Eröffnungsansprache sorgen. Wann hatte sie das letzte Mal vor Publikum geredet? Vielleicht in der Highschool. Sie erinnerte sich vage an einen Vortrag in Gemeinschaftskunde und an ihr Lampenfieber. Und an den Gedanken, dass das reine Zeitverschwendung war, weil sie das nie wieder im Leben brauchen würde. So konnte man sich täuschen.

Sie öffnete ihre kleine Abendhandtasche und steckte den Zettel mit den Stichworten für ihre Rede hinein. »Okay, die Vorstellung geht gleich los. Bist du so weit?« Penny hatte sich im Bad eingeschlossen, Emma hörte das Wasser laufen. Sie seufzte und klopfte an die Tür. »Penny? Schrubbst du dir etwa die Hände?«

»Nein.« Das Wasser lief immer noch.

»Mach auf, Penny.«

Das Wasser wurde abgestellt, die Tür einen Spalt geöffnet. Emma konnte die nassen Hände ihrer Tochter sehen.

»Warum bist du so nervös?«

Penny zuckte mit den Schultern. »Mit wem soll ich mich denn den ganzen Abend unterhalten? Mir liegen diese Partys nicht.«

»Denk nicht so viel, Penny. Amüsier dich einfach, okay? Und ich werde es genauso machen.«

Eine Stunde vor Beginn der Veranstaltung schien sich die Atmosphäre zu verändern. Eine spürbare Spannung lag in der Luft. Es war, als veränderten sich die Moleküle.

Zum ersten Mal in diesem Sommer fühlte sich Bea ganz in ihrem Element. Sie hatte dieses prickelnde Gefühl, wenn man von Raum zu Raum ging und noch einmal jede Kleinigkeit überprüfte, fast vergessen, so lange war es her, dass sie die Gastgeberin gespielt hatte.

Alles war perfekt, bis auf …

»Nicht schon wieder!« Weingläser ohne Stiel. Eindeutig die neue Plage der zivilisierten Gesellschaft.

Der Chef der Cateringfirma nahm ihre Beschwerde ungerührt entgegen und war auch nicht gewillt, so kurzfristig Hunderte Gläser auszutauschen.

»Ich verstehe nicht, was so schwierig daran sein soll, die Dinge richtig zu machen«, grummelte Bea, obwohl keiner zuhörte.

Es klingelte an der Haustür. Da das Komiteemitglied, das die per Auto eintreffenden Gäste begrüßen sollte, noch nicht da war, ging Bea selbst und öffnete.

»Bea! Ein Wunder, dass ich es rechtzeitig geschafft habe! Der Verkehr war die reinste Katastrophe. Ich hätte hier übernachten sollen.« Joyce Carrier-Jones rauschte in einem amethystfarbenen bestickten Kleid herein, das einem Kimono nachempfunden war. An beiden Handgelenken trug sie glänzende Armreifen.

»Du bist nicht nur rechtzeitig, du kommst sogar zu früh. Lass uns etwas trinken.«

Sie winkte einen Kellner im Wohnzimmer heran und nahm zwei Gläser Champagner von dem Tablett, das er in den Garten hinaustrug. Die meisten Gäste hatten sich für das Schiff entschieden, ein Plan, der für zusätzliche Arbeit gesorgt hatte. Da Cole Hopkins' Partyschiff aufgrund seiner Größe nicht an der Anlegestelle festmachen konnte, hatten Kyle und Sean einen schwimmenden Steg als Verbindung zwischen Gangway und Anleger gebastelt. Bea wollte gar nicht daran denken, was passieren würde, wenn die Konstruktion zusammenbrach. Im Geiste sah sie schon Frauen und Männer in Cocktailkleidern und Dinnerjackets ins Wasser platschen und sich schwimmend ans Ufer retten.

»Verzeih mir, Bea, wenn ich dich noch einmal auf dieses Mädchen anspreche. Ich muss andauernd an diese Graphic Novel denken. Hast du schon mit der Mutter gesprochen?«

»Ja, aber sie ist leider nicht interessiert.« Bea blickte sich suchend um. »Und jetzt kein Wort mehr davon – dort drüben ist ihre Mutter. Komm, ich mach dich mit ihr bekannt.«

Emma sah bezaubernd aus. Das kastanienrote Haar hatte sie im Nacken zu einem losen Knoten zusammengesteckt, und ihr elegantes Kleid betonte ihre schlanke Figur. Ein Jammer, dass Emmas Generation tagsüber so wenig Wert auf gepflegte Kleidung legte.

»Oh, Bea, ich habe Sie schon gesucht. Ich will zur Anlegestelle, nachsehen, ob Sean und Kyle alles im Griff haben. Nur damit Sie Bescheid wissen.«

»Warum schicken Sie Kyle nicht einfach eine Nachricht, meine Liebe?« Bea kannte die Antwort auf ihre Frage: Emma suchte nach einer Gelegenheit, Kyle zu sehen. Glaubte sie wirklich, ihre knospende Romanze blieb unbemerkt?

»Ich habe ihn angerufen, aber er geht nicht ran. Es ist ja noch genug Zeit, bevor die Gäste eintreffen.«

»Emma, ich möchte Ihnen meine Freundin Joyce Carrier-Jones von der New York Academy of Art vorstellen.«

»Freut mich sehr«, antwortete Emma mit einem Seitenblick auf Bea.

»Ihre Tochter ist ein großes Talent«, sagte Joyce. »Ist sie heute Abend auch hier?«

»Ja, sie muss hier irgendwo sein.«

Wieder klingelte es an der Tür.

»Emma, bringen Sie Joyce doch bitte ins Wohnzimmer, bevor Sie gehen. Wir sehen uns später.«

Bea bemerkte den misstrauischen Ausdruck auf Emmas Gesicht. Anscheinend befürchtete sie, Bea verfolge eine bestimmte Absicht mit ihrer Bitte. Zum Beispiel die, dass die beiden Frauen sich ein bisschen besser kennenlernten. Also wirklich! Würde die Frau denn nie aufhören, nur das Schlechteste von ihr zu denken?

Sie ging zur Tür, und als sie öffnete, trat der Gedanke an Emma und deren Reaktion auf Joyce Carrier-Jones sofort in den Hintergrund.

»Diane«, sagte sie und blieb wie erstarrt stehen. Diane war nämlich nicht allein.

Sie kam in Begleitung von Mark Mapson.

»Bea!« Diane gab ihr Luftküsschen auf beide Wangen. »Endlich ist der große Tag da! Kaum zu glauben, nicht wahr?«

»Allerdings. Kaum zu glauben«, erwiderte Bea und funkelte Mark grimmig an. Als Diane sie miteinander bekanntmachen wollte, schnitt Bea ihr das Wort ab und bat sie, im Zelt nach der Anordnung der Tische zu sehen. »Ich habe den Leuten vom Partyservice gesagt, sie stehen zu dicht beieinander, aber ich weiß nicht, ob sie es geändert haben.«

Sie packte Mark, der mit Diane gehen wollte, am Arm. »Nicht so schnell«, zischte sie.

»Sie wollen doch bestimmt keine Szene auf Ihrer eigenen Party machen, Bea!«

»Ich mache keine Szene. Ich möchte nur wissen, was Sie hier verloren haben.«

»Diane hat mich gebeten, sie zu begleiten«, antwortete er selbstgefällig. »Außerdem möchte ich meine Tochter sehen.«

»Kommen Sie mir doch nicht mit der Tour! Das wird allmählich langweilig, finden Sie nicht auch?«

Mark riss sich los und ließ sie stehen.

Das war nicht gut. Das war gar nicht gut. Sie musste Emma warnen. Und Emma würde Unterstützung brauchen. Sie schickte Kyle eine Nachricht.

Das Partyzelt spannte sich über den ganzen Rasen. Es war mit Papierlaternen geschmückt und vom Schein Hunderter Duftkerzen erhellt. Chris' Martinibar war einsatzbereit. Am einen Ende saß Jack Blake mit einem Drink in der einen und einer Zigarre in der anderen Hand. Er winkte Emma zu sich. »Da ist sie ja! Die Frau der Stunde. Gute Arbeit, Emma. Ein rundum gelungener Abend.«

»Das Übliche?«, fragte Chris und gab Eis in einen Shaker.

»Ich sollte eigentlich nicht«, entgegnete Emma. »Ich muss gleich meine Eröffnungsrede halten, und vor Publikum zu reden ist nicht unbedingt mein Ding.« Aber sie konnte ihren Dirty Martini schon auf der Zunge schmecken. »Also gut. Aber mach mir einen schwachen.« Sie würde nur daran nippen.

»Einen schwachen Martini? Das ist ein Verbrechen!

Mir scheint, du bist schon verweichlicht vom Luxusleben«, frotzelte Chris.

»So wird's sein.« Sie schob sich neben Jack auf einen Barhocker und beobachtete die Leute vom Partyservice, die das Essen aufbauten. »Entschuldige mich bitte einen Moment.«

Sie ging zur verantwortlichen Frau vom Catering hinüber, um nochmals zu betonen, dass die Gäste erst nach Ende der Versteigerung das Zelt aufsuchen würden. Die warmen Vorspeisen durften nicht zu früh erhitzt und die kalten nicht zu früh aus den Kühlschränken genommen werden.

Als sie zurück an der Bar war, sagte Jack: »Dieses neue Leben scheint genau deine Kragenweite zu sein.«

»Was für ein neues Leben?«

»Na, das Haus. Diese Party. Cheryl meint, sie hat den Eindruck, dass alles reibungslos klappen wird … als ob du solche Benefizveranstaltungen schon eine Million Mal vorbereitet hättest.«

»Das ist nicht allein mein Verdienst«, wehrte Emma ab. »Bea Winstead hat mir eine Menge abgenommen.«

»Nur keine falsche Bescheidenheit!«

Ermutigt durch sein Lob sagte sie: »Das alles hier, Jack, das bin nicht ich. Natürlich ist das Haus spektakulär. Und ich freue mich, dass der Abend ein Erfolg zu werden verspricht. Ich hoffe, wir bekommen viel Geld für den Aufbau des Kinos zusammen. Aber wenn es nach mir ginge, hätte ich die letzten Wochen lieber an der Hotelrezeption gestanden, als darüber zu diskutieren, ob wir Laternen und Kerzen brauchen oder ob wir als Vorspeise Krabbenküchlein oder lieber Hummersuppe reichen sollen.«

»Emma …«

»Ich habe meine Arbeit geliebt. Das Hotel war mein zweites Zuhause. Ich weiß, ich habe Mist gebaut. Mein Job hat unter dem Chaos in meinem Privatleben gelitten. Und für dich hat das Hotel Priorität. Völlig klar. Aber du sollst wissen, dass sich die Dinge geändert haben. Ich habe jetzt alles im Griff und …«

Ihr Telefon summte. Eine Nachricht von Bea: Kommen Sie sofort ins Haus zurück, ich muss mit Ihnen reden.

»Entschuldige, ich werde gebraucht.« Sie fischte die Olive aus ihrem Drink, warf sie sich in den Mund und stellte das Glas auf die Theke. »Bis später.«

Die Sonne war untergegangen, es begann zu dämmern. Das Zirpen der Grillen erfüllte die Luft. Emma atmete tief durch. War sie Jack gegenüber zu weit gegangen? Sie hatte nicht vorgehabt, das Thema heute Abend zur Sprache zu bringen, aber als sich die Gelegenheit bot, hatte sie sie ergriffen. Und jetzt war sie froh, dass sie ausgesprochen hatte, was sie schon seit Langem beschäftigte.

»Emma!«

Ihr Kopf fuhr herum, ihr Blick schweifte suchend über die Schatten entlang des Wegs zum Rasen. Hatte sie richtig gehört? Hoffentlich nicht. Doch als sich ihre Augen an die Dämmerung gewöhnt hatten, bestätigten sich ihre schlimmsten Befürchtungen. Mark.

»Was machst du denn hier?«

»Ich komme wegen der Versteigerung. Genau wie alle anderen.«

»Wer's glaubt! Ich möchte, dass du gehst.«

»Das werde ich nicht tun.«

Emma ballte die Fäuste. »Wieso bist du überhaupt noch in der Stadt? Wegen Penny sicher nicht. Du gibst dir ja nicht viel Mühe, sie zu sehen.«

»Machst du Witze? Ich denke, du weißt, dass ich mir alle Mühe gebe, damit ich sie künftig sehr viel mehr sehe.«

»Ach, hör doch auf, Mark! Du bist so was von erbärmlich!«

Sie lief an ihm vorbei zum Haus. Sie hatte Herzklopfen, ihre Gedanken überschlugen sich. Da er ihr folgte, blieb sie vor der Glasschiebetür zur Küche stehen. Sie wollte drinnen keine Szene machen.

»*Ich* bin erbärmlich? Wärst du keine so miserable Mutter, wäre es gar nicht erst zu diesem Gerichtstermin gekommen!«

Sie stand unter der von Motten umschwirrten Außenbeleuchtung und schärfte sich ein, ganz ruhig zu bleiben, sich nicht provozieren zu lassen. Penny kam für sie immer an erster Stelle. Manchmal liefen die Dinge nicht so, wie sie sollten, aber sie tat ihr Bestes, Tag für Tag, Monat für Monat, Jahr für Jahr. Mehr konnte man nicht tun. »Ich bin nicht perfekt, Mark. Das ist keine Mutter. Auch kein Vater. Das wüsstest du, wenn du in den letzten zehn Jahren auch nur einen einzigen Tag ein richtiger Vater gewesen wärst. Aber das warst du nicht. Weil du unfähig bist. Mit Glück bist du an deinem besten Tag der Elternteil, der ich an meinem schlechtesten bin.«

Die Glasschiebetür wurde geöffnet. Bea, gefolgt von Diane, trat heraus.

»Da ist er ja, Diane! Ich wusste doch, dass er sich irgendwo hier draußen herumtreiben würde. Hoffentlich stören wir nicht.« Bea drehte sich um und rief ins Haus: »Kyle, sieh mal, wen ich gefunden habe!«

Wieso war Kyle hier oben anstatt bei Sean an der Anlegestelle?

»Du hast Sean allein gelassen?«, fragte Emma, als er aus dem Haus und neben sie trat. Er legte ihr seine Hand auf den Rücken.

»Sean braucht mich nicht. Du schon.«

»Was machst du denn hier draußen, Mark?«, wollte Diane wissen.

»Er wollte gerade gehen«, sagte Kyle.

Diane sah ihn an. »Wie bitte? Wer sind Sie überhaupt? Was fällt Ihnen ein, so unhöflich zu sein?«

»Diane, Sie wissen vermutlich, dass Mark Emmas Exmann ist, nicht wahr?«, sagte Bea.

Diane verschränkte die Arme vor der Brust. »Ja, das weiß ich. Aber das ist Schnee von gestern. Warum spielt das eine Rolle?«

»Weil Mark hierhergekommen ist, um das alleinige Sorgerecht für Penny zu beantragen – nachdem er sich nie um das Mädchen gekümmert hat«, erwiderte Bea. »Es geht ihm nur um das Haus. Für Geld würde er alles tun. Sogar mit Ihnen ins Bett gehen.«

»Die Bemerkung ist völlig daneben«, knurrte Mark.

»Wovon redet sie denn?« Diane sah Mark stirnrunzelnd an. »Du hast nie etwas von einem Sorgerechtsstreit erwähnt.«

»Oh, so weit wird es auch nicht kommen, meine

Liebe«, warf Bea ein. An Mark gewandt fuhr sie fort: »Wie ich bereits zu Emma gesagt habe – ich werde keine Kosten scheuen, um Sie in die Knie zu zwingen, wenn Sie vor Gericht gehen. Sie werden Ihren Anwälten so viel Geld schulden, falls Sie das durchziehen wollen, dass Sie nie wieder auf einen grünen Zweig kommen werden. Es sei denn, Diane ist Ihr Plan B.« Sie wandte sich Diane zu. »Er hat mich diesen Sommer um einen dicken Scheck gebeten. Sie sind bestimmt die Nächste. Oder hat er Sie etwa schon um Geld angehauen?«

Diane fasste sich nervös an ihre Frisur und sah Mark an. »Du hast gesagt, du seist hier, um ein Stück zu produzieren.«

»Geh wieder ins Haus, Babe, das betrifft dich nicht.«

»Anscheinend doch«, erwiderte Diane mit einem Seitenblick auf Bea.

»Machen Sie sich nichts daraus, meine Liebe. Verzweifelte Männer haben es nun mal auf reiche Frauen abgesehen. Wir müssen zusammenhalten!« Bea berührte sie an der Schulter.

Nach einer geraumen Weile straffte sich Diane und sagte zu Mark: »Ich möchte, dass du gehst.«

»Na wunderbar, dann sind wir uns ja einig!«, sagte Emma. »Und da das hier *mein* Haus ist, werde ich dich nicht bitten zu gehen. Verschwinde! Ich sag's dir nicht noch einmal.«

»Das ist Ihr Stichwort, Sportsfreund.« Kyle packte Mark am Arm und zerrte ihn von den Frauen fort. »Zeit, sich von Sag Harbor zu verabschieden. Die Party ist vorbei!«

Kapitel neunundvierzig

Reihen weißer Klappstühle und ein Podium verwandelten den Wohnbereich in einen Veranstaltungsraum, und doch war unverkennbar, dass Windsong das Zuhause eines Künstlers gewesen war. Vor dem Gemälde *Greene Street, 1972* hatten sich einige Gäste versammelt, die das Werk so stumm und ehrfürchtig betrachteten, als hinge es noch immer im Guggenheim Museum. Emma wurde auf einmal bewusst, was für eine enorme Verantwortung mit der Verwaltung des Kunstnachlasses verbunden war. Henry Wyatts Entscheidung war vielleicht nicht unbedingt rational gewesen. Sie musste zugeben, dass Beas Empörung zum Teil berechtigt gewesen war.

Oder sie war nach der Konfrontation mit Mark einfach zu aufgewühlt und reagierte deshalb so gefühlsbetont.

»Ich habe noch versucht, Sie zu warnen«, sagte Bea, nachdem Kyle dafür gesorgt hatte, dass Mark das Grundstück verließ. »Deshalb die SMS. Ich habe Mark gesagt, er soll verschwinden, aber es war sinnlos.«

»Nein, nein, Sie und Kyle waren ein fantastisches Team. Danke.«

Als die Lage unter Kontrolle war, galt Emmas erster Gedanke ihrer Tochter. Hatte Penny etwas von der Auseinandersetzung mitbekommen? Hatte sie ihren Vater womöglich gesehen?

Weitere Gäste strömten herein. Die ersten beiden Stuhlreihen waren abgesperrt und für Sponsoren reserviert. Emma blickte sich suchend nach Penny um, sie hätte vor der Versteigerung gerne noch mit ihr geredet. Ob sie in ihr Zimmer geflüchtet war, weil die vielen Menschen ihr Angst machten?

Nein, jetzt sah sie sie, leicht zu erkennen an ihrem dunklen Lockenschopf. Sie stand hinter der letzten Stuhlreihe mit Joyce Carrier-Jones zusammen, das Gesicht in verzückter Aufmerksamkeit der älteren Frau zugewandt, die Blätter in der Hand hielt und Penny etwas darauf zeigte. Penny nickte und strahlte. Was sahen sich die beiden denn an?

»Fertig?« Cheryl Meister trat neben Emma und drückte ihr ein Blatt Papier in die Hand. »Das sind die Namen der Sponsoren, die dürfen Sie nicht vergessen.«

»Ich habe mir alle notiert.« Emma zog ihre Notizen aus ihrer Clutch.

»Noch eins: Betonen Sie, wie *verheerend* die Brandkatastrophe war. Wir müssen die Leute dazu bringen, möglichst hoch zu bieten.«

»Okay, okay, kapiert.«

Diane schwankte herüber, drückte Emmas Unterarm und verschüttete dabei ein Viertel ihres Champagners. »Die Show muss weitergehen«, nuschelte sie. Sie hatte ihren Kummer offensichtlich in Alkohol ertränkt.

»Komm, wir suchen unsere Plätze.« Cheryl fasste Diane am Ellbogen und zog sie mit sich fort.

Emma trat an das Rednerpult auf dem Podium, von wo sie einen guten Überblick hatte. Kellner gingen durch die Reihen und schenkten Wein ein oder nach. Es dauerte ein paar Minuten, bis alle ihre Plätze eingenommen hatten und ein bisschen Ruhe eingekehrt war.

»Willkommen, liebe Gäste«, begann sie. Sie beugte sich näher ans Mikrofon, widerstand aber der Versuchung zu fragen: *Können Sie mich hören?* Es wurde still im Raum. Lediglich das Rascheln von Auktionskatalogen oder das gelegentliche Ploppen eines Champagnerkorkens war zu hören. »Ich danke Ihnen allen, dass Sie gekommen sind. Wie Sie wissen, geht es um eine gute Sache – den Wiederaufbau unseres geliebten Kinos in der Main Street. Nach dem *verheerenden* Feuer letzten Dezember ist ein Verein zur Rettung des Kinos gegründet worden. Vordringlichstes Ziel ist der Ankauf des Grundstücks, um zu verhindern, dass sich ein Kettenladen dort niederlässt. Danach können wir mit dem Wiederaufbau beginnen. Die ursprüngliche Fassade einschließlich des unverwechselbaren Stadtwappens von Sag Harbor soll detailgetreu nachgebildet werden.«

Sie machte eine Pause, als verhalten geklatscht wurde, und warf einen Blick auf ihre Notizen. Als sie wieder aufschaute, entdeckte sie Penny, die zwischen Bea und Joyce Carrier-Jones in der dritten Reihe saß. Ihre Blicke trafen sich, und sie sah etwas in Pennys Augen, das sie schon sehr lange nicht mehr gesehen hatte: ein freudiges Funkeln. Ein glückliches Leuchten.

Emma musste schlucken, ihr Mund und ihre Kehle fühlten sich auf einmal staubtrocken an. Sie legte ihre Notizen mit der beschrifteten Seite nach unten auf das Pult. Die Ereignisse der letzten Monate stürmten auf sie ein als lebendige, farbige Bilder. Jeder einzelne Augenblick hatte eine andere Gestalt angenommen. Es verschlug ihr buchstäblich den Atem.

Das Publikum, das sie erwartungsvoll ansah, wurde allmählich unruhig. Ihre Pause dauerte unverhältnismäßig lange.

»Äh, lassen Sie mich ein paar Worte zum zweiten Verlust sagen, den die Stadt in den letzten Monaten erlitten hat, einen weitaus größeren Verlust als den eines Gebäudes. Im letzten Mai verlor Sag Harbor einen seiner langjährigen Einwohner – Henry Wyatt. Mit ihm starb einer der bedeutendsten Künstler unserer Zeit.«

Zustimmendes Gemurmel und Kopfnicken im Publikum. Bea beugte sich vor.

»Wie Sie wissen, sind wir heute Abend in dem Haus versammelt, das Henry Wyatt entwarf, als er beschloss, sich in dieser Stadt niederzulassen. Wie einige von Ihnen kam er als Besucher nach Sag Harbor. Doch zu guter Letzt wurde er ein Teil dieser Stadt, ein Mitglied der Gemeinde, nicht anders als die Menschen, die das Glück haben, hier geboren worden zu sein. Ich sah Henry Wyatt jeden Tag im American Hotel und hielt ihn lange Zeit für einen einsamen Einzelgänger. Doch das war er nicht. Er gehörte der großen Familie von Sag Harbor an, seiner Wahlheimat. Henry wusste, dass die Menschen und die Orte, die man im Laufe seines Lebens kennenlernt, die gleiche – oder sogar eine größere – Bedeutung gewinnen können wie die Familie, in die man hineingeboren wird.«

Als sie diese Worte aussprach, wurde ihr bewusst, dass

sie vor Kurzem etwas Ähnliches zu Penny gesagt, diese Wahrheit aber nicht in vollem Umfang für sich selbst akzeptiert hatte. Bis jetzt.

Henry Wyatts Entscheidung, Penny das Haus zu vererben, war durchaus rational gewesen. Er hatte ihr sogar mehr als nur das Haus und seine Kunst geschenkt.

Er hatte ihr auch Bea geschenkt.

»Henry Wyatt war ein brillanter Künstler, wie ein Blick auf die Kunstwerke, von denen wir hier umgeben sind, zeigt. Aber sein größtes Talent bestand darin, Menschen zusammenzuführen und Bindungen zu schaffen.« Sie sah erst Penny, dann Bea an. Sie beugte sich noch ein bisschen näher an das Mikrofon, und ihre Stimme klang fest und klar, als sie hinzufügte: »Und dafür werde ich ihm für alle Zeit dankbar sein.«

Beifall kam auf. Bea drückte ihre Zustimmung mit einem knappen, majestätischen Nicken aus. Dabei sah sie Emma an, die ihren Blick erwiderte.

Cheryl sprang auf und eilte zum Rednerpult, wo sie Emma mit dem Ellbogen zur Seite schob und ins Mikrofon rief: »Vor allem aber möchten wir uns ganz herzlich bei folgenden Sponsoren für ihre Großzügigkeit bedanken …«

Ein Glas Champagner in der Hand schlüpfte Bea hinaus und ging zum Partyzelt. Sosehr sie die Kunst liebte, so wenig Geduld hatte sie für Auktionen.

Da sich die meisten Gäste noch im Haus aufhielten, hatte sie die Tische mit den Vorspeisen und den Getränken für sich allein. *Fast* für sich allein.

Angus, in einem hellblauen Sportjackett und einer gestreiften Krawatte, begutachtete die Krabbenbeine. Bea zögerte. Ihre letzte Unterhaltung war nicht besonders angenehm verlaufen, und sie wusste nicht, wie schnell sie sich von einer weiteren Zurückweisung erholen würde. Aber Angus sah so gut aus, und es war so ein herrlicher Abend, und außerdem hatte sie noch nie zu den Schüchternen gehört.

»Zwei Seelen, ein Gedanke«, sagte sie und trat neben ihn. »Lieber schnell zugreifen, solange noch keiner da ist! Ich hasse es, für Essen anstehen zu müssen. Oder, schlimmer noch, für einen Drink!«

»Oh, hallo, Bea. Eigentlich wollte ich nur sehen, was es alles Gutes gibt.«

Auf der anderen Seite des Rasens fand sich ein Streichquartett ein.

»Ich war gegen einen Stehempfang. Ich habe dafür plädiert, das Essen am Tisch einzunehmen, aber das Komitee hat Emma überstimmt.«

»Es ist doch wunderbar so. Sie haben großartige Arbeit geleistet, Bea.«

Sie lächelte. »Danke für das Kompliment, Angus, das ist sehr nett. Und mir bedeutend lieber als der Verlauf unserer letzten Unterhaltung.«

»Sie geben wohl nie auf, was?«, fragte er. Ein angedeutetes Lächeln spielte um seine Lippen, kaum wahrnehmbar, aber sie bemerkte es.

»Natürlich nicht. Nur so erreiche ich, was ich will.«

Er schaute über ihren Kopf hinweg. Sie drehte sich um und sah Emma auf sie zukommen.

»Entschuldige, dass ich dich noch nicht begrüßt habe«, sagte sie ein wenig atemlos. »Hast du Penny irgendwo gesehen?«

Angus gab ihr einen Kuss auf die Wange. »Ja, hab ich. Sie unterhielt sich angeregt mit einer gut gekleideten Unbekannten. Penny schaut wie eine richtige junge Dame aus.«

»Ist die Auktion schon zu Ende?«, fragte Bea.

»Nein, nein, ich wollte nur ein bisschen frische Luft schnappen. Und Cheryl aus dem Weg gehen. Ich bin in meiner Rede irgendwie vom Hölzchen aufs Stöckchen gekommen, und darüber ist sie gar nicht glücklich.«

Bea zog eine Braue hoch. »Ich fand die Rede großartig«, sagte sie. »Ich habe nicht damit gerechnet, dass Sie Henry erwähnen, aber ich weiß das zu schätzen. Und ich bin sicher, er hätte es auch zu würdigen gewusst.«

»Das war offen gestanden nicht geplant«, sagte Emma. »Aber als ich dort oben stand und ins Publikum schaute und Penny neben Ihnen sitzen sah, ist mir schlagartig einiges klar geworden. Wissen Sie, was ich meine?«

Bea hatte so eine Ahnung, aber sie erwiderte nichts darauf, sondern wartete ab. Nach einer kleinen Pause fuhr Emma stockend fort:

»Ich habe darüber nachgedacht. Ich wollte immer nur eines – dass Penny glücklich ist. Angus, du weißt, dass ich die Wahrheit sage. Ich möchte, was für sie das Beste ist. Heute Abend wurde mir bewusst, dass ich ihr das nicht geben kann. Sie schon, Bea.« Ihre Augen füllten sich mit Tränen.

Bea nickte und umarmte sie. Was für ein sonderbares

Gefühl! Wann hatte sie das letzte Mal einen Menschen umarmt?

Angus schaute die beiden Frauen verwirrt an. »Könnte mich bitte mal jemand aufklären?«

Bea löste sich von Emma, kramte ein Taschentuch aus ihrer Handtasche, gab es ihr und wandte sich dann Angus zu. »Die Frau, mit der Penny sich unterhalten hat, ist eine alte Freundin von mir und die für die Zulassungen zuständige Dekanin an einer der besten Kunstschulen von Manhattan. Sie hat Penny einen Platz im nächsten Studiengang für Anfänger angeboten. Ich habe Emma gesagt, Penny kann mit mir nach New York fahren, wenn sie möchte.«

Angus machte ein völlig verdattertes Gesicht. Er sah Emma an, dann wieder Bea.

»Na, das ist ja eine Überraschung! Es scheint, als würden Sie meinen Job übernehmen«, sagte er lächelnd.

»Ja, sieht ganz danach aus.« Was für eine Erleichterung, dass er sie wieder so freundlich anlächelte. »Möchten Sie nicht doch in mein Zimmer ziehen? Es wäre jammerschade, den wunderschönen Blick ungenutzt zu lassen.« Sie zwinkerte Emma zu.

»Ich denke, das Zimmer werden wir für Sie aufheben«, erwiderte Angus. »Für Ihre Besuche an den Wochenenden und im Sommer.«

Bea spielte die Erstaunte. »Wie kommen Sie denn auf die Idee, dass ich die Wochenenden und den Sommer hier draußen in der Provinz verbringen will?«

Er ergriff ihre Hand. »Nun, vielleicht denken Sie ja noch einmal darüber nach.«

Kapitel fünfzig

Penny versuchte, Blickkontakt zu ihrer Mutter herzustellen, aber die hatte an der Rezeption alle Hände voll zu tun. Jedes Mal, wenn Penny meinte, sie habe einen Augenblick Luft, klingelte das Telefon, und sie hörte ihre Mutter zum tausendsten Mal sagen: »The American Hotel, Sie sprechen mit Emma.«

Penny schaute auf die Uhr über dem Backgammontisch. Bald zwölf. Sie steckte ihr Skizzenbuch in ihren vollgestopften Rucksack, zog den Griff ihres Koffers heraus und lehnte beide Gepäckstücke an die Couch. Dann zwängte sie sich zwischen zwei Tischen hindurch an die Fensterfront und spähte auf die Main Street hinaus. Als sie nach rechts schaute, schlug ihr Herz eine Spur schneller: Auf der anderen Straßenseite näherte sich der Shuttlebus.

»Mom, der Bus kommt!«, rief Penny und eilte zurück zur Couch.

»Lass mich den Koffer tragen«, sagte Emma. Aber Penny brauchte ihre Hilfe nicht. Sie war so energiegeladen, dass sie sogar ein Auto hätte stemmen können.

Eines Tages wirst du deine eigenen Superkräfte entdecken.

Die Sonne brannte vom Himmel, es war ein heißer Augusttag, ideal für einen Besuch am Strand. Aber

Penny hätte diesen Moment gegen nichts eingetauscht. Sie lief über die verkehrsreiche Main Street und stellte sich an der Haltestelle an der Schlange an. Solange sie denken konnte, hatte sie am Ende eines jeden Sommerwochenendes die Feriengäste beim Schlangestehen beobachtet, aber sie hätte nie gedacht, dass sie eines Tages zu jenen gehören würde, die in den Bus stiegen. Als sie das zu Bea sagte, die wartete, während Angus ihre Sachen im Gepäckraum des Busses verstauen half, erwiderte diese trocken:

»Ich hätte auch nie gedacht, dass ich einmal zu diesen Leuten gehören würde. Wir hätten uns doch einen Mietwagen nehmen sollen.«

»Das hier macht aber viel mehr Spaß!«

Penny würde erst glauben, dass das alles Wirklichkeit war, wenn sie im Bus saß. Ihr Vater hatte seinen Antrag auf das alleinige Sorgerecht zurückgezogen, und ihre Mutter hatte ihr erlaubt, nach New York zu gehen. Ihr größter Wunsch hatte sich erfüllt. Sie würde etwas sehen von der Welt, und sie würde auf eine Weise, die sie sich nie vorzustellen gewagt hätte, fortführen, was sie gemeinsam mit Henry begonnen hatte.

Das einzig Schlimme an der ganzen Sache war, dass ihre Mom sehr unter der Trennung litt. Wenigstens hatte sie Kyle. Er war jetzt auch zu ihrer moralischen Unterstützung gekommen, was Penny ihm hoch anrechnete. Er war definitiv ihr Held.

Eine Frau im grünen Hampton-Jitney-Polohemd fragte Penny nach ihrem Namen und hakte ihn dann auf der Liste auf ihrem Klemmbrett ab.

Penny umarmte ihre Mutter ein letztes Mal. »Ich komm ja nächstes Wochenende wieder.«

Emma nickte stumm und tupfte sich die Augen mit einem Papiertaschentuch ab. Penny spürte einen Kloß im Hals. »Sei nicht traurig, Mom!«

»Ich bin nicht traurig. Wie könnte ich traurig sein, wenn du so glücklich bist?« Sie legte ihre Arme um Penny und drückte sie fest. Penny wäre am liebsten dageblieben. Doch nach einigen Sekunden machte sie sich los, schaute ihrer Mutter in die Augen und versicherte ihr: »Ich bin glücklich, Mom. Ich *bin* wirklich glücklich.«

Sie gab ihr einen flüchtigen Kuss, dann drehte sie sich um und stieg in den Bus.

***

Sie hatten diesen Schritt gründlich geplant, aber jetzt, wo der Moment des Abschieds gekommen war, fürchtete Emma, sie werde es nicht überleben.

Sie warf einen Blick über die Schulter. Jack, der sie an der Rezeption vertrat, bis sie sich von Penny verabschiedet hatte, reckte beide Daumen hoch und zwinkerte ihr zu. Emma war dankbar, dass sie ihren Job wiederhatte – gerade jetzt war die Ablenkung enorm wichtig. Und wie sie Jack am Abend der Auktion gesagt hatte: Das Hotel war nun einmal ihr zweites Zuhause.

Der Bus stand immer noch an der Haltestelle. Er würde Penny nach New York bringen. Heute Nacht würde sie in Bea Winsteads Wohnung in der Park Avenue schlafen, und morgen um diese Zeit würde sie sich ihre neue

Schule ansehen. Dass das alles real war, kam Emma erst in diesem Moment so richtig zu Bewusstsein.

Sie lehnte sich an Kyle, der seinen Arm um sie gelegt hatte. »Sag mir, dass ich das Richtige tue.«

»Das brauche ich dir nicht zu sagen. Hast du nicht ihr Gesicht gesehen?«

Sie nickte. Sie erinnerte sich an den Tag, als sie mit ihr über die Chance gesprochen hatte, eine Kunstschule in New York zu besuchen. Da hatte Penny genauso gestrahlt. Sie hatte nicht eine Sekunde gezögert. Als hätte sie die ganze Zeit auf so eine Gelegenheit gewartet. Und nachdem sie sie von Emma bekommen hatte, änderte sich ihr Verhältnis schlagartig. Auf einmal war nichts mehr da, gegen das Penny sich hätte auflehnen können. Sie war nicht mehr frustriert und nicht mehr zornig.

Der Umzug würde natürlich nicht alle Probleme lösen.

»Wenn mir zu Ohren kommt, dass du nicht konsequent deine Therapietermine wahrnimmst oder deine Übungen gegen deine Angstzustände und deine Zwangsstörungen vernachlässigst, ist die Sache vom Tisch«, hatte Emma gewarnt.

»Keine Sorge, Mom, ich bleib am Ball«, hatte Penny versprochen.

Emma glaubte ihr. Sie vertraute ja auch darauf, dass sie bezüglich New York die richtige Entscheidung getroffen hatte. Es hatte viele schwierige Momente in den letzten vierzehn Jahren gegeben, aber nichts war schwerer, als das eigene Kind seine Wege gehen zu lassen.

»Nächstes Wochenende ist sie wieder da«, sagte Kyle tröstend und streichelte ihre Schulter. An den Wochenenden, in den Ferien und den Sommer über würde Penny nach Hause kommen. Bea und die Schule in New York stellten lediglich eine Erweiterung ihres Lebens dar, eine zusätzliche Dimension, so wie Penny ihren Zeichnungen durch Schattieren oder Überlagern der Farben eine besondere Tiefe verlieh.

Emma war sich ziemlich sicher, dass auch Bea wiederkommen würde. Sie und Angus hatten nämlich viel Zeit miteinander verbracht. Es schien fast, als wäre ihr Sag Harbor ein klein wenig ans Herz gewachsen, so wie vor langer Zeit ihrem alten Freund Henry Wyatt.

Bea stand vor dem Gepäckraum des Busses und vergewisserte sich, dass ihre Koffer auch ordnungsgemäß verstaut waren.

»Alles in Ordnung, Bea«, beruhigte Angus sie.

»Ich bin mir da nicht so sicher. Ich muss mich wohl oder übel auf dein Wort verlassen.« Auf der untersten Stufe drehte sie sich noch einmal um und sah Emma an. »Mach dir keine Sorgen, Liebes. Wäre ich nicht zu hundert Prozent im Kindermädchenmodus, würde ich bestimmt keinen Fuß in dieses primitive Transportmittel setzen!«

Emma lächelte unter Tränen. »Du machst es schon richtig, Bea. Ich vertraue dir.«

Der Gepäckraum wurde geschlossen, der Motor angelassen. Emma wischte sich über die Augen und riss sich um Pennys willen zusammen. Kyle gab ihr einen Kuss aufs Haar und legte seinen Arm fester um sie.

Der Bus fuhr an. Hinter einem der vorderen Fenster tauchte Pennys freudestrahlendes Gesicht auf.

Emma winkte und formte mit den Lippen die Worte: *Ich hab dich lieb.*

Sie winkte immer noch, als der Bus und Penny längst außer Sichtweite waren. Dann erst wandte sie sich ab, überquerte die Main Street und trat durch die geöffnete Tür des American Hotel.

Dank

Ich danke meinem Agenten Adam Chromy: Du siehst immer die bestmögliche Version der Geschichte – sogar wenn *ich* sie nicht sehe. Meiner Lektorin Judy Clain: Jedes Mal, wenn ich denke, besser kann das Buch nicht werden, holst du noch mehr heraus. Ich bin dankbar für das hart arbeitende, engagierte Team in meinem Verlag: danke an Reagan Arthur, Craig Young, Alexandra Hoopes, meine Presseagentin Maggie Southard Gladstone, Shannon Hennessey, Ashley Marudas, Lauren Passell, Jayne Yaffe Kemp und Tracy Roe.

Ich danke den Menschen und Einrichtungen von Sag Harbor, insbesondere den Leuten, die mir bei meinen Recherchen behilflich waren, unter anderem Jean Held von der Sag Harbor Historical Society; Catherine Creedon und Susan Mullin von der John Jermain Memorial Library; Captain Ken Deeg vom Sag Harbor Launch Service and Mooring Rentals; Captain Cameron McLellon von Heron Yacht Charters. Ein herzliches Dankeschön an Ted Conklin, den Eigentümer des American Hotel, und an die wunderbaren Leute, die dort arbeiten. Ein besonderes Dankeschön an Jack Youngs, der sich an einem kalten Dezembertag mit mir traf, um mir die bemerkenswerte Geschichte seiner Familie zu erzählen. Etwaige Fehler das American Hotel betreffend habe ich allein zu verantworten. Wer sich näher mit der reichen Geschichte von Sag Harbor befassen möchte, dem sei folgendes Buch empfohlen: *Sag Harbor: The Story of an American Beauty* von Dorothy Ingersoll Zaykowski.

Ich danke Dr. Ariz Rojas, Facharzt für Zwangs- und Angststörungen an der Icahn School of Medicine at Mount Sinai, New York City. Ein besonderes Dankeschön an Mikala Hanson, Psychologin und Verhaltensanalytikerin.

Ich danke meinen beiden Töchtern Bronwen und Georgia Brenner: Es ist nicht leicht, Mädels, aber wir schaffen das schon!

Und zu guter Letzt danke ich meinem Mann, der mich zu Abenteuern verleitet, die mir den Stoff für meine Bücher liefern. Hätte er nicht einen spontanen Wochenendurlaub im American Hotel vorgeschlagen, würde dieses Buch nicht existieren.

Autorin:

Jamie Brenner entdeckte schon als Kind ihre Liebe zu Büchern. Später studierte sie Literaturwissenschaften und ging nach New York, um in der Verlagsbranche zu arbeiten. Heute ist sie selbst Autorin und kann sich keinen schöneren Beruf vorstellen. Jamie Brenner lebt mit ihrer Familie in New York.

Jamie Brenner im Goldmann Verlag:

Die Hochzeitsschwestern. Roman
Der Sommer der Dünenrosen. Roman

Alle auch als E-Book erhältlich

GOLDMANN
Lesen erleben